文化名人书系

北方联合出版传媒（集团）股份有限公司
春风文艺出版社
·沈 阳·

胡世宗 著 我与臧克家

文化名人书系

图书在版编目（CIP）数据

我与臧克家 / 胡世宗著. —沈阳：春风文艺出版社，2018.10（2024.1重印）
（文化名人书系）
ISBN 978-7-5313-5527-4

Ⅰ.①我… Ⅱ.①胡… Ⅲ.①散文集—中国—当代 Ⅳ.①I267

中国版本图书馆CIP数据核字（2018）第219404号

北方联合出版传媒（集团）股份有限公司
春风文艺出版社出版发行
沈阳市和平区十一纬路25号　邮编：110003
河北浩润印刷有限公司印刷

责任编辑：张玉虹	责任校对：于文慧
封面设计：杜凤宝	幅面尺寸：145mm × 210mm
印　　张：18.25	字　　数：430千字
版　　次：2018年10月第1版	印　　次：2024年1月第2次
书　　号：ISBN 978-7-5313-5527-4	
定　　价：78.00元	

版权专有　侵权必究　举报电话：024-23284393
如有质量问题，请拨打电话：024-23284384

2015年胡世宗在美国夏威夷一个小镇访游

胡世宗 军旅作家、诗人。原沈阳军区政治部创作室副主任。1958年十五岁开始发表诗歌作品。1965年出席全国青年业余文学创作积极分子大会，受到周恩来、朱德等党和国家领导人的接见。1980年加入中国作家协会。已出版诗集、散文集、报告文学集、评论集等文学著作65部（其中含2006年、2016年春风文艺出版社出版的记录岁月长达55年的《胡世宗日记》，计972万字，共17卷）；主编、编选文学作品集44部。曾获解放军文艺奖、辽宁文学奖、中国人民解放军总政治部文化部新作品奖一等奖。有作品收入中小学语文课本。作词的歌曲《我把太阳迎进祖国》获2001年中宣部颁发的全国"五个一工程"奖。

文学长征　纪传典库
——序胡世宗"文化名人系列"

范咏戈

"文化名人系列"是世宗的一次"文学长征"。这套书的文字体量之大、图文并茂的珍贵，似乎不应由他一人完成，但又非他一人莫属。大著出版，嘱我这个老战友、老朋友写几句话，因此能先睹为快。读他的巨著，我想起近年来西方关于记忆和回忆的讨论、研究渐成一门"显学"，而我国近年来也陆续翻译、出版了扬·阿斯曼的《文化记忆》和皮埃尔·诺拉主编的《记忆之场》。重提记忆、回忆之重要，原因在于随着"亲历"历史的一代代人陆续逝去，人类的文化记忆不断受到挑战。记忆在消失，与过去发生勾连的事件、情感只残存于一些"场"中，人类必须应对这种文化劫难。

幸哉我国文学界有位胡世宗。近年来他为"记忆之场"不断奉上力作：继2006年、2016年由春风文艺出版社出版十七大卷972万字的《胡世宗日记》之后，现在又有以《我与刘白羽》《我与臧克家》《我与浩然》等陆续问世的"文化名人系列"大书出版，正在或即将动笔的尚有他与李瑛、袁鹰、魏巍、张光年、张志民、贺敬之、柯岩、刘征、雷抒雁以及辽宁的作家高玉宝、晓凡、刘镇、李松涛、阿红、刘文玉、张云晓等，有的是单人一本，有的是多人一册。这实在是我国文学界和出版界的一件盛事。文学界六十年不辍笔的作家不多，世宗先生算得上一位，他太有回忆的资格了。几十年与文学前辈大咖的交往，尤其他的崇师重友和坚持记日记的习惯使他成为唯一能够写下这部当代文学"辅史"的作家。

契诃夫说"作家是上帝的选民"，那就是说作家在人格上应是出类拔萃的。《大英百科全书》"美学"条目也写道："一切诗（诗的广义及艺术）的根基是人格，而人格最后是在道德上完成，因此一切诗的根基是道德意识，这当然不是说艺术家必须是一个深刻的思想家或是敏锐的批评家，也不是说他必须是一个博学的模范或英雄，但他必须在思想与行动的世界里占一个份，这样才使他本身或是在旁人的眼中体验到人生的戏剧。"文学史上，许多作家都有很好的文学技能，但仍然不能成为大师或写不出大师级作品，原因之一在于创作主体缺少伟大人格，在内心的拼搏、眼界的较量和襟抱的展示中输了人格。世宗深谙此理。他笔下的刘白羽、臧克家、浩然等，首先都是"人格作家"。他的记忆首先是"人格记忆"。从中，读者可以感受刘白羽"首先是军人，其次才是作家"的风范，他亲率部队作家上前线，在前沿主峰上，把总政文化部人民解放军文化工作的担子交到接班的李瑛手上。了解臧克家如何把个人命运和民族命运紧密结合，比如他门上贴着自己写的对联"凌霄羽毛原无力，坠地金石自有声"，而这位诗翁与人民领袖毛泽东的"以诗会友"更有详细记述，诗翁一生尽做善事，他活到九十九岁，善良是他身体健康最丰盈的营养。对于浩然，大多数读者不会有像对刘白羽、臧克家、张光年、魏巍、柯岩、李瑛等那么多的了解，而世宗却与他交往甚多，《我与浩然》填补了浩然研究的一个空白，从书中走出一个坚持扎根人民土地的"大地作家"的身影。"春江水暖鸭先知"，浩然与农业、农村、农民有着广泛密切的联系，他知道天下变化的道理，农民朋友了解他、爱护他，使他在人生和创作遇到曲折时没有沉沦，仍努力写出受人们喜爱的作品。因此，世宗这些回忆有很高的格调，既是对历史的致敬，也剑指了当下，引发出许多关于作家人格的思考。

由于世宗本人便是一位著作等身的著名作家，因此他的回忆堪称是"文学中的文学"。这套巨著能够做到体大思精又前目后凡，属辞比事又缘情体物，文字质朴但灵动，既衔华佩实又扬葩振藻，这种文学的记述让人拿起来就不忍释卷。世宗和一些大师、作家的交往，虽不直接评价他们的作品，但是通过以文会友的交往，人们对这些大师、作家的作品也获得一些理性的认识。这种质感和通透是读相对枯燥的文学史所无法获得的，可以称为"史中有诗"，是传记，是史料，更是学院派文学史不可或缺的补充。如刘白羽去萧红故居，到那里之后先不与一大帮领导打招呼，却从夫人手里拿过相机旁若无人，紧走几步，为萧红塑像拍了几张照，原来他年轻时就同萧红有交往，在防空洞躲轰炸，萧红像照顾弟弟一样照顾过他；又如克家喜爱中国女排，不顾年高体弱熬夜看电视播出的女排比赛，与郎平竟成忘年交，世宗在克家家巧遇郎平；世宗和诗人李瑛交往几十年，通信多多，十分赞同谢冕对他这位北大同学的评价：李瑛的诗影响了整整一代诗人。 这套"历史的回忆"图文并茂，不仅对文学史具有文献的

我与臧克家

价值,也会引发读者对文学大师风范和文学流变的感受与思考,是有思想,有温度,有品质的文字。倘用一句流行的话来说就是,世宗这套书的独特价值是只有唯一,没有之二。老友嘱我写个"序",仅以以上肤浅的读后感乞求教正。

2017年10月30日

范咏戈 山东青岛人。复旦大学中文系和莫斯科大学文艺学系毕业。1983年加入中国作家协会。曾任《解放军文艺》评论编辑,总政文化部干部,解放军文艺出版社副社长兼副总编辑,编审,大校军衔。先后曾任中国国门时报社和文艺报社社长、总编辑。享受国务院特殊津贴。现为中国作协影视文学委员会副主任,中国报纸副刊研究会副会长。著有《在戎谈文》《新时期军事文学发展概观》《蓝禾儿·红樱桃》《化蛹为蝶》《观荧点屏》等文艺评论集多部。曾获中宣部"五个一工程"奖。主编《见证与步履——〈文艺报〉(2002—2007)文选》《'08文学记忆》《茅盾文学奖(第1—7届)获奖作品评论集》等。担任多届中宣部"五个一工程"奖及"茅盾文学奖""鲁迅文学奖"评委及原国家广电总局"星光奖""飞天奖"评委。

自序

我在学生时代曾做梦梦见臧克家,当时用诗记述了这个美妙的梦境。多亏我有写日记的习惯,这个梦,就用文字固定在我人生的路上了。后来,在成长和学诗的道路上,我果然有缘与克家老师相见、相交,并且建立了相当深厚的信任和情谊,克家老师亲切地称我们是"忘年交"。对于崇敬和爱戴克家老师的一个晚辈,这是一个梦想成真的过程。

臧克家在我国现当代诗坛乃至文坛上,是赫赫有名的一位巨匠,在他漫长的生涯里,诗和文学创作及其活动所占地位及其影响,是广泛和长久的。

这位在我出生前10年就有诗集问世并得到众多文坛名家赞赏的诗人,在他将近百年的生涯中,为中国新诗的发展繁荣,做出了重大的贡献,这是有目共睹、有口皆碑的。

你既胆敢闯进这人间,
有多大本领,不愁没处施展……

这是青年臧克家在题为《生活》的诗中写下的句子,由此开启了他漫长的卓有成就的文学道路。

1986年4月,曾在济南举行了"臧克家学术讨论会";1994年10月,曾在北京举行了"臧克家文学创作研讨会"。在这两个会上,有数十位专家、学者就臧克家先生文学创作的方方面面做了认真、深入的发言,有数十位作家、诗人致贺词、贺信、贺电、贺诗。这两个会的论文及祝贺诗文,由郑苏伊、臧乐安编了一本《时代风雨铸诗魂》的大书,由作家出版社出版,全书1173页,84.7万字。1994年恰逢臧克家先生90寿辰,人们的文字都带有喜庆的味道。

谷牧同志在1985年10月11日"致臧克家的贺信"中说:"您的一生是与诗连在一起的,从学诗、写诗,到研究诗歌理论,培养诗坛新人,可以说,您的一生都献给了诗的王国。"

诗人贺敬之曾为张惠仁著《臧克家评传》题词:"臧克家同志是'五四'以来继郭沫若之后几位最有成就的大诗人中间的一个,在我国新诗发展史上有重要地位,是始终如一地和时代同步、和人民同心的一位人民的诗人、革命的诗人。"

诗人张志民这样评价臧克家先生:"迎着大半个世纪以来的每一次历史变革,每一次巨大的风浪,他始终站在人民一边,和人民一起落泪,也和人民一起欢歌,我国人民的命运,便是诗人自己的命运。"

诗人李瑛在贺诗中说:

离世界最近的是你的笔
离笔最近的是你的心

自 序

这个世界，这个时代，这个社会，这个文坛，对于臧克家先生自会有公正和准确的评论的，因为臧克家先生几乎是与中国新诗并肩前进的，他用他的犀利、火烈的诗行，倾诉人民大众的痛苦，抒发人民大众的哀怨，向旧中国开战，并用热情的歌吟，赞美新中国，鼓舞人民大众建设美好的新生活。

在臧克家先生的文学生涯中，不仅创作大量诗文，主编诗歌刊物，他还结交了众多的文坛朋友，扶植了大量后起的歌者，数十年中他奖掖和鼓励的青年人真的是数不胜数的。而我，就是这数不胜数的青年人中的一个。时间不停止地前行，那时的青年人也变成了老年人。我想我有义务把我所知的臧克家先生告诉我的朋友们，告诉后来人。尽管在偌大的文坛上，我的忆念极其微小，数不上数，但我不想让这微小的忆念随便丢失。这就是我编印这本书的初衷。

克家先生曾为我的《当代诗人剪影》《雕像》《关于诗的书简》《新诗绝句》《胡世宗及其创作》五本书题写书名。

"从一滴水可以看太阳"。仅从臧克家先生恩泽于我这样一个微不足道的后学者的侧面，可见臧克家先生的为人和处事是何等的热情和积极。

谁能说得清，克家老师一生中接触、关注和帮助过多少后来的诗歌爱好者？我想这是不容易说得清的一件事。我就是无数个被克家老师关注和帮助的诗歌爱好者之一。

我曾数次到克家老师的家和他看病的医院病房拜望，每一次都得到克家老师及其家人的热情接待，都或长或短地谈到彼此的生活和工作情形，我都从中得到许多教益。

我与克家老师及其家人有一些通信，这些信件就是克家老师

我与臧克家

关爱后辈的最好见证。我要说到的一点是，书中收入的还有克家老师的夫人郑曼大姐给我的信件，她的信件有时是与克家老师的信件放在一起邮给我的，有时是因为克家老师在病中，无力写信，是她代笔写的，也有时是郑曼大姐把克家老师的状况写给我，这些信件都与克家老师密切相关，所以也都收入到书中来了。

克家老师还赠给我他的许多诗文集和他选编的诗选，这些在扉页上题签的著作，对于我就是学习写诗和学习做人的最好的教材，而且是十分珍贵的纪念。

在我的日记中，曾有提及克家老师的部分，有的可能只是提及他的大名，并无什么实质的内容，但我愿意把这部分日记也发表在这里，因为克家老师在很多时间融入了我的生活，从日记中可以看到彼时彼地的社会状态和文坛情形。

我把我不同时期在报刊上发表的有关克家老师的文章，还有我在书中写到克家老师的篇什，都摘编到这本书中来了。因是不同时期为不同报刊所写，有些内容甚至于文字难免重复出现。这些文字更是我对克家老师的一种怀念。随着时间的推移，这些文字将成为我对克家老师永久的追思。

《我与臧克家》是我的"文化名人系列"中的一本。

胡世宗

2018年1月15日于沈阳寓所

忘年成好友　隔地不隔心
——记臧克家与胡世宗的忘年交

郑苏伊

1962年6月6日，在辽宁省沈阳第二师范学院校园里，一位就读于中文班且喜爱诗歌创作的19岁青年做了一个梦。在梦里，他见到了自己敬仰已久的诗歌前辈臧克家，并与老人握手言欢。老人看了他创作的诗歌，并谆谆叮嘱他要博采众长，风格独创，胸怀大志，展翅高飞。梦醒之后，他在日记中写下了一首68行的诗歌，记述了昨日的梦境和梦醒后怅然的心情。

这位文学青年，就是如今著名的军旅作家、诗人，原沈阳军区政治部创作室副主任胡世宗。当年他梦见的那位诗歌前辈臧克家，就是我的父亲。

说起胡世宗与我父亲交往的渊源，要从他的这个梦开始，而他的美梦成真，真正与我父亲面对面握手言欢的日子，据他日记的记载是1979年的1月23日，距他的梦境已有17年之久，距今已近40年。当时，胡世宗已经从一个文学青年成长为创作实力雄厚的军旅诗人，而他的引荐者，是同样为著名军旅诗人的原沈阳军区空军政治部文艺创作室主任李松涛。

父亲与许多军旅作家、诗人有着密切的交往，刘白羽、魏巍、李瑛、彭龄、纪鹏和李松涛、胡世宗等都曾经是我家的座上客,交谊深厚。这不仅是因为父亲喜爱他们的人品、作品,更重要的是,父亲自己本身就曾是一位军旅作家、诗人。在90年前的北伐战场上,父亲作为黄埔六期的一名学员,在讨伐反动军阀夏斗寅的战斗中冲锋陷阵,这一段经历后来被他写入自己的回忆录和自传体长诗中。在80年前的抗日战场,父亲作为第五战区司令长官部秘书,冒着枪林弹雨在前线采访抗战将士,写下了《津浦北线血战记》《从军行》《泥淖集》《淮上吟》等一大批文学作品,为祖国的民族解放事业做出了自己的贡献。正因为有这些特殊的经历,使父亲与这些军旅作家、诗人有一种天然的亲近感。

胡世宗与父亲可以说是忘年之交。在长达二十多年的交往中,只要他来到北京,必然会到我家拜访,两人促膝谈心,天南海北,聊个痛快。他们观点相同,性格相近,很能聊得来。他那些以革命现实主义创作手法创作的歌颂革命英雄主义、弘扬主旋律的诗文,受到父亲的热情鼓励和称赞。而当胡世宗不在北京时,两人鸿雁传书,你来我往,从不间断。无论他是在酝酿作品,还是在下基层,深入生活采风,无论他在祖国的哪个地方,都会给父亲来信,谈构思,谈见闻,谈体会,谈收获。父亲呢,也经常去信谈近况,谈身体,谈观点,也谈对他的期望。当然,两人只要出了新作品,都要互赠对方,无一遗漏。

父亲对青年作家、诗人的扶持是不遗余力的,不光对他们的创作给予指导,对他们的要求也几乎是有求必应,而对于自己喜爱的青年作家、诗人,更是倾尽全力。比如对胡世宗,他的五本著作都是父亲题写的书名,最后一次题写《论胡世宗及其创作》

是在父亲97岁那年，当时父亲已经很少写毛笔字了。之前还有一次，父亲知道出版社把他为胡世宗题写的书名搞丢了，便又重新题写了一次寄去。

1985年，父亲为胡世宗写了一个条幅：

知面知心友谊厚
能诗能文热情高

为世宗诗友题句
乙丑冬日时年八十

不想寄出时父亲把地址写错了，条幅寄到了辽宁军区。许久没有收到条幅，急坏了胡世宗，他来信询问，父亲怕他着急，又重写了一幅寄去。当胡世宗知道父亲的地址写到辽宁军区后，又请朋友找到了那封信，于是他就拥有了父亲两个同样的条幅，这在父亲的朋友中恐怕也是罕见的。

1997年，父亲当时已92岁高龄，身体非常不好，血压不稳，白内障严重，报纸刊物只能看看大标题，但他得知胡世宗要编辑一本中外诗人佳作或佳句集时，不仅亲自在胡世宗请父亲斟酌的三个书名中挑选了《新诗绝句》这一书名，并题写了一横一竖两条书名供他挑选。

胡世宗为人热情真诚，对父亲更是崇敬和爱戴。每到元旦或是春节，父亲都能收到他寄来的精美贺卡，而到了中秋节，我们也时常能品尝到他寄来的美味月饼。父亲晚年多病，曾写诗云"老来病院半为家，苦药天天代绿茶"，而老朋友的纷纷逝去，更令他深感悲伤寂寞。他曾在给胡世宗的信中感叹:"久病故人稀。"而胡世宗的每次来信来访,总能给他孤寂的心灵带来很大慰藉。胡世宗写了许多关于父亲的诗文,刊登在各种报刊上。在父亲95岁寿辰时,他读到了胡世宗写的一首名为《克家的手》的诗,非常高兴,在给胡世宗的回信中写道:"你写我的《手》的诗,我读过了。它充满了友情,也含有对我鼓励之意。你与松涛是我的知心朋友,客气话,不说了。"

2003年,经过我们几年的努力,《臧克家全集》(十二卷)终于由时代文艺出版社出版了,当年8月在京召开全集的首发式,由于经费有限,会议无法为外地来京的来宾提供差旅费,但胡世宗和李松涛这两位父亲的知心朋友,自费从沈阳来参加首发式,令我们非常感动。会后第二天,两位军旅诗人到医院去看望父亲,可惜父亲已沉疴在身,无法与他们做任何交流了。

2004年2月5日,父亲驾鹤西归。得到这个消息,胡世宗从遥远的辽宁赶来,先到我家在父亲的灵堂前默哀,并对我们家属表示了深切的悼念之情,后来又在遗体告别仪式上,带着他的儿子、著名歌手胡海泉前来与父亲做最后的告别。这之后,胡世宗一直与我们保持着联系,当他知道我母亲郑曼罹患肺癌之后,非常关心,来我家探望几次,并时常来信问候。《胡世宗日记》出版之后,他很快给我们寄来,重病中的母亲仔细阅读了这八卷厚厚的日记,并把提到老伴和自己的地方都夹上了小条。2009年2月5日母亲去世,当胡世宗知道这消息后,第一时间给我们打来电话慰问,并很快写了一篇题为《怀念郑曼大姐》的悼念文章发表在《沈阳日报》上。

自母亲去世后,一方面由于我的疏懒,一方面是不想过于打搅别人，我与父亲的许多朋友都失去了联系，但胡世宗却是几位主动经常与我们联系的朋友之一。他常常给我寄来他和海泉的新作，还寄来他在各种报刊上发表的关于父亲的文章。在我的心目中，他就是一位待人热情诚恳的大哥，因此，只要关于父亲的新作出版，我也会及时奉上。去年在刘白羽百年诞辰纪念会上遇到了他，他告诉我，继在会上发的《我忆白羽》一书之后，他准备再编一本《我忆克家》。我知道，在当前这个出版社讲求经济效益的时代，像《我忆克家》这样不赚钱的书，是要自费出版的。但是，为了与我父亲多年的友情，胡世宗义无反顾地做了这件"赔本"的事。当我向他表示感谢时，他回答说："这是我必须做的，否则对不起老师和大姐生前对我的关爱。"

1989年，父亲在致胡世宗的一封信中说："你，对所从事的文学事业，努力攀登，对朋友，热情真实，文艺观点与我相同，所以成为忘年之交。"十年之后，父亲又给胡世宗写下了十个大字："忘年成好友，隔地不隔心。"这十个字胜过千言万语，是对他们几十年深厚友情的最好诠释。

2017年10月30日

郑苏伊 女，1956年10月生于北京。退休前为中国作家协会创作研究部办公室主任。曾为父亲臧克家做了20年助手，为父亲编辑了《臧克家文集》后三卷、《臧克家古典诗文欣赏集》《臧克家散文》（三辑）、《臧克家全集》（十二卷）等多部著作，并采访撰写了《世纪老人的话·臧克家卷》。

臧克家生平

臧克家，笔名少全、何嘉，1905年10月8日出生于山东诸城臧家庄一个封建地主家庭。他自幼受热爱诗歌的祖父、父亲影响，打下了坚实的古典文学基础。童年时代与众多农民朋友的朝夕相处，使他深切地了解了中国农民悲惨的命运和坚忍的性格，而在与大自然的亲密接触中，他对祖国的山川田园产生了深深的热爱之情。正因如此，描摹旧中国农村的风土人情，书写旧中国农民的苦难生活，成为臧克家日后文学创作的重要主题。

1923年，臧克家考入山东省立第一师范，在此期间，受到革命思潮的影响，阅读了大量的新文学作品，并对新诗产生了浓厚的兴趣，开始习作新诗。1925年在全国性刊物《语丝》上以"少全"的笔名发表了第一篇散文习作《别十与天罡》。

1927年，臧克家考入中央军事政治学校武汉分校（即黄埔六期），受到了革命思想的教育和严格的军事训练，并参加了讨伐夏斗寅的战役。半年的军校生活锻炼并教育了臧克家，使他的思想有了指南针，开始正确地认识人生和革命的伟大意义，奠定了他前进的道路，终生不渝。

1929年，臧克家在青岛《民国日报》上第一次发表新诗作品《默静在晚林中》，署名克家。

1930年，臧克家以数学0分，国文98分的成绩被国立青岛大学（后改为国立山东大学）破格录取，他的"人生永远追逐着幻光，但谁把幻光看作幻光，谁便沉入了无底的苦海"这三句"杂感"，深深打动了中文系主任闻一多先生。从此，他在一多先生的教导下潜心学诗，追随一多先生走上了现实主义的诗歌创作道路。大革命失败的惨痛经历，国难当头民族危亡的沉痛现实，中国穷苦农民的悲惨命运，一切的一切都淤积在臧克家的心头，而诗歌创作成为冲开淤积的突破口。他创作的《难民》《老马》等诗篇，以凝练质朴的诗句书写了旧中国农民忍辱负重的悲苦生活，成为中国新诗史上的名作，同时期发表的大部分作品也都是描绘"黑暗角落里的零零星星"以及抒发自己对生活的感悟。1933年，臧克家的第一部诗集《烙印》自费出版后，在诗坛引起了很大反响，闻一多说"克家的诗，没有一首不具有一种极顶真的生活的意义"，茅盾称赞《烙印》的22首诗"只是用了素朴的字句写出了平凡的老百姓的生活"，他"相信在目今青年诗人中，《烙印》的作者也许是最优秀中间的一个"。朱自清认为，以臧克家作品为代表的诗歌出现之后，"才有了有血有肉的以农村为题材的诗"。这样，臧克家携他的处女作《烙印》登上了中国文坛，成为"1933年文坛上的新人"。

1934年，臧克家的第二本诗集《罪恶的黑手》问世，又一次受到了欢迎和好评，从此蜚声文坛。同年臧克家大学毕业后到临清中学教书，培养了一批中国革命和建设的栋梁之材。在教书育人的同时，他创作了长诗《运河》和《自己的写照》，其间还写下了《老哥哥》《野店》等优秀散文。

1937年抗日战争爆发，臧克家把个人命运和民族命运紧密地联系在一起，抛家舍业，高唱战歌赴疆场，在抗战前线从事文化宣传工作。1938年加入中华全国文艺界抗敌协会，当选为襄阳、宜昌两分会理事。1938年至1941年夏，任第五战区抗敌青年军团宣传科教官、司令长官部秘书、文化工作委员会委员、战时文化工作团团长、三十军参议。他满怀激越的爱国热情，冒着敌机轰炸的危险，三进台儿庄采访抗战将士，不到一个月的时间便在生活书店出版了长篇报告文学集《津浦北线血战记》，讴歌了正面战场上中国军队英勇抗敌、不怕牺牲的大无畏精神，揭露了敌人的凶狠残暴；他不畏艰辛率第五战区文化工作团深入河南、湖北、安徽农村及大别山区，开展抗战文化宣传和创作活动；他不顾个人安危组织"文艺人从军部队"，冒死赴随枣前线采访抗敌将士，曾参加随枣战役。在此期间，他创作了诗集《从军行》《泥淖集》《呜咽的云烟》，散文集《乱莠集》《随枣行》以及报告长诗集《淮上吟》等。报告长诗是臧克家熔报告文学和诗歌两种体裁于一炉而创造出来的一种新形式，是一种可贵的尝试，并取得了一定的成功。

1941年秋，臧克家任第三十一集团军参议、三一出版社副社长、代理社长，因与友人创办的《大地文丛》创刊号上有宣传马克思主义文艺观点的文章，被汤恩伯查禁，臧克家愤然辞职，并创作《春鸟》一诗抒发自己的愤懑之情。

1942年夏，臧克家冒着酷暑自河南叶县历经艰难徒步奔赴重庆。8月抵达重庆后，与郑曼结为伉俪，从此携手共度62个春秋。在重庆期间，他积极参加"文协"组织的各种活动，并被选为候补理事。他曾任赈济委员会专员，在歌乐山农舍居住了三年时间。1943年6月,他的诗集《泥土的歌》问世,这是一部献给中国农村和中国农民的歌,臧克家称它是"从我深心里发出来的真挚的声音",是"全灵魂注入的诗",他把它与《烙印》一起视为自己的"一双宠爱"。在此期间,臧克家还创作出版了歌颂抗日英烈范筑先将军的五千行长诗集《古树的花朵》、总结自己十五年诗歌创作的诗集《十年诗选》以及诗集《向祖国》《国旗飘在鸦雀尖》《生命的秋天》《民主的海洋》和回忆录《我的诗生活》等。1945年8月,毛泽东赴重庆谈判,臧克家应邀出席毛泽东召开的文化界人士座谈会,并在会后以"何嘉"的笔名写了《毛泽东,你是一颗大星》一诗,刊登在重庆《新华日报》上。臧克家还多次参加"呼吁停战,实现和平"的签名活动。他对国民党腐朽黑暗的统治极为痛恨,写下了大量的政治讽刺诗,1946年结集为《宝贝儿》出版。他创作的杂文《官》《伟大与渺小》等,尖锐深刻,针砭时弊,似匕首投枪,受到读者欢迎。

  1946年7月,臧克家随郑曼所在单位"复员"到南京,后转赴上海。在上海期间,他先后主编了《侨声报》文艺副刊、《文讯》月刊等报刊,利用这些战斗阵地,团结了国统区广大的进步作家和专家学者。他大力协助友人创办星群出版社,热心支持友人出版了《诗创造》16辑,后来遭到国民党查禁。他还不遗余力扶持中青年诗人,亲自主编了《创造诗丛》,收入了苏金伞、杭约赫(曹辛之)、唐湜等十二人的诗作,并一一为他们作序,这中间许多作者日后成为颇有成就的诗人。他激愤于国民党政府的独裁专制,创作了大量政治讽刺诗,《人民是什么?》《再见了,"国大"代表们》等在国统区产生了很大影响。同时他还创作了许多小说、散文和杂文,出版了诗集《生命的零度》《冬天》,小说集《挂红》《拥抱》,散文集《磨不掉的影像》。在《冬天》一诗中诗人预言:"这该是最后的一个严冬。"

最后的一个严冬格外寒冷,濒临灭亡的国民党政权疯狂迫害、镇压进步文化人士,臧克家也上了黑名单,整日东躲西藏,最后于1948年年底被迫只身前往香港。郑曼也随后前往。

1949年3月,在党组织的安排下,臧克家夫妇乘专轮"宝通号"从香港回到解放了的北平。回到了人民当家做主的新中国,臧克家心情无比喜悦。1949年10月,在纪念鲁迅逝世十三周年的日子里,臧克家以饱满的激情写下了《有的人——纪念鲁迅有感》一诗,成为中国新诗史上的经典之作,直至今日仍被广泛传诵。

1949年至1956年期间,臧克家历任华北大学文艺学院文学创作研究室研究员,出版总署、人民出版社编审,《新华月报》编委,主编《新华日报》文艺栏。1949年7月出席了中华全国文学艺术工作者第一次代表大会,当选为中华全国文学工作者协会(后改名中国作家协会)委员。1951年6月加入中国民主同盟,曾任民盟中央文教委员会委员。

1956年5月,在周恩来总理的亲自过问下,臧克家调至中国作家协会任书记处书记,1957—1965年担任《诗刊》主编。1957年1月14日毛泽东主席在中南海颐年堂与袁水拍、臧克家会面,讨论了诗歌问题。该月《诗刊》创刊号首次发表了毛泽东旧体诗词18首和致臧克家及《诗刊》编辑部的一封信,在全国产生了巨大影响。在担任《诗刊》主编期间,臧克家兢兢业业致力社会主义文学事业的组织领导工作,在《诗刊》创刊和发展工作中起到了重要作用。他团结老作家,奖掖新诗人,亲自到工厂、学校与工人、学生座谈，参加诗歌朗诵会，并于1959年和1962年亲自主持召开盛大的诗歌座谈会，邀请朱德、陈毅、郭沫若等同志与诗人们谈诗，在繁荣诗歌创作、加强诗歌队伍建设中，做出了显著成绩。与此同时，臧克家满怀对祖国对人民的无限热爱之情，勤奋创作，笔耕不辍，相继出版了诗集《臧克家诗选》《春风集》、长诗《李大钊》，论文集《在文艺学习的道路上》《学诗断想》等，其中《有的人——纪念鲁迅有感》《毛主席向着黄河笑》等诗文多次被选入语文课本。1956年，臧克家选编了《中国新诗选（1919—1949）》并撰写了长篇序言，此书是中华人民共和国成立后第一本较为全面地反映中国新诗历史的选本，受到读者的欢迎。他和周振甫合著的《毛主席诗词讲解》几十年来多次补充修订，国内外印行百万多册，对毛泽东诗词的传播和普及，起了重要作用。

臧克家在"文化大革命"中遭受迫害，被迫停止文学创作和社会活动。1969年下放到湖北咸宁文化部"五七"干校，1972年回到北京。

1973年起臧克家赋闲在家，创作了许多旧体诗词与友朋唱和，并以三年干校生活为题材写下了题为《忆向阳》的旧体组诗。深厚的古典文学功底使臧克家在旧体诗词创作方面也颇为得心应手，成为他晚年文学创作的重要组成部分，其中一些诗句，如"老牛亦解韶光贵，不待扬鞭自奋蹄""年景虽云暮，霞光犹灿然"等，已在读者中广为传诵。

1976年1月《诗刊》复刊，臧克家任顾问兼编委。

1976年粉碎"四人帮"后，年逾古稀的臧克家文思泉涌，迎来了他文学创作的又一个春天。除了旧体诗词，他还创作了大量精美的散文和古典诗文欣赏,向世人展示了他作为散文大家的另一种风貌。他的散文《炉火》《闻一多先生的说和做》以及《纳谏与止谤——重读〈邹忌讽齐王纳谏〉》等受到各界的青睐,选入中学课本及多种选本。从1978年至今,他共计出版了诗集《忆向阳》《落照红》《放歌新岁月》《臧克家旧体诗稿》,散文集《怀人集》《诗与生活》《甘苦寸心知》《臧克家抒情散文选》,论文集《克家论诗》《臧克家序跋选》《臧克家古典诗文欣赏集》,以及《臧克家文集》(六卷)、《臧克家全集》(十二卷)等各类著作近50部。几十年来,臧克家的作品曾被译成日、俄、英、法、德、意大利、波兰、荷兰、罗马尼亚等多种语言介绍到国外,在国际上产生了一定的影响。

臧克家本人和他的作品多次获奖。1988年4月,获中国作家协会首届文学期刊编辑荣誉奖;1990年8月,他主编的已发行20多万册的《毛泽东诗词鉴赏》获全国图书"金钥匙"奖和第五届中国图书奖一等奖;1991年10月,获国务院颁发的政府特殊津贴;2000年1月,获首届"厦新杯·中国诗人奖"终身成就奖;同年11月,获"国际炎黄文化研究会首届龙文化金奖"终身成就奖;2002年10月,被世界诗人大会和世界艺术文化学院授予荣誉人文学博士;同年12月,获第七届今世缘国际诗人笔会颁发的"中国当代诗魂"金奖;2003年12月,凝结着臧克家一生心血的《臧克家全集》(十二卷)获第六届国家图书奖提名奖。

臧克家曾任全国人民代表大会第二、三届代表;中国人民政治协商会议全国委员会第五至八届委员,其中第六、七届为常委;中国作家协会第一、二届理事,第三届理事、顾问,第四届顾问,第五、六届名誉副主席;中国文学艺术界联合会第三、四届委员,第六、七届荣誉委员;中国诗歌学会会长;中国毛泽东诗词研究会名誉会长;中华诗词学会顾问、名誉会长;中国写作学会会长、名誉会长。

臧克家是中国现当代杰出诗人,著名作家、编辑家,忠诚的爱国主义者,中国共产党的亲密朋友。他热爱党,热爱人民,热爱社会主义祖国,在七十余年的创作生涯中,无论是在革命战争时期,还是在社会主义革命、建设和改革开放时期,他都以极大的热情关心国家的前途、民族的命运、文学的发展,热忱讴歌党领导的革命、建设、改革开放事业和中国特色社会主义道路。他积极倡导作家深入生活、反映时代,大力提倡文学作品题材、风格的多样化和艺术上的探索创新。他坚持"二为"方向和"双百"方针,团结爱护老诗人,热情培养中青年诗人。他见证了我国新诗从诞生到发展的历史,对我国新诗的发展做出了卓越的不可磨灭的贡献。

臧克家的一生是不懈追求光明的一生,是自觉地表现时代、全心全意为人民服务的一生,是勤奋笔耕、呕心沥血、不断攀登艺术高峰的一生。他思想敏锐、爱憎分明、善良正直、乐观豁达、作风正派、文风朴实、平易近人、襟怀坦荡、生活俭朴、严于律己。他把毕生的精力和心血无私地贡献给了祖国和人民的文学事业。

2004年2月5日,臧克家因病医治无效,于20时35分在北京逝世,享年99岁。当天正值元宵佳节,一轮明月,万家灯火送他驾鹤西行。他去世后,按照他生前遗愿,他的部分骨灰被家人送回故乡,洒到了他日夜思念的农民朋友"老哥哥"、六机匠等人的坟上。正如他自己在六十年前创作的题为《爱的熏香》一诗中所写的：

> 我太爱这乡土，太爱这块土地上的人民，
> 这爱是那么浓烈，那么醇厚，
> 它的熏香使我不朽！

2017年4月11日

（此生平是郑苏伊在中国作家协会《臧克家同志生平》的基础上扩展而成。）

郑曼同志生平

郑曼,女,浙江黄岩(台州)人。1919年10月出生。1938年毕业于浙江省立台州中学附属简易师范。抗战初期满怀爱国热情投入抗战工作。1942年赴重庆,曾在战时儿童保育会儿童疗养院工作。1946年在上海市财政局任办事员。1949年5月,经统战部介绍,入北平华北大学第三部文学创作研究室工作。1949年9月至1950年12月,先后在北京新华书店编辑部、出版总署编审局任办事员、科员,并参与了1949年11月创刊的《新华月报》初创期的工作。1950年12月人民出版社成立之时,由出版总署调至人民出版社,在资料室(组)历任资料组科长、副组长、组长。《新华月报》归人民出版社主办后,长期从事《新华月报》编辑和管理工作,并历任《新华月报》编辑组代理组长、组长等职。1951年6月加入中国民主同盟。1956年10月加入中国共产党。1969年9月至1973年5月,曾下放湖北咸宁文化部"五七"干校。1983年10月离休,1984年12月享受司局级待遇。1988年4月,荣获"老出版工作者"称号。

郑曼同志参加革命工作以来,勤勤恳恳,兢兢业业,默默耕耘,恪尽职守,为党和国家的出版事业做出了应有的贡献。她一贯认真负责,任劳任怨;坚持原则,正派正直;谦虚谨慎,与人为善;待人宽容,严于律己;只求奉献,不思索取;终生心系并奉献于出版事业,在出版界享有崇高的声誉,为后辈学习楷模。她全力支持臧克家同志的文学创作、全力照料臧克家同志的日常生活,无私忘我,令人钦敬。她关心社会,热心公益事业,经常捐款捐物;自奉俭约,却长年资助贫困学生多名,并个人出资捐赠了一所希望小学。即使病重期间,她还念念不忘四川汶川地震灾区人民,慷慨解囊支援灾区,充分体现了老一代出版人广博的胸襟和无我的爱心。

2009年2月5日,郑曼同志因病逝世,享年90岁。

(以上文字选自2009年2月11日中国作家网。)

目录

我心目中的臧克家 —— 001

精神不老诗常青
——臧克家印象 —— 003

克家早操 —— 025

在臧老家巧遇郎平 —— 026

臧克家与郎平的忘年交 —— 030

臧克家的手劲 —— 032

老马凯旋自奋蹄
——贺臧克家九十寿辰 —— 034

克家尊师的赞誉 —— 037

九旬老人的深情牵挂 —— 038

大诗翁臧克家 —— 042

克家的手 —— 050

对臧克家的一次探望 —— 053

怀念臧克家老师	057
灼人的克家	060
我忆臧克家	065
拜访臧克家巧遇郎平	069

我日记中的臧克家 ——— 071
臧克家、郑曼信函 ——— 373
   附：胡世宗致臧克家、郑曼信函 ——— 465
臧克家赠书 ——— 525
后记 ——— 547

我心目中的臧克家

精神不老诗常青
——臧克家印象

他每天就生活在这些在世的和不在世的师长文友的深厚友情与默默怀念的氛围里。

他是为我所爱所敬重的长者。听说他病得很重,也不知是住在医院,还是回到了家中。我急急赶到他的宅院,轻轻推开虚掩的院门,保姆认出了我,说他刚好一点,今天是从病榻上起来的第二天,嘱我少说几句。我悄悄走进他的客厅,他迎上前来,两只手在系白衬衫的纽扣,仍是那么慈爱可亲,仍是那么矍铄有神!他让我坐下来,要给我倒水,我起身劝止了。他把我让进他那狭小的卧室兼写作间。桌上放着两只细瓷小碗,一只里有三四片油炸馒头片,另一只里是一点小菜:几块豆腐泡,几片腌过

1933年摄于青岛

1933年与王统照（右）摄于青岛

的鲜菜叶。他每天吃的东西很少，也很清淡。而他的工作量却是那样巨大：每天要早六点起床，伏案工作达好几个小时；就在这病中，还念记着一篇篇应约的文章，我看到，他那窄小的床头，散乱地放着一些翻找出的待读的资料，还有一沓将为一位老友写序的书稿。

　　我对克家同志崇慕已久。我小的时候就曾被他的诗所吸引。我在学校读书时，曾做过一个甜甜的梦，梦见克家同志，他还指点了我的习作诗页，叮嘱了我许多话……第二天我用一首长诗，细致地记录了这个梦的全过程，并写进了我的日记。我第一次同他见面，是1976年12月，《诗刊》社为纪念毛主席给《诗刊》的信发表二十周年的一个小型座谈会上。克家同志以深挚的感情，仰着脸，声音哽咽着，缅怀了毛主席给他写信、约他谈诗那些令人难忘的往事。

　　第一次到克家同志家里做客，是松涛带我去的，在我和松涛出席中国作协委托《诗刊》社在北京召开的全国诗歌创作座谈会期间。那是1979年1月一个寒冷的上午。我在他家客厅里却感到了极大的温暖。茶几上他亲手沏的香茶冒着热气，我环顾四壁，全是名家的字画：郭沫若、茅盾、闻一多、老舍、叶圣陶、郑振铎、冰心、何其芳、冯至、唐弢、曹靖华、沈从文、于立群……克家同志说，还有没挂出来的二三十轴呢！他每天就生活在这些在世的和不在世的师长文友的深厚友情与默默怀念的氛围里。

以后,每次到北京,我都要去看望克家同志。有时我怕打扰他,只站着看他一眼,并不落座就告辞而去,即使这样,心里也感到宽慰和满足。我曾为我的诗集《雕像》,致函请他题写书名,他欣然应允,写罢寄来,还是在病体初愈的境况下。他在回信中甚至带有歉意地问:是否写晚了误了事?后来出版社编辑竟把这幅题字弄丢了,这使我焦躁悔愧。我带着不安的心情向克家同志说明了情况,他竟毫无责备之意,痛快地拿出纸笔,给我重新写了一帧。

1982年4月,全国军事题材文学创作座谈会期间,晓凡同志约我一起去拜望了克家同志。那一天,克家同志兴致很好,大约同我们谈了一个多小时。我们看到他一边说话,一边用左手从上往下抹着前胸,几次起身要走都被他挽留。他说:"每一天都有许多拨来访者。与你们这是长谈了;因为身体状况,再来的人只能说短话;第三拨人来了,我就说不出来话来,卧在床上打手势了。"我们为克家同志的深情和热诚所感动。告别时,他送出了屋门,又送出了院门,挥手再

1938年6月与于黑丁(右)摄于武汉

三。我们站住脚,回过头来,望着他扶门而入,才肯离去。

他写下大量的诗篇,为革命文学,尤其是新诗的发展做了许多卓有成效的工作。

如今,克家同志已是将近80岁的老人了,他走过了漫长的生活道路和创作道路,他的脚印,已经深深地留在了中国新诗发展的史页上。他的《诗与生活》(四川与香港同时出版),是一本内容翔实、独具特色的生活和文学的回忆录。克家同志亲身经历了新旧军阀野蛮黑暗的重压与频繁残酷的内战;轰轰烈烈的武汉大革命及其失败;蒋介石长期的反动统治;汹涌奔腾的抗日热潮;中国共产党领导下的人民民主革命;第一面五星红旗升起之后,迅速开展的社会主义革命和建设;十年内乱;党的十一届三中全会以来国泰民安、欣欣向荣的局面……克家同志以其所持的一孔,窥见了中国近代和现代的沧桑之变,他为我们写下了大量的诗篇,为革命文学,尤其是新诗的发展做了许多卓有成效的工作。

克家同志曾担任《诗刊》第一任主编,他同毛泽东、周恩来、朱德、陈

1938年6月在郑州

1938年臧克家率领的第五战区文化工作团与河南"战教团"联合演出后合影。站立者右六为臧克家

毅等党和国家领导人,以及郭沫若、茅盾等许多文坛巨星有过交往。毛主席关心《诗刊》和诗歌问题,给克家等同志多次写信;曾邀他到中南海做客达两小时之久。"你听见过,站在天安门上,/他那震动世界的呼声,/闲谈的时光,他的音流像春水溶溶,/解除了我们的拘谨。"(《在毛主席那里做客》)谈话中间,克家向毛主席报告:《诗刊》只印一万份,太少哇!毛主席反问:你看印多少?克家同志说:五万份。毛主席说:好,我答应你们印五万份。在三年困难时期,纸张缺乏,《诗刊》出不了道林纸本,陈毅同志批了条子,要外交部调拨一部分道林纸支援《诗刊》。1962年,克家同志对陈老总的名作《赣南游击词》和《梅岭三章》写了读后感发在《文艺报》上,陈总看到之后,立即热情致函克家同志,表示谢意,并说:"甚惬我意。"

克家同志在1942年重庆的一次座谈会上得识周恩来同志。当时周总理对他说:"臧克家同志,你是山东诸城县人吧?"劈头一问，使他大为吃惊和感动。他回答："是。"周总理说："你的一位同乡在延安搞交际处的工作，他谈起过你。"原来克家同志一位叫李宇超的高小同学，对总理提起过他，总理竟如此关怀，使他顿觉心中涌进一股暖流。1956年夏天在紫光阁一次宴会上，周总理问到克家同志的工作，带点疑惑的口吻说："臧克家同志，你是作家，为什么不在作家协会工作，而在人民出版社工作呢？"这个提问使克家同志很惊异，他随口回答道："我在人民出版社工作很好。在哪里工作都是一样。"过了不久，周扬同志就找克家同志谈话，把他调到了作协书记处工作。

　　克家同志是党外人士，他对党对社会主义有着深厚的感情。由于他同毛主席的人与诗的交往，他对主席是真诚崇戴的。他在几次会议上的发言，尤其是在1976年12月的那个座谈会上的发言——当时毛主席刚刚离世三个月，他痛忆往事，泪咽于喉，竟常常中断话语。社会上曾经有人说他"保守"，他大为激动地对我说："我并不保守，'两个凡是'我是极端反对的。比如毛主席，有人对他大抱不满，加以讽讥，我觉得这不对。我对他极为尊重，也有个人感情。毛主席也有缺点，中央对他的评价是公允的，令人信服的。"1982年，党召开十二次全国代表大会，报社编辑向克家同志约稿。当时有人不愿写这类稿子。克家同志认为只要有所感就应该写。他以《参天大树》为题，用简朴的诗句，写出了自己对党的深情，对党的信念：

　　　　党开"一大"，
　　　　我是一个高小学生。
　　　　党开"十二大"，

我成了七十岁的老翁。
老翁不老,
党是参天大树——
郁郁青青。

在他诗笔底下,我们看到了旧中国苦难深重的农民生活的一幕幕惨象;听到了反抗压迫剥削、争求自由和解放的呼号。

克家同志的身体一直欠佳,他曾经多次与病魔搏战而后"凯旋"。他长年精力旺盛地工作,使人容易忘记他的病状。他夫人郑曼大姐曾告诉我,克家同志从1948年开始就得了肺结核病,左肺有三个洞;他心律严重不齐;还患高度神经官能症,经常头晕。有一次,在他脉搏间歇刚刚恢复正常的时候,我去探望他。克家同志笑吟吟地说"没事了",遂把那只著写过无数耀眼诗文的手臂伸过来,让我摸脉。我用手轻轻摸着他那有一点苍老的温热的手腕,我感到了他那苍劲有力的脉动,那是一颗从1905年就开始了工作的心脏啊!那是一颗跳动了几十个年头

1940年5月与姚雪垠(左一)、田涛(左二)、碧野(右一)合影于老河口

1946年6月10日臧克家与王亚平（前左）、力扬（后左）、臧云远（后中）、柳倩（后右）摄于重庆

1946年11月臧克家与夫人郑曼摄于上海

依然赤诚和年轻的诗心哪！那是燃烧着理想、信念、智慧和深情的火之源哪！

克家同志曾在他的诗选序中自问自答："作为一个诗歌创作者，呕心沥血，长年苦吟，诗集出版了一大堆，试问，从中能窥见一点大时代雄伟壮烈的影子吗？从中能听到一点呼号振奋的声音吗？

"我只能如此回答：有一点点的影子，但那影子不够明朗，如果说有一点点声音，但那声音未免微弱。"

这回答有克家同志一贯的严谨与自谦。其实，我们正是从克家同志的诗笔底下，看到了旧中国苦难深重的农民生活的一幕幕惨象；听到了反抗压迫剥削，争求自由和解放的呼号。

在克家同志漫长的创作生涯中，我认为，1932年和1942年，是两个重要的年份。

印在诗选卷首的《难民》，1932年2月写于家乡："陌生的道路，无归宿的薄暮，／把这群人渡到这座古镇上。／沉重的身影，扎根在大街两旁，／一簇一簇，像秋郊的禾堆一样，／静静的，孤独的，支撑着一个大的凄凉。"他实写了难民的酸辛："强大的疲倦，连人和想象一起推入了朦胧，／但是，更猛烈的饥饿立刻又把他们牵回了异乡。"这一年，他以深切的同情，写了深夜雨中的《洋车夫》；写了"老得没用了"、被赶出家门的长工《老哥哥》；写了"饥困的吼叫，冷落的叹息"漂满海夜的《渔翁》；他还写了"天大的情面借来的本钱，末了赚回来不够一半"的《贩鱼郎》；写了"脸是暗夜的天空"的挖煤工人——《炭鬼》；写了承受着一家苦难的年轻寡妇《当炉女》；特别是那首"总得叫大车装个够，它横竖不说一句话"的《老马》，简直

我与臧克家

1946年12月5日茅盾（左二）、孔德沚（左一）夫妇赴苏联访问，臧克家（右一）与郭沫若（左四）、于立群（左三）、任钧（左五）、范泉（右二）等到上海码头送别

1948年春节臧克家与夫人郑曼（右二）、大儿子臧乐源（右一）、二儿子臧乐安（左一）摄于上海东宝兴路138号寓所院内

1949年3月13日臧克家与郑曼及杨晦之子摄于香港九龙荔枝角九华经住房前

1949年3月臧克家赴北平途中在"宝通号"上与同志们联欢时讲话

1949年3月自香港赴北平途中臧克家夫妇在党组织包租的"宝通号"轮船上

1949年7月摄于华北大学文艺学院门前

是旧中国背负沉重压迫的农民的画像。这一年,克家同志思想激进,倾向革命,呼唤变革。他这样写"九一八"事变:

> 应当感谢我们的仇敌。
> 他可怜你的灵魂快锈成了泥,
> 用炮火叫醒你,
> 冲锋号鼓舞你……
>
> ——《忧患》

他还这样大胆地期待和预言:

1949年7月第一次文代会期间臧克家（右一）与卞之琳（右三）、王辛笛（右四）、徐迟（右五）沙鸥（右六）等在怀仁堂前合影

1949年12月大众诗歌社成立纪念。前排左起林庚、冯至、萧三、钟敬文、俞平伯、艾青、臧克家、王亚平、卞之琳。中排左起沙鸥、邹荻帆、袁水拍、徐迟、吕剑、严辰、力扬、彭燕郊、田间。后排右二徐放

不管现在是怎么样，等着看，
不久有那么一天，
宇宙扪一下脸，来一个奇怪的变！

——《不久有那么一天》

从1932至1942年，十年！诗人的眼睛更加明亮，诗人的笔锋更加锐利，政治上、艺术上都更加成熟了。他赞美真理的歌声："蚕虫听到你的歌声，／揭开土被／到太阳底下去爬行；／人类听到你的歌声／活力冲涌得仿佛新生……"他揭示人间不平，召唤人们觉醒："上帝／给了享受的人／一张口；给了奴才／一个软的膝头；／给了拿破仑／一柄剑；／同时，／也给了奴隶们／一双反抗的手。"从《春鸟》到《反抗的手》，1942年，诗人与迅疾前进的时代呼应着，"带着梦里的心跳"，唱出了"一串生命的歌"。那美妙的音流，从绿树的云间，从蓝天的海上，汇成了活泼自由的一潭……

在全国人民为推翻蒋家王朝进行殊死斗争的如火如荼的年月，诗人的诗篇，几乎直接成为人民手里的武器，成为发动群众起来搏战的号角。他告诉人们：物价正和钞票印刷机跑百米赛（《飞》），告诉人们"政治犯在狱里""难民在街头上""自由哇，是指着肚皮给孩子起的一个小名"（《胜利风》）；告诉人们：这年头，工厂的烟囱，百姓的灶门……"什么都冰冷，发热的只有枪筒子"（《发热的只有枪筒子》）；告诉人们：八百个孩子，"这些'人'的嫩芽"，被一夜风雪冻死了！（《生命的零度》）。他揭露、嘲笑和鞭挞国民党的"接收大员"和"警员"，他发出这样在历史的长廊里隆隆作响的警告：

人民是什么？
人民是面旗帜吗？
用到，把它高高举起，
用不到了，把它卷起来。

人民是什么？
人民是一顶破毡帽吗？
需要了，把它顶在头顶上，
不需要的时候，把它踩在脚底下。

人民是什么？
人民是木偶吗？
你挑着它，牵着它，
叫它动它才动，叫它说话它才说话。

人民是什么？
人民是一个抽象名词吗？
拿它做装潢"宣言""文告"的字眼，
拿它做攻击敌人的矛和维护自己的盾牌。

人民是什么？人民是什么？
这用不到我来告诉，
他们在用行动

做着回答!

　　　　　　　——《人民是什么?》

这是诗人1946年在重庆写的一首政治鼓动诗。深刻的思想，鲜明的形象，朴实的句子，像铁锤打在烧红了的铸件上，当当有声，火花四射。30年后的1976年，天安门广场上，曾有人朗读了这首诗，同时还传抄了他的另一首诗《有的人》：

有的人活着，
他已经死了；
有的人死了，
他还活着……

有时我想，克家同志这些诗篇的辛辣犀利和富有鼓动力量的幽默，似乎与他那温和、善良、质朴的性情不大相符。后来我想到：他是闻一多先生的学生啊，谁猜得出"火山的缄默"呢？他这种热爱祖国、热爱民族的感情是高于一切的，可以改变他个人的性格，也不会受年龄的制约。一次，我正在他家做客，邻居送来了《北京晚报》，克家同志翻看到"中国女排以3：0胜匈牙利队"的消息，高兴得像个孩子。他兴致勃勃地说，如果中国女排再以几比几胜哪个队，就可以如何如何了。郑曼大姐告诉我，前一天克家同志两次看电视转播排球赛，到晚上10点半，一篇6000字的文章没有校对，太疲劳、太兴奋，差一点又犯了病！从克家同志身上，我感受到一个老诗人不冷却的政治热情和那颗红亮的诗心。

人生是需要友爱的，他尤看重诗朋文友的情意。

克家同志应老舍夫人胡絜青之约，为《老舍新诗选》写一篇序，竟写了四个月！克家同志望着卧室壁上已故老舍先生手书的"健康是福"四个大字，常常沉浸在如烟的往事漫忆之中，不能自拔。1933年7月，克家同志的第一本诗集《烙印》，自费出版了。当时克家同志还是一个无名小卒。这本《烙印》得力于闻一多先生作序，王统照先生做发行人。这两位先生每人还资助克家同志20元钱做印刷费用。书出来以后，在当时很有影响的《文学》杂志上，同一期登了两篇评介文章，一篇为茅盾先生所写；另一篇为老舍先生所写。老舍在文章中说《烙印》里的诗："设若我能管住生命，我不愿它又臭又长，如潘金莲女士之裹脚条；我愿又臭又硬。克家是否臭？不晓得。他确是硬，硬得厉害。"由于这样两个人物的评介，书店才肯接受推销这本书，从此臧克家带着历史和时代的烙印登上了文坛。

> 在茫茫的人海里，
> 心在寻找着心。
>
> 你会觉得心的太阳
> 到处向你照耀，
> 当你以自己的心，
> 去温暖别人。
>
> ——《星点》

人生是需要友爱的。克家尤看重诗朋文友的情意。1982年七八月间,克家以77岁的高龄,应邀做了一次山东之行。山东是他的故乡。青岛、烟台……亲戚、同学、新朋老友……久别重逢或刚刚结识,每日应接不暇。欢谈畅叙,题诗留字,命题作文,赴约演讲……竟把他累倒了。有时候,友情的力量也是可怕的呀!百忙之中,他怀着深切的思念之情,瞻看了闻一多、老舍、王统照、吴伯箫几位同志的故居。他在回顾这一次友情之旅时,说到当地文联、作协的接待。他对我说:"太隆重了!房钱都不收!"纯朴的克家同志呀,你可知道这些年世风世俗的深刻变化吗?慢说是你这位赫赫有名的大诗人,就是一般写出了一些作品的青年人,外出访问、介绍经验,到了哪里,住宾馆、饭店,接待单位也不会收房费的,即使收了,自己回本单位也可以报销的呀!何止是不收房费呢!

1956年4月臧克家与青年诗人温承训(右)合影

1956年夏应约为山东大学中文系的同学朗诵自己写给母校的诗

我与臧克家

1957年6月摄于北京

克家历来是谦虚谨慎的。1956年,他编选了一部《中国新诗选》,没有收入自己的作品。书出版后,何其芳同志写信批评了他,信上说:"我觉得你选中国新诗,不选你自己的,这是不对的。不应以选家身份过分强调自己,同样也不应因为自己选诗,把自己去掉了。这样不科学,不公允。鲁迅选小说,不也选了自己的作品?……"与此同时,又有五位读者来信责备这种做法,说:"您是教人谦逊还是教人虚伪?"这样,在这本书再版时,他才加入自己的四首诗——并不在选本中选诗最多的作者之列。

那一年新春,克家同志在家院的大门上,贴了自己手书的寓意深远的一副对联:

凌霄羽毛原无力
坠地金石自有声

两旁还加了另外两副对联"必达宏标远 兼关不计程"和"双肩千石重 白发万根轻"。横批是"春回大地"。

一次与克家同志闲谈,谈到了大门上的对联。克家说:"我还加了两句,凑成了四句,加的那两句是'万类人间重与轻 难

我心目中的臧克家

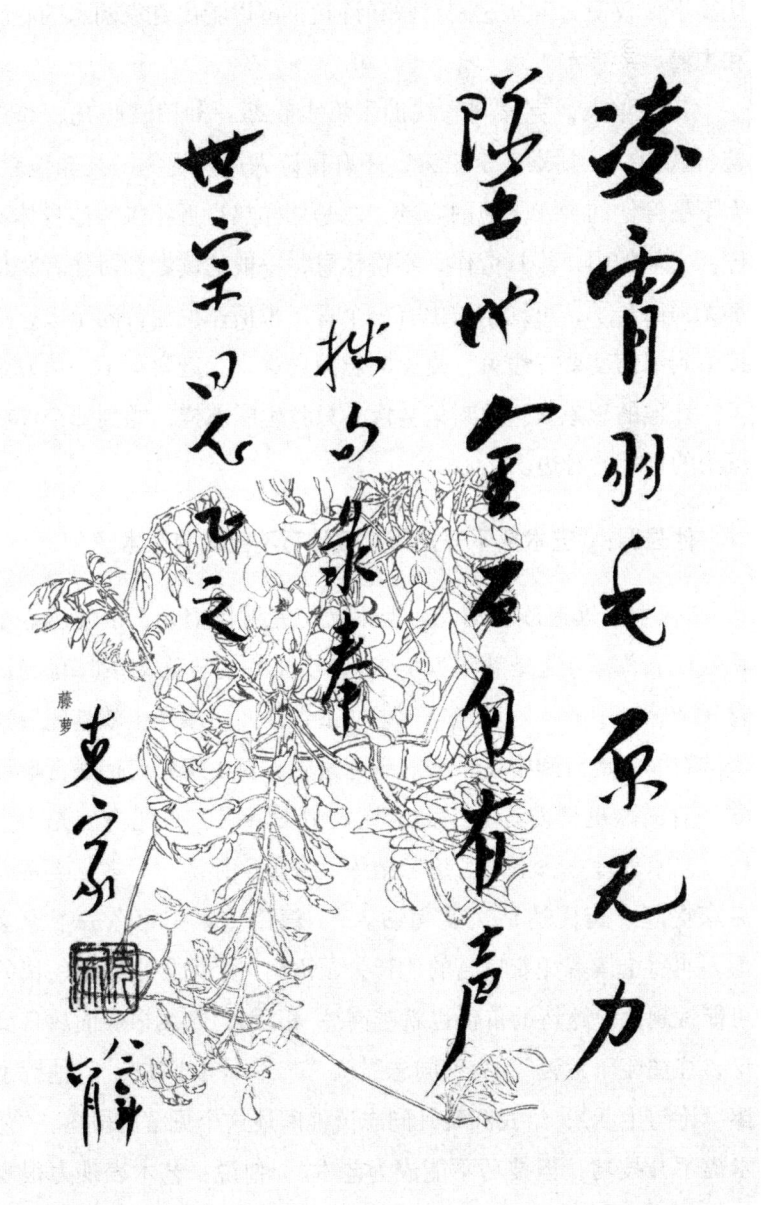

克家手书

凭高下作权衡'。"从这副对联和诗句，可以看出克家同志的心胸和志愿。

几十年来，克家同志扶助了不少晚辈：刘镇、晓凡、李学鳌、戚积广、刘章、李松涛，还有盲诗人周嘉堤……凡知他者，无不敬仰他的为人。他的心肠，总是那样热！近年来，他身体不佳，文债如山，终日劳作，不得休息，一般的读者和习作者来信都无力回复了，可辽宁鞍山有一个青年来信，说他苦闷至极，如接不到回信就要寻短见！克家同志惊异难言，赶紧写了一信发走了，在他的想象里，这封信会像一只救生圈那样，漂到那个即将沉沦的青年的身边。

他强调："艺术离不开技巧，但技巧不能成为艺术。"

"人生永远追逐着幻光，但谁把幻光看作幻光，谁便沉入了无底的苦海。"这是臧克家1930年考青岛大学英文系时写的试卷《杂感》中的一则。当年，中文系主任闻一多先生就是凭着这个试卷同意他转到中文系来的。克家同志青少年时代接触古典诗歌，对民歌也喜爱，上了大学进入中文系后，跟闻一多先生学诗，艺术表现方法上刻苦追求精练、含蕴、朴实。一多先生常向克家提起"诗无达诂"这句话。"一篇诗，不拘死在一个意义上，叫每个读者凭着自己的才智去领悟出一个境界来。被领悟的可能性越大，这诗的价值也就越高。"相反，"学无根底而放言高论，往往流于荒诞。"克家同志强调"艺术不等于技巧"，他曾手捧《诗与生活》，给我和晓凡同志读他阐述这个见解的段落："艺术离不开技巧，但技巧不能成为艺术。"他说：艺术表现力很复杂，要有文化传统，阅历，创作实践的经验……但技巧还不是艺

1958年在北京书市卖书　　1959年4月与陈毅同志（右）在《诗刊》社召开的诗歌座谈会上

术。他还强调"情"，他说："写诗不动感情，光记事不行。无论写什么文艺作品，特别是写诗，光有材料不行，你对生活的感觉如何？爱什么？恨什么？"他还引述巴金的话："我生活熟悉一点，回忆生活时有很深的感情。"他说："回忆朋友，几十年不见，虽非云山相隔，世事两茫茫，情在其中。"他还说："感情就像燃烧的火，能照亮记忆。"

有人对克家同志说："你的短诗比长诗好，你觉得怎么样？"克家同志答："当然，长诗我把握不好。"山东人民出版社出版了他的《长诗选》，四部长诗中有一部是写李大钊的。克家同志说："这一部我自己还比较喜欢。为写李大钊同志，我访问了七个同他熟悉的人，材料是翔实的。写长诗困难大一些，表现一个人、一个史实，不容易。首先要有感情；没有感情，不可能是诗。"他列举了闻捷的《复仇的火焰》，贺敬之的《雷锋之歌》，郭小川的《向困难进军》……然后说："这些长诗中都有澎湃的情感。"他接着有一些气愤地说："有人把郭小川、贺敬之的诗诬为'假大空'的开端,这是不顾事实。我觉得郭、贺的诗,在当时的时代环境里,给人以力量,鼓舞人们去战胜困难,得到了人们的共鸣,表现得也不错,是好诗,这是不能否定的!"

克家同志20世纪30年代在青岛黑暗窒息的环境里,写下了大量悲愤的诗篇。1956年夏季,他重游青岛,写出了一组欢快动人的《海滨杂诗》。这组诗表现了诗人同大海一样自由舒畅的呼吸,充满了对自然、对生活的酷爱。人们哪,应该而且可以卸下各种各样的、或轻或重的精神负荷!那将会像克家同志笔下的《脱下了》那样快活:

> 脱下了,脱下了
> 身上和心上的负载。
> 大海啊——绿色的世界,
> 一个个轻快的身子,
> 投向你起伏的胸怀。

1984年春3月于黑龙江省佳木斯市

(原载1985年春风文艺出版社出版的《当代诗人剪影》。)

克家早操

熟悉的街口,熟悉的胡同,因为刚刚是早上6点钟。我心想,不可能遇到那熟悉的身影。我只是路过这儿,当然也是特意路过,但真的不是想来做客,没有这样早来串门的。街上铺面都还没开板儿,除了清扫工,只有稀少的行人。

我站在熟悉的街口,深情地看一眼熟悉的红漆大门,大门紧关着。熟悉的胡同深处有位老人的背影极像他,我激动得心怦怦地跳起来,赶忙向前快走,但我马上又停住了脚步。不可能是他,你看,他在做腹背运动呢!连续地做,手指尖快够到了脚背……80岁的老人?不会是他!我有一些失望了。就在我刚要转身往回走的刹那,那老人停止了运动,甩着手臂,面朝我这个方向……啊,我们同时认出了对方。我紧走几步,紧紧握住了他的手,那瘦弱但温热有力的手。他亲切地问:"你'长征'回来了?"我说:"回来了,回来了。"他关切地问起今日长征路上人民的生活情形;还向我讲述了他济南"臧克家学术讨论会"的盛况。

他的身体那样硬朗,精神那样矍铄,实在让人高兴。他每天早起都出来散步,活动活动腰身,呼吸呼吸早晨清爽的空气。仅我,就连续两次,于清晨,在这熟悉的街口,熟悉的胡同,看到这熟悉的可敬的身影……

我与臧克家

在臧老家巧遇郎平

北京的夏天比起沈阳来要难耐得多,在溽热的夏天串亲访友,主客双方都有许多不便。出差北京的最后几日,天气忽然凉爽下来,使我萌生了拜望臧克家同志的念头。7月的最后一个星期日的下午,我先打了电话,接电话的是臧老的女儿苏伊,她说爸爸在家,请来吧!

臧老的夫人郑曼大姐给我端上新切的红瓤西瓜,同我闲谈了一会儿便叫醒了臧克家同志。臧老每天午后都要睡一阵子,他穿着白衫、灰裤、圆口黑布鞋。他气色蛮好,但时常头晕,精神有些不如以前了。我们谈起即将出版的《毛泽东诗词鉴赏》,谈起他最近正做的事情。他要做和要他做的事都太多,忙不过来。

正谈着,门铃响了,进来一个很高、很眼熟的女运动员。她穿着绿色无袖衫、淡蓝牛仔短裤、蓝色运动鞋,身后还有位老同志。苏伊在院子里喊了一声:"郎平来了!"我看见臧老高兴地站起来迎接客人,郎平紧紧握住臧老的手,这一对传为佳话的忘年交老朋友都异常高兴。郎平是前一天晚上从美国飞回来的,还未到家,先让爸爸郎家骅开车送她来看臧老。她说:"这是我回国后看望的第一个朋友。"

臧老说:"我是从今天的晚报上知道你回国的消息的。"说着

1990年7月29日与郎平摄于赵堂子胡同寓所（胡世宗摄）

还到书房找来那张《北京晚报》，上面果然有一篇《友好运动会上访郎平》的文章，可见臧老对郎平关心的程度。

我问郎平："你和臧老认识几年了？"郎平回忆说："十年了。"那是1981年11月中国女排荣获冠军的庆祝会上，臧老当场赋诗《东风传捷报》，赞扬中国女排的辉煌战绩和拼搏精神。在这之前，他曾在《人民日报》上发表赠郎平的诗，撰文介绍《郎平日记》还发表记述与郎平会见的文章。自从相识以来，郎平常来看望臧老，有时和姐姐郎红同来。

郑曼大姐说臧老平时不看电视，新闻节目也不看，但只要是女排打球，无论早晚他必看无遗。苏伊补充道："昨天爸爸把中国同韩国足球赛转播预报误记为女排比赛了，结果直等到晚上9点，打开电视一看，原来是足球！"郎平听了笑了好一阵。记得

1982年有一次我在臧老家做客，邻居送来《北京晚报》，臧老翻看到"中国女排以3∶0胜匈牙利队"的报道，高兴得像个孩子。他兴致勃勃地对我说，如果中国队再以几比几胜哪个队，就可以如何如何了。他真可称作"球迷"了。那一次郑曼大姐告诉我，前一天臧老两次看电视转播的排球赛，到晚上10点半，仍未休息，一篇要纪念世界文化名人会上做的关于李白的人品和诗品的6000字主报告还未校对，太疲劳，太兴奋，差一点犯了病。郎平每次都劝臧老不要看球赛的现场实况直播，怕他太激动，受不了。这次又说："臧老您别看实况，只看结果吧！"关切之情溢于言表。

郎平询问臧老近况，臧老说："有各种会议、各种社会活动，年事高，身体不好，大都免了，请假了；来访人多，要求题

1990年拜访臧克家巧遇郎平，左一为15岁的胡海泉，右一为克家孙女臧耕

字、题写书名、为书写序的、搞集邮的、收集名人字的……"臧老的确太累，无法一一应酬。他对郎平说："当名人真苦，你也一样啊！"郎平笑着说："我躲到国外去了，好多了！"郎平正在美国求学，这次回国是要参加8月份在北京举行的世界排球锦标赛，打一部分场次，然后再去美国继续深造。我问她："亚运会的比赛你参加吗？"她说："我们的新手很强，打日本和韩国没多大问题，用不着我上场。"

郎平问臧老打不打太极拳，臧老说："我不会太极，但我会云手。"说完即离开座位在屋子里很标准很熟练地做了几段，做完自己竟孩子似的笑起来，郎平和在座的主人、客人都为86岁高龄的老诗人如此健康而感到高兴。

郎平拉着臧老要合影，臧老问："在哪儿照好？"郎家骅说："在臧老院子里，你看这院子里绿化搞得多好！"真的，院子里有百十盆花，还有海棠树，正是叶绿花红的时候。高个子郎平静静地、亲昵地站在瘦削矍铄的老诗人身边。

临别，老诗人把刚刚出版的一本《臧克家序跋选》题签并盖印后赠给郎平；郎平把带来的一摞儿红盒包装的蜂王浆送给老诗人，祝他健康长寿。

郎平和她爸爸起身告辞，臧老与家人把郎平父女送到院门外。这时闻讯等候在臧老家门外的几十位群众都欣喜地看到了郎平。她那高高的个子，熟悉的人，一看就认出来了。臧老像嘱咐孩子似的说："再来！"郎平愉快并肯定地回答："一定！"

（原载1990年8月13日《人民日报》。）

臧克家与郎平的忘年交

"你神态安详,体魄健壮。谦逊温暖,亲切家常。'觉得辛苦吗?'我这样向你发问,你笑着向我伸出胼胝的手掌……"这是1981年8月《人民日报》上发表的老诗人臧克家赠郎平诗中的句子。臧克家与郎平的忘年交已有十年之久,在社会上早已传为佳话。

今年7月底的一个星期日,我在臧克家的住所,亲见了这一对年岁相差半个世纪还多的隔行老朋友相互关心的动人一幕。

1990年8月下旬,第11届世界女排锦标赛在我国举行,郎平这次从美国飞回祖国,是来参赛的。臧老是她这次回国看望的第一个朋友,坐在我身边的郎平朴素而矫健,比起在电视屏幕上的"铁榔头"模样,更多了些恬淡、文静和秀气。郎平自1984年洛杉矶奥运会功成引退后,就去了美国,后休学在意大利的西维西俱乐部打排球。今年中国女排在瑞士以3∶0胜古巴女排,郎平是立了功的。我问她是否参加亚运会的排球赛,她说:"我们的新手很强,用不到我上场了。"我问郎平打球之外还有什么爱好,她回答:"钓鱼。"我真想不到这员排球猛将竟有这需要沉稳和耐心的雅兴。

臧老喜欢看女排打球。平时他不看电视,但只要有女排打球，无论多晚他都要看。郎平劝臧老别看女排比赛的实况，叫他只看结果，怕他太激动，受不了。郎平问臧老打不打太极拳，臧老笑着离开座位，在屋子里很熟练地做了几个云手动作，做完他回到座位竟像孩子似的笑起来，满屋人跟着笑出了声音。看到这位86岁高龄的老诗人如此健康、乐观，谁能不高兴呢！

告别时，老诗人把新出版的一本《臧克家序跋选》题写了字，签了名字又亲自盖上篆字印章赠给了郎平，郎平把她带来的几盒蜂王浆交给臧老，她祝老诗人健康长寿。

（原载1990年9月7日《美报》。）

我与臧克家

臧克家的手劲

春节过后,我到北京,按约好的时间去拜会克家同志。

这是星期日的上午9点钟,克家的院子里静静的。郑曼大姐把我让进会客室,并给我沏了茶水。不一会儿,克家从里屋走出来,同我握手寒暄,并要我坐下谈。老人已有89周岁,瘦削的身体依然硬朗,面容慈祥可亲,比几年前见到他时稍微见一点老,耳朵不背,我说什么话他都听得很清楚。

1993年8月在北京寓所中写作

克家说，1993年对他来说是最好的一年，身体一直挺好的。他算了一下，光参加毛主席百年诞辰纪念活动就有20项左右，他主编的《毛泽东诗词鉴赏》一书一再加印，受到各界读者欢迎，他为此感到欣慰。

克家总是那么忙，搞旧体诗的、搞楹联的、搞散文的、搞古典文学研究的……来找他的人很多，要求题词、题写书名的，要求写序的，真是应付不过来。他说他有时写写旧体诗，新诗不写了。事情太多，累得不得了。

说到我寄给他的一本散文集里有一篇《在臧老家巧遇郎平》，他告诉我不久前郎平回北京又来看望他，他们的"忘年交"情谊很深。

我同克家谈到《华夏诗报》上揭露的诗界特大诈骗案，一个叫"鹏鸣"的人，厚颜无耻地伪造艾青、臧克家、张志民的信件和文章吹捧自己。克家说这个鹏鸣曾拿着孙犁的推荐信来找他，并要和他合影留念，这一切都是为着行骗，但纸里包不住火，这个骗子终于"曝光"于文坛，混进了鲁迅文学院终于被开除。说到这种事，克家极为气愤，郑曼大姐制止他讲下去，怕伤他身心。

克家身穿蓝呢子制服，灰布裤，脚蹬老式的圆口布鞋，带玻璃拉门的低柜和茶几上摆满了全国各地寄来的新春贺卡，克家有朋于天下。他每天仍要写一点东西，像不知疲倦坚忍跋涉的旅者。坐在沙发上，一边谈着话，克家向我伸出右手，我握住它，感受它的温热和脉动，并稍稍用了点力，没想到他竟把我的手捏得好疼，他慈和地微笑着说："我的手劲很大！"

（原载1994年4月2日《延吉晚报》。）

老马凯旋自奋蹄

——贺臧克家九十寿辰

今年 10 月 8 日是我国诗坛巨星臧克家九十虚岁生日。所有与他相识和不相识的晚辈诗人,凡受过他诗篇哺育过的读者,无不怀着感激的心情,默默地为他祝福。诗人贺敬之说:"臧克家同志是'五四'以来继郭沫若之后几位最有成就的大诗人中间的一个,在我国新诗发展史上占有重要地位,是始终如一地和时代同步,和人民同心的一位人民的诗人、革命的诗人。"诗人张志民说:"迎着大半个世纪以来的每一次历史变革、每一次巨大的风浪,他始终站在人民一边,和人民一起落泪,也和人民一起欢歌。我国人民的命运,便是诗人自己的命运。"

我对克家同志崇慕已久。小时候就被他的诗所吸引。1976 年 12 月,在诗刊社召开的一个小型座谈会上,我得见克家同志。那是毛泽东主席逝世不久,"四人帮"刚刚被粉碎,克家同志以深挚的情感,仰着脸、声音哽咽着,缅怀毛主席给他写信、约他谈诗那些令人难忘的往事。第一次到克家同志家里做客,是松涛带我去的。那是 1979 年 1 月的一个寒冷的上午,我却在他家客厅里感到极大的温暖。茶几上他亲手沏的香茶冒着热气,我环顾四壁,全是我国文学界名人写给他的字画:郭沫若、茅盾、闻一多、老舍、叶圣陶、郑振铎、冰心、沈从文、何其芳、冯至、唐弢、曹靖华……他每天就生活在这些在世的和不在世的师长文友的深情厚谊与默默怀念的氛围里。

此后，每次去北京，我几乎都要去看望克家同志及其夫人郑曼大姐。有时我怕打扰他们，只站着看一眼，并不落座便告辞而去。即使这样，内心也感到宽慰和满足。

霜发青衫的克家曾走过漫长的生活道路和创作道路，他的脚印已深深印在中国现当代文学发展的史册上。半个世纪以来，克家出版了《烙印》《罪恶的黑手》《泥土的歌》《生命的零度》《春风集》《凯旋》《今昔吟》等数十部诗集，在他诗笔之下，我们看到旧中国农民生活的一幕幕惨象，也听到解放了的中国人民奋勇前进的欢歌。我曾在语文课本上学到他的《老马》，那简直是一幅旧中国背负沉重压迫的农民的画像，他那首脍炙人口的《有的人》，永远闪烁着有关生命价值的哲理的光芒。

记得克家同志八十寿辰刚过不久，一个雨后的傍晚，我赶到他家。我看到中国作协书

1986年7月6日摄于北京赵堂子胡同家中

记处送来的贺幛,中国现代文学馆送来的8支小蜡烛,年方九十的刘海粟老人和老舍夫人、画家胡絜青分别题赠的大大的"寿"字,还有摆满方桌的天南地北寄来的贺信、贺卡,发来的贺电,以及我国登山队员从珠穆朗玛峰采来的距今4亿~5亿年的海百合茎,雕塑家徐龙森所做的克家头像,客厅里充满了喜气。这时克家每天依旧很忙:一个大学办诗社,叫"黄土"好呢,"厚土"好呢,还是叫"种子"好呢?他们请克家酌定后题写社名;北京几个女孩子成立个集邮小组,找克家在首日封上签名;还有些熟悉的、陌生的诗作者请他写序或题写书名……

克家的心总是那样烫人!他一生厌恶轻飘浮躁的人。那年春天,他亲笔写了副对联贴在大门上"凌霄羽毛原无力 坠地金石自有声"。这两句话反映了他的心胸与追求。

为了对克家寿辰表示一点心意,我跑遍沈阳城没买到一份适合送给长辈的生日贺卡,最后竟在青年公园西门一家高雅的文化礼品小店,在店主人的热心协助下,从成堆的各式贺卡中选出一张全红的吉祥贺卡,我在上面写了一首小诗:"人生七十古来稀,臧老寿超百一。而今九十正年壮,朗身引吭唱太虚。烙印渔翁当炉女,老马凯旋自奋蹄。佳句传世如火种,百代千秋永不熄!"

(原载1994年10月26日《沈阳日报》。)

克家尊师的赞誉

我在《延吉晚报》有一专栏：《我所熟悉的名人》，其中一篇《臧克家的手劲》，刚好发表在纪念晚报创刊100期的"特大号"上。文章发表后，我复印了一份，寄给了克家尊师及其夫人郑曼大姐。

不久，我收到了他们的来信。克家在信中说："读来函及文章，极感亲切，字少而意深情笃，我，一切甚好，杂事不少。"郑曼大姐在信中说："《臧克家的手劲》写得颇家常，亲切感人，且短而精，不知此文发表在何报、何时？便时望告。"大姐在信中还说，"文中谈到纪念毛主席百岁诞辰的活动，如此文以后采用，拟请你改为20项左右，这其中包括担任《毛泽东诗词鉴赏词典》等书的顾问，为诗碑题词，开小型座谈会，主要是五六家拍摄电视片等等，大会他不能久坐，没有参加。"

克家尊师及郑曼大姐的赞誉，对我鼓舞颇大。一次去延吉，我同房今昌、李守田同志谈起此事，他们作为晚报的主人，高兴的程度甚至超过了我。我回沈阳后翻找出克家的手书，复印了一份，寄给了晚报的同志，因为这荣誉应该属于他们。

（原载1995年4月15日《延吉晚报》。）

九旬老人的深情牵挂

很久没有见到尊师臧克家先生了,这位享誉中外的老诗人,1994年度过了自己90岁的生日之后,曾因病几次住进医院;尽管我对他极为敬慕,也非常想念,可是我觉得对自己特别敬重的上了年纪的名人,最关切的举动就是不去轻易打搅他,特别是在他生病的时候,能让他安静地休息,让他的情绪不起伏跌宕,才是至为要紧的。因此我无数次去北京,甚至无数次走到了克家的那所清静的院落外头,都抑住自己想看望他的念头,没有叩响那非常熟悉的门环。

今年4月,我在一个意外的机会里,被郑曼大姐邀请,很荣幸地拜见了思念已久的已是94岁高龄的克家老人。他那一双温热的手握住我的手,久久不松开。这双温热的手,是那么有力,曾写出过多少脍炙人口的诗篇哪!人们熟读这些诗句,把它们深埋在心灵深处,对诗人怀着深深的敬仰;可是人们很少知道克家这双温热有力的手,扶助了多少家境贫寒的求学的孩子呀!

克家和郑曼大姐从来没有向我说起过这些事,还是有一次在郑曼大姐陪护克家住进协和医院时,我在那个备感熟悉的清静院落里,在和克家一位亲属的闲谈中偶然得知的。

克家一家人都是"工薪族",日常生活十分俭朴,我曾亲眼看过克家进餐,两三片炸馒头片,一小碟小菜;他的穿着更是"物

1998年，胡世宗（右）与臧克家、郑曼

尽其用"，有一件从小摊儿上花5块钱买来的呢大衣，已经穿了半个世纪了；可是只要是孩子们的事，他就非常上心。中国少年儿童活动中心建成之后，克家慷慨地把刚刚到手的一本书的稿酬全部捐献了出来；"希望工程"刚刚提出，克家就和郑曼大姐资助了4名小学生；在作家协会，每次支援灾区和贫困地区，克家都几乎是捐得最多的一位。

1993年8月的一天，克家收到寄自甘肃省武威市的一封来信，写信人是一位姓常的素不相识的失学少女，这个中考成绩很不错的好学生，只因父母离异而无法继续升学。她在报纸上看到一篇《访诗翁》的文章后，冒昧地写了一封长信，讲述了自己的境况，表达了强烈的求学欲望。

这封信震撼了一向关心他人的克家，他立即给小常汇去了200元钱，以解燃眉之急，他亲笔题写了"克服困难，艰苦奋

1998年,胡世宗拍摄的臧克家、郑曼

1998年,胡世宗(右)与臧克家、郑曼

斗，努力工作，来日方长"这16个大字，他还让老伴给小常回了信。这件事在小常所在地区引起了强烈反响，许多人向这个失学的孩子伸出了救助的手。

  不久，小常顺利地升入了武威高中，克家一颗心才算放下。当他得知小常生活十分清苦，正处在长身体的阶段，每顿饭只买个馒头充饥时，克家又将过去不定期的资助，改为学习期间每两个月寄去200元，以贴补生活之用；就是在医院的病床上，在他本人进食都十分困难时，他还在打听小常的情况，还叮嘱家人千万不要忘记给那个从未见过面的陌生的女孩寄钱……

  这就是一位九旬老人深情的牵挂，我觉得这牵挂本身就是一首激动人心的诗呀！

（原载1998年8月号《统战月刊》杂志。）

大诗翁臧克家

写下这个标题,我就知道94岁高龄的克家尊师不会同意,因为他在70岁的时候,写过一首诗,诗中道:"自沐朝晖意蓊茏,/休凭白发便呼翁。/狂来欲碎玻璃镜,/还我青春火样红。"这就是克家进入老年后的心态。在我的印象中,没有哪一位老人能像他那样,虽年事已高却仍葆有青春的朝气,甚至是孩子的天真。

我曾写过一篇散文《克家的手劲》,说到每次见克家握手,都深切地感受到他那温热的手,有着与其年龄不相称的很大的劲。

今年4月,我在克家的寓所又一次握住了他那双很有劲的温热的手。

克家的手,是曾握过毛泽东、周恩来、朱德、陈毅的手哇!

1945年,克家在重庆第一次见到毛泽东,激奋地写下了长诗《毛泽东,你是一颗大星》,以"何嘉"笔名发表在《新华日报》上。

1957年1月12日,毛泽东给克家及《诗刊》编辑部写了一封关于诗的信,信中说"《诗刊》出版,很好,祝它成长发展",并将自己的十八首诗词交予《诗刊》创刊号发表。同年1月14日,毛泽东又邀约克家及袁水拍去谈诗,一谈就是两个小时之久。1961年11月4日,克家收到毛泽东的信,信上说:"……因忙未能如愿面谈，还是等一会儿吧。……明年1月内看找得出一个时间，和你及郭沫若同志一同谈一会儿。"过了不到一个月，毛泽东又来了第二封信："所谈之事，很想谈谈。无奈有些忙，抽不出时间来；而且我对于诗的问题，需要加以研究，才有发言权。因此请你等候一些时间吧。"毛泽东的《词六首》在《人民文学》发表前，克家提出了几处修改的意见。1962年4月24日，毛泽东在信中对克家说："你细心给我修改的几处，改得好，我完全同意。还有什么可改之处没有，请费心斟酌赐教为盼！""还有什么可改之处没有"一行字底下加了着重号。《毛主席诗词》出版之前，召开了一个有二十余人参加的会议，毛泽东用大粗铅笔写了一个条子："请同志们一议。"时任《诗刊》主编的克家与副主编葛洛商讨后，事先写了意见，会后请田家英同志带转，后来正式出版的《毛主席诗词》，有些采纳了克家的意见，有标点、个别字、小注中的字句，还有整个句子的调换。克家深感主席的谦逊和平易近人。

早在1942年，克家在重庆就和周恩来握过手。在一次座谈会上，恩来问："臧克家同志，你是山东诸城县人吧？"克家答："是。"恩来说："你的一位同乡在延安搞交际处的工作，他谈起过你。"这个"同乡"就是克家高小的同学李宇超。1949年3月，克家乘坐党租用的专轮"宝通号"，和冯乃超、阳翰笙、严济慈、史东山、张瑞芳等一百多位各方面的专家、学者从香港来到北京（当时叫北平），住在前门外的永安饭店，周恩来亲切地来看望大家，和每个同志握手。1956年在紫光阁的一次集会上，周恩来以疑惑的口吻问道："臧克家同志，你是作家，为什么不在作家协会工作，而在人民出版社工作呢？"克家顺口回答："我在人民出版社工作很好,在哪里工作都是一样。"在这之后不久,周扬约克家谈话:"我们想调你到作协书记处工作,你觉得怎样?"这肯定与周恩来的问话有关。过了几天在《光明日报》上发表了国家文化部工作总结,其中一段话是:把臧克家同志留在出版机关达七年之久,这是不应该的……

朱德、陈毅等都曾约克家谈诗,两位老帅还都曾出席过克家主持召开的诗歌座谈会,平时,他们之间有鸿雁往来,交情很深。

早在1927年,投奔革命、考取中央军事政治学校武汉分校的22岁的克家,就在队列里,见到了渴慕已久的当时任总政治部副主任、第二方面军党代表的郭沫若,郭沫若宣告:"同志们,现在北伐军的总司令部,已经变成屠杀人民的屠场了!"大革命失败,克家回到老家,因被人侦缉追捕,越墙而逃,投奔十年前从老家背井离乡闯关东、落脚在沈阳的大机匠家,八个人睡一铺大炕,生活艰难,这打碎了东北在克家心中的美丽神话。后来家里让人送信给他,叫他去黑龙江三姓(依兰)找一个远房族伯,使他得以见识大东北广袤的黑土地。

克家19岁那年亲眼见过印度大诗人泰戈尔,听过泰戈尔的演讲;是王统照现场做翻译,泰戈尔那一把长须,神采奕奕的样子,给他留下很深的记忆。

大革命失败之后,克家回乡在青岛大学补习班做学生;1930年克家重新考入这所大学,他的语文卷子得了98分。是他"人生永远追逐着幻光,但谁把幻光看作幻光,谁便沉入了无底的苦海"这首《杂感》,打动了闻一多先生,从此他成了一多先生的门生。贫苦农民的形象,乡村的大自然风光,地主官僚的丑态,黑暗角落里的零零星星,都化作了诗歌创作的灵感,使他有写不完的题目。每当他写出自己较满意的诗作，便带着兴奋的心情请一多先生鉴定。先生住在离校门不远的一个小楼上，书架子成了他的四壁。克家一到，先生便收起他正在抄写研究的唐诗材料，放下手中的笔，拿出"红锡包"香烟自己吸上一支，递给克家一支，他们就这样吸着烟，喝着茶，谈着诗。有一次，克家拿着短诗《炭鬼》去求教，当念到"放射光亮的一双眼睛，像两个月亮在天空闪烁"时，一多先生起身到外文书架上顺手抽出一本诗集，对他说："这个比喻不错，你看这位外国诗人，也曾把额上的矿灯比作月亮。"他们谈诗的时候，师生之间的界线也泯没了。克家自费出版的第一本诗集《烙印》，王统照资助了20元，还做了发行人；闻一多也资助了20元，写了序言；茅盾、老舍两位先生撰写了评价文章。茅盾先生在文章中说："诗集《烙印》，是青年诗人臧克家的第一次收获，小小的一册，共收诗二十二首。出版人是王剑三，代售处是各大书局，定价四角。王剑三就是王统照，他并不是什么书局的老板，《烙印》不得不由他个人出资刊印，很可以想起这部诗集曾经遭受了书店老板的白眼，在这年头儿，一位青年诗人的第一本诗集要找到个书店承印出版，委实不容易呀！""而在《烙印》，这困难一定是加倍的，因为全部二十二首诗没有一首诗描写女人的'酥胸玉腿'，甚至没有一首诗歌颂恋爱，甚至也没有所谓'玄妙的哲理'以及什么'珠圆玉润'的辞藻！《烙印》的二十二首诗只是用了素朴的字句写出了平凡的老百姓的生活。这样的一本诗集，当然是书店老板们所看不上眼的。"

当时已很有名的小说家老舍在评初出茅庐的克家《烙印》里的诗时说："设若我能管住生命，我不愿它又臭又长，如潘金莲女士之裹脚条；我愿又臭又硬。克家是否臭？不晓得。他确是硬，硬得厉害。"多少年来，克家与老舍有着真挚深厚的友情，老舍每次出国回来，总带点纪念品给克家及克家的孩子；老舍好养花，时常让夫人送来一些。"文革"初期老舍受到迫害，死前曾有电话给克家。一天早晨，电话铃响，克家抓起电话听筒。"我是老舍，"劈头一句，声音低颤，"我这些天，身体不好。气管的一个小血管破裂了，大口大口地吐血。遵从医生的命令，我烟也不吸了，酒也不喝了……"这是克家第一次、也是最后一次听到老舍这样的声音。电话声还在克家心头缭绕，老舍去世的噩耗就传来了。

克家从青年时代起，就与中国文坛的巨匠们保持着密切的联系，他始终凝视着现实，他"看见一些人被这大潮流摔了下来，因而把头缩到腔子里去唤酒喊女子，另一些人却用生命去实践个人的信仰，去推动时代的轮子"，他用笔为这个时代刻上了"烙印"。他信奉罗曼·罗兰说的："要散布阳光到别人心里去，先得自己有。"他说："所谓好诗并不专是在掂拔字句上功候的纯熟，而是要求一条生活的经验做成作品的钢骨。""诗人产生一篇诗，就如同母亲产生一个孩子，从恋爱一直到它结果，这段长长的过程中，有欢快也有苦痛，当一个'宁馨儿'向人和无邪的天使微笑时，一条回忆的丝念会把你的眼泪牵引出来的吧？"他是用生命换诗的人。所以他才能写出《有的人》那样高度凝练、浓缩并广为流传的精短之作："有的人活着/他已经死了；/有的人死了/他还活着……"在"四人帮"横行时，北京有两名女共青团员，在单位的黑板上抄写了六首革命烈士诗抄，也转载了这首《有的人》，纪念虽已死了但还活着的周恩来总理，竟遭到了"追查"，说这首诗是"反动"的。两名女青年因此站在全机关1000多人面前接受批判。粉碎"四人帮"后，克家接到两青年叙述此事的信后写了回函，两个二十三四岁的女青年按照信皮的地址找到了克家的大门。克家取出刚刚收到的新编的载有《有的人》的语文课本，和两个小勇士愉快地大笑起来。

1995年7月初，"西部歌王"王洛宾在京举办完《在那遥远的地方》大型文艺晚会后，高兴地在北京一条条小胡同里信步走着，竟在赵堂子胡同克家的院落前，"意外"地与年逾九旬的克家会了面。王洛宾说："我在北师大读大学时，就读您的诗，《老马》《春鸟》等名篇现在还能背得出来。"克家说："当年我在大西南，你在大西北战地服务团吧？50多年了！……你的那么多民歌，是歌，也是诗。"克家的小外孙女这时边表演边唱起歌王的"掀起了你的盖头来"，克家说："你的歌有翅膀，很多人都会唱。"王洛宾把自己的作品集《纯情的梦》题签送给克家，克家回赠了自己的诗选。歌王即兴地把书中一首《送宝》在脑子里"谱"完曲子，放声唱起来。分别时，歌王许诺要再为克家的诗谱一首曲子。果然他回去不久寄来了为克家的《反抗的手》谱成的歌曲："上帝/给了享受的人/一张口，/给了奴才/一个软的膝头；/给了拿破仑/一柄剑，/同时，/也给奴隶们/一双反抗的手。"1996年4月，我和在京闯音乐世界的儿子海泉去协和医院看望克家，郑曼大姐还拿着当天发表在《中国青年报》头版的《王洛宾与臧克家：两位世纪老人的会见》长文中附带发表的这首歌曲，让海泉当场唱给大家听呢。在这歌声里，克家用他那温热而有力的手，又一次握着我的手。

这些年来，克家这双手扶助了多少家境贫寒的求学的孩子呀！克家和郑曼大姐从来没有向我说起过这些事。还是一次在郑曼大姐陪护克家住进医院，我在那个备感熟悉的清静院落里，在和克家一位亲属的闲谈中偶然闻知的。

克家一家人都是靠工资收入生活，十分俭朴，我曾亲眼看见过克家进餐，两三片炸馒头片，一小碟小菜；他的衣着更是"物尽其用"，有一件从小摊儿上花5块钱买来的呢大衣，已穿了半个世纪；可是只要是社会上孩子的事，他就非常上心。北京中国少年儿童活动中心建成之后，克家慷慨地把刚刚到手的一本书的稿酬全部捐献了出来；"希望工程"刚刚提出，克家就和郑曼大姐资助了四名小学生；在作家协会，每次支援灾区和贫困地区，克家差不多都是捐得最多的一个。

1993年8月的一天，克家收到寄自甘肃武威市的一封来信，写信人是素不相识的失学少女小常。这个中考成绩不错的好学生，因父母离异而无法继续升学。她在报纸上看一篇《访诗翁》

和孩子们在一起的时候，老人的笑容最灿烂

的文章后，冒昧地写了一封长信，讲述了自己的境况，表达了强烈的求学欲望。这封信震撼了一向关心他人的克家，他立即给小常汇去200元钱，以解燃眉之急，他亲笔在汇款单的附言栏上题写了"克服困难，艰苦奋斗，努力工作，来日方长"16个大字。他还让老伴郑曼给这个孩子回了信。这件事在这个孩子所在的地区引起了强烈反响。许多人向这个失学的孩子伸出了救助之手。不久，小常顺利地升入了武威高中，克家一颗心才算放下。当他得知小常生活十分清苦，正处在长身体的阶段，每顿饭只买个馒头充饥时，克家又将过去的不定期资助，改为学习期间每两个月寄去200元，以补贴生活之用；就是在病床上，在他本人进食都十分困难的时候，他还在打听这个孩子的情况，还叮嘱家人千万不要忘记给那个从未见过面的陌生女孩寄钱。

20世纪90年代初，大诗翁克家曾写过一首短诗："我，/一团火。/灼人，/也将自焚。"一念及他这诗中的句子，我眼前就会浮现出克家尊师那清癯的形貌，就会感触到他那火焰般的热烘烘的情怀！

1998年10月8日写于沈阳

（原载1998年10月27日《沈阳日报》。）

克家的手

我多次紧握克家的手
这双瘦弱的手
这双温热的手
这双老迈的手
这双有力的手

克家的手
在旧中国
执笔如执号角
如执匕首
镌刻时代的烙印
抒写人民的恩仇
预告旧世界的灭亡
发出大众的怒吼

克家的手
在新社会
挥笔如挥绣球

如挥彩绸
为有的人画像
铭刻在亿万人心头
脱下身上心上的负载
向一个新世纪畅游

克家的手
曾握过许多伟人、名人的手
那是思想的碰撞
那是情感的交流
在新中国的史册上
应该是绝无仅有

克家的手
把爱洒满神州
尽其所能
倾其所有
资助失学的孩子
酿造新诗的美酒

克家的手
给我写过条幅挂墙头：
"能诗能文热情高
知面知心友谊厚"

我与臧克家

我永远难忘这双手
我无比感激这双手
它为我指路
它扶我向前大步走

握克家的手不松手
望着他那慈祥的面孔
我心上涌过一股热流
四十年前凯旋的老人
总是那么善良、淳厚
总是那么健康、长寿

(原载1999年11月19日《文艺报》。)

对臧克家的一次探望

在与臧克家老师28年的相识与交往中,有无数次拜访和探望。每一次拜访和探望,都给我留下深刻难忘的印象。

那是1996年的4月,我赴京开会,在电话里,克家的女儿苏伊说克家老师又一次患病住了院,得到克家夫人郑曼大姐的允许,我便急着前往北京协和医院。恰儿子海泉刚到北京闯音乐世界,我便带他一同前往。海泉1990年参加北戴河全国中学生文学夏令营活动前,我曾带他到北京拜见过克家老师。

听说克家师病得很重,一天拉肚20多次,根本下不了床。按预约的下午3点半钟,我们赶到6层高干病房,克家那间17床的病房门紧关着,我们以为尚未起床,便在门边等候。一抬头,却见走廊东端有两位老人相互搀扶着走来,老者身形瘦削,头戴一顶防风白布帽,我一眼便认出是克家老师,搀扶他的正是郑曼大姐!我们高兴地走到老人跟前,敬礼、握手,我和海泉搀扶着克家,郑曼大姐去开房门。

听大姐说,克家是1995年7月入院的,年底12月21日出院,第二天便发起高烧,而且不退,还拉肚,就又住进来了。这个病房几乎成了工作间,床上、窗台上、椅子上,摆满了书、报、稿纸、信封……克家时年91岁,只要稍有精神,他就不会让

1996年，胡世宗（右）看望臧克家

1996年，胡世宗拍摄的臧克家

自己闲着。郑曼大姐年纪也已很大了，可她为了陪伴克家，竟在两个硬椅子和一个沙发搭成的所谓"床"上睡了9个月！

克家满脸笑意地看着我，双手始终握着我的手，他的脸色红润，气色很好。郑曼大姐从床上拿了个枕头垫在克家坐着的椅子的后背上。邻室一位崇拜王洛宾也崇拜臧克家的新疆女士，刚从《中国青年报》社要来一张当天的报纸，头版上刊登着记述臧克家和王洛宾两位世纪老人会见的长文，还配发了一幅很大的照片，照片上，王洛宾和臧克家在克家门前手牵着手，满面笑容地往前走……克家说，这是《北京日报》一个记者写的，底稿看过了，写得很好。报纸上同时刊登了王洛宾为臧克家的诗《反抗的手》新谱成的歌曲，郑曼大姐听说海泉到北京从事音乐事业来了，便让海泉当场把这首歌唱给克家听。海泉拿着那张载歌的报纸看了两眼，便当场唱给克家老师听，克家边听边笑着点头。

这时，戈宝权的夫人梁培兰代表戈宝权来看望克家，说戈宝权83岁了，仍能看外文书报。克家回忆起与戈宝权一起工作时的情形，显得十分激动。

郑曼大姐边给我们切橙子，边说："前一段北京开你一个研讨会，是吧？"我说："是。报告文学《最后十九小时》的研讨会。"郑曼大姐接着说："那篇作品我看了，是写两个通信兵在风雪巡线时牺牲的，很感人。两个战士死在了长白山。"克家在一边向我点头。我为克家师和大姐对我的亲切关注而感动。

克家告诉我他每天要起来在屋子里或走廊里走四次，每次一刻钟，加起来活动一个小时。他说，平时休息还好，不久前，戈

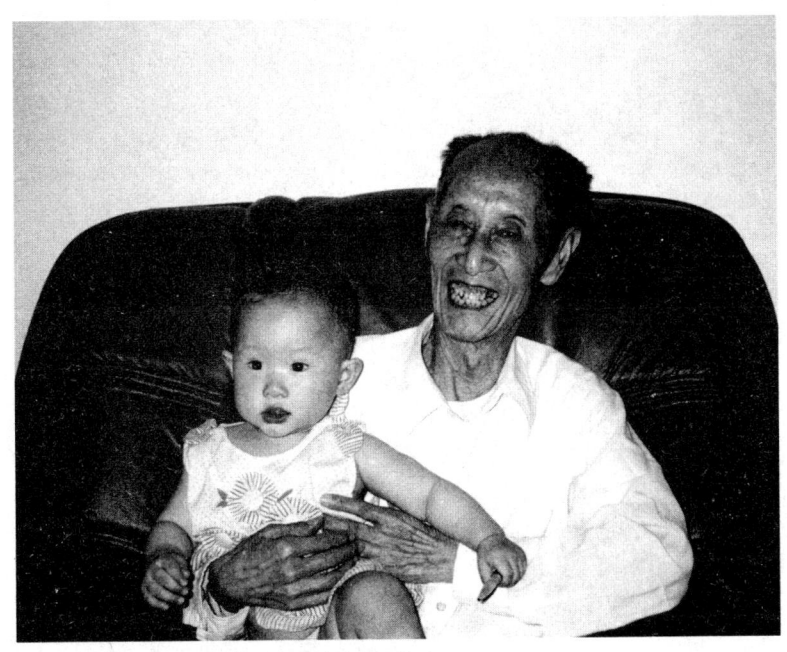

1996年7月21日臧克家与重外孙女王清吟

宝权介绍上海鲁迅纪念馆来人拍他的电视专访,有点累。

我为克家师拍了照,他站起身说:"站着照一张好不好?"我说:"好!"我把镜头对好了,让人着急的是这时照相机的电不足,灯光没闪。克家师笑着说:"不急!"他就那样站着,直到我的相机里的电蓄够了,又照了一张。

告别时,克家师执意把我们送到病房门口,与我们一再招手,使我们不得不加快脚步,快些从他的视线里消失,如往常到他家拜访之后分手时一样。

(原载2004年2月13日《沈阳日报》。)

怀念臧克家老师

虽然思想上有所准备,但终于变成了确凿事实的那一刻,仍令人难以接受!"有的人活着,他已经死了。有的人死了,他还活着……"臧克家属于他自己的诗中所说的虽然死了仍然活着的那种人。

在网上看到克家老师逝世噩耗的当夜,我失眠了。28年来与克家老师相识和交往的一幕一幕情景,不断地在脑海里回放。

我从小就爱读诗,对臧克家的诗尤其喜欢,他的诗不做任何雕饰,朴素深刻,雅俗共赏。在我的学生日记里。曾用102行诗记述1962年6月6日我梦见臧克家的动人情形。我能实现这个梦想真是三生有幸。我第一次见到臧克家,是在1976年12月,纪念毛泽东主席《关于诗的一封信》发表二十周年座谈会上。1979年1月,我应邀出席粉碎"四人帮"以后首次全国诗歌创作座谈会,克家在会上发表了演讲。会后,李松涛带我到克家家里拜访。我最后一次见到克家,是去年的8月,我和松涛应邀赴京出席中国作协主办的《臧克家全集》首发式。在这个隆重的首发式上,我见到了克家所有的亲人,包括他最疼爱的两个外孙女菁菁和文雯,见到了魏巍、朱子奇、刘征、吴泰昌、严阵、高洪波、雷抒雁、韩作荣、李小雨、叶延滨等诸多熟人。《文艺报》主编

胡世宗与魏巍在臧克家研讨会上

范咏戈拿着当天的《文艺报》找我,说恰好这张报上刊登了我写的诗《克家的手》。吉狄马加主持会,宣读了贺敬之的贺信,陈建功宣读了金炳华的发言稿,翟泰丰即席很动感情地讲了话,张同吾做了学术发言,刘征宣读了他献给克家的一首词。《全集》的编辑、克家的女儿苏伊对书的编辑做了说明……但克家没有到会,此时他病重住在协和医院。得到克家夫人郑曼大姐的允许,我和松涛还有诗友钱振中,在首发式后第二天的下午,专门去探视了克家老师,84岁的郑曼大姐亲自跑下楼来接我们。我们往里去时正有医生在克家身边。我们走到克家床边,郑曼大姐对他大声说:"胡世宗、李松涛看你来了!"克家微睁开眼,他的眉头紧皱了一下,只一小下,证明他内心是知道我们来了。我发现他的右手在被子里拱动了一下,又一下,便忙掀开被角,握住他的手,我轻轻地握着,又延续到他的手臂,轻轻地抚摸着。他的鼻子和嘴里都插着管,需要时要往里边注射食物和饮料。我们在床边待了不长的时间,见克家闭上了眼睛,便告辞出来。我们在克家老师身边倾视了只一瞬间,这一瞬间的印象却极为深刻!

在今年1月15日郑曼大姐给我的来信中,曾说克家"历经险恶,与死神搏斗,真是用尽了全身精力,至今仍处于危重状态:肺部严重感染,痰多,切开了气管,呼吸系统和肾功能双衰竭,全身浮肿,靠呼吸机和各种药物在维持生命。他的生命力是顽强的。有些朋友刚住院一个多月就先走了，如上海的王辛笛同志；而他病危五次，每次都击退了病魔，取得较好成果。当然，这一次的后果如何，很难预料了。……他年龄太大了，各项器官都衰退了，各种药物都产生了抗药力，能否坚持到今年10月，让他和亲朋好友共度百岁大关？我们是这样企盼着，但愿苍天能赐给他力量！！……"终于没熬到10月，但中国老百姓是算"虚岁"的，是讲究过"虚岁"生日的。克家老师可以说到2004年已是百岁老人了！

克家老师整整活了一个世纪，他是中国新诗一部活的历史。他25岁考入青岛大学英文系，后得到中文系主任闻一多先生的赏识，转入中文系，成为闻一多得意的学生。他在作文试卷上写的《杂感》诗——"人生永远追逐着幻光，但谁把幻光看作幻光，谁便沉入了无底的苦海"——打动了闻一多先生的心。闻一多为他的诗集《烙印》写了序。序的结尾写道："没有成群的人给叫好，那又有什么关系？反正诗人不靠市价作诗，克家千万不要忘记自己的责任。"克家的一生都没有忘记自己的责任，成为"五四"以来继郭沫若之后几位最有成就的大诗人中的一个，在我国新诗发展史上占有重要的地位，他始终与时代同步、与人民同心，一生追求真理与光明，笔耕不辍，著作等身，曾长期担任《诗刊》主编，倾心培养诗坛新人，推出名篇佳作。

克家老师在全国城乡亿万群众欢度元宵佳节、悬灯结彩、鞭炮骤放的时刻驾鹤西去了。百岁之丧可谓喜丧。克家老师人不在了，但他留下的作品和人品，永远是我们及我们的后人用之不竭的恢宏无比的精神财富！

（原载2004年2月13日《辽宁日报》、2004年2月号《诗潮》杂志。）

灼人的克家

清明时节，怀念已逝的克家，从书橱里找出《臧克家全集》第十一卷，静静地捧读。这厚达800多页的大书，收入了克家从1932年至2001年间写的书信718封。从党和国家领袖到平民百姓，从著名的教授学者到中小学生，从文坛巨擘到文学习作者，克家结交面如此广博，感情如此深挚，读这些信件，我感受到一颗火热灼烫的心。克家曾这样写："我，一团火。灼人，也将自焚。""你会觉得心的太阳/到处向你照耀/当你以自己的心/去温暖别人。"

诗人徐迟曾说："克家待人，热情洋溢，尤为罕见，人间少有。"这许是所有接触过克家的人共同的感受吧。在我与克家二十几年的交往中，这种印象极为强烈、深刻，挥之不去。

就说题字吧。我的诗集《雕像》要出版时，请克家题了书名，没有料到出版社把这题字弄丢了。如果不与克家说，书印出来，不是克家题写的，为什么请人家题了字又不用，我无法交代；与克家说吧，真的很难开口。我想来想去在克家面前还是说了实情，克家说这没有什么，当即重新给写了几条，供挑选着用。我的那本《当代诗人剪影》开始想用的书名叫《诗人印象》，已请克家题写了，可是最后确定的书名改变了,我向克家报告后,他非常热情地告诉我,后来确定的书名好,重新给写了一幅。我陆续发表了一些诗评论的文章,主要以书信的方式写的,那一年我把它们收集到一块要出一本书,克家先后给题写了《诗园探幽》和《关于诗的书简》两条,供我选用。2002年克家以97岁高龄为关于我和我作品评价的一本《胡世宗及其创作》题写了书名;我编选的那本厚厚的《新诗绝句》,还是请克家题写书名时,斟酌来斟酌去帮助我确定的呢!

1985年,胡世宗拍摄的臧克家

大约二十年前,克家为我题写了一个条幅,他来信告诉我寄出几天了。

1985年,胡世宗(右)与臧克家在其宅院里合影

我几乎每天都到收发室询问,有一封"北京晨光街10号"寄来的信到了没有?很长时间里都没有这封信的消息。我写信报告给克家,没有想到克家重新给我写了一幅很快就寄了来。这幅字写的是"知面知心友谊厚/能诗能文热情高/世宗留念/臧克家/

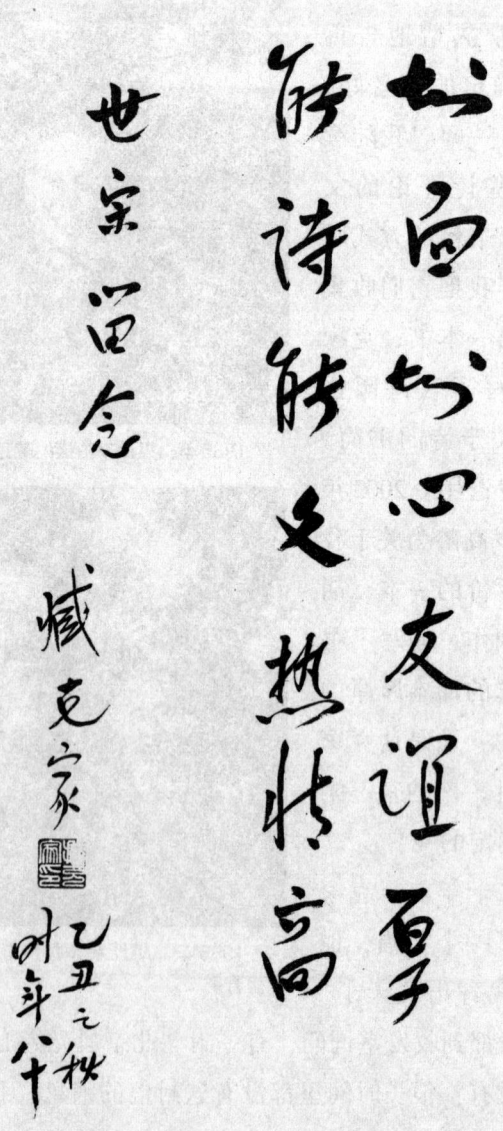

克家题字

乙丑之秋时年八十"，我视为珍宝。克家在信里告诉我，他前一封信写的地址是"沈阳辽宁省军区"，啊，怪不得我没有收到呢，原来地址写错了。我立即给辽宁省军区熟识的朋友打电话，他们很认真地帮助查找，竟意外地找到了这封在收发室存放了很久没有送出的信。这样，我就意外地得到了克家为我题写的字句完全相同但也有小小差异的两个条幅。

在《臧克家全集》书信卷中，选了克家给我的四封信，当然还有大量的信件无法收入其中。今天我重读这些未公布的信，仍感到无比感动。克家是感情灼人的人，他从不隐晦自己对诗的观点，比如，他看到《解放军报》上发表了我与魏巍谈诗的通信，很快来信写道："拜读了魏巍你们二位谈诗的文章，一字不漏，读得甚为认真。认为，你二位对诗的看法，完全对，发自真知。我是你们的诗友，也是战友。人格，性格，诗格，息息相通。……纪宇同志昨天来访，长谈了诗坛情况，感慨甚多。他的近作得到读者热烈欢迎（特别是青年），几个月来收到从全国各地的信一万多封，捆在一起一个人拿不动！可是有些同志却

1993年摄于北京赵堂子胡同寓所

认为'不深刻'！现在不少同志对所谓'深刻'，似乎理解得有点不够正确。认为字句一眼看不透，为深。认为意思凝练是深；后者有道理，但也不全面。其中有题材问题，个人感受问题……前者的看法，似是而非。潮流所趋，也似是受到'现代派'一点影响；诗坛情况大致如此。我觉得深浅不能只看外表，现在有些新诗，令人看懂的少而看不懂，或似懂非懂的多，读新诗比读古诗更难，因此，遭到非议，为群众所不喜爱。可是，有的诗人，有的诗论家，却以此为是。这么说，古代'诗圣'杜甫、'诗仙'李白、诗句老媪能懂的白居易……这些大诗人的作品，不是太浅显了吗？想到这些，我心里就不好过。多少年来，我写过不少文章，谈这些问题，一片好心，但引起一些同志的不快。因为，说了白费力，近来我多谈古不谈今了。纪宇同志的'浅'，'浅'得近时代，近人民，近读者，那些'深'的诗，真正受到群众欣赏的未必多。"

1988年9月，《人民日报》和《解放军报》等军内外报纸报道了军队一批作家被授以军衔的消息，克家在当天写来一封祝贺的信"世宗：好久没见面，也没通信了，但心中是在怀念着的！我太忙，终天劳累不堪。今天见报，你荣获上校军衔，极为高兴，写信向你祝贺！这几年，你跑路远，写作多，我甚感欣慰！我及全家均甚好，勿念……克家1988年9月18日"。

多年来，我向克家学诗，更向他学做人。一个诗人，如果胸膛里没有火，仅是一汪水，甚至是一块冰，无论如何是不会写出好诗来的！

(原载2008年7月《辽宁日报》。)

我忆臧克家

臧克家是我敬重的一位老诗人。他是山东诸城人,毕业于青岛大学中国文学系,是闻一多的学生。他的第一本诗集《烙印》出版于1933年,受到茅盾、闻一多、老舍热烈的好评。抗日战争爆发后,他深入前线五年,写了很多诗作,他为抗战高歌,呼吁:"诗人们哪,请放开你们的喉咙,除了高唱战歌,你们的诗句将哑然无声!"他写道:"人民生活在山间,说他单纯他却强悍,欺侮一日临头,宁愿死也要回手。"他用诗歌唱人民的坚忍:"今天,国家烧在烈火里,壮士齐上疆场杀敌,妇女留在父母身边,跑到坡下兼把锄犁。"解放战争时期,他是呼唤人民翻身做主的勇士。1945年他在重庆写出了《毛泽东,你是一颗大星》。在国统区,他写了很多辛辣犀利的讽刺诗,响应着人民解放的步伐。他写国民党统治下的社会:"政治犯在狱里,自由在枷锁里,难民在街头上。"当他获知蒋介石撕毁"双十协定",发动对解放区的进攻时,写下愤怒的诗句:"苦苦打了八年,刚刚打出一个希望,仿佛怕那希望生长,当头给它一棒!"他写道:"人民是什么?人民是面旗子吗?用到,把它高高举起,用不到了,便把它卷起来。人民是什么?人民是一顶破毡帽吗?需要了,把它顶在头顶上,不需要的时候,把它踩在脚底下。"建国

我与臧克家

后，在1949年11月，他写出纪念鲁迅有感的《有的人》，精辟地概括了人生的哲理："有的人活着，他已经死了；有的人死了，他还活着。有的人，骑在人民头上：'啊，我多伟大！'有的人，俯下身子给人民当牛马。有的人把名字刻入石头想'不朽'；有的人情愿作野草，等着地下的火烧……"至今，这首诗仍常常被人吟诵，这真的是不朽之名篇。

我在学生时代爱好诗歌，曾梦到自己拜见臧克家，那时他任《诗刊》的主编，我无比崇敬，倾心向往之，于是才有这梦。后来竟梦想成真，不仅多次见到克家老师，而且成为亲密的忘年交。1983年我的诗集《雕像》要出版时，请克家题了书名。没料到出版社把这题字弄丢了。如果不与克家说，书印出来，不是克家题写的，为什么请人题了字又不用，我无法交代。与克家说吧，真的很难开口。想来想去，我还是说了实情，克家说这没有什么，当即重新给我写了几条。我的那本散文集《当代诗人剪影》原名是《诗人印象》，已请克家题写了，可是最后确定的书名改变了，我向克家报告后，他非常热情地告诉我，后来确定的这个书名好，重新给我写了一幅。我陆续以给诗人书信的方式写了一些诗评文章，那年我把它们收集到一块，

沉思中的臧克家

解放军出版社要出版，克家分别题写了《诗园探幽》和《关于诗的书简》两条供我选用。春风文艺出版社出版的我选编的《新诗绝句》和白山出版社出版的《胡世宗及其创作》，克家不仅为我题写了书名，这两本书的书名，还是他帮助我确定的呢。

二十几年前，克家为我题写了一个条幅，可是寄出好长时间我也

1995年2月18日摄于北京

没有收到。没有想到克家重新写了一幅又寄来，这才收到。条幅写的是"知面知心友谊厚/能诗能文热情高/为世宗诗友题句/臧克家/乙丑冬日时年八十"，我视为珍宝。克家告诉我，前此寄的条幅，把"沈阳军区"写成"沈阳辽宁省军区"了，难怪没有妥收。我立即用电话联系辽宁省军区的朋友，他们认真查找，竟然在收发室找到了这封无法投递的信，这样，我就意外地收藏到克家为我题写的字句完全相同，但也有小小差异的两个条幅。

那些年，每次去北京，我都要到东城赵堂子胡同15号看望克家老师。我亲见他饮食很清淡，很有规律，早餐7点，午餐11点，晚餐5点。错过时间不开饭他就不高兴。90岁上下时，仍每餐有他的"小四样"：火烧、大葱、大蒜和花生米，顿顿必有。

他长年饮用绿茶,很少感冒。他的夫人郑曼大姐及他的女儿苏伊都曾对我说起,克家从来粗茶淡饭,不吃所谓补品,很少大鱼大肉,也不曾在家里单独开伙,与家人吃的完全一样。几乎没在外面吃过饭,只吃家里的饭。在人民大会堂赴会,到了开饭时间他要回到家里吃。来了客人,也在家做饭,客人请客到饭馆,他让家人代他出席,他本人不去。他有早起的习惯,早上5点至6点必出门遛弯散步,风雨无阻。一般情况下,早餐后开始写作。午饭后小憩到下午3点钟。然后又是写作,一直到晚餐。有时写累了,也出门散步。早上出门时,他的兜里总是揣着糖果,见到熟悉的红领巾小朋友,就热情地送上几颗。孩子们都与他很亲近。他给孩子们赠送糖果的情形,我都曾撞见过,并且不止一次。有一回,我带读中学的海泉拜见克家,恰巧郎平也去做客,郎平问克家每天都有什么运动啊,是不是打太极拳哪,他说不是,随即站起身做了几个云手的动作,说自己只会云手。

克家是一位心胸开阔的人,不生闷气,有什么话讲出来,不憋在肚子里。他有自己的顺口溜:"思想大门洞开,情绪轻松愉快,锻炼、营养、药物,健康恢复快哉。"克家对人宽容,有一颗童心,他是那种特别关心别人的人,心特仁慈。与克家在《诗刊》社共过事、写出报告文学《哥德巴赫猜想》的诗人徐迟曾说:"克家待人,热情洋溢,尤为罕见,人间少有。"这可能是说出了所有与克家交往过的人的一个共同印象。克家在这个世界上生活了99年,差一岁就是百岁老人了,这就应了一句古话:"仁者寿。"

(原载2014年11月《乐活老年》试刊号。)

拜访臧克家巧遇郎平

那是1990年,海泉15岁,在沈阳第四十八中学读初三,他的一首诗《青春的歌》参加全国桂花诗歌大赛获奖,并获邀参加全国中学生文学夏令营活动。在去北戴河的前两天,我让他先到北京,我带他拜见了诗坛泰斗臧克家先生。在克家的家里巧遇女排名将郎平。克家与郎平是忘年交。郎平前一天晚上刚从美国回来,还没回家就请爸爸开车带着红盒包装的蜂王浆来看望克家。克家同我说他是女排的球迷,特别喜欢郎平,他曾为郎平写一首诗《胼胝的手掌》,诗中写道:"你的志愿就是拼杀争取胜利,火红的青春充满了战斗的力量!一个队就是一个活的集体,球到你手,就休想逃脱死的下场。……'觉得辛苦吗?'我这样向你发

少年海泉曾得到臧克家指导

海泉与诗坛泰斗臧克家

问,你笑着向我伸出胖胝的手掌。"这首诗发表在《人民日报》上,收入到人民文学出版社出版的《臧克家诗选》中。克家说,女排比赛每场他必看,甚至因激动发生过心脏病险些出事的情况。克家向郎平介绍了我和海泉,海泉拿出本子,请克家和郎平分别为他题写了赠言。那是夏季的一个午后,天气晴朗,克家说难得聚会,合个影吧!大家便走出客厅,到克家的小四合院里来,我拿出相机,请郎平的爸爸郎家骅帮忙拍照,便留下了这张难忘的合影。我还写了一篇散文《在臧老家巧遇郎平》发表在1990年8月13日《人民日报》上。

(原载2016年《沈阳晚报》"老照片"栏。)

我日记中的臧克家

1962年1月6日

午饭后,回到教室,向古汉语代表周艳华请教《邹忌讽齐王纳谏》中"徐公不若君之美也"的讲解,我觉得应释成"徐公不像你这样美"。习作张老师讲成"徐公不及你美"。我想"若"是"像"的意思,而"之"则是"这样"的代词。周艳华说:"就照老师的意思解释吧!"

共同的要求,一致的愿望,我们班全支部九名同志到秋林照相馆合影一张。大概是因为今天是周末吧,照相的顾客特别多,我们排了个一百〇四号,凡是照相的人在没有坐在镜头前的时候,大都对着镜子左看右看,正正衣领,拢拢头发,正视自己的面目,全神贯注,毫不松懈,直到摄影师按一下气球的刹那。我们因为人数多,只得到楼下很冷的大摄影场去拍照。我们挨到摄影师按气球之后,六个女同学又要合影,我们分手了,我和朱昌国到书店,我买了一本好书,臧克家等编写的《毛主席诗词讲解》。

1962年2月2日

上午郭志治到咱家来玩,我送他到北市场安德胜和杨学茹家。我在北市书店买了一本《新民歌的艺术特色》。

到《沈阳晚报》社,上二楼,推开文艺组的门,正巧与转过脸来的解明同志目光重合,他热情地招呼我,并从别的地方搬来

1960年10月与《诗刊》副主编葛洛（左）、徐迟（中）在一起商谈工作

1961年7月3日《新华月报》创刊200期时臧克家（前排左二）与胡愈之（前排中）、王子野（前排右二）、范用（后排右一）等人合影

一把椅子,叫我坐下。我看见他的桌面上摆着一大堆诗稿。知道他很忙,不愿更多地占用他的工作时间,因而说话很少,但他却热情地对我讲了许多。他告诉我,我那本1961年诗作选中有两首:《春播曲》和《报牌》可考虑发表。他向我谈诗歌创作,谈读书,谈如何有计划地进取,如何支配自己的时间。他把他的一个笔记本拿给我看。那全本都是密密麻麻的竖写的小字。他把他的学习计划和读书简录读给我听。1957年里要读哪几本书,主要解决"什么是诗"的问题;1958年读哪几本书,主要解决"诗的意境"的问题……我说我读书贪多,这也想看,那也想看,结果收获并不大。他说读书应有目的、有计划。书籍是个海洋,浩瀚、广阔,要有选择地一本本地读,要精读,看一个人的才华光辉是否强烈,看一个人的知识是否渊博,并不看他净读了什么书,而是看他吸收了多少变成自己的东西。一个人看见一千头牛也不等于他已经吃进肚子半斤牛肉,要做到真正消化,必须细嚼慢咽,不能囫囵吞枣,整吃整拉。他还教导我:在读书时要认真刻苦,掌握工具书——字典、词典之类,不让一个自己不明白的句子、词或字,从自己眼里轻易地滑过去。一定要搞通为止。写作是个劳动,多流一滴汗就多一份收获。学诗应眼界开阔,古今中外的名著都要读,但最主要的还是学习中国古典诗词,唐诗、宋词,学的时候,最好找到有注解、词释、分析和评价的书。李白的豪放,杜甫的深刻,掌握著名诗人的著名的几个作品,细致研究,深入研究,人家是在怎样情况、有什么样的感情,通过什么事物表现出来的。现代的诗人,贺敬之的豪放,郭小川的哲理性,臧克家的深刻,田间的富有战斗性,李季、闻捷的抒情……他告诉我前不多日子,贺敬之到沈阳来,给作协诗歌组的同志们讲诗。谈郭小川的思想水平很高，一般人不易掌握他的作品。解明老师身着整洁、朴素，两只眼睛大而亮，仿佛一潭平静的泉水，慈祥而亲切。他对人的热情自始至终，从没有厌烦的倦色。

1962年6月7日

昨夜做了一场好梦，醒来记忆犹新，清清楚楚地回味着梦里的滋味，真幸福哇，梦见诗歌老前辈臧克家同志，并且热情地拉了好长时间的话。把这梦境实况写成如下的纪实诗：

> 梦见哥哥在北京工作，
> 六月天我到北京做客。
> 　　大清早，我和哥哥唠起来，
> 　　从家里一直说到国外。
> 隔壁间有人声音很大在讲话，
> 间或闻听叫什么"臧克家"！
> 　　我一听心中真快活，
> 　　急忙打断话，追问哥哥。
> 哥哥说隔壁就是《诗刊》社，
> 他和克家的交情很不错。
> 　　这句话使我心里甜，
> 　　我要求一定见他老人家一面。
> 哥哥说别忙，不要着急：
> "等克家送走朋友就领你去！"
> 　　我真怪大钟走得太慢，

1962年4月19日在《诗刊》社召开的诗歌座谈会上与朱德(左)、刘白羽(中)亲切交谈

又怪克家的朋友太健谈!
好不容易挨到中午日当头,
那些文学青年才起身往外走。
臧克家把他们送到大门外,
频频招手,要他们有空儿来!
哥哥带着我,迎住了臧克家,
老熟人见面,随便把话拉。
哥哥说,这是个爱诗的小弟弟,
学写诗刚迈上第一磴阶梯。
臧克家笑着握住我的手,
啊,我又喜又羞,话儿飞不出口!
我把我的情况告诉给他,
他笑问:"最近写过什么东西吗?"
一句话让我惊喜地跑回了屋,

我与臧克家

　　一本本习作诗册全捧出。
　　　　臧克家看诗真是快得很,
　　　　说话间,看完了一本又一本。
看完了最后的一页诗,
他眯着个眼睛笑滋滋:
　　　　"走路的方向你找得对,
　　　　但应该插翅向前面飞;
时代的脚步龙驾云,
写诗的人可要紧紧地跟;
　　　　博采百花酿的蜜甜,
　　　　这话儿可要记在心间;
力取前辈众师长,
自己的风格要独创!
　　　　刘镇晓凡离你很近,
　　　　故乡的诗友格外亲;
沈阳的诗作者特别多,
每个人都是你的大哥哥。
　　　　祝你永远朝前面走,
　　　　山隔水阻不回头;
如今诗歌的道路宽又广,
别忘了开拓人是共产党。
　　　　青年怀壮志大有为,
　　　　后辈一定能超越前一辈!"
老诗人的话儿我句句听,
心板上缀满了亮星星。

　　　　老前辈的话儿贴我的心,
　　　　春风染花儿红殷殷。
猛抬头拉住臧克家的手,
满怀的谢意冲上了喉。
　　　　忽然间不见了老诗人的面!
　　　　用全身气力我睁大了眼……
屋子里只剩下我们哥儿俩,
我又哭又喊要找臧克家。
　　　　哭醒了只看见了天花板,
　　　　连哥哥也不在我身边!
窗外小雨滴滴答答,
打在我心头乱成了麻。
　　　　原来是南柯一场梦,
　　　　征途上传来一阵喜鹊声……

到教室时,衣服湿了前襟,换上了一套洗好了的。听说昨晚朱昌国留的肉包子丢了,还以为昨晚我给他带回寝室了呢。真糟糕!咱班怎么又出这么一水?气愤之下,我写了一首《给哑巴的猫》:

是谁?
这样无耻!
是谁?
这样"大方"!
是在半夜,
还是在早上?

把人家三个肉包子，
偷吃个光。
现在，却像哑巴的猫
一样！
为什么
不回答？
为什么
不说话？
别以为
闭紧了嘴巴，
那只偷包子的手，
就干净了，
像死了人吹一阵子
喇叭！

三个包子
进了肚，
在肠子里
叽里咕咕。
因为不是你的东西，
过一会儿
就要从肛门排出。
你得了什么？长了几两肉？
都没有！
可心灵上却留下了

永久的耻辱!

罪过呀,
不小的罪过!
承认了吧!
照真相坦白地说。
别疑虑了,
也不要做作。
说出来
会怎么样呢?
获得原谅;
不说,可要背一辈子
黑锅!

谁偷谁吃谁自明,
谁闻谁知谁吃惊。
待得天长日也久,
总会水落石头清。

哲学课讲宗教一节,讲到人死后上天堂入地狱一段,同学们大笑迷信的荒唐,我也大笑着。可我认为人世间是有天堂和地狱的。死了的人,有的上天,有的入地,但这天堂和地狱不是神明的安排和智者的臆造,而是人们的脑海,恰如其分地评价死后的人。

写一首诗《天堂和地狱》:

宗教里说，那些好人，
死后可以升入天堂；
天堂，是什么？
我说：
就是活着人的思想。

宗教里说，那些恶人，
死后就要下地狱；
地狱，在哪里？
我说：
就在活着人的心里。

活着人的思想，
是座美丽的天堂。
山青水绿，
鸟语花香。
好人们的魂灵，
在这儿，
任兴游翔！

活着人的心里，
是座最严酷的地狱。
火、棍、冰、刀，
种种刑具。

恶人们的黑心,
在这儿
永不得安息!

给和平区文化馆马继尧打电话,问铁西区哪些作者参加明天的座谈会,我好约会同去。他告诉我有刘镇、晓凡、岸冈,还有文化馆的张忠和。他告诉我,好好准备发言。

诸书记在支委以上干部会上传达了聂荣臻副总理要求青年做到八个大字:"认真、负责、谦逊、团结。"这是青年走向成熟的路标,也应是我取得胜利的法宝。

偶见1960年三月号《文学知识》杂志封面上有一幅画:毛主席站在黄河滩上,河风掀开他那蓝呢大衣一角,主席魁梧地站立着,两手背过去,展望着未来,背景是高蓝的天和清绿的河,河上翻跃着白色的浪花……为之题诗一首:

毛主席向着黄河笑,
万里黄河把手招。
天高地阔江山美,
千岁灾河泛春潮。

毛主席向着黄河笑,
山也呼来海也啸。
祖国面容重新改,
一穷二白要洗掉!

我与臧克家

> 毛主席向着黄河笑,
> 世界革命掀浪涛。
> 一轮红日照寰宇,
> 天上人间红旗飘!

这样的诗新意无多,有老调重弹之感,今后要改变。

1963年5月1日

清早,空气异常清新,沁人肺腑。今天是全世界劳动人民的节日。班里正打扫卫生,司号员刘库通知我,说指导员有事让我去一趟。原来是让我出黑板报,一块版面是庆祝五一国际劳动节,欢迎卫生检查团来我连批评指导。"锤声震天地,朝霞当红旗,采石场上度'五一',捷报传给毛主席!"另一块版面写着雷锋1960年入伍的一篇日记:"把青春献给人类最壮丽的事业。"同一版上写着"新战友表决心"。

今天的采石场上热火朝天,大家都以双倍的力气,用劳动来纪念劳动节。广播喇叭响了,是吉林人民广播电

1964年4月12日在诗歌朗诵会上朗诵自己的诗作

台转播的北京纪念"五一"的诗歌朗诵音乐会。会上，朗诵了雷锋的遗作《南来的燕子呀》，臧克家的《想一想生命的意义》，贺敬之的《雷锋之歌》（片段），从"雷锋啊，我想着你，我念着你"到"烧得通红，烧得通红，烧得通红！"郭兰英演唱了"旧社会好比是黑格洞洞的苦井万丈深"，演唱了《毛主席来到咱农庄》，合唱《咱们工人有力量》、光未然和瞿希贤合作的《全世界无产者联合起来》，最后以雄壮的《国际歌》结束大会。同志们听了浑身是劲，我听了更是一次难得的享受！

1965年11月28日

　　周日上午，乘车去天安门。天安门哪，我总是看不够，总是想多看几遍，同志们、战友们都让我代为向您问好呢！因为是周日，王府井人很多，简直是一条人的河流。商品多又好，唯有一处是排了很长的队，有30多米，原来是新华书店出售《王杰日记》《一心为革命》两本书，每人限购两本，我们时间有限，不能买完了再去排队买第二次，很可惜。

　　来时晨雾朦胧，天安门、大会堂、英雄纪念碑皆隐在雾中，十分美丽。北京的树还是绿的。提前十五分钟到达预定集合的地点。孙泰正从王银泽手里借了手表，跑进北京劳动人民文化宫看了一遭，我没跟去，我想多看几眼天安门……

　　北京人，朴素而又热情。

　　本来今天下午集体参观中国人民革命军事博物馆，午饭时突然来了个紧急通知，不参观了，下午在家学习，不要外出。

　　午间有许多不寻常的事，我看见我们军区文艺科李英华科长刮了脸，上午他还没刮呢！也许是匆忙刮的，鼻子下有一道刀口痕迹。集合哨响了！李科长叫我们快出去，不要带任何东西。下楼前，李科长告诉我们不要带武器。奇怪，我们开会谁也没带武器来呀！下楼时，我看见柳清波一向穿一套旧一点的棉衣的，今天下午竟穿上了一套新外套，还把黑皮鞋擦得很亮……院子里人很多，不少人——主要是领队和干部，如胡奇主编，都换上了新衣服。虞棘副部长也坐小车来了。《解放军文艺》的朱星编辑插到了队伍里。我们猜测有不平凡的事发生，一定是首长接见。许多不认得的白了头发的老首长也集合站了队。一个从小车下来的首长说："在人民大会堂……"

　　上了车，我们心情依然激动，外面的一切景致已无心细看了。车子排着队飞驰在长安街上。不知是谁起了个头，大家唱起了《大海航行靠舵手》《毛主席的书我最爱读》，充满了对党对领袖的热爱。

　　车子在天安门西侧、大会堂宴会厅前停了下来。下车一看，一大排小轿车，一大排大客车，停得整整齐齐。戴红袖章的警卫战士站在附近，好多人排着队往里进。

　　从远处看人民大会堂还不算太高大，可是一旦走近它，在它的柱子旁一看，真太高太大了。那大理石的十二根大圆柱子，又粗又高，站在它的底下，显得十分渺小。

　　走进去，一块又长又宽的红地毯铺在地面上，里边的灯绮丽极了，有的像花骨朵，一丛；有的像酒杯，由透明的雕花玻璃制作而成；楼梯扶手是玉石的，三条红地毯直铺到楼上。上楼时，迎面是《江山如此多娇》的巨幅国画。走进宴会厅，摆好了一大圈专门照相用的铁梯。负责的同志把我们解放军代表团安排在正中间。宴会厅里宽敞得很，大柱子上嵌着金色的花纹。木地板的桐油很亮却不滑人。中间有大水银灯，几个摄影师都已准备完毕。我见同志们都往前去，都愿站在头排，我跑上后面的第四层阶梯。解放军代表团在整个会议代表的中心，我们几个在解放军代表团的中心。我们左边和右边都是少数民族代表，依次排下去，共一千四百多人。对面是入口台阶，铺着红地毯。

  4点整，靠门口的代表鼓起掌来了！我们也跟着鼓起掌来了。在那一刹那，入口处出现了周恩来总理！出现了朱德委员长！出现了彭真、贺龙、叶剑英！出现了这么多名字熟悉、形象熟悉的党和国家领导人！后面跟着谢富治、杨尚昆、周扬、林默涵、胡克实、刘白羽……幸福降临在我们身上！我们使劲地鼓掌！七八个摄影师忙起来了！侧翼的二十九个大水银灯全照在大厅里边，厅里所有的大灯小灯一齐亮起来了！周总理、朱委员长等首长走到我们这里来了，周总理和三名领队握手，我们使劲地鼓掌，我感到眼睛不够用！我看见中央首长都很健康，满面春风。我看见周总理非常精神，眼睛闪出明亮的光辉，他向我们挥手，向我们巡视！朱委员长也很健壮，很慈祥，他看着我们——年青的一代！彭真副委员长身体很魁梧，一脸笑容，很高大！贺龙副总理戴一副墨镜，留着小胡子，仿佛还保持着两把菜刀闹革命的神武！中央首长在我们这里坐下来，摄影师通过扩音器，宣布照相，大家停止了鼓掌，却停止不了内心海涛般的激动！相机自动旋转，强光照着我们了，仿佛一轮太阳就在近处直射着我们！我无比幸福地迎望着太阳的光芒……

  相照完了，首长起身转向我们招手，我们大声地喊了一句："毛主席万岁！"叶剑英元帅在照相前回头把右手举到空中做写字状，微笑着对大家说："你们是业余作家！"把大家都逗笑了。周总理向外走去，走到台阶时，又回过头来向我们摆手，才离去，大厅里响起了长时间的春雷般的掌声！我看了郑阮沾的手表，是4点17分。这是我一生中最幸福的时刻！

今天接见我们的中央首长中，有的领导过南昌起义，有的参加过井冈山斗争，使我感到党和革命老前辈对我们期望是多么厚重和殷切。

我们军区一起来的代表中，王大明因去看亲戚，没能赶回来接受首长的接见，太遗憾了！

1965年11月29日

今天在中国人民政治协商会议礼堂，听取中共中央宣传部部长周扬同志题为《高举毛泽东思想伟大红旗，做个又会劳动又会创作的革命战士》的报告。上午9时至12时，下午接着报告，从3时至6时。入场很严格，持白色记者证和入场证的，只能到三楼，不能到一楼，休息和解手回来也看入场证。会场活跃，歌声嘹亮，开会之前，解放军代表团拉歌："湖南队，老大哥，请你们唱一个《浏阳河》！"湖南队唱完了《浏阳河》，他们又拉江西队……只见很多摄影记者和拍电影的，忙碌得很。

主席台上除了报告者周扬外，到会的有张际春、茅盾、张子意、胡克实、鲁迅夫人许广平、林默涵、郭沫若夫人于立群、石西民、赵辛初、刘白羽、杨海波、顾大椿、谢鹤寿、老舍、刘芝明、李伟、曹禺、曹靖华、张天翼、臧克家、陈亚丁、王聚贤、阮章竞、刘平、杜埃、盖彬、王晋等。

周扬报告很抓人。只是有时听不清他的话音。我要全文记下他的讲话。耳朵、脑子、手，都很紧张。但这是快乐的紧张。这是多么难得的机会呀！在师范学校学中文时，还专门学过周扬同志《我国社会主义的文学道路》一书，今天能坐在这17排19号亲自聆听他的报告，怎能不激动？我用16开的白纸，记了23页。周扬在开讲不久就引用了我的一段话，他说，正如一位部队作者所说的，一个战士无论在什么时候什么地方，都应该找到自己的阵地，这个阵地不光是狼牙山的悬崖和上甘岭的坑道，它也是我们阶级思想的高地。这让我感到莫大的兴奋和鼓舞！

晚7点40分，在人民剧场观看了中国京剧院演出的《红灯记》，杜近芳扮演李铁梅。这个戏从剧本的一字一句，到表演的一招一式，都感人至深。从未看过这样好的戏。当代京剧最好的剧本，最好的演员，在北京这个最好的地方演出，令我终生难忘。

红灯，战斗的红灯，照耀着我们前仆后继，勇往直前！

红灯，革命的红灯，引导着革命的文学，向更高的山峰攀登！

1975年9月26日

早晨散步遇一熟人，原来是吉林省军区报道组的，叫刘逢春，现在随沈阳军区罗坤山副司令员调到昆明军区。早饭后，昆明军区政治部宣传部副部长徐怀中等来看望。新华分社来车接我们云游西山和大观楼。徐怀中让一名摄影干事陪同。山径如巨蟒，盘于山腰，汽车盘旋向上，滇池时隐时现，山路两侧有我极喜爱的青翠细密的竹林。我让司机停车，在竹林前留了一影。

昆明市区街道两侧多是银桦树，长得很高，树干笔直并不粗，叶子很细，像松针，又比松针宽。据说风大易刮倒，此树长得是高，但根浅。

我与臧克家

1972年10月1日与夫人郑曼在湖北咸宁文化部干校向阳湖畔

1972年10月从湖北干校返京后的全家福。前排左起臧小龙、郑曼、臧田、臧克家、臧耕。中排左起郑苏伊、乔植英、臧乐源。后排左起臧小平、臧乐安、汪本静西山龙门闻名中外。有些对联过目不忘，如："高山仰止疑无路，曲径通幽别有天""置身须向极高处，举首还多在上人""一幅湖山来眼底，万家忧乐注心头"。

大观楼有天下第一长联，袁鹰对此记忆犹新，能背诵下来。

上联"五百里滇池奔来眼底披襟岸帻喜茫茫空阔无边看东骧神骏西翥灵仪北走蜿蜒南翔缟素高人韵士何妨选胜登临趁蟹屿螺洲梳裹就风鬟雾鬓更苹天苇地点缀些翠羽丹霞莫辜负四围香稻万顷晴沙九夏芙蓉三春杨柳"。

下联"数千年往事注到心头把酒凌虚叹滚滚英雄谁在想汉习楼船唐标铁柱宋挥玉斧元跨革囊伟烈丰功费尽移山心力尽珠帘画栋卷不及暮雨朝云便断碣残碑都付与苍烟落照只赢得几杵疏钟半江渔火两行秋雁一枕清霜"。

有附小字"拔浪千层""大清同治五年丙寅年春""昆明孙髯翁先生旧句""光绪十四年戊子春正二日西林岑毓英重立"。这对长联，上写滇池景物，下写云南历史，情景交融，浑然一体，对仗工整，气魄很大，被称为古今第一长联，是云南省重点文物。

午后，于明社长和曾在《人民日报》国际部工作过的女记者周倩萍领我们到省博物馆，参观了已开放过了的长征展览，要了两本《云南文物》内部资料。

昆明军区门前有静坐的十几个复员干部，要求军区首长接见。他们在小树上拉绳搭起了十几条毛巾，似要长久住下。

晚饭时又见到那位腕上刺党徽的首长，原来他是新调到昆明军区的陈副政委。

两位白族作家前来看望。一位叫杨文翰，即诗人晓雪；一位叫张长，散文写得很棒。他们谈到康朗甩、李乔等作家，谈到大理的三月三、西双版纳四月的泼水节，谈到高原地区的路和桥如何难走。他们十分关切地打听刘白羽、臧克家、田间、徐迟、贺敬之、郭小川、李希凡等人的现状。

1979年1月13日

一早到西苑旅社报到，王燕生、李小雨接待。与73岁老诗人冈夫，还有松涛同住689号房间。严辰、柯岩、邵燕祥等到房间看望。刘章、徐刚等也到房间小坐。

晚上开预备会，严辰主持，柯岩、冯牧分别传达了胡耀邦、胡乔木的几次重要讲话。会后，叶文福、徐刚、邵燕祥、黄声笑、师日新等到房间闲聊，一直聊到深夜11点多。

会议将开一周，发下来一个与会者分组名单，一组有赵朴初、严辰、贺敬之、朱子奇、刘岚山、程光锐、金近、丁力、叶文福、雁翼、孙静轩、陆棨、梁上泉、贺星寒、唐大同、晓雪、周良沛、张昆华、李发模、廖公弦、师日新、玉杲、白渔、赵福顺、张往、肖川；二组有艾青、林林、张光年、柯岩、李季、朔望、魏巍、冰心、雷抒雁、徐迟、白桦、黄声笑、管用和、芦芒、王宁宇、景晓东、鲁兵、肖岗、金瑞华、未央、李元洛、苏金伞、刘镇、胡昭、公木；三组有臧克家、克里木·霍加、邹荻帆、李舟生、徐刚、张僖、卞之琳、韩瀚、柴德森、田间、刘章、布林贝赫、贾漫、鲁歌、冈夫、满锐、李世昌、苗得雨、丁庆友、沙白、孙友田、李松涛和我，还有一位是"五四"诗社的代表；四组有冯至、冯牧、张志民、阮章竞、袁鹰、李瑛、葛洛、韩忆萍、邵燕祥、李先辉、韦其麟、于力、蔡其矫、公刘、刘祖慈、姜秀珍、张万舒、铁依甫江、郑兴富、洪三泰、周艳炀、韦丘、柯原、郭兆甄、赵春华。共计一百〇一人。

1979年1月14日

　　乘车去新侨饭店，见到冰心、卞之琳、冯至等许多老前辈和陆棨、梁上泉等四川的诗人，臧克家身体很好，寒暄了几句。乔木同志来了，在准备出国访问的百忙中来与大家见面，并很精彩地讲了一番话。他讲到打破禁区的问题，首先肯定新诗是有成绩的，他说，谈新诗的成绩，要从实际出发，不能从权威人物的评判出发。不必因为主席对新诗说过不利的话，就感到一种困难、压抑、迷惘，完全不需要采取这种态度。他说毛主席称赞过冯雪峰年轻时写的《湖畔》，认为写得非常好。他说不能因为有后来无产阶级新文学兴起，就抹杀新文学运动的功劳。如果新诗不承认自己的传统，将不可想象。我们的基础不是零，如果我们不断从零开始，就会变成零。他说，历史上无论如何伟大的诗人，都从他的前人学得很多东西。今天的诗人要学的就更多了：现代的、古代的、外国的伟大作品，才能有丰富的营养，创造出珍珠一样的作品来。他强调地说，把这些营养加起来，也不能代替最主要的来源——生活。树从土壤里生长出来，但树不是土壤。古代、外国诗人的遗产变成今天的营养要有特殊的胃口，要有特殊的消化能力，不是所有人都能消化。他说，历史上长期存在下去的诗，太少了。历史要给我们选择，做许多无情的淘汰，这种淘汰是有标准的，不是哪个人的选择，是历史本身。

　　乔木讲话之后，周扬同志讲了近两个小时的话。他讲党要把工作着重点转变到四化上来，转变非常之困难，但是一定要转变,这关系到国家的强盛与否。他讲是非、功过、邪正问题,讲改革之风问题,最后讲提高诗歌水平问题,他强调作品不仅思想上而且艺术上要站得住。他说报刊上打油诗太多,打油诗也是革命的,但太多了,就没有艺术了。要把诗当作一种艺术。

见到谢冕,一起就餐,同艾青、公木、蔡其矫同桌。我对艾青说当新兵刚到连队开晚会,我就朗诵了他的《"自由"》和《一个黑人姑娘在唱歌》,艾青说:你好大胆哪,我那时已是右派。接着他给我讲了几起因保存或谈他的诗引起灾祸的人和事。

饭后,李瑛同我谈收入了《一月的哀思》的诗集《难忘的一九七六》的一些情况。谢冕、晓雪等到我们房间谈了一个中午。

下午,在卞之琳房间小组讨论,邹荻帆等人参加。

晚上集体看电影《巴顿将军》,上车前,松涛、抒雁和我决定不去看了,留下来谈诗。后来又有叶文福、吴家瑾、满锐、沙白、徐刚来谈,谈新诗的发展和当前的创作,至后半夜3点钟。

1979年1月15日

听大会发言。

冯至谈到转变时说,诗歌的转变还不够大,帮腔帮调还存在,廉价的乐观主义、言不由衷的歌颂还存在。需要思想再解放一点,胆子再大一点。但丁的《神曲》中说走到地狱门口,这里必须根绝一切犹豫,这里任何的怯懦都无济于事。马克思曾以此鞭策搞社会科学的人。我们作诗的人更应该想到这两句话。他还谈到,一首诗写出来只完成一半任务,另一半任务,是被别人接受下来,经常被人们提起。

臧克家在发言中历数了新诗的历史,说现在诗歌界是"六世同堂"，从20世纪20年代直到70年代。

徐迟在发言中很前卫地讲了新诗与现代化的话题，讲到电脑的奥妙，可以说话，可以作曲，这个新的时代已经站到我们面前了。正像火车开进了田野，旧的田园诗要变成新的田园诗，田园诗人要对农业技术革命有所准备。

"童怀周"代表李先辉介绍了《天安门诗抄》是怎么写的，怎么抄的，怎么传的。

下午讨论。苗得雨说，写诗要跑，写小说要蹲。李白、杜甫跑遍全国；曹雪芹没跑，他是蹲。他若到处跑就写不出《红楼梦》了。

在餐桌上同严辰谈到老诗人诗的质量问题。向邵燕祥转达了阿红对《诗刊》的三点意见：一是应转载各地的好诗；二是"配合诗"要少发；三是"照顾诗"要少发。晚上看精彩的武打电影片《强盗罗宾汉》，与邻座公木同志谈起吉林省的几位诗友的近况。

1979年1月23日

上午同松涛一起去看望克家同志，克家一人在家。他的会客厅的墙壁上悬挂着闻一多、于立群、茅盾、赵朴初等人写的条幅。克家热情地给我们讲他的身体状况及最近忙着什么。正谈着，《文艺报》的吴泰昌等二人来访，我们喝了一会儿茶，说了一会儿话，就告辞出来了。

回到西苑旅社，李晓桦等推着车往外走，我留下晓桦，一起上街购物。两点半，与东北的满锐、李世昌等分乘两个小车去火车站。我准时上了27次列车，而满锐他们的17次车却晚了点。

1982年3月21日

去看望谢冕，他同我谈到李瑛、臧克家和艾青。他说到李瑛时说，李瑛的诗影响了整整一代人。他的《红花满山》，是中国没有诗的时代里的诗。他坚忍地坚持了写真诗，在假诗风行的年月，他的《枣林村集》和《红花满山》在全国都产生了影响。

1982年4月25日

上午同晓凡一起去看望臧克家，郑曼大姐给我们倒了茶水。克家谈他每天早上6点起来写东西。碧野来长途电话，说一个画报要写点文字；《解放日报》有几千字的稿子，《文汇报》写叶老的，刚写完。今天要写骆宾基的文章，克家与他关系很好，他送来四五本书，还有金石。1945年在上海，克家编报纸副刊，骆宾基写文章，给克家连载。克家说，《花城》的苏晨同我很好。克家说，《诗与生活》四川与香港同时出版，三联书店也要出。

克家坐在红木椅子上，兴致勃勃地与我们谈。有时仰脸，用右手抹胸，觉得胸闷气短。他说，湖北出了他的小说散文集，两大本，共93万字。山东出了他的长诗选，其中收入了他的四部长诗。他说写李大钊时他访问了七个人，都是与李大钊熟悉的，材料翔实。他说，这部长诗他自己是喜欢的。接着他说，写长诗比较难，表现一个人，一个史实，不容易。首先要有感情，没有感情，不可能句句是诗。他说到闻捷的长诗《愤怒的火焰》和贺敬之的《雷锋之歌》与《放声歌唱》，他称赞地说，激情澎湃呀！他说："五四"以来，我喜欢的诗人第一是郭沫若，第二是贺敬之。他说他更喜欢贺敬之的短诗，如《回延安》《三门峡——梳妆台》等。多年的生活经验压缩到短小的篇幅里是非常不容易的。比较起来，《三门峡——梳妆台》的感情浓度不如《回延安》。他说有人问过他：你的短诗比长诗好，你觉得怎么样？他说：当然了，长诗我把握得不好，要把思想性带进感情里，这是很难的。他说：也有例外，与当时群众的感情沟通后，就会产生效果，如郭小川的《向困难进军》《致青年公民》。他说：有人说从郭、贺开始了"假大空"，我觉得他们的诗在当时的环境里，是给人力量给人鼓舞的，鼓舞人们克服困难，得到人们的共鸣，表现得也不错。

克家说，无论写什么，不动感情光记事不行，特别是写诗，光有材料不行。当然首先在生活中，没生活就没有文艺。接着就是掌握和运用生活了，还有一点，你对生活的感受，爱什么，恨什么，光凭平平淡淡的材料是不行的。克家说，有一个女的，长得很漂亮，跳河死了，一个县长说，"鸟窥眉上翠，鱼戏口旁珠"。有人大哭不止。可见对一件事有各种不同的感受。像巴金，回忆生活有很深的感情。回忆朋友，几十年不见，虽非云山相隔，世事两茫茫，自有感情在里头。他说，一切艺术，不完全凭事实，感情的掌握很重要。还有对生活的掌握，带着感情的回忆，会比当时发生的还生动。克家说：我写干校的诗，虽有人骂，但里边确有我的真实感情。离了干校，夜不能寐，火燃烧一样，照亮我的记忆，比当时的印象还深。接着，克家谈到艺术技巧，说有的农民一辈子活了八十年，为什么无诗？没有表现能力。表现力很复杂，有文化传统、修养，学习得越深，表现得越好。但记住：技巧不能成为艺术，技巧是巧劲，艺术不等于技巧。克家说：生活越深，概括力越强；生活越深，表现力越强。

打个比喻,在院子里见过十棵树,写树,到森林里看到一百、一千、一万棵树,不一样了。

这时,保姆送进来一包信。克家说,每天一大包信。克家拿出那本《诗与生活》,把书打开,给我们念内容介绍,还念到"艺术离不开技巧,但技巧不能成为艺术"。这是他坚持的一个观点。他说:我有八份报纸,订七份,送一份。信有千封万封,我回复不得。他说:我今年七十七岁了,心脏长期有心律不齐,人交往多。去年对陌生人的来信就都不回了,有一个鞍山青年没考上大学,要自杀,我不得不回信给他鼓励鼓励。

克家的客厅里,悬挂着俞平伯、叶圣陶、茅盾、老舍、何其芳、郑振铎、郭沫若、于立群、闻一多、冰心、唐弢、沈从文、冯至、曹靖华等人的字画,克家说,还有几十轴没挂出来呢!老舍写的是:"学知不足,文如其人。"

克家说他身体不好,工作量太大,每天工作在十小时以上。

克家说到与刘镇关系很好,曾在《工人日报》上发表过评他诗的文章。说到与姚雪垠、单复的关系。说在上海办刊物,登单复的作品,那刊物全登大家的作品。他说文坛上想象不到的各种谣言,太多了,太复杂了,复杂到招架不住。评论拉圈子,互相捧场,不公正。有的打击别人,抬高自己,不择手段。他说程光锐、刘征是正派的好人。有的看风头,看哪边人多势力大。他说到家门上自己写的对联:"凌霄羽毛原无力,掷地金石自有声。"他加了两句在前面:"万类人间重与轻,难凭高下做权衡。"他说这几句有象征意义,报纸不敢登。这句子属于真实,山东人说话直,得罪人。他说新诗每年都评奖不一定好,评出来的,登照片,有人骄傲,就像华君武的漫画《小猫屁股摸不得》。克家说：我也不是保守，两个"凡是"我是极端反对的。有人把毛主席骂得狗血喷头，我不赞成，我和毛主席有个人感情，尊敬他，我不会骂，工农兵不会骂。克家说，去年10月在中宣部召开的会上，《人民文学》副主编刘剑青发言，讲得很好，讲去农村的感受。我累了，没听完，后来请他到家里来讲，又看了他的讲稿。现在有些电影被农民批评，说电影有三气：憋气、洋气、泄气。现在的电影人们不爱看，虚伪的爱情，廉价的惊险，异国的情调，装腔作势的表演……应强调民族形式和现实主义传统。

在这三个月里，克家给人写了十篇序。其中包括李学鳌、盲人周嘉堤等人的。

我们起身要告辞，克家叫我们再待一分钟！他说每天有许多拨客人来，与你们这是长谈，再来人只能短谈了，第三个来，就说不出话来了。

克家执意要送我们出门，我们再三推辞也不行。他把我们送出大门，一再挥手，然后扶门而入。

到红星胡同，晓凡在胡同口等我，我去李景峰家，看望了他和小刘。

我和晓凡一起参观了中央美术学院刘宇一画展，他的画中有许多文化名人像，如周扬、夏衍、丁玲、艾青……都是油画，每幅都有诗的构思。如画艾青，就有礁石和海浪，引人联想他的坎坷经历和他的坚忍性格。

在东风市场小吃部我们吃了午餐，然后分手。我到中国美术馆参观了韩默藏画展。韩默是一个石油家、富翁，喜欢收藏各国的优秀画作，如法国古斯塔夫·莫罗的《大卫王》，荷兰伦勃朗的《朱诺》，美国吉尔勃·史国华特的《华盛顿像》，美国安德鲁·怀茨的《白日的梦》，这后一幅是色胶画，画在木板上，画面上有两扇启开的窗子，可见隔着白色透明纱幔的裸女。

拜访袁鹰，他的父母和弟弟田震还有妹妹都在。他正伏案写信，他说过了"五一"就去杭州疗养，去一个月。我们谈了许多事，严阵来访，我便告辞。

又去看望姜德明，他谈到巴金老现在正在杭州休养，每年都去杭州十天。换换脑筋，休息休息。在那里，每天都写很多东西，不知疲倦。他给我讲了孙犁给田流写序的事，让我告诉《昆仑》杂志，换下给马金的。给田流的那篇将在《人民日报》上发。孙犁给姜德明写了信。

去看望董辰生，他说将给我画一幅令我满意的画留作纪念。

晚饭后去北太平庄，与张文苑副社长、中才、抒雁、步涛聚谈。

回京西宾馆，又与晓凡、朱春雨谈到吃夜宵。

1982年6月11日

昨晚登车来京。松涛和晓桦到车站接我。住总政西直门招待所3号楼405号房间。

去赵堂子胡同看望克家。保姆认出我，说克家刚好一点，这是恢复健康的第二天，嘱我少说几句。我进到客厅里，克家很高兴，双手攥住我的两只手，很有劲，很有精神，不像大病一场的样子。他穿着白衬衫，让我坐下，我说只看一眼，请他休息。他不答应。我看见他的餐桌上有两只小碗，一只里有三四片炸馒头片，一只里有一点点小菜，即几块豆腐泡和几片青菜叶，他还没吃东西。他说到他的《诗与生活》，香港《大公报》发了文章，说是"农民诗人臧克家的自述",介绍了这本书,评价很高,他找出这篇文章给我念。他谈到在一个座谈会上,他写了发言稿,他虽不是党员,但他说党员作家首先应是党员,要想到党的事业和十亿人民的事业。他说他看不惯一些党员作家的行为。

克家告诉我,他昨天身体刚刚好,起了床,严辰、邹荻帆来看望过。他指着台历上记着的两件事,给我写了信,并题了字。他说晚上看电视上的球赛,看到10点半,太兴奋,今天又有些不好,疲劳了,脉搏有时不正常,停跳。我按他的脉,不停了,苍劲有力。他说,前些天,他爱人、儿子、儿媳、女儿,都请假守着他,耽误了工作。正说着,电话铃响了,他去接,是女儿打来的,不放心他。克家满脸痛苦的笑容,右手不住地从上往下抹着胸部,可能这样好受些。

说到艾青,克家说编《中国新诗选》时,他选了艾青七首,选自己四首。

老舍夫人请他为老舍诗选写序,河北出,现就放在他的床上,他家墙壁上有老舍题写的"健康是福"四个字。床头还有一堆信件,其中有些是约稿信。我拿出我珍藏的1947年版的《生命的零度》和《中国新诗选》,请他题签,他用钢笔写了,并盖了印。他说这印是中国第一金石家钱君匋所制。

我嘱他多多保重,千万不要过劳。他步出客厅,在院子里高扬手为我送别。

赶到月坛看浩然,他不在,他姐姐——一个农村妇女和红野、秋川、大海在。下午我赶到通县浩然的家。他异常高兴,唠起近况。《北京日报》是今年纪念"5·23"唯一一家约他写文章的报纸。他写了《永远追随的旗帜》,一千多字,种种原因没发出来。他去报社，田藏申出面说他的题太大了，发表有难处，请他给一篇作品发一下。《长城》将发他的《能人楚世杰》，《当代》将发他的《老人和树》，宝文堂出版他的《姑娘大了要出嫁》。谈到他主编的十人谈创作，出版社要拿掉晓凡和刘厚明。说到我下步的工作，他说千方百计到创作组，不能再犹豫了。

我与浩然到通县街上买菜，换啤酒，春水回来做菜，瑞林也回来了。

晚饭后和浩然到县委办公室，与人说麦收的事。

回到家里，浩然给我拿出一张凉席，还蘸湿毛巾一点点擦，给我铺床，给我拿出一沓信，其中有魏巍和秦兆阳的。魏巍信中说："现在来往于西山与解放饭店之间，去看你很方便，你回来时，可打个电话，我即去看你。"秦兆阳信中说："大约起码有两年不见面了。有时从各地出版的刊物上看到你的作品目录，可惜事情太多，未能找来拜读。不过总算知道你一直在努力写作，这对我是个鞭策。最近从张志民同志处知道你常去通县等地生活，你对北京地区熟，如鱼得水，令我羡慕。我有一年多极少管文学出版社和《当代》的事，但我还是要再一次恳切向你致意，希望你的作品在《当代》发表。只要你心里有这个事，迟早都可以。这是《当代》全体同志的希望。编辑部几乎每次谈到组稿的事都提到你。"

1982年9月5日

去空政，与李松涛谈了一个上午。中午，我们一起在招待所进餐。李松涛新写了一组战士探家的诗，很是有味儿；我的诗，他喜欢《俯瞰原始森林》和《题试金石》。

我打电话给佘开国,他不在家。后来竟然在电车上遇到他和卢晓渤。真是太巧了!上千万人口的一个首都,想找一个人没找到,竟在电车上碰上了,不是缘分是什么?

下午去看张志民的夫人傅雅文大姐和李叔方大姐。

在臧克家家,克家几次要给我倒水,我没让倒。克家说他和郑曼大姐7月8日去青岛等地,9月1日回来。说光年夫妇和白羽夫妇也去了。他说天太热,人情也太热。他在外面共写字五十幅,回来又补了六幅。要字的有大学同学,现在当教授的;有党委书记、有亲戚、有司机和招待员等。在那里会见了当代文学学习班的几百位学员。刘知侠、苗得雨也在那里。克家说,在那儿录像,录录就病了。太热情了,房钱都不要了。这次克家还看了闻一多、王统照的故居,住在海滨公寓。青岛这个地方,他住过五年,新中国成立后也去过。群众热情得受不了。

克家说,在那里不到二十天,赶写了两万字,有给《诗刊》纪念李白的八百字,有给《人民文学》纪念吴伯箫的,还有为老舍新诗选写的序言,老舍夫人看了很感动,交给了《人民日报》。为湖北出版社编选的九十万字小说散文集写了两千字的文章。另外,华中师院编的新诗,让他写序。《文史知识》来人要写《唐诗新骚》。晚上来四位,有两位是四川学生,有修四川一大桥的总管。广东要出五十三万字的臧克家集外集,一百三十六篇,调查了三年。找到了失散多年的没收到集子里的诗文。克家说,《光明日报》约写庆祝十二大的诗,原不想写,后来还是写了,但不会贴标签。有所感还是应该写的。克家有一自题条幅:"搔痒不着赞何益,入木三分骂亦精。板桥手书楹联甚好,甚是，余心为之折。克家庚申初秋。"

我告辞，克家和正在院内浇花的郑曼大姐一起送我出了大门。

到红星胡同看望了李景峰和孟伟哉。

1982年9月20日

显宗大哥请假陪我拜谒烈士陵园，我在白求恩墓、柯棣华墓前停留很久。还在华北军区烈士纪念馆里细看了半天。

乘车返回北京，下车时是下午3点20分。我直去臧克家家，因李丰祝告诉我，臧克家给我题写的书名被编辑不小心搞丢了，我很不好意思地请克家重写一幅，臧克家非常热情地重题了"雕像"二字，并写了好几条供我挑选。克家给我沏了龙井茶，拿出骆宾基的信，谈骆宾基等人，谈了近一个小时。克家去接邻居送来的《北京晚报》，看到中国女排以三比零胜匈牙利队，高兴得满面笑容，他说，再三比零胜苏联队，就没问题了，大概是前十名。他说昨天看了两次电视转播，老伴儿批评他，六千字的写李白的文章还没校对呢。他太关心女排的胜负了。记得上次他大病一场，刚好一点就看电视转播的足球比赛。他一直紧张地看，家人不让他看，他也不听劝。郑曼大姐在《新华月报》文献版工作，她工作非常细心，对《文艺报》与《时代报告》之间的有关争论，她不让克家介入表态。克家对文坛的派性非常反感。克家与我说到谢冕和江枫。

克家告诉我，《北京晚报》发了他一首诗，送给他七八份，他送给我一份。这首诗叫《参天大树》：

党开"一大",
我是一个高小学生。
党开"十二大",
我成了七十岁的老翁。
老翁不老。
党是参天大树——
郁郁青青。

  从赵堂子胡同直去东四六条,恰张志民、傅雅文二人都在。我们畅谈了两个多小时。志民谈到去罗马尼亚访问飞机出了故障,很是吓人。他谈到天津出《短诗选》的事,谈《人民文学》要发他写给我的书简,谈到给我的《雕像》写的序,谈到去北京师范大学讲两个小时的课《自学》,他说一个人在成长过程中自学是最重要的。雅文大姐在我们谈话中间已做好了一桌子饭菜,还打开一瓶绍兴名酒"加饭酒",色棕红,不醉人。几天来,志民胃肠不好,一直没吃东西,今天陪我吃了几天来的第一顿饭。志民说到我的诗的语言缺少特点,适当用一点群众有血有肉的语言,要那种色彩鲜明点的语言。词量掌握得还要多一些,切忌常用词汇,也不用别人常用的词汇。他说:你挺接近群众的,用群众语言不难。要在语言上下功夫。李瑛的语言有特点,有人说他是"洋诗人",他的语言风格洋气些,知识分子化。他说你现在正在走路,怎么写都成。他强调说:我要求的不是语言写"准",而是比"准"更高的,别人没想到的。

  我在志民家看到牛汉8月25日写给他的一封信,那信上谈到了诗的语言:"你的诗,见到了就不放过研读的机会。你获得自己的特有的艺术风格,这与你的性格、生活经历一致,学院气重的人无法学到这种朴实而纯净的气质。你的诗,就具有蚯蚓血的风格与色泽。"

在同志民交谈中,我偶然得知他在建国前夕,曾在知识书店出版了一本不是诗的书:《中国革命的基本知识》。

1982年9月29日

一早没吃早餐赶到张志民家,志民和大姐皆在。我把复写的他的序给他一份。我们畅谈甚多。因《文汇月刊》约我稿时,说了需要有被写者的照片,大姐挑出一张满意的照片来。志民同我说到克家、吴伯箫、艾青和姚雪垠等人。志民说,任何生活过去,都是一次。他说一直到死都是练笔。他还说,想写的东西很多,一是时间不够,二是体力不支,没办法,经历的事太多了!

下午与梅宝玉一起忙乎会餐事宜,我去接为我们这个剧录像的电视台的十九个人。

晚上观看南京军区话剧《宋指导员的日记》。

1983年1月3日

收到臧克家1982年12月31日的信:

世宗同志:

我病了一个月,住院二十天,昨上午已回到家,事情甚多,颇感疲顿。

你是关心我的好朋友,匆匆先此报告近况,请释念。

好！

克家

12月31日

收到内蒙古著名儿童文学作家杨啸寄来的他的小说集和信：

世宗同志：

您好！

未见面时，神交已久。见面之后，您果然如我想象的，是这样热情，这样诚挚，又这样质朴。可见，浩然兄、王栋兄等对您的理解是深刻的，对您的描绘是真切的。因此，我们之间，自然是一见倾心。只可惜，您有人同行，且公务在身，不能和我们一起同住、同游，交谈也未能尽意、尽兴，甚感遗憾。好在来日方长，后会有期，欢聚以待来日吧。

文代会后，我和长弓兄在昭盟待了下来。在热水和元宝山各住了些日子，然后又到下面去转。栋兄一直陪着我们。12月上旬内蒙古自治区人代会，我和长弓兄都请了假。本想待到年底再回来，可是，自治区文联要在1月中旬开文联全委会和各协会理事会，并且，全国文联1月5日开工作会议，也让我和另一位主持文联常务工作的同志去参加。这样，我们便提前几天，于12月24日回来了。前后在昭盟待了将近七十天，虽未尽兴，也算可以的了。这些日子以来，除栋兄陪我们之外，昭盟诸同人的热情您是可以想见的。在每次欢聚的场合，都常常想起您。如果您能在场该是多好哇！

我去北京开会，大概能见到浩兄。我已是将近两年没有见他的面了。我想要劝他，一定要保重身体。我想，他那样的身体状况，是不能再像过去一样地拼下去了。

我一回来就又被杂乱事务缠住了。看来，要写点东西，是非躲出去不可的。希望您有机会到呼和浩特来。寄上我的一本小说集，请您教正留念。新的一年又到了，祝您在新的一年里工作顺利，创作丰收！顺祝

节日好！

杨啸

1982年12月27日

白居易在《与元九书》中说："感人心者，莫先乎情。"此言极是。

今晚登车去济南。

1983年1月13日

收到河北《国风》主编何理的信和寄来的三本《国风》杂志，上面有我写评臧克家《诗与生活》一书的文章。

收到田华的信：

世宗同志：

你好！刚从大连返京（带《柯棣华大夫》去答谢）就看到你的信和报纸，谢谢你的关心。

报告你个好消息：从沈阳回来，不少人找我采访，首先来的是辽宁广播电台记者，我朗诵了你的《椰子树像什么》；北京的《电影与戏剧》记者采访，我专门介绍了你的

《鸟儿们的歌》这本，并向之读了几段，他们特别喜欢，并且记下了几段；共青团北京市委、《中国青年》、北京电视台等单位联合举办了迎春联欢，我又在此会上朗诵了《萤鸟的歌》，并用简单的语言介绍你和你的书，可喜的是他们全部录了像，如在春节播放，请你注意看《广播电视节目报》。

我为什么这样宣传你的作品？一你是解放军的青年诗人；二我在你身上学到了不少的东西，你是党和这个时代培养成人的诗人，并愿你永远保持这种作风。

春节期间，《诗刊》组织我们到哈尔滨去演出，我很可能去，这样你的诗集又成了我演出的节目，谢谢你！

我还要看五万字的表演初稿（影协帮我整理的），不多写了，请原谅！

祝春节愉快！祝全家好！

战友 田华
1983年1月25日

同时我收到田华退给我的汇款，因我代她为《沈阳日报》写了一篇东西，把报社寄来的稿酬给她寄了去，没想到她又给我汇了回来，并在"汇款人简短附言"里写道："世宗同志：稿酬应由您收下。谢谢。田华。"

给姜德明、李松涛、田华、刘成华各写一信。

1983年2月22日

收到臧克家写于本月19日的信：

世宗同志：

　　收到信，甚感亲切。你对我的关心，使我感动。

　　我工作太多，节日前夕，心脏又不适，节日客人甚多，均未能多谈。近日已渐正常。

　　节日有六个联欢会，我均未参加。

　　《长诗选》《甘苦寸心知》，均早已出版，但大批书至今未到，到后即奉上。

　　好！

克家
2月19日

　　郑曼问候。

　　出席军区双先会即先进单位、先进个人表彰大会秘书组的会议。我们文化处就是提供与会人员的文化生活保障。在这个会上，究竟话剧团演什么戏，需要早做准备，我去请示华山副主任，仍定不下来。

1983年7月3日

　　利用今天星期天，把所写的"刘镇印象"抄清寄给了上海《文汇月刊》的周嘉俊。

　　给铁岭的孙日成和大连的张福高寄诗集《鸟儿们的歌》。

　　给臧克家、姜德明、吴培华、徐刚、苗得雨写信。

1983年7月7日

　　收到克家寄来的两本书：《甘苦寸心知》和《臧克家长诗

1980年10月参加北京全国书市开幕式。前排右起叶圣陶、丁玲、臧克家、严文井

1983年春末与青年诗人李松涛(左)、胡世宗(右)

选》。前一本书中的文章曾是我迷恋的。这回翻看目录，三十篇文章，每一篇标题都是"关于……"这些文章都是克家心血的凝结，非常宝贵，对于了解克家作品出笼的经过和作品的精髓很有帮助。

一早去"安乐窝"，即沈阳迎宾馆请韩作荣来家共进早餐。

晚上陪政治部华山副主任到歌剧团审查《生命狂想曲》。

1983年7月9日

军区一个现场会要办一台晚会。与魏宝贵、朱光斗一起研究晚会的节目，人多人少的问题定不下来。

丁洪部长去李德生司令员那儿谈到辽沈战役的话剧问题，丁部长回来后，兴致勃勃地找我和朱亚南说这件事，似有新的精神，可以放手搞。

收到臧克家的信：

世宗同志：

信，到了。遵嘱题四字（注："诗人印象"）。我的小独院，已成一统，正大修，共需两个月时间。请查阅7月3号《北京晚报》有篇关于我的访问记，写得不错。

好！

克家

7月6日

1983年7月13日

下午，与白劳副部长去歌舞团看将要参加辽宁百名歌手比赛的几个"尖子",名为交流,实则考核。

给克家复信,并给王栋、吴文泮、刘绮寄信。

1983年7月14日

一夜大雨,清晨仍未停息。沈阳上空观察水涝灾情的滑翔飞机的声音一直在响着。

读张光年著《风雨文谈》,其中选入他对郭沫若、臧克家、李瑛诗的评论文章,他的评论文章那样有文采,仅看标题就令人动情。

收到广州军区诗人柯原的信:

胡世宗同志:

你好!

听说你任文化处副处长了,很好!我们这里,我已改任研究员了,由陈培学同志(原来文艺处的干事)任处长,这样,我的时间多了,可以多看多写点东西。上半年,我访问了西沙群岛,又访问了四川和湖北。

寄上最近出版的诗集一册,请批评指正。

很想到东北去访问,不知什么时候有机会,因为我们这里由部队花钱外出访问是很困难的。

再谈。

致

敬礼!

柯原

1983年7月11日

1983年8月3日

收到克家寄来的《臧克家散文小说集》。

解放军文艺出版社刘成华给我寄来两部书:《刘白羽研究专集》和《魏巍研究专集》,这两本书都是我所喜爱的。

1983年10月9日

一早请司机小陈开车,去塔湾邮局取回了我从河北花山文艺出版社戴砚田那里用稿费购买的、臧克家题写书名的我的新诗集《雕像》五百本。

为迎接孟加拉陆军足球代表团,军区杂技团准备演出专场晚会,到八一剧场审查节目。

中午,柳清波为柳沄的安排事宜来家访问。

军区话剧团谢午元来谈团里的人和事。

晚上,机关食堂战士诗歌爱好者赖秃来家谈诗,我借给他几本书,有臧克家编选的《中国新诗选》,有《艾青诗选》和《诗词例话》。

1983年10月26日

一早,我起来,浩然和大嫂也起来了。他们给我冲了速溶奶粉,拿了些点心让我吃了,因我着急要走。浩然送我到大街上。乘直达大北窑的公交车回到"大雅宝",恰好周涛要走,大家送行,我也一起把他送上44路"大环"。

和柳沄一起到北太平庄,李培森宴请几个朋友,东久也在其中,培森嘴狠:"谁不喝谁是王八蛋!"

给田华打电话,她住进了三〇一医院外六科,不能下床。八一厂的金政委接的电话,我请他向田华同志转达问候。《人民日报》的解波告诉我,今年7月,田华给北京少年儿童表演时,朗诵了我的诗。

晚饭后去志民家,志民和雅文大姐与我唠到挺晚的。大姐拿出各种小点心让我吃。志民谈到南行事,暴雨、山洪、充满战争气氛。志民说到今天下午在首都剧场一个会议室传达"重庆诗会"的情况,艾青到场,他不希望别人把他个人突出得太厉害了。志民说,他和李瑛都没有发言。志民说他正在编新文学大系,让我把自己觉得好的诗寄给他。

松涛打电话来,说他去克家处,克家问到我,说如果忙不必来了。

1983年10月27日

一早5点多打电话找到松涛,在动物园会齐,乘车去北京大学蔚秀园,看望谢冕、陈素琰夫妇。谢冕从邻居家借了两台自行车,他一台,我们一台,一起骑车参观了彭老总住的那个挂甲屯,那是个旧式的院落,房屋陈旧。我们从那曲折的小巷里走出来,又骑车看圆明园。好大一片旧址。遗迹件件令人感伤。万泉河上漂着不动的污物。我们在欧式建筑的遗址前留影。

分手后,我和李松涛到灯市口,找到王培公新居,培公写的戏《火热的心》,十二月号《解放军文艺》要发。培公是个精力充沛的人,交结人面广,见识深刻。善于谈吐。他讲的许多事我们闻所未闻。他的写字台玻璃板下压的是他自己写的三个字:"不容易。"

我们从灯市口步行到赵堂子胡同15号，新漆的大门，按了门铃，阿姨来开，原来整个院子都给了克家。恰克家下午3点钟要接待《经济日报》的人来访，这是他几十年前的老同学。他穿好了制服，恰要出门迎，我们进屋来了。克家很高兴。他七十九岁的人了，精神还那么好。他谈到他很累，上午与新闻界人士谈了两个半小时，还谈到党内许多朋友，点了冯牧、光年、贺敬之、柯岩等。他用左手抹着前胸，很吃力的样子。我们赶忙不叫他再往下说了。但他又说了一会儿。趁天气好，我们在屋外的阳光下，与克家合了一个影。克家兴致好，一直微笑着……

我和松涛又约了王中才，一起去团结湖看刘梦岚、宋世琦；之后又看了韩作荣。王燕生不在家，小李在。谈了一会儿朦胧诗。之后，与作荣一起去看徐刚。徐刚让他的小苇苇背诵了"白日依山尽"。小苇苇非要背"小白兔"，后来由于爸爸要求，她先背了爸爸让她背的"白日依山尽"，但紧接着没用人点就背了她喜欢的"小白兔"。徐刚谈到报社的一些情况。晚8点多，我们下楼在宋世琦家坐了一会儿，就告辞了。

1983年10月29日

晨从北京归来，国柱到站里接我，我分别把松涛和柳沄送到家，然后回家。

收到臧克家的信：

世宗同志：

《雕像》收到，因事繁，精力不足，尚未拜读。

我已过七十八周岁，身体欠佳。匆匆

好！

克家

10月17日

1983年12月29日

收到几封信，其中有公木的信：

胡世宗同志：

今天给研究生同志讲完这学期最后一课，心里轻快。正好这时接到来稿。拆开一口气读了一遍。只觉得把我写得太好了，没有什么意见。个别不完全符合生活历史实际的词句，顺手增删了几处，就写在原稿上了。文字也没顾得上推敲。

张永枚同志《致公木》一信，载在《散文》杂志上，有的同志曾捎给我一本。本想回信给他，确实是没有什么具体的话说，没有写。我一直记着初读到一位青年诗人新作时的兴奋之情。"文化大革命"期间，他写了"诗报告"，读后很不愉快。但他在《致公木》的信中说，曾给我写过信，未得复。我实在没有收到他的信。如果收到了，不会不回复的。他才五十岁吧，还可以做很多事情哩。如果认真写，也许真正的好诗在今后才写得出来的。如有机会，望将此意转告。

匆匆，致以
敬礼！

公木

1983年12月28日

我与臧克家

收到黑龙江诗评家任愫的信：

世宗同志：

　　寄来的《雕像》昨天接到。今天读了前两首《标本》和《雕像》，很受感动，你的诗日趋成熟了！

　　我在去年的信中说，抽时间写一篇文章评论你的诗，那以后直到目前，我一直用业余时间整理书稿《现代诗人风格论》，前些天总算搞完了，可望明年能够与读者见面。其中有郭沫若、闻一多、艾青、臧克家、严辰、李季、郭小川、贺敬之、张志民、李瑛十位诗人的风格论。今年来，身体又不如以前，起早贪黑的能力弱了，因而整理工作的进展比预想的慢不少。今后总算腾出手来了。我可以写评论你的文章了。我想还是侧重于风格方面，你看如何？

　　最大的问题是资料不全，这就得求助于你。你的三本诗集我有两本，请把《北国兵歌》和这三个集子外到今年末发表的所有诗作，以及金河、晓凡同志谈你的诗的信，都借给我一用。可在过年后一月间挂号寄来，如何？我写完初稿后寄你提意见，争取在辽宁出的《当代作家评论》上发表，行不？

　　我和满锐在筹备黑龙江诗歌讨论会，初定6月初在大庆市召开，共邀请一百人，省内六十，省外四十，我想辽宁请你、松涛和阿红同志来。你能拨冗出席吗？

　　我今年8月间去辽美出版社开会，到老同学王笑竺家，问到你，他说你在文化处做了副处长。我很高兴！

　　与此信同时挂号寄去我社出的公刘诗集《母亲——长江》一本，供阅读、参考。

我好,勿念!新年后能来哈尔滨吗?我家就在某军附近,他们文化处的张洪舜同志与我较熟。来了,请到我处!
祝
笔健!

> 任愫
> 1983年12月28日

收到金河的信:

世宗:

近好!新作收到,容我细读。先谢谢。

我回赤峰悠悠三个月了,结果是一事无成。其中,因胆系统感染,住了四十二天医院。出院后,外胃即胆,总出毛病,死不了,活不好,搞得我意懒心灰,不要说写东西,连看点书也看不下去。过了元旦,我想去沈阳一趟,再检查一下,如果没什么大事,再回赤峰过春节。搬家,总得等明年春暖以后了。

浩然兄在病中,编书还想到我,小弟很感动,我已经给他复信了,作品待去沈时再寄给他。

书不尽言,余话面陈。即祝
新年好!

> 金河
> 1983年12月29日

晚,国柱请我到他家吃饭,因为今天是他儿子黄越的生日,不知是阴历还是阳历。

1984年1月2日

　　去邮局发信。

　　到晓凡家小坐，谈及对军事文学创作的印象。

　　在八一剧场观看电影《大桥下面》，感动得我热泪直流，究其原因，是影片写了深厚、温暖的人情。

　　收到朝阳文联寄来的《庄稼人》创刊号，上面有我写臧克家的文章。

　　柳沄来访，我在部里值班，他到部里来谈。

1984年2月1日

　　为给《昆仑》写诗评论，从今天开始读尚方和喻晓的诗。

　　按照部长的意图，通知各文工团春节前后互不拜年，好好休息，养精蓄锐。

　　收到臧克家的信：

　　世宗同志：

　　　　二信均收，诗已拜读，富于现实精神。

　　　　我忙于（一）编六卷文集。（二）有同志写我的"传记"，作者为录音，已录十次，仅一半。（三）事多而杂，不得休息。

　　　　节日，大儿子一家四口从济南来，快乐而紧张。

　　　　节日好！

　　　　　　　　　　　　　　　　　　克家
　　　　　　　　　　　　　　　　　1月28日

1984年3月25日

今天是星期天，至晚8点10分，愉快地赶写完了"克家剪影"，八千字，一气呵成。王广生来，读给他听，他要帮我打印出来。

夜读《爱的荒漠》，至后半夜两点钟。

1984年3月27日

早起看《政治经济学》复习提纲。

我从来不蔑视能力低的人，我只蔑视那些没能耐却显大眼儿的人，蔑视那些有能力但傲视别人的人！

我没有权利去制止和惩罚不是为了工作而一天老往够不着的首长家跑的人，甚至打小报告并以此为乐为荣的人，但我有权利看不起他！

今天，把"苗得雨剪影"开了个头。

做文化工作特别是文艺创作的组织者，既要锦上添花，又要雪中送炭。锦上不能不添花，雪中不可不送炭。我被委任文化处副处长已有一年了，我总想着对在全军全国或省里大赛评比中获奖的、有成绩的同志，要"添花"；对后进者，一时出不了东西而苦恼者，要"送炭"。这是我的义务和职责。

晚上，西岚来谈刘兆林几篇小说处理和出笼情况，及出书事宜。

王广生送来"克家印象"的打印稿，我校对到夜11点。

1984年3月28日

前天《解放军文艺》黄浪华电话说近日动身来东北,到创作学习班上看稿子。

一早起来又校一遍"克家印象",送给广生。

收到孙义良转寄来的《中国当代抒情短诗选》,其中选了我两首:《写给爱人》和《椰子树像什么》。

下午去参观某团一炮连的文化建设,图书室、文化活动室、育才室及面包房,连开水都是电子仪器,不用火。在这个连队当兵真是精神和物质上都有了依托。指导员建立了各种档案,很有趣,包括战士读书调查。入伍前读过什么书,带到部队什么书,新买了什么书,喜欢什么书。一个战士写:"我喜欢看爱情方面的书,以便给心上人写信的时候,有词儿。"

这个团的浴池像花园,精修了养鱼池,美观,实用,大家赞不绝口。

今天完成了"苗得雨剪影"。分别给克家和得雨写了信,明天到邮局去发走。

1984年4月11日

我在连队当兵时的团首长、现任赤峰守备区政委的侯德刚,让守备区政治部干事聂向军来找我,他们四级干部集训时,大家写了许多诗歌,编了一本诗集,取名《塞外兵歌》,老首长信任我,让我写一篇序,我写好了,并请创作室画家徐波给设计了一个封面,还请老部长丁洪题写了一首诗,今天一起交给了聂干事,请他带回赤峰,向侯政委"交卷"。

上午,我们文化处研究了文工团学员提干的意见;下午,与直工处三位主任一起碰头推敲。

把所写"苗得雨剪影"一文寄给刘章同志。把所写"克家剪影"一文寄给有关杂志。

1984年4月15日

晨起,给克家、方冰、阿红、徐刚、巴彦布、林萍各写一封信。

写给十四岁女儿海英一首诗:

> 在哈尔滨,
> 我看到一群大学生,
> 好像她们
> 正是你那样的年龄。
> 有的短发,有的扎辫,
> 有的戴着眼镜,
> 方块长条白色校徽别在前胸。
> 红色的校名耀人眼睛。
> 今天是星期日,
> 她们一群群拥出校门,
> 大街上洋溢着她们朗朗的笑声。
> 她们一个个那么年轻,
> 却成了高等学府的学生。
> 望着她们的倩影,
> 我想到了你——海英,
> 海英啊,海英,

> 希望有一天，
> 你也像她们，
> 戴上大学的校徽，
> 踏上人生新的途程！

上午孙俊然来看望我，谈到他目前的工作和写作情况。

到书店买了几本书：《作家的足迹》《野蔷薇》。

1984年4月24至27日

起草出"刘畅园印象""周涛印象"和"厉风印象"三篇诗人剪影。

写出一篇七千字的小说初稿《橘子不是败火的》或名《橘子》。

应约去看佳木斯集邮展览，买了一些邮票，应约为集邮题诗一首，给了《合江日报》。收到孙义良转来的信：臧克家、苗得雨、张志民、雷抒雁、纪鹏。《解放军报》张挺让我代他问他的小说稿子的下落。我分别回了信。

晚上抄改小说稿到11点。

1984年5月19日

跑了一千多里路，早晨到沈阳，这里竟然还不如佳木斯亮得早，也不如佳木斯暖和。

外出办创作学习班两个月，今天一早4点钟回到沈阳，见到久别的亲人，舒坦极了！

晚上举行家宴，招待参加学习班到沈转车的海军宋树根、空军伍保祥,还有我们军区的刘英学和于利华。

收到一大堆信件,其中有臧克家的信:

世宗同志:

　　文章三份收到,已粗看一遍,你写的有真情,也颇细。有些字句,需要修改一下,日内即将修改的一份挂号寄还你,请你斟酌决定。或投《八小时以外》?

　　我大好,也甚好。

　　好!

克家
4月5日

　　郑曼问候。

臧克家还有同一天的另一封信:

世宗同志:

　　文稿,我仔细地读了,并为之润色了一下,你看这么可以吗?我好。大忙!忙于编六卷"文集"。

　　郑曼已离休,但还担任一点工作。今早已发函。

　　好!

克家
4月5日

收到雷抒雁的信:

我与臧克家

世宗：

　　您好！

　　接您上封信，正举棋不定，不知寄往何处，又收到第二封信了。

　　我以为这篇稿，可寄给你们辽宁的《当代作家评论》一类，不知他们是否需要？稿子中新鲜的东西还是不少的。当然，还是由您定夺。

　　我今日下午去南京、合肥，估计月中可返。

　　您何时可回沈阳？我的《父母之河》已出，本想寄您，想到中才可能会返沈，索性让他带上。如何？

　　握手！

抒雁
1984年5月3日

还有李瑛一信：

世宗同志：

　　寄来的《世界抒情诗选》收到，谢谢。

　　来信提出关于如何培养业余作者问题，我已请文艺处研究，如能有一二具体措施，就可以把工作向前推进一步。你们那里对于这方面的工作，就做得不错。

　　印诗集事，我又催了文艺社，我对印一些人的选集倒不大注意，主要想多印几本中青年作者的新作，今年能出一套，当然还要编新的一套（你的诗集还是可以准备的）。我想如每套十至十二本，有三套，大体就够了。这三十多位诗作者中将来会有更大成就的大诗人出现的。我们要下些力量，特别当前地方上出部队诗作者的书不多的情况下。哈尔滨要出《诗林》是好消息，但愿它能够有自己的特色。

我们这里正忙整党的对照检查，部党委和我个人都正在紧张地准备。整党结束后也许时间会比现在稍好些。

祝健康！

李瑛

1984年5月4日

收到重庆梁上泉的信：

世宗同志：

信、稿均已收到。

您在那样紧张的时间里，竟写出了六千字的长文，想必是十分艰苦的。

文章有些事实，我还要做些订正，因当初我没讲述清楚，致使您那样写了。如其中的喀喇昆仑"神仙湾"哨所，我是在山下访问了换防的连队，而未获准上山，这就得以我上帕米尔高原哨所的事来取代它了。

好在我7日即赴成都，将找李友欣同志谈谈，并将改处改于原稿上。这里就不赘言了。如决定用，并要照片，我也将直接给他。

…………

遵嘱写了《山泉》条幅两帧。我的字见不得世面，就放着作为纪念吧!

　　我这次是到乐山参加诗歌讨论会,会后拟走访一月返渝。

　　遥祝

体笔两健!

梁上泉
1984年5月4日

1984年5月21日

　　给朝阳文联《庄稼人》主编迟松年寄去我写的《精神不老诗常青——臧克家印象》一文。

　　给《当代作家评论》主编陈言寄去我写的《他是小草他是燕子他是桥——雷抒雁印象》一文。

　　李光祥来电话谈及部队变化。

　　见阿红一信:

世宗同志:

　　好!

　　信收到。

　　哈尔滨市出《诗林》,是大好事。咱们张罗不成,人家张罗成了!我完全支持巴彦布同志。我已回信给他。

　　《创作通讯》尚未出来。

　　近期教材奉上。

　　你那里很忙,望注意健康!

　　我如故,一切都好。

祝

好！

阿红

1984年4月17日

收到哈尔滨巴彦布的信：

世宗：

我从"通化笔会"溜出去沈阳，任务之一是找阁下！

哪想到，继仁等同志接连打了两天电话找您而未果！！天大的遗憾。

我因刊物压身，哪里也不敢停留哇！即或是一天。没办法！

1. 您的"刘畅园印象"初定发于创刊号《刘畅园近作选》后面，请释念。

2. 臧老的题字已定发创刊号封二或卷首（《诗林》刊名早已定下：取美术字，便于变换）。

3. 给您此信同时，我已写信给克家同志：A. 再给题诗一首（墨迹影印）；B. 撰文一篇（写他在龙江饶河一段生活，编入《东北诗坛纵横录》）；C. 索要他老人家满意的近照一张。

以上情况，您放心了吧？！

有事，多来信！我家地址为（略）。

惠赠的诗集已悉，谢谢！

匆此

祝好!

巴彦布
1984年6月12日

1984年6月28日

晚,宴请著名电影剧作家史超,他的作品有《秘密图纸》《东进!东进!》等。我与之谈电影创作方面的问题。这位思想活跃的老同志非常平易近人。

收到臧克家寄来的照片和信:

世宗同志:

信收,得悉种种。

郑曼已离休,但仍担任"祖国丛书"一份工作。19号她与其他同事一起去武夷山旅游去了,下月2号左右可归京。

最近还出新书,有几本今年可能出来,届时奉寄。

我一切尚好,但事多,休息少。

我的小女儿——苏伊,已做我的秘书,可以分忙,名义挂在作协。

好!

克家
6月27日

收到李松涛的信:

世宗兄：

　　一个匆匆的影

　　一缕短暂的风

　　旋即，都过去了——

　　死亡等于诞生。

　　天地间，

　　不消不落的依然是友情！

松涛
1984年6月15日夜

收到晓凡的信：

世宗：

　　《创作通讯》拟于7月发稿，方冰篇能否赶上？请以信示北陵小区11楼3单元创作之家。祝

　　暑安

晓凡
6月13日匆匆

　　"中青年"的小聚会在金河倡导下想在本月20至22日在北陵举行，盼你能来。如中才同行自是更好的。请待正式通知。

　　——又及

收到杨啸的信：

我与臧克家

世宗弟：

　　您好！收到您惠赠的大作后，曾给您复过一信，以后因为忙忙碌碌（自年初以来，因为整党，整天开会），再没有顾上给您写信。

　　这两本书出来了，奉上，请您指正。《觉醒的草原》湖北少儿社是作为他们的重点书出的，成本也花得比较高。第二部和第三部，他们想在一起发稿，争取明年一起赶出来，送去参加香港的书籍展销会。我请浩然兄为此书写了序。出版社希望书出来后能及时有些评论，这样对第二部和第三部的征订印数会有好处。《草原》和《内蒙古日报》已组织了评论，本书的责任编辑也在湖北组织了评论在当地报刊上发表。老弟您既是诗人又是评论家，我很希望您能在百忙之中抽时间把书看一看，也写篇评论，对我的儿童文学创作加以指点。文章可单谈这一本书，也可借题发挥，谈我的整个儿童文学创作。如能在辽宁的《当代作家评论》上发表就最好了。此事会给您增加许多麻烦，多谢了。

　　祝工作顺利，创作丰收！匆致

敬礼！

杨啸

1984年6月21日

读刘畅园的信：

胡世宗同志：

你好。

我从乡下刚刚回来。

看了田玉文同志捎来的信，看了《追寻那彩色的梦幻》一稿，感到知心而亲切。但仍有些打扮的色彩与溢美之词，所以我勾掉个别字眼，及结尾一段费新我的书法，请你别生气。

另外修正了一些在事实方面我当时没讲清楚的地方。

你一共寄来四份稿子，在我下乡回来之前，鲁琪同志替我寄给巴彦布一份，我回来后，经过订正与修改又寄去了一份，剩下最后一份，给我留念吧。

稿子怎样处理，编辑部没有告诉我，也没有电话来。

从乡下回来后，写了点诗，一点也不好，总跳不出自己的圈子。

想要迈一步，该是多么艰难哪！

我老了。

你年轻，身体好，希望看到你的新成就。

鲁琪同志向你问好。

刘畅园
1984年5月26日

收到迟松年的信：

世宗贤弟：

你好！

久未相见，甚念。这些年你写了不少东西，读了许多；

也写了不少作家专访之类，既表述友情，又尽了责任，做了不少好事。你的诗集也收到了，感谢你！大作也收到了，照登不误。这也是你对我们的关心。20日去沈阳参加中青年作家恳谈会，不知你去否？几次去沈阳，给你打电话你都不在。我被借调到海城工作，熟悉一下生活，也是学习的机会。给中才、小宫问好！

　　此致

礼！

松年

6月15日

1984年7月8日

　　周日带海英、海泉到中山公园游玩。在那里与妈妈、海玢、海燕、海霞等会合并一起照相。

　　看望来沈阳的抚顺诗友赵进、华卓和营口来的诗人雁翎。

　　到书法家聂成文家做客，我请他为我写了鲁迅先生一句话"不满是向上的车轮"的条幅，我要裱起来挂在墙上，勉励自己。

　　收到臧克家的信：

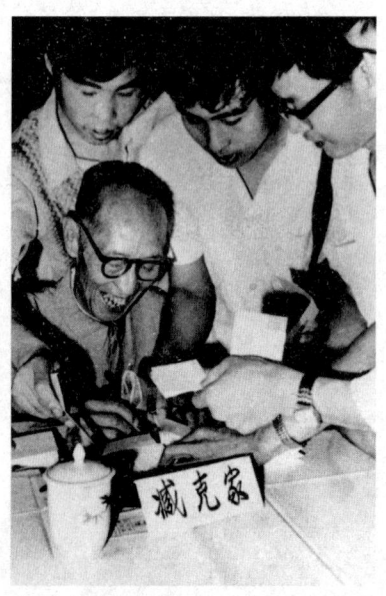

1984年7月8日在"新中国、新北京"知识竞赛咨询日为青年签名

世宗同志:

　　信到手。"剪影"较好。

　　题两纸,便选用。

　　今上午荆鸿、徐霄柳来访。

　　《诗林》,先为题二字,创刊尚有日,请编者来信联系,地址请转告。

　　我忙。匆匆

　　好!

　　郑曼问好。

克家
4月18日

我写诗人的书将出版,我请臧老题写书名,原想叫《诗人印象》,克家亲自为我命题为《当代诗人剪影》,他寄来后者题字四帧,并给《诗林》题写一帧。

收到徐怀中的信:

胡世宗同志:

　　您好!收到来信,并拜读了《弹洞前村壁》,同时又在《解放军文艺》上读到了你的新作《第二人生奏鸣曲》,很觉亲切,仿佛我们又会面了。1975年在昆明见到你和袁鹰同志时,匆匆忙忙,未及多谈,以后你来京时一定到我们家来玩,或可同黄国柱、王中才等同志聚会一下。

　　你的文章对当前军事题材文学创作做了全面分析,指出了前景,你做了一件很有益的工作。只是对《西线轶事》过于偏爱了,你使用了"划时代意义"这样的词句,显然是过分了。不过我还看作是朋友的鼓励和极力支持。现在我对战争题材倒是有了一点新的想法,可是接受了筹办解放军艺术学院文学系工作任务,只好先放一放了。

　　寄上一本小书存念。

徐怀中
7月3日

怀中寄来了上海文艺出版社出版的他的《西线轶事》。

1984年7月26日

收到臧克家的信:

世宗同志:

　　信收。改寄照片一张,以前寄去的,望能退我——要照片的甚多。

　　《诗林》题句,前两天已航信寄去,勿念。

　　苏伊今天学习去了,她问你好。郑曼也致候。

　　我一切甚好。

　　握手!

克家
7月21日

1984年8月11日

总政组织部队作家赴老山前线采访,指定作家,不征求本人意见。我荣幸地被名列其中。沈阳军区将和我一起去老山前线的还有李占恒、中夙、戴俊、庞天舒。因我担任着文化处副处长的职务，白劳副部长考虑到工作，不想让我去。我说我坚决要去，他说你去了你的工作谁来做？我说如果是去全国任何一个旅游点，我都可以放弃，这是上前线，是正在打仗的前线、流血的前线，我当了二十二年兵了，还没参加过真正的战斗，我一定要去。双方僵持不下。朱亚南处长跟白副部长说，让世宗去吧，他那摊儿活，我接着。这样我才能离开工作岗位到前线去。

我准备了几个采访本，第一本名字叫《前线手记》，在最前面那页，我抄写了我最喜欢的裴多菲二十四岁时即1847年5月写于艾尔特米哈伊村的一首诗：

> 我已经写过很多的诗，
> 并不是每一首都毫无用处；
> 可是给我带来声誉的诗篇——
> 最美丽的诗，我还没有写出。
>
> 当祖国向维也纳复仇的时候，
> 我的最美丽的诗才会出现，
> 那时，我就用闪光的剑锋，
> 在一百条生命中写下："死亡！"

在阴雨的早晨，我离开沈阳。早4点半起床，5点吃点粥和煎饺，5点半和占恒一起乘小陈的车去机场，将参加部队作家赴前线采访团去老山前线。

所乘的飞机是296号三叉戟，正是被暴徒劫持到韩国的那一架。飞行高度七千米，飞机时速每小时八百五十公里，从沈阳到北京一个小时。

这是一次不寻常的旅行。

站得高一些就不会有寻常的烦恼。飞机飞到七千米，云朵在机翼之下，飞机上面是晴空万里。舷窗外是皑皑云海，犹如堆积不均匀的万里雪原。

到了北京，机长杨新庭十分热情，帮助我找人办签证，没找到人，他给留下条子，让明早来找一个叫孙志宏的办理。

中午到西直门总政招待所。

下午去看望张志民同志，他正巧在家，谈及写云南前线的诗，如何更有生命力，禁得住时间的考验。他挽留我，我仍告辞，因急着奔解放军文艺出版社。在出版社，见到了想见的诸位。程步涛说，前线那里衣服从来没干过，雾、汗、雨，总是湿的。他让我到了前线找某军宣传处长张开德、黄洪和某团团长刘永新、参谋长杨公立及杨小明干事，这个团主攻营营长臧雷、九连指导员李奇克。这些人他在前线时都接触到了。他说那里的标志是地雷，太多了！张文苑副社长说，感情、内容的变化需要形式的突破，千万别冒冒失失的，地雷可没准儿。他说老山东南麻栗坡烈士墓很有特点，一定要去看一下。

晚上在电话里，臧克家说他身体比去年好，写了不少文章，为奥运会写了四首，发出了两首。一天有好几拨人来看望，采访的、约稿的、来催题字的，最多一天来七八拨，有的谈一个多小时，太疲劳。郑曼大姐接过电话说，没办法。来人他就要见，约稿他就要写。克家说，诗不写，也要题几句话呀，各地都在办诗刊,大好事!

袁鹰在电话里说他一直工作,身体挺好的。他让我代告朱春雨,他寄来的长篇小说已收到,谢谢!他问我自上次去云南后是否还去过,他还记得我们一起去金沙江的向导、人武部的杨科长等人,如这次去见到让我代他问好。

1985年1月12日

今天是爸爸逝世三周年的日子,与惠芳姐、耀宗哥、英宗弟及三个妹妹,乘坐凤权厂子的大客车去德胜营子,看望爸爸。我们把爸的骨灰盒捧出来,摆了水果之类,还有酒。我们分别说了一些话,表达了心中对爸爸的怀念。几个妹妹都流了泪。我们只有更好地工作,更好地孝敬妈妈,才能让爸爸安心和快慰。

收到峭岩寄来的我为《解放军画报》所写稿子的清样。

收到朝阳《庄稼人》杂志两本。

收到前线英雄钟惠玲的来信。

收到李松涛给我寄来的二十本《雕像》。

收到臧克家的信:

世宗同志:

前天收到你热情的信,今天收到赠我的挂历,同时也收到了《庄稼人》,一气读完了你的文章,快慰又感谢你对我的鼓励!

11月(去年)忽然语不达意,记忆丢失,医生说用脑过度,系"脑血栓"预兆。要我住院,我坚持不住。一个月来,在家打针,服多种药,而今已渐恢复正常了。能工作,会朋友,写点小文了。勿念!此次作协大会,我在开幕时去了一次。

我今年八十,创作五十五周年(还想写六十年),山东七个单位拟于9月上旬在济南为我开个"讨论会",约了百多人。我开六十人的名单(很严格)把你列入了;但先不讲出去,要去的人多了,怕不好办。

这几天收到了新出的几本书:诗《落照红》;散文《青柯小朵》;《集外诗集》。4月份,吴家瑾同志编了一本《克家论诗》即可出来。六卷"文集"中的三卷诗(二短,一长)也在会前出来,张惠仁同志写了一本《臧克家评传》(二十万字,已初校)也将于会前出版,这一些书,拟赠到会的同志,不想一一现在寄去,会上,每一位同志一套。(全有)

这话,对你不能不说,但勿先外传,请注意这一点!

握手!

克家
元月9日

在《人民日报》上发的诗,从小题材中见出意义与艺术来。

郑曼、苏伊问好!

克家所说《人民日报》上的诗,大约就是我发表的一组《南线诗笺》,有《听》《刻》《梳》《凿》四首。

1985年1月23日

在赵堂子胡同，见到克家精神很好，郑曼大姐和苏伊也在。克家紧紧握着我的手，谈起山东七单位发起开克家研讨会的事，邀请的人，克家开列了六十位，山东主办单位开列了一百位，要求到会的人很多。

克家说，电话特多，来访的人也多。这时，《湖南日报》一个小伙子来送照片。我怕打扰克家太多，起身要走，郑曼大姐和苏伊都说没事，克家也挽留地拉我的手。我还是告辞了。郑曼大姐和苏伊代克家送我到大门口。

中午到《人民日报》社，见到李希凡、张世英、叶幼琴等同志。

下午应邀到李晓桦家吃饭，还有中才和抒雁。我们边吃边聊。还一起去看望了张文苑、王传洪和刘成华。

晚上与魏巍通电话，他说他要到招待所来看我。我说那说什么也不行。他就邀请我明天上午到他家去，问我是否方便，我说我一定去。

在电话里，葛洛告诉我，他后天乘飞机去福州，约我去他家做客。

1985年7月19日

魏巍之子魏猛和他的爱人王曼曼晚上来访。他们将去大连、鞍山和长白山。他们去长白山的事，我给王开余政委打了电话。

魏猛带来魏巍的信：

世宗同志：

你好。

《沈阳日报》的文章已经看到,谢谢你对《晋察冀诗抄》的热情鼓励。

今有我的小儿子魏猛和他的爱人王曼曼旅行结婚经沈阳,我要他前去看望你和张立达两家。他们在东北宜游览一些什么地方,也烦请你介绍一些熟人,给以指点和帮助。

此致
敬礼!

魏巍
7月15日

收到臧克家的信:

世宗同志:

好久未见到,也无消息,十分怀念!

今天得手书,知你的书已出版,我极高兴!

我这些时,身体尚可对付,头晕,而杂事却甚多!

10月后在济南召开的"会",希望一定参加,我们可以在泉城晤面,并盼你带篇文章去。

郑曼离休后,还担任一点工作,一切顺利,苏伊也甚好,前些天曾去北戴河休息了六天,由作协团组织组织的。我,不动。

好!

克家
1985年7月14日

1985年7月26日

有人告知,今晚的中央电视台播出《写在南疆的诗行》中有我的诗作。

接到长春吉林教育出版社《现代中学生》杂志奚少庚的约稿信,约我为其杂志写一篇"卷首语"。

收到王栋寄来的第4期《百柳》杂志,《文学之路》栏刊登了我的长文《一条水浅声微的小溪》,记述了我走过的文学道路。

收到满锐的信:

1985年,胡世宗(右)与臧克家

世宗贤弟:

  收到所赠新著,非常高兴,谢谢!

  我一口气读了其中的四五篇,觉得很好,散见其中你对诗、文学、艺术的见解,也够丰富的。你是有头脑的细心人,做这件有意义的工作,其实也很费心血,并不比你写诗更轻松。春风社接受这个选题,是有远见的。老邓写你那篇也很好。

  我忙,不多写了。肩上这担子决心到今年年底卸下去,不扯了。

祝好!

> 满锐
> 7月22日

收到臧克家的信:

世宗同志:

今上午收到你的《当代诗人剪影》,先看了你给我剪的一幅,亲切有情,给予我以鼓舞之力,文中错了一个字,"难凭高下作权衡","高"字,误为"天"字了。

我一切颇好,勿念。有点怀念你了,几时到来北京啊!见到松涛了没有?许久不见他的信与他的人了。《克家论诗》(三十万字)已到样书,拟以七本书敬赠与会同志,就不一一奉寄了。作协今上午来电话,约我去北戴河,体衰神弱,一动不如一静,就不去了。

10月有山东的会,我挣扎着去与诸诗友欢会于泉城。好!

> 克家
> 1985年7月23日

郑曼、小平、苏伊问你好!

1985年10月1日

收到洪三泰的信:

世宗兄：

您好！

我应总政和中国作家协会之邀，赴大西北部队采访，8月16日去，9月24日才回到广州。您的《当代诗人剪影》一书在案头上搁置已久，使我心感不安。今天我无论如何要第一个给您回信（案头信件堆积如山）。

这部注满您心血的著作，是那样亲切感人，使我想起很多往事，您是以极其真挚的情感写这部书的。我相信读者会被您的热情所感动。我要好好读完它。正如邓荫柯、李松涛对话所得出的结论一样，您的确"对事业、对朋友热诚，对创作、对工作、对朋友之托认真精细，事业上刻苦自励，奋进不息"。我为有一个这样的好朋友而感到骄傲。

宗兄，我到大西北时本想先告诉您，但是行程遥远，要穿陕西、青海、甘肃三省，翻秃山，过戈壁，越沙漠，无法动笔，只得拖至今日行程已结束时才写信。在兰州军区陪我们的是军区政治部文化处的陈作犁同志，他说同您很熟，我俩谈到您，谈了许久。他估计您的工作担子会加重，是吗？我也这样猜测。如能上去，当然好，但我又担心会影响创作。如果您能"专业"，将会有更多作品。

大西北之行开了我的眼界，我回来后，要努力写些东西了。近年来，我写东西相对少了，因为负责了一些工作。我被选为作协副秘书长后，又任作协党组成员，近又当文学院副主任。副秘书长之职，我只挂名，不管行政工作，党组会议时才参加会。我只是把精力放在专业作家队伍，放在专业创作上，这样，我颇机动。我生怕担子会压掉我的创作，所以时时提防着。

《孔雀泉》寄上了,您收到了吗?

我觉得它有点探索味儿,但并不满意。以后我还得不断总结,不断前进。

以后怎样突破,成为我朝思暮想的事。这点我应向您和松涛学习。你们总是勇猛地前进着。我望尘莫及。

我全家都来广州了。秀娣开始不习惯闹市生活,现在略有好转;洪波读高二,他的成绩中等;洪涛读初二,成绩也不佳,我常为之忧虑。

我们住地尚好,三室一厅。您来广州,就来我家——什么时候我们才可畅谈一番哪!

松涛也来信了,我写完给您的信,即给他写。他是我心目中的诗神,每读他的作品,总感到清新的气息扑面而来。阿红同志也来信了,我未能见到他,却常读到他的信和文章。《孔雀泉》被花城出版社推去评奖,但出书迟,未能及时组织评论。

暂写这些吧!盼来信。

问阖家好!

三泰 敬上
1985年9月25日

读臧克家信:

世宗:

收到信,知将与松涛参加外出活动,这是组织上的重视,我听了甚为高兴!

我,一切极好。

山东的会,因为山东文联党组一二负责人,万般破坏,开不成了。

好!

郑曼、苏伊问好!

克家
1985年9月29日

收到张志民的信:

世宗同志:

你好。

我出国刚回来,见到你的信。这次出去,是从东欧到苏联,跑了一大圈,先到南斯拉夫参加他们的诗歌节和讨论会,有四十多个国家参加,我做了一个发言,后到东德,最后到苏联,坐火车经西伯利亚回来,因日程太紧,弄得十分疲劳,回来就睡不醒,起来便给你写信。

我看你还是又工作又写作更好些,遇上好年头,可以双丰收,做些工作,对你的创作,还会有好处的。而且你精力、身体都行,何不双管齐下?

祝贺你的《雕像》获奖!并等待你的新作。

《走关东》还没出书,出书的周期太长了,年底能否出来?我也摸不清,有本散文集出来,刚见到样书,等大批购书运到,我再送你。

刚到家,一大堆事,开会、会客,先写此短信给你。雅文问候!

> 志民
> 1985年9月28日

收到峭岩的信:

胡世宗同志:

你好,画报配诗已用,余,奉还!

你写的书也收到,非常好,不知道还继续写不?若仍写,出续本的话,我是否可以剪一次"影"?

请酌定。致

礼!

> 峭岩
> 1985年9月29日

1985年10月12日

上午9时多到达北京,国柱到站台里接我。住总政西直门招待所。中午,在国柱家属临时来队的简陋条件下,请我吃了一顿便宴,我们俩都喝了不少的啤酒。

下午到诗刊社,见到杨金亭、刘湛秋、丁国成、朱先树、王燕生、邹荻帆等同志。与他们聊了好一阵子。他们说,昨天一位俄罗斯诗人叶甫图申科到北京,开了个百人诗歌朗诵会。这位叶诗人对自己的诗全能背诵下来,真是本领。我想只有钟爱自己所从事的事业的人,只有对自己的作品真心喜欢的人才会做到这一点。

刘湛秋原是沈阳工人。他戴一顶前进帽，鬈发从帽檐儿下面露出来，一直站着说话，靠在门框上。当他说到一位诗人，他热烈地称赞他的敏捷，而当他说到昨天会上的一位翻译工作者，也是夸奖其敏捷，因为湛秋懂得俄语，他听得很仔细。看来他是崇尚敏捷的。敏捷与否，是他衡量一个人的重要标准之一。

邹荻帆和王燕生要去深圳带队访问。

丁国成说他收到公木五十年创作讨论会的邀请。大家动员他去一趟。他说收到通知太晚了。没有发言准备，去了不大好。据说，公木讨论会是吉林大学中文系主办的。文联和作协都退出了发起单位，否则不让开。据说克家讨论会，有关部门给山东打了几次电话建议不开。荻帆、先树等都不满意这种做法，一个老诗人搞了几十年创作，在全国有那么大的影响，开个会很正常的嘛！

国成说燕祥去香港了，还没回来。我把给燕祥、小雨、家瑾的《当代诗人剪影》交给国成，请他转交给他们。

到解放军文艺出版社，叶鹏家里有客人正要先走，见我来了，把我的《战争与和平的咏叹调》的诗集稿子及李瑛写好的序，还有李瑛为这序写的信一起交给我。据他说，李瑛说起过，我诗集中写牺牲的多了些，这他在序中没有说。

见到了刘成华、王颖、李晓桦，在一起谈了谈。晓桦要去听英语课，没随班车回北太平庄。他同我谈起他去新疆、西藏的见闻和创作。他前不久丢了一篇六百行的叙事诗，交海波转给别人，现在找不到了，本来要发在《丑小鸭》杂志上的。他又谈到写西藏的九首诗中的一首，三个人讲九个故事，分三组，关于男人的、关于女人的、关于男人和女人的。我感到几年来,晓桦各方面都有大的长进,艺术上也趋于成熟了。他请我在法乃光题匾的"佳佳餐厅"吃了饭,我们俩喝了一瓶香槟。

浩然电话里嘱我到他家吃晚饭。我匆匆赶到月坛北街,在路口遇到骑自行车的秋川,他停在一旁,似要等见我一面。是的,他有约会。见了我一面后就骑车走了。

大山、大海、大海妈妈、老杨都在家。大海妈妈正在包饺子,老杨在备喝酒的菜。去年10月分别,中间记不起有无见面。后来浩然说是在志民家吃饭。蓝天也赶回来一起吃了饭。浩然把百花文艺出版社出的三卷《浩然选集》签名送我,一共五套精装本,这是留给我的,还送给我春风社出的他的文集二卷。西德出了一本《中国文学精选》,从孔子、庄子起,鲁迅、茅盾等都有,还有香港和台湾作家的作品,其中选了浩然的《半斤芝麻》。我们谈得很多,他要留我住在这里,我说西直门不远,就告辞了。

浩然送我到19路汽车站,嘱我在哪儿换乘111路电车。他心太细!

我们相约明天去看王栋,在13路汽车终点站见面,不见不散。浩然一再叮嘱我,若去早了,不要在一个地方傻等,来回走动走动就不冷了。

回到招待所,连夜读李瑛的序,连读了三遍,深为感动。李瑛这样的大诗人,这样高的领导位置,为我这本书写了七千字的序,而且写得那么认真、精到,说了很多鼓励的话,对我诗创作存在的问题点得十分准确。据说他整个"十一"放假几天就写我这个序来着。我把书稿又梳理了一遍,尽量在排版印刷前收拾得更好一点，减少出来后的遗憾。

1985年11月21日

接受《人才信息报》一位记者的采访。

晚上，中才打电话让去他那儿小聚，有魁斌、永镇、边玲玲、刘佳、李小蕙等。我自行车的钥匙丢了，提前告辞了。

收到臧克家的信：

世宗同志：

你来访去后，晚上即为题写几句话，以表现我对你为人的认识，以及我们的真实友情。现在，想差不多要到辽宁了，故将小幅寄上。我一切甚好，勿念。

问松涛好。

握手！

克家
1985年11月8日灯下

1985年10月15日

在《人民日报》海外版见到副刊部蒋荫安主任，他烟还是那么重，黑瘦而精干。在文艺部的楼里，见到朱宝蓁、李希凡、吴培华、刘梦岚、袁茂余、蒋元明等，分别谈了一阵子。我要找的老田（袁鹰）和老曾（曾岛）都没在。

陆文虎告诉我，明天下午1点半在总政文化部，中国作协有关领导和总政文化部有关领导要见一下去福建访问的部队作家的主要成员，让我届时过来一下。

下午去看望克家,他家来了两个女亲戚,有一个叫他姨夫。苏伊正忙着接待呢。

刚过完八十大寿,克家家里喜气盈室,克家本人也喜气洋洋。他拿出各种祝寿的物件让我看,包括信函、电报、字画、寿糕、小蜡烛等。苏伊给我切了一块寿糕吃。

克家忘情地与我谈了很久,苏伊几次提醒,我也几次起身,可他兴致仍旺盛着,拉着我的手与我说话。老诗人高兴地告诉我他与艾青的关系缓和了,艾青和夫人高瑛打来电话祝寿。他说,高瑛对他很敬重。我看到中国作协书记处鲍昌、张锲、胡絜青等人献上的寿字或贺联。克家给我看了谷牧写来的两三页祝贺他生日的信。他说谷牧常来看他,一口一个"您",很尊敬。克家的诗句谷牧背过很多,谷牧领导过北京"左联"。克家写的字,谷牧裱起来了。谷牧曾请克家吃饭,克家身体不好婉谢了。还有张光年摘录《采芝行》旧句赠给他的一幅字:"与君共守向阳山,谨防狐鼠弄黑爪。最是夜阑人静后,踏雪巡山直到晓。"下面一行字是:"克家兄长健康长寿。"中国现代文学馆送来了八支小蜡烛,意味别致。九十高龄的刘海粟也写来一个大"寿"字,下面小字是"克家诗人八秩大寿"。诗人刘征和阮章竞写了诗文。还有各地诗人和读者寄来的四十余封祝贺生日的信和电报。

屋角有一克家头像雕塑,是徐龙森所作。茶几上有中国登山队涂光群所赠珠穆朗玛峰上海百合茎的彩照。

克家同我谈起李瑛。李瑛有三封信来,信上说:我是吃你的奶长大的。克家说李瑛寄来了他的评传和《李瑛抒情诗选》,太厚,看不完。他说李瑛是辛勤和有成绩的诗人。

克家说,要掌握文艺方向,不要搞错。说到我写的老山诗,他说写一点，很小，小中见大，很好。他说，在生活里有感受，才能写出好诗，这是总的倾向。慢慢就摸索出路子了。要深入生活，为四化为人民服务，不是为个人出名而写诗。不随风转，三十来年我没有跟谁转，有生活才有诗，和人民群众打成一片，向古典诗和外国诗学习。接着他跟我说到若干位作家和诗人的状况，他说人不能太咋呼。他对我说：你年轻，组织很看重，要多到生活中去跑跑，不要随风转，今天南风，明天北风，这样不好。他亲切地说：我和你无话不谈，有些人的名字你不要记，不要传出去。别看我年纪大了，小学开朗诵会，我也写，阜成门外有一个集邮小组，叶复初是十几个小女孩的集体名字，她们让我签名，写几句话，我也写了，糊一个大信封，挂号寄给她们。他说：我三分之一的时间替人服务，写序，题书名题字，这样别人愉快我也愉快。太阳光照自己，自己也照别人。有一个大学办诗社，起名字，叫"黄土"好呢，还是叫"厚土""种子"好呢，他们让我给定，并题字。我也做了。有一个延安老同志，写了一首《生命之歌》，寄来让我看。我感到思想感情是对的，但调子不行，时代不同了，材料太旧了。可我还是读得很细心，在他稿子上好的句子底下加个红圈儿。有一个《湖南日报》的浙江籍记者写了一本《小篷船》，作者没底稿，给我寄来了，我用八天时间看了，写了好几千字的意见，那人拿回去，修改后又送来让我看，我又看又谈，整整花了十天时间，批了四五十个小字条儿。我想这些字条儿多么珍贵呀！克家说，他从不在寄印刷品时夹信。他给作者回信，信还没到，寄来个被面。克家说，朋友好，不必用物质表现，他没有收。人民出版社的工友常来看克家，克家也去看他。王致远寄来了《胡桃坡》，克家写了点小意见，老朋友了。包括吴家瑾书上的错别字，克家也指出来。开会时，见到耀邦同志，耀邦与他拥抱，很热情，常派他的秘书来看望。

郑曼大姐又给我切了一块寿糕。

克家说：我在山东三十年，在山东开会，给山东增加光荣，不能坏事啊！关于批邓诗，我在《诗刊》检讨了两次，君子坦荡荡，刘章听过，我是流着眼泪讲的。那年月，田间说闷死人了，我顶，能怎么样？烟气腾腾。

刘征给克家画了一棵大树。新加坡五人谈《老马》。吕进写了《再谈〈泥土的歌〉》，写得好。他翻译的苏联一学者论《泥土的歌》的文章，其中有美国人的评价。有些从不认识的人谈得很好。

克家希望我多写点反映现实的诗，写有感觉的，像写老山的诗那样的。

我出来时，克家和苏伊送我到大门口，我频频回头，克家招手再三，我走出好远了，他还站在门口，就在那傍晚雨后阴凉湿润的空气中……

去志民家。雅文大姐正在给志民做饭。家里的安适恬静和老伴儿的悉心照料，使志民这个老病号精神极佳。这是浩然说过多次的，他太羡慕了！

志民谈到出访南斯拉夫和回来路经苏联住使馆等情况。他谈到肖克与他的联系，拿出肖克给他的信，还有方冰的信，方冰的信上谈到舒婷。

我们谈了很久，不知不觉间谈了三个钟头。

1985年10月16日

上午去安贞医院看望住在那里的张同吾。

下午1时半，在总政文化部会议室开会。中国作协的束沛德、吴桂凤、柯小卫过来了。他们代表邀请方欢迎大家到地方参观访问。他们共组织了三次，第一次去攀枝花，第二次到东北，这是第三次。中国作家协会会员中部队作家共二百一十三人。他们希望部队作家了解地方四化建设和改革情况，这次到厦门特区和泉州等地，让部队作家感受生活的新变化，出现的新面貌。他们说，原福州大学中文系教授许怀中是现任省委宣传部副部长。

参加下午这个会的还有李瑛、黎明、纪鹏、赵鹜、陆文虎、王庆生等。李瑛代表被邀请方和部队作家感谢中国作协做这样一次安排，他也介绍了总政邀请和安排地方作家访问部队的情况。他说，这次部队作家去福建很有意义，主要的任务是学习，建设特点是特区，地理特点是沿海，历史特点是有许多古迹，非常丰富，不是游游逛逛，不是访亲探友，与整个国家的现状、历史联系起来，给我们以启发和思考。参加访问活动的部队作家包括来自北京、沈阳、广州、南京、乌鲁木齐、武汉各大军区和海军、空军的同志，是一个学习的集体、战斗的集体。李瑛代表总政文化部宣布了访问团的组成：支部书记黎明，副书记彭荆风，支部委员纪鹏、陆永昌、胡世宗。他强调加强组织纪律性，一般情况下不要提什么额外要求，我们是部队作家，要出发了，不要丢三落四，办私事，影响集体活动。对旅程有想法，可以向团长提出，考虑到人家为难就不要提了。地方报刊约稿约谈要热情积极，不要安排过多的礼仪，要简单朴素，要展现部队作家的思想风貌和思想水平。福建是敌特活动的重点，到群众中，说话要注意保密。大家要注意身体，减少生病，希望大家齐装满员凯旋。

开了一个小时的会,会后,李瑛对我说:"小胡,你来一下。"我随着他到了他的办公室,他跟我谈了一个半小时。

李瑛说到我将要出版的诗集《战争与和平的咏叹调》,他说我去了前线,在诗歌的艺术追求上有新的突破。他说到臧克家的《老马》《罪恶的黑手》与今天的作品,一辈子的风格已经形成。有点拘泥于自己的东西,还要注意接受新的事物。形成自己的风格与不断追求新的方法新的表现形式并不是矛盾的。李瑛举了老舍、鲁迅、何其芳的例子。

李瑛部长坐在小沙发上,让我坐在大沙发上。他侃侃而谈,亲切而随意,我们时而对视一笑。我环顾这个宽敞的总政部长的办公室,加上藤椅、折叠椅,共可坐十三人,开个小会足矣。部长办公桌后面的一角,有一个大地球仪,这使我想起他新近的瑞士之旅和美国之旅……

不断有人来找部长签字,报告问题或请示问题。他那高大魁梧的身躯站立着听取汇报,然后伏身在桌子上,而不是坐在椅子上,用一支短铅笔,在部下的请阅件上写上意见……

晚上到太平庄看刘成华,他又陪着我看了韩瑞亭和张文苑两位。

1985年12月14日

今天参加自修大学《世界近代史》考试,我第一个交卷。

收读郑曼大姐的信:

世宗同志:

谢谢你赠给我们一帧全家福!克家同志已寄你条幅,

想已收到。我接到你寄赠克家同志的《当代诗人剪影》时，就拜读了写克家的一篇，很感谢你。这篇印象记，你是用一颗相知的心和满腔热情来写的。读后，我很受感动。当时因为家务及工作忙，没有及时给你去信，后来又外出旅游，回来后，忙于校对他的文集第三卷和诗选增订本，直到现在才抽出时间重读一遍，我再次被激起了感情的波澜！

文中有几处错误，可能是校对有误，提出来，供你再版时改正用，附上勘误表一份。

这本书如再版，我倒觉得可以增加一些诗人，我们熟悉的如刘征、程光锐同志，都是很值得写的。这本书，你如尚有存书，可给他们各寄一本，地址（略）。

祝安！并祝全家福！

代问松涛同志好！克家同志及小平、苏伊问你全家好！

郑曼

1985年12月5日

1985年12月21日

应王占喜之约为《沈阳晚报》写一短文《雪花，雪花》。
收到臧克家的信：

世宗同志：

好久不见信，十分惦念，松涛已回，我猜你一定也回来了。上次晚上你到我家，热情地拍着我说："你为松涛写诗句，也为我写几句吧。"你起身之后，立即构思并写了几句：

"知面知心友谊厚，

能诗能文热情高。"

用宣纸写好了——我性子急，不写好睡不好觉（小本子写着：为世宗同志题句，1985年10月15日灯下）。但信没立即发，因为怕你一时回不了沈阳，恐误事，到11月9号，估计你回来了，就将写好的小条幅寄出了，未挂号。地址写的是"沈阳辽宁军区政治部文化处"。你一查，查不到，再写一次，怨我未挂号。我一切甚好，还是忙！杂事太多。

好！

克家

1985年12月19日

1985年12月25日

今天高兴地收到克家为我写的手书和信。

收到辽宁省军区转来的克家的手书和信。

收到中国作协束沛德的信。

收到画家孔继昭的信和赠画。

1986年1月30日

收到山东师大中文系朱德发等同志寄来的关于今年4月份出席臧克家学术讨论会的邀请函。

1986年3月9日

一早8点多一点我就赶到了克家同志的家，保姆认出我，把我让进院子，并大声喊了一句："客人来了！"我迟疑地问："起床了吗？"保姆说："起来了，正吃饭。"我进了客厅，郑曼大姐见我来，赶忙让我落座，又给我沏茶，又给我拿橘子和糖果，还有一种上海出的小扁点心。克家正在里间吃饭，忙出来与我握手，我请他到里面吃饭。过了一会儿，他吃完了饭出来了，兴致很好，与我谈起将开的济南研讨会的情况，谈起丁玲去世，谈到白羽、冯牧、光年等人。他嘱我贴近生活，贴近群众，贴近时代，写好长征的诗。克家听说我不能参加济南的会，把会上准备送的五种书提前送给了我，并在书的扉页上写了字，盖了印，又告诉我这印是钱君匋治的。9点多，我告辞出来，郑曼大姐要带外孙女去东单公园玩，克家穿衣戴帽送我出院门，我走了几步回头，克家仍在那儿站着摆手，我快跑几步，到十字路口，回头，见克家高扬手臂的身影，我心头一热，迅速地在他视线里消失了，为的是让这位热心的老人早点回去休息。

我从红星胡同穿过，到14号看李景峰，两口儿都不在家，只有李小杰在家，这个二年级的小学生，有礼貌地让我进屋坐着等。我留了字条，从红星胡同快走出时，见景峰骑自行车驮着刘蕴杰回来了，说是去送刘亚舟回哈尔滨了，非让我回家唠，还留我吃了西餐：面包夹煎鸡蛋，喝牛奶。

赶到北太平庄已是11点49分了，李晓桦、贺东久、马合省、陈云其、叶鹏都在，尚方在帮厨。不一会儿中央电视台军事部的孙彦也来了。尚方给了我五六个135胶卷，让我长征路上用。我和孙彦提前走了，孙彦陪我到通县浩然家。敲门后，浩然开门说："正骂你呢！还不来！"大嫂、春水、瑞林、五头都在。看了看春水和瑞林的女儿小绿谷。正好浩然要回京开《东方少年》主编会，我提议把他拉回北京唠，他说："好！"我们回到月坛北街，浩然同我谈起他的近况和对我写长征的提示。我转达了志民夫妇的问候，然后就谈起将要走长征路的事。浩然说："内容上，要写别人没看到，或看到没想到的，不是去做历史的记录；形式上，包括语言，要与过去有所变化，要张开想象的翅膀。有新的角度才会有新的高度。长征是我们民族最伟大的壮举之一，和黄河、长江、长城一样，成为一种象征，长征路线，是一道新的长城，是一条新的黄河！"他患着重感冒，送我下楼，不让送不行，他说是送我去长征，祝我在创作上再上一个新台阶。

我赶到木樨地22号楼9层的丁玲家，丁玲不在了，我来看望陈明同志。去年我和军区后勤一分部的王耀光代表军区首长和全区指战员，到丁玲家拜访，她曾对军区一个搞发明的战士特别关怀，我们来表达感激之情。那一次，她还为我题写了"水滴石穿"四个大字呢，今年她竟远行了！陈明同志还没收到我安慰他的信。我在信里附了一首悼丁玲、致陈明的诗：

  她的一生，
  是漫漫的长征，
  如今，她永远地去了，
  仿佛踏上新的旅程。
  她丢不下的太多：
  延安的窑洞，北大荒的鸡棚，
  未完成的巨著……
  特别是：至亲的陈明！
  丁玲和陈明，
  互相搀扶，彼此辉映，

1986年3月,胡世宗拍摄的臧克家及其夫人郑曼及外孙女

1986年3月,胡世宗(左)拜访臧克家

我与臧克家

1986年3月,胡世宗拍摄的臧克家题签

1986年3月,胡世宗拍摄的老诗人臧克家

1986年3月,胡世宗拍摄的臧克家题签

1986年3月臧克家(前左三)与第二届新诗(诗集)奖评选委员会委员艾青(前左四)、冯至(前左二)、严辰(前右二)、公木(前右三)、徐迟(前右四)、邹荻帆(前左一)朱子奇(前右一)等合影

是星星陪着月亮,
是月亮伴着星星。
一个无畏的女性,
一个无私的男性,
是爱情,也是为战友而牺牲;
是牺牲,更是忠贞不渝的爱情!
愿留下的多多保重,
挑起两副担子可要挺胸,
这是晚辈和朋友的企盼,
更是她临走的叮咛!

来这儿悼念的人很多,我见诗人周良沛正在起草什么材料,见我来了,过来陪我说了许多话。他比1979年我们一起开诗歌座谈会时还要瘦。陈明说丁玲直到死,头脑是清醒的,反应是机敏的。她住了六个月的院。大年三十儿,陈明把孩子们叫到医院,买了个大蛋糕。丁玲糖尿病,不能吃。让孩子们各回小家过年,陈明守着她过除夕。陈明起草了一封信,让孙女进去念给奶奶听,一次只能进一个人。念完,丁玲写了两句话:"希望你们高高兴兴,我就要成佛了。"孙女拿出信给陈明,陈进去问她为什么写这种话?丁玲说:"成佛是指病好了,不管别的事情了,一心写东西了。"她在遮掩。陈明说她事先准备好了。陈明说,1940年在延安陈云同志对丁玲有结论,可是一直没有算数,直到1984年中组部发了文件。这么多年,她是在精神压抑中度过的。我和陈明、良沛在丁玲的遗像前合影留念。那是一张彩照,丁玲很有神采地拿着一张卷着的报纸或是一本书,只是相框上罩着黑纱。这里的电梯很忙，良沛找到另一部电梯送我下楼。

1986年4月4日

遵义军分区胡副主任说给我们送行，让我们多留一天。

早上我去看李发模，他孩子开门说他爸还没起来。上午，发模陪我们一起去红军山扫墓，我们为常常被生活遗忘的烈士们送了一只大花圈，挽联半路被风刮掉了。在遵义宾馆找纸笔重新写上了。发模给我看当地两位诗作者的诗稿。一位姓罗，写的是讽刺诗，另一位姓沈，是工商银行的。9时许，在行政公署招待所第一会议室召开了一个座谈会，遵义各界到会人士十六位，其中有地委宣传部的车鸣珠，地区文化局创作室主任石金泉，地区文工团蒙东豪、谭先平、喻大玲，文联的吴传彦，报社的李演、雷明中、游其文、徐顺基、王光力，正安县广播局的谭文长等。

这个座谈会使我对流散红军的印象非常深。座谈会对我很有教益。我们都发了言。《遵义报》的李演书记也讲了话。发模他们留我们吃了午饭，首次品尝了鸭溪窖酒的醇香。

想到将在山东济南召开的臧克家学术讨论会，我给山东师大中文系的朱德发同志发一电报，请转会议，以为祝贺：

长征胜利半世纪，克家从诗多四载，我今雪山草地行，甚憾难以赴会来。"老马"呻吟"春鸟"唱，诗意人情深过海。我祝臧老高高寿，笔下新花连连开。

回来去发模家，他先是用甘蔗，后是用热茶招待。谈一个多小时。发模烟瘾大，传说他一天手里不断烟。他刚给本地的业余作者转稿子去邮局回来。他身体不大好，但精神好。

晚上军分区为我们举行送别宴，喝的是军分区每年产三百吨的"遵玉窖"。

回到招待所才知道发模来看我们，走了有二十分钟了。我们三个大嚼了一顿甘蔗，遵义的甘蔗真甜！

1986年4月7日

上午本来想去看望晓雪，却下起雨来。我们用电话联系上了，他说周三上午来我这儿。

最高兴的事是与惠娟通了电话。她说家里收到了李瑛等人的信，还有臧克家学术讨论会的邀请函，还有一些稿费和朋友们寄来的新著。

宣传处吴、胡两位处长来谈昆明军区撤销后的一些情况。

晚与李晓桦通了电话。

想起在火车上听到的贵州十八怪就觉得好笑："草帽当锅盖，拐棍当烟袋。火车没有汽车快，三个蚊子一盘菜。客人来了辣椒是好菜，没有辣椒不成菜。头上缠着裤腰带，背着娃娃谈恋爱。"我记得不一定准。

1986年4月9日

昨晚喝茶过浓过多，一宿没睡好。半夜12点半又打开灯读金河的《小气候》。真是厉害，他往往一个段落，一句话，在别人看似写尽时，又添加上很有分量或很精彩独到的"赘语"，使作品饱满，充满生气和灵气。

今天约好的，上午晓雪来，我等着他。他穿着隐格深色西

我与臧克家

服,在走廊里打听沈阳军区来的客人住哪儿。我把他迎进屋,谈了两个多小时。他的司机哈丁在小丰田轿车里看书。我不知道司机在外面等,送晓雪出去时才知道,应该让他进屋休息。与晓雪的长谈使我对这位白族诗坛长兄有了更多的了解。我与他相识已有十一年了,只有在这次交谈后才深知他是怎样沿着自己的道路攀上高峰的。他是1934年旧历十一月二十六日也就是1935年阳历1月1日出生在大理蝴蝶泉下面喜洲镇边一个城北村,边上是洱海,家后门一开就是沙滩。由于家贫困,他寄居在外祖母家——喜洲小镇上,外祖父读过一点书,很小就到上海、香港做生意,后因大商号倒台回来了。晓雪五六岁时在外祖父身边受到一点熏陶,曾被外祖父牵着手边在田边走,边背古诗,用白族腔调背陶渊明等人的诗,摇头晃脑,像哼歌子。大理没公路,他骑马、坐滑竿到过上海、香港,十九岁去过黄鹤楼。晓雪一个舅舅姓赵,笔名土弩,1946年在云南大学历史系毕业,他有很多文学书,晓雪就是在他那儿看到了萧军的《八月的乡村》、萧红的《生死场》、艾青的《大堰河——我的保姆》,还有克家和田间等人的诗,他记得克家的一首诗:"你,庄稼老头,像一个诗人,弓着腰,朝天瞭望,望什么?当年胯下的竹马,变成了今天的手杖。"还配着画,有满脸皱纹的老农,后来没见收入诗选本里。土弩办过刊物,教过书,发表过作品。反胡风时,他被打成了胡风集团在云南的小头目。他没见过胡风,没与胡风通过信,两年后没任何根据,只在课堂上讲过胡风主观战斗精神。右派没划上,胡风分子也没定上,但还是凑了几条毛病"劳改"去了。后释放出来,在云南省社会科学院文学研究所当副研究员,有《白族神话与密教》等著作,在日本有影响。晓雪小时喜欢画画、书法，小时给人家写对联，用颜真卿体，爱看《芥子园画谱》，学画松竹梅兰。晓雪的数学特别好，初中三年每次大、中、小考，数学都是第一名，100分。到了高中一年级，1949年，兴趣转到文学上，高中后两年想当作家。晓雪的家开门就见玉龙雪山上的雪。他的内心因读书多也像雪山那么清莹皦亮。他个子高，在最后一排的座位，上课时看文学作品，把学校图书馆的书都看完了，完全可以不听课应付各种考试。1952年报考大学，因他数理化成绩优异，学校动员他报理科，国家建设需要人才，但他没有报，第一志愿报了中文，第二志愿外语，第三志愿美术。到了大学，又有当作家的思想，要培养师资和研究人员。反复克服当作家的思想才入了团。晓雪在校应报纸之约写些影评、戏评、书评。看一个电影，一晚上写两三千字。在校发表诗很难。关于汉剧《屈原》的演说，发表在《光明日报》上。写过关于陆柱国、公刘、汪承栋等人作品的评论，发表在《长江日报》上。还为费礼文、从维熙等第一次全国青年文学创作会议的青年作家的短篇集写了评论《充满青春活力的创作》，发在《长江日报》上。当时契诃夫的小说改编成电影，他写了《怎样看根据古典作品改编的苏联电影》，在突出位置发表。但他的兴趣还是在创作。毕业论文写的是《论郭沫若的诗》，指导老师让改题目，写艾青诗的评论《生活的牧歌》。初稿五万多字，寄给了《人民文学》，当时的主编秦兆阳亲笔写来长信，给予鼓励，提出修改意见稿子转给了人民文学出版社，说五万多字，刊物发有困难。这本小册子1957年7月出版，是新中国成立后第一本作家论，后来才有郭沫若、茅盾论。"艺术个性"的提法也是首次提出。晓雪毕业后分到《文艺报》，他不想当编辑，想当作家，就回了云南。觉得搞

我与臧克家

1986年5月3日臧克家（左五）与郑曼（左四）、臧乐源（右二）、乔植英（左三）、郑苏伊（左二）及陪同人员拜谒泰山冯玉祥将军之墓

理论不如人家古文底子好，而且要花很多功夫，自己有热情，适合写诗。把《生活的牧歌》当作自己的宣言，要拿这个主张来实践，要像艾青那样写诗。这本书大量发行。这时就开始反"右"斗争，艾青检讨了，他也受批判了。1958年姚文元写的《文学上的修正主义思潮》里，三次点名批《生活的牧歌》。有些刊物也批了他。好在他"出身"没毛病，也没参加"鸣放"，"右派"的"指标"也够了，就把他划了个"中右"。1958到1959年下去一年半，户口也转下去了，在晋宁县上算公社湾村播种、插秧、挖板田、收割。1959年5月又回到了《边疆文学》编辑部。年底开始反"右"倾，又开始对他进行批判。全省文艺界开大会，他检讨了八个小时，"客观上充当了向党进攻的角色"。这样认识还不行，还要深挖主观原因。晓雪经受了痛苦的折磨，没有创作自由

的条件，不能放心放手地写作。由此转到写民间传说和民间故事以及山水诗文上。晓雪感到真正发挥自己才智是在党的三中全会以后，但遗憾的是青春年代过去了。恰恰这时他的担子重了，1978年担任省写作组组长，1979年担任省委宣传部文艺处处长，省作协副书记，省文联党组成员，年纪大，兼职多，八小时外有人找你，许多是扯皮的事，有许多苦恼，但总体上政通人和了，可以利用不多的周日和假日写为数很少的文章，1976年后出版了《浅谈集》《新诗的春天》《诗的美学》《祖国的春天》《采花节》《晓雪诗选》《苍山洱海》等书，再版了《生活的牧歌》。折腾了三十多年，讲艺术上的追求，真正得到的并不多。始终对故乡对祖国对土壤离不开。晓雪认为现在是智慧、灵感、感情大喷涌的年代，诗不会走向危机、没落，将会空前的壮观和繁荣，辉煌灿烂。在创作上晓雪追求"化境"即不牵强附会，不生拉硬扯，不露痕迹，不矫揉造作。像大树一样，根子要扎得深，枝叶要伸展向天空，迎八面来风。

晓雪与我讲了他的人生和创作经历，讲了在诗艺上的追求，讲了他的成功和遗憾，他最后和我说："一个人很难把自己讲清楚。"晓雪表面看起来平静，但他内心是热烈的。我想起十一年前，我和袁鹰到昆明，晓雪请我们在春城饭店吃过桥米线，那是我第一次品尝到这种有云南独特风味的饭食，我以为那不冒气的汤不热，喝一口烫得我舌头很久仍很痛。那是一层油覆盖下的鸡汤，不动声色的热烈！

1986年6月11日

程步涛和马合省到车站接我。住西直门总政招待所。

电话里，张志民邀我参加下午《诗刊》社和中国作协创委会在首都政协礼堂举办的"端午联谊会"，说王蒙等许多人都要到会。

在会场外的楼道里，见到一起来的鲍昌、朱子奇和葛洛同志。葛洛说他与夫人要自费赴美国，将在美国住上一两个月，申请多时，才批准。进到会场里，见到张志民、刘湛秋、王燕生、雷霆、丁国成、吴家瑾、陈爱仪、杨金亭等《诗刊》社的同志，还见到来参加会议的张万舒、王恩宇、高洪波、喻晓、纪鹏、曾凡华、韩作荣、李瑛、张同吾、叶文福、刘蕴杰、吴敬思等人。

王蒙、韶华、臧克家、魏传统、毕朔望、赵朴初等新老诗人三百余人到会。

从沈阳来京在中国作协书记处工作的韶华同我谈起军事题材创作会的事情。

张万舒告诉我他仍在新华社国内部工作。他是安徽肥西人，1938年出生。他的《黄山松》曾风靡一时。《八万里风云录》也曾深获好评。

丁国成约我给《诗刊》写点东西，他说随手可以写一点"新诗话"。

开会时，我与高洪波坐在一起，他还要组织这个会的报道。

每个桌上都摆有各种糕点、大盒的冰淇淋、橘汁汽水和可口可乐。

刘湛秋主持会，张志民发表类似"就职演说""施政纲领"一类的讲话，他没有拿稿，讲得有条有理，又很实在。他说：我当主编，没有什么"高招儿"，只有百花齐放，百家争鸣。

作为《诗刊》副主编的杨子敏，做了"亮相"讲话。

最数王蒙讲话风趣、幽默而又深刻。他说：小说是文学的身

1986年5月6日在山东大学八十五周年校庆纪念大会上讲话

1986年5月三代校友臧克家（中）、臧乐源（右二）、臧乐安（左二）、臧耕（左一）、臧小龙（右一）摄于母校山东大学校门口

体，诗是文学的灵魂，杂文是文学的牙齿，散文是文学的笑容。他讲话之前，主持人介绍他是国家文化部部长、中国作协副主席、小说家、诗人。说他最近诗兴大发，连着写了不少的诗。

听着他对文学样式新鲜的评说，人们报之以一阵阵笑声和掌声。坐在我身旁的洪波因正忙着约写联谊会的消息，王蒙讲话他没太听清，遂问我："散文是文学的什么？"我告诉他："微笑。"他会意地笑了。接着我们不约而同地环顾四周，看有没有"牙齿"在，没有发现一个杂文家在场，这才放心地低头吃冰淇淋。

1986年5月摄于母校济南第一师范旧址前

鲍昌讲话处处闪耀着他的机智、聪慧和博学。

高占祥、唐达成、冯牧和魏传统等都讲了话。

主持人请李瑛讲，并让大家欢迎，李瑛最终也没有讲。

开始朗诵诗时，首先是殷之光朗诵克家给前线将士们写的诗。前线战士还托殷之光带回了给克家的感谢信。

朔望朗诵了自己的诗。

叶文福上去朗诵了他的两首诗，朗诵时，他的音调什么的都变了，他向在场的人长长地鞠躬，抬头时满脸是泪。他在走下来时发现了我,过来与我挤坐在一个椅子上,抱住我久久不语,并哭了起来。在旁边的洪波对他说:"你干什么?过节,大家高高兴兴的。"文福说:"今天是我们老祖先的祭日,我高兴不起来。"他告诉我,他有三本书将要出版。

文福回到他的座位上坐下,垂头不起。郑晓钢这位红裙女士姗姗来叫他,让他去见一位什么人物。站在门边的《诗刊》社几位开玩笑地说:"一个女疯子把一个男疯子领走了!"

见到李景峰夫人刘蕴杰,她希望我到她家做客。付雅文大姐静静地坐在最末一趟桌子边上,时不时地用眼睛微笑着向我表示问候。

晚上去景峰家,他们一家人都在,小杰在做作业。从《少帅传奇》编剧那里得知,他和桑逢文是老同学,桑来京开会,也住在我住的西直门总政招待所4号楼。

回西直门,约桑逢文来谈,得知他已被任命为吉林省人民政府副秘书长。他同我谈起我们都熟悉的一些熟人的近况,并谈到吉林省出版局的人事变动,我们谈到很晚才分手。

1986年6月14日

一早去看克家,又在他家院外遇见他,他在运动。我把我们的合影照片给了他,他拉我进院入室,把三卷《臧克家文集》和一本《臧克家诗选》赠给我,还让我给松涛捎一套。

下午,吴振录带车接我们到位于北太平庄附近的国防科委的一个宾馆举行了庆祝解放军文艺出版社建社三十五周年纪念会。

我们几个参加"长征笔会"的作者和得奖作者,先与余秋里主任等领导合影。我发现,葛洛、张志民、缪俊杰、谢冕等许多地方的作家、诗人、评论家都被请来了。照相时,李瑛回头给我一封信,就是11日在政协礼堂参加《诗刊》社联谊会时他说的给我写的一封信,解放军文艺出版社的领导到医院去请他开会,说我也来京,他就没有寄出。

会场布置得很气派,共三百多人。我在第一排边上的第六桌。同桌的有刘兆林、周政保、张卫明、沈福庆、丁临一、张西南;第七桌有谢冕;第八桌有王石祥、马合省、陈云其等。挨我们桌的第五桌有张志民、缪俊杰、周明等。

黄浪华主持会,凌行正社长讲话。韩瑞亭宣读1985年刊物获奖名单。余秋里讲话,冯牧、冯德英、李存葆、黄景秋等讲话。

散会时,见到中才、松涛、新弟、作荣和解放军艺术学院文学系的那些熟人。

徐怀中握着我的手说:"你们辛苦了!"我知道他指的是我和马合省、陈云其等重走长征路的事情。

与松涛、新弟、周鹤等去空军大院,在空军食堂吃了饺子,然后在一起海阔天空地聊。

1986年9月18日

收到臧克家的信:

世宗同志:

又好久不见了,颇怀念。

寄来的《作家生活报》看到了,你记我的文章,首先拜读了,你对我总是这么亲切,该报,赠我一份,编者来函,要"小作家基地"创立一周年题句。

我，较忙，杂事太多，无日无之。写字，题词，写序言，等等，人家希望热切，不好给以"失望"，自己劳累点，也算替人民服务吧。

郑曼身体好，也甚好，问你好。

好！

克家
1986年9月13日

昨《解放军报》发了我的《娄山关剪影》等两首诗，《沈阳晚报》发了我由一个大座钟引发而写纪念母校二十二中学的一首小诗《关于时间》。

颜廷瑞来家谈"文革"中的一些事情。

杨顺来谈创作室内部建设的一些事情。

1986年9月23日

一早去赵堂子胡同看克家。一进这个熟悉而亲近的小胡同，我就远远地看见了克家，他穿着蓝布上衣，藏青色的裤子，在送一个小女孩上学。我亲见他偷偷地塞给那小女孩一块红纸包着的糖块，然后回转身，微笑着离开。小女孩回头带着谢意笑着与他招手……郑曼大姐在门外扫街道呢。

克家回转身看见了我。我和克家一起走进他家的大门。我说起刚才的一幕，克家孩子似的笑了，他说天天如此。

郑曼大姐给我端来两块月饼，还有梨，梨边上放了一把小刀，还沏了茶。大姐与我说了几句话后，又到院子里浇花去了。苏伊在院子里为人拍照呢。

我与臧克家

　　克家说，刚送走南京汽车制造厂宣传部的两个同志，还有一位三十年前的《大公报》的编辑来访，克家与他已有三十年没见面了。他说，一般的活动就不去了。近日有两个活动还是要去的，一是萧三的纪念活动，另一个是清华大学塑了个闻一多先生的像，10月6日揭幕，并开讨论会，主办方打了招呼，开幕要去，讨论会要坐几个钟头，就不一定坚持到底了。克家说，每天都要赶写东西，有的是写字。一处新四军的营地损坏了，这次修复了，要写修复词。纪念莱芜战役，要写两句话。他说往往两句话很花工夫，写字往往要编词。平均一天写两幅吧，起码一幅，有的人一个人要写七幅。还有四本书的序等着写，在那儿压着。某杂志社编了一本1919年至1986年的讽刺诗选，要写序，结果拿目录来一看，就觉得不合适，批评他们太草率，20世纪40年代的讽刺诗最多，不选；抗战的七月派和九叶集派的作品一篇没选，而编选者本人却选了九篇，克家和袁水拍的各选五篇。这么个搞法，令克家不悦。他说：我没法写，不写。他说，搞选本，最好自己的不选，若选，要少选。还有一本书的序，从维熙编了一套《中学生作文选》，小说的序由叶圣陶写，散文的序由冰心写，诗歌的序由克家写。《东方世界》请克家做顾问，出了几十本书，"中国名家的青少年时代"，里面有冰心、克家和钱学森等人的。《毛主席诗词》出版。雷洪声请克家给《求是》杂志写篇文章，克家没答应。这里有十篇新选入的诗词，如果写，得半个月的时间，后来商量说让别人写，由克家来改。克家说这样更难。一个月后，《解放军报》来人约写同样的文章，克家说绝对不行。他对我说，来人比你还年轻，采访了一个多月呢！他说，还有一个朋友自费出版三本书，克家给他写了序，不写不行。克家说，杂事太多，累得不得休息。前不久，湖南出冰心书信集，冰心给克家的有六封，有一封很重要的，一时找不到了。北师大要出作家书信集，来信，听说他们选一千多封，不止老作家的，巴金一个月前来信，挺长，虽是大作家，信本身没多大意思。还有沈从文的长信，也一样。克家谈到《人民日报》上关于评奖问题的文章。

说到李瑛的《美国之旅》，克家说：写得很不错，打动了我。我写不出，没那个生活。这次到山东去，想写篇散文。有几个小学生办的油印的小报，来信说得很恳切，希望克家爷爷写点东西，克家觉得不写不好，宁肯自己牺牲点休息时间，也要让孩子们愉快。他说，河南有一个小女孩来了，说上级安排她当理发员，她说，当理发员没意思，没时间读书了。这个女孩思想水平太低，好像把读书当成生活的全部了。她在克家的家里住了三天。第二次来，还带来了月饼，叫郑曼大姐给退回去了。

克家说起巴金要出书，让他翻找以前给他的信，却找不到了。重要文件包有三四个，里面有毛主席、周总理、陈老总、郭老等人的……他说，每天累得不得了，信不能回，甚至不能看。有人寄来了访问记的校样，都不看。他说，年纪大了，担不得事，小事也受不了。说到文坛不平，各种流派，各种人事关系……他说，我们这样的人，不是这个派也不是那个派，吃亏了。孙犁也这样，他也直爽，好批评人。他说，说了一万遍的"创作需要深入生活"，现在成问题了！

从克家家出来，到红星胡同李景峰家，景峰和刘蕴杰都在家。我们互相通报了近况。

去《诗刊》社，见到刘湛秋、朱先树、龙汉山、丁国成等人。

在总政文化部,见到陆文虎、汪守德、王庆生、赵鹜等。我要告辞时,李瑛从上面下来,他刚给总政领导汇报整党情况,中间休息。他与我站着谈了很长时间。说到思考问题,他说:我的脑袋长在我身上!他说,看不懂成为一种时尚,编辑编稿子自己看不懂,怕别人说自己不懂,这成了皇帝的新衣了,这种东西,脱离时代、脱离群众、脱离读者,是没有出息的。诗还是要有生活气息,要有深刻的思想。他说,我们都看不懂,说青年人喜欢,到底有多少青年人喜欢?值得怀疑。这里有一个如何引导青年的问题。舒婷、顾城的诗还可以看得懂。现在的所谓"新一代"的东西,是看不懂了。

李瑛到他的办公室,给我取了一本新出版的《战士们万岁》,并用类似毛笔的软笔给我题签了。

在解放军文艺出版社,见到程步涛、韩瑞亭、凌行正、佘开国等。步涛约我到府右街的一家饭庄吃了饭,我们边饮啤酒,边说起"长征笔会"的收获。

回到招待所,温云提给我送来三座门的电影票《古墓惊魂》。

1986年10月19日

星期天。收拾整理师友书信,竟有李瑛六十九封、浩然四十七封、李松涛五十五封、臧克家三十三封、洪三泰三十一封、张志民二十九封、晓凡二十一封、戴砚田二十二封……我将保管好这些珍贵的来信,留作日后闲暇时拿出来翻阅,沉浸在亲密的友情温暖中,回忆与师友们相处的美好时光。

柳沄晚上来闲谈,他的长进非常明显,他对我近来写的诗直截了当地提出批评,他是肯直言的,这是许多人做不到的,其他人未必没有正确的意见，可是很少人能当面说出来。他的直言，他的尖锐意见，让我好感动。

1986年10月20日

与惠娟糊窗缝儿、渍酸菜。

松涛一早来电话，说到近日的安排。

收到臧克家的信：

世宗同志：

　　信及照片均收到了，你总是那样热心对我及全家，使我感到温暖。

　　照片照得还好。

　　郑曼旅游去了，大约一个月后返京。她身体好。

　　我甚好。政协正开常委会，七天。明天去人民大会堂参加刘伯承同志追悼会。

　　好！

克家

10月15日

苏伊问候你！

1986年10月28日

省作家协会理事会闭幕，省委全树仁书记和林声副省长到会看望与会同志。

收到艾青夫人高瑛大姐的信：

世宗同志：

　　你好。

　　艾青为你的书题了书名。我的意见是，你的书，再版时仍用克家同志的字，不必换了，他的字写得好。艾青的题字，给你个人留作纪念。他最近几个月以来，身体始终欠佳，关于《中国当代军旅诗选》的简评写不成，望能原谅。

　　你的作品，我读了一部分，你很会写。希望以后不断地读到你的新作。

　　匆匆

祝创作丰收！

高瑛

10月26日

1986年12月21日

带海泉到音乐学院上钢琴课。弹奏上次留的作业，老师比较满意。

下午，到陆军总院看望病重的二姨。

收到臧克家的信：

世宗同志：

　　好久没给你写信，但心中时时怀念。在报刊上，不时读到你的短文，甚高兴。

　　松涛，有时来信。我近年来身体极好，写了不少散文、杂文、短诗之类的小东西。郑曼旅游归来后，甚忙，诗坛情况，令人担忧。

新年快到了，念到你，给你写封信，以寄想念之忱。
好！

克家

1986年12月18日

郑曼、小平、苏伊问好！

1987年2月21日

午饭后，应约到李瑛处。他在办公室等着我。不断有人来，秘书告诉他，北大中文系纪念海涅开一个会，他们说，我们大学是穷的，部队是有钱的。他们找过刘白羽同志，也找过孟伟哉同志，人民文学出版社拿一万元，让解放军文艺出版社拿一半，五千元。李瑛说：让解放军文艺出版社研究研究，如果让我参加什么活动，要打报告，文艺社要给钱，我去还好；如果文艺社不给钱，我不能参加。

李瑛说，搞创作是多方面原因促成的。他说对诗坛现状，艾青、臧克家都不满意。类似"皇帝的新衣"的重演。李瑛说：今天我看《光明日报》上臧克家写的一篇文章，在第一版上，有些晦涩的诗，还得以发表，而且大肆渲染。他说："左"的是不对的，但是那种"全盘西化"的也是不对的。我深有体会，作为一个中国当代文学工作者，我们生活在活生生的现实之中，我们应该面对这个现实。他说，现在书太多，什么书都读是不可能的。说到他的一本新诗集《江和大地》，他说：我觉得要反映我们这个时代，要有时代精神。

在李瑛办公室里，李瑛与我从容地交谈着，不知不觉间过去了两个小时。

从总政文化部出来,到月坛浩然家,浩然的两个孙子山山、大海在,秋川大学毕业了。浩然明显见老,且情绪不佳。他的大儿子红野回来,大忙一阵,做了烧鸡等十个菜。浩然拿出一瓶难买到的名酒,我喝了一小杯。浩然谈他在写自传体小说,出版社不同意叫自传体,想把第一卷当成儿童文学发。

回到招待所,拿书稿到解放军出版社,马成翼在办公室加班,他正审理书稿。我把《中国当代军旅诗选》书稿给他,请他转交尚方。

晚上,静读法国莫罗阿著、傅雷译的《人生五大问题》,有太多的启示。

1987年7月13日

读臧克家的信:

世宗:

久不通消息,心中怀念。

得长信,知你远行壮举,十分高兴,也极为羡慕。所见者多,将来一定能写出好的诗文来。郑曼一个月前,与离休同志一道飞昆明休养十天,游览了一番,她身体甚好。

我,身心双健,反自由化以来,心情更加愉快了。从去年10月到月下,我写了诗、抒情散文、文艺随笔、序言,一共约三十九篇。

有本《臧克家抒情散文选》,湖南文艺出版社将出版,7月份发稿,约十五万字,系几十年来散文的选集。

张惠仁同志写我的《臧克家评传》,8月份可出书。另章亚昕同志论我诗作的一个集子，来年可问世。你外出时多，希望多多查读反自由化以来的文件、文章，大有好处。这一课你一定能补上。

松涛同志好！

握手！

克家

1987年6月27日

郑曼问好！

军区将举办有关计划生育题材的电视剧评奖，各单位都送来了录像带子。让我当评委。可是总政要举办全军文艺会演，也让我去当评委。如果我赴京，就不能参加军区这个电视剧的评奖工作了。

1987年8月19日

雨日。

怀中副部长同我谈起那篇评论文章的草稿事。我问怀中：对稿子有什么想法？他说：你先整着，收集一点情况，有了想法再扯一扯。

下午读完了《查泰莱夫人的情人》这部小说，这是一部高层次的"言情小说"，它使人产生对人生、对人类、对文学创作有许多共鸣和深思的东西。

晚饭后，打伞去《解放军报》社黄国柱处，把兆林捎来的钱给他。谈了好半天，借了几本书，其中有他推荐的《现代物理学与东方神秘主义》。

读尼采书，他说："艺术是苦难者的救星。它通往那一境界，在那里，苦难成为心甘情愿的事情，闪放着光辉，被神圣化了，苦难是巨大喜悦的一种形式。"

基本读完了《悲剧的诞生》，把它交承友请转亚南。

给克家和谢冕写了信。

晚上看济南军区话剧团的《绿色基因》，回来应《解放军报》之约写了评论文章，至深夜。

1987年8月24日

上午拜访刘征，与他长谈。

刘征与李瑛同龄，1926年出生，曾与李瑛同在北大读书。

1961年在《诗刊》上发了一组有《海燕戒》等诗的《三戒》，接着发了不少寓言诗。臧克家写了评论《寓言诗杂谈》，予以鼓励。反右时，他名声小，又是业余的，还常用笔名发，就没出什么"事"。到了"文革"，首先在清华大学出了大字报，把他讽刺国民党的诗，都胡说成是讽刺共产党的。大字报转到他工作的单位，就立刻成了"反党反社会主义"的罪证。老伴儿李阿龄在中学是领导，受冲击更大。他们的家被红卫兵抄了四次，接着被弄去劳改。臧克家也因写赞扬他的寓言诗受到了牵连。当时他曾发誓，以后再不写了，"不留一字在人间"！十分痛苦地在干校度过了七八年的时间。

粉碎"四人帮"前，北京东城区搞朗诵活动，有人朗诵《海燕戒》。负责《诗刊》的葛洛说：你还要写呀，你的讽刺诗很受欢迎啊！如同惊弓之鸟的刘征写信给朗诵家殷之光，请他千万不要再朗诵他的作品了，别人不知道就算了。他给葛洛写了一个国际题材的，再不敢笔涉国内了。

刘征说，他的主要创作生涯是最近十年，这是他创作最旺盛的时期，超过以前十倍！兴奋得忘记自己说过"不留一字在人间"的话了。他的第一条路是写讽刺诗，当时写了《除四害小唱》，在《诗刊》上发，在朗诵会上朗诵。写了《春风燕语》《烤天鹅的故事》《花神与雨神》等，过去是下笔如有绳，如今是下笔如有神了。仍有朋友劝他注意一点，别七八年来一次，再来一次，国家也就完了。他的第二条路是写旧体诗词。这期间他写的旧体诗词较多，写几首给克家看，克家非常欣赏，过去虽然评论过他的作品，但人不熟，根本不知克家写他的评论，是出差在外地读到他的评论的。粉碎"四人帮"后去看望克家，一见面，克家就笑说："哎呀，我写那文章还吃了点瓜落呢！"从此关系密切。克家写几封信来，约他到他那里谈，也认识了程光锐。起初写得拘束，克家说不一定那么写，克家说上一辈老人曾给他介绍两句话："风来花有致，云去月无聊。"要追求诗的情趣。克家随便点拨一下，刘征便领会了，觉得写旧体诗词比写新诗更有把握，一下子写了五百多首。

六十岁的刘征戴着一副一千四百度的眼镜。他从中学就戴镜子，当编辑，当总编，一年看几十万字、几百万字的稿子，把眼睛看坏了。上半年他受美国政府邀请，和出版社另两人一起到美国走了一趟，写了两万字的见闻观感和十五首诗词。现在他是中国教育学会理事，全国中学语文研究会常务副理事长，理事长是吕叔湘。他还是全国中学语文教学法研究会的顾问，中国作家协会会员。出版的诗集有《海燕戒》《春风燕语》《花神和雨神》《号鸟集》《蒺藜集》（与易和元、池北偶合集）；诗词集有《流外楼诗词》《霁月集》《友声集》（与臧克家、程光锐合集）；杂文集有《刘征杂文选萃》《清水白石集》。还有一部编选了从古到今近千篇好的有五十万字的寓言集《寓林折枝》,和三十万字的语文教学论文集《剪侧文谈》。

刘征是纯诗人、纯文人,从他的言谈到他居室的摆设、装潢都有一种特别的味道。

下午开评委会时,赵处长让我起草怀中部长的文章。

前进歌舞团王庆柱副团长来,给我从机关和家捎来一些书信。

晚上在首都剧场观看广州军区几位老剧作家写的一部感觉年轻的话剧《久久草》。

夜与浩然通了电话。

1987年9月1日

上午开评委会,评曲艺晚会和两台京剧。

下午起床后,去同吾家,他不在家。又去刘征家长谈。他有一首诗:"护仓需灭鼠,树薰必芟荆。辣讽缘深爱,号鸣有凤声。"这是刘征的基本思想,他觉得假如一个诗人如果没有热情,没有对国家对人民的热爱,是不能写出好诗来的。对消极现象就有一种不能容忍的态度,才拿起笔来把它消灭掉,实际上笔是不能消灭它的,这么一种愿望罢了。有热爱才有讽刺,假若对国家没什么爱了,对改正这些毛病没什么信心了,那么讽刺就变成了冷漠,谁还讽刺它呢?南宋末年,有首词,问人怎么样,他不再管你国家的事了。所以,我们国家的讽刺文学很兴旺,证明整个事业是兴旺的。在中国历史上,国家兴旺的时候,讽刺文学就发达。像唐朝,讽刺文学相当发达。通常情况下,同一朝代的臣子是不准讽刺同一朝代的皇帝的。但唐朝白居易就有"汉皇重色思倾国"这种讽刺唐玄宗的诗。清朝是一个例外,在它最强大的时候,它搞文字狱。

刘征又一次同我谈起他写诗的经历。他说:我开始在学校写诗时,受马凡陀、臧克家的影响,后来又受外国作品的影响,当时主要是克雷洛夫、伊索寓言,后来是拉封丹寓言。看来好像很俏皮,有趣味,便想对自己的社会现实进行一些讽刺,是这样引发了写讽刺诗的动机的。苏联有一本新寓言,讽刺苏联社会不良现象的,那么这样一种形式就觉得可以试一试。也考虑到列宁说过,寓言是奴隶的语言,现在还需要不需要?这方面我也发表过意见,在《中国青年》上写过文章。我觉得人们的艺术口味是多种多样的,既欢迎直来直去的,也有人喜欢委曲婉转的。有些文学形式创始很早,它创始条件已经不存在了,它还存在。诗歌起源于劳动,但后来它脱离了劳动,还照常发展。寓言是奴隶社会产生的,西方如此,我们也一样。我们的寓言起源于春秋战国时代,当时是奴隶制,现在离开了这个制度它还存在。人们欣赏这种味道的东西,柳宗元说过,韩愈写过一篇寓言散文,叫《毛颖传》,他写一支笔,他把这笔人格化了。当时对知识分子不重视,拿来就用,用完就扔。后来文艺界哗然,怎么还有写这种东西的?真是不争气!柳宗元写了篇文章为他自己辩护。他说在食物里,酸辣涩,都有人喜爱。我觉得大家艺术口味很不一样,各有存在的价值。到后来,写着写着,感到外国寓言营养不够。寓言是深厚的,源远流长的。所以我有动机,搜集中国寓言,想看看到底是个什么样子。为了学习,从20世纪50年代至60年代,"文革"断了,也没全断,当时下了大力量,听到哪里有就去找。当时有些消息,说浙江图书馆有古人的寓言选本,还听到那里有江荫柯的《可如》。这部书也全部是寓言,鸟兽草木的好的行动。当时浙江图书馆有个抄书的办法,叫工人抄,你付钱,当时付的钱很多,我不惜重金抄了一大部书来。有一部书没弄到手。这里面的精华都编入了《寓林折枝》,收入了五十万字,余下的至少还有二十万或三十万字没编进去。我发现古代寓言最繁荣的是明代,出几个大寓言家:刘基、宋濂等。这个研究使我对寓言的理解和深化都大有好处。所以到后来,我的寓言作品有新的发展,一个是使寓言和现实结合起来了,像《春风燕语》这类东西。另外有些寓言就不借助于动物这些东西。这在中国寓言里是很大特色,大部分不是动物故事,西洋主要是动物的故事,总之眼界宽了。寓言诗在唐代最繁荣,像白居易,应该看成中国第一个大寓言诗人,有二三十首之多,而且质量是高的;像元稹,还有李白、杜甫都有寓言诗。在当时还没有来得及注这些诗,另两位同志就做了这件事情,收集了一部寓言诗,从古至今的,已交新疆出版社出版。其中一人是马达,他让我写的序。当时有抄书工人,现在没有了。

刘征说:凡外国寓言,出来的我都买,拉封丹寓言诗译得很糟,简直不成句子。但有几首诗译得不错。据说外国还有些寓言诗,当代英国有位诗人以写寓言诗著名的,去年在英国得了"桂冠诗人"的称号。他的诗我也没见到,这是很遗憾的。文艺界的朋友说我身上有两个矛盾:第一个,人是忠厚长者,写东西却是辛辣刻薄,看你的诗想不到你这个人。第二个矛盾,写诗要求生动活泼,你又是编教科书的,教科书最需要一种规范化,一种不生动活泼,要守规矩。你这是两个矛盾。刘征夫人阿龄大姐插了一句：他回家从来不讲别人的缺点。刘征说：有些同志在"文革"中整我，整得很厉害。现在成了好朋友，他也喜欢书法，和我一样。对"文革"，晋朝一个寓言可做比喻——"狂泉"，这个水，喝了就疯狂。全国人都喝了，都疯狂了。这个国君不喝，他没疯。大家给他灌了点水，也疯了。"文革"就是这样。刘征说：我也有很多错误，那个账很难算到个人头上。除非陷害人的，打人的。一次在北戴河碰到一个大造反派头子，他第一个起家整我的，我上前首先去和他握手。

说到讽刺作品，刘征说：也难写，也很苦闷，主要问题是不好讽刺。而小问题讽刺来讽刺去又没意思，讽刺诗和杂文是一个路子。有朋友说，你的新诗一看就看出你有古诗词底子。怎样把新旧诗融合起来？从旧诗吸取押韵，七字一句，这不够的。这只是形式上的东西，艺术表现手法，怎么吸收到新诗里来？这就难了。我准备努力做做。有个诗人晏明，他写了一些很短的新诗，很美的。公木全用绝句给他翻成了旧诗，这两个一对比，很有味道。中国新诗，开始时，与诗词很有关系，真正解放是西方诗进来，郭老的诗受惠特曼影响，徐志摩的诗，借鉴了英国诗。目前，诗不景气，一个重要的原因是诗人写诗不大众化了，也不小众化了，连个人化都谈不到了，自己也未见得懂。这样不行。我个人认为还是要走民族化的道路，真正吸引人的东西还是民族化的东西。外来的东西主要是吸取营养。旧体诗词的格律最大问题是建立在文言文基础上，人们不懂。在新汉语基础上，建立新诗。

说到写作时间，刘征说：集中时间写作对于我是没有的。主要采取化整为零的办法。有时一首诗写很长时间，也有短时间完成的。办法是利用一切零散时间，不是强迫自己这么做，而是形成了习惯，在路上走、散步、出差在车船上，都是最好的构思时间，等坐下来，已经成熟了，脑子里连诗句都有了。早晨是我写作最有效的时间。写新诗，第一遍稀拉马哈地写完，怕脑子里新的东西淡忘了；第二遍像洗照片显影，写完放一边去，放得时间越长越好，最好是忘了，不知写的是什么，一周后，一月后再改。这改很重要。当时认为很高明的地方，这时可能认为很愚蠢。赶快改，很重要。作品一般是写三遍。旧体诗有改三五遍、七八遍的，也有连改也不用改的。有时一个字改不好，很难很难。有时克家帮助我。我寄去，他赞赏，哪一个字怎么改，都提出来。有一首写遵义娄山关的，还有一首写赤壁的，克家都提出了修改意见。比如说，赤壁诗，《八声甘州》词牌，头一首是"染残阳，断壁掠舷飞"，克家说，"染"字太弱，改为"负残阳"。

中午，与惠娟通话，她带领海泉到音乐学院学钢琴刚回到家，她又说来京出差够呛，来不了了，真扫兴！

晚上没去中国剧院看外国电影，评委必须看海军的歌舞。海军在海淀影剧院演出，请评委到楼上休息室，备有香蕉、冰激凌、酸牛奶、可口可乐和香烟。海军一位副政委和政治部主任来与评委说话。看演出时，我身后坐着贺敬之、胡可、李瑛、徐怀中。

1987年9月16日

赶写了一篇评论《军营笑声》的文章，给了《评论简报》。

上午与松涛去看望克家。保姆开门，传告说来了两个军人。郑曼大姐和苏伊出来，见是我们，迎进客厅，请克家出来。克家正给王晋军写一篇序，王来过两次了，一定邀克家写。

谈到近来的身体情况和编书、写作情况，克家拿出张惠仁著的《臧克家评传》，说已给我们寄了，还是挂号寄的，他在本子上有记载，拿出记录给我们看，果然是挂号寄了。我们一同说起韩笑、严阵、谢冕等人。克家精神很好，穿褪色的灰蓝制服上衣，浅灰的确良裤子，圆口布鞋。我们用大绿茶缸喝着郑曼大姐给倒的茶水。郑曼大姐在一旁织着毛衣。

克家一家人送我们出来，我们不让送，克家执意要送。送我们到大门口，回头看时，他仍挥着双臂向我们招呼着……

回来的路上，到中国美术馆，参观了美术馆藏画展和大洋彼岸风情摄影作品展。藏画展中许多精品，让人赞叹不绝，包括罗中立的大幅《父亲》，那干裂的手背、手指、脸，那大滴的汗珠，从来没有这样清晰地近距离地看过这幅作品的原画。这幅画对面展出的《炉前工》也是逼真感人。

大洋彼岸风情影展，介绍了美国城乡面貌和风土人情，是一位省委宣传部副部长拍的。

晚上观看了广州军区战士杂技团的精彩演出。"战杂"是有名的。

1987年9月30日

亚南让我给部里的同志们讲讲北京全军会演的情况、军区文工团在京获奖的情况。

昨天回家后就去看望妈妈，今天把妈妈接到家来过"十一"。

读到郑曼大姐的信：

我与臧克家

世宗同志:

　　接来书已几天了,一是我忙于接待来访者,二是刘征同志今天刚从北戴河回来,下午我和他通了电话,他欢迎你去,下周内均可,大约半月之内不外出。他家住人民教育出版社内(略),电话(略)。他说,你去前给他打个电话,如不在家就在办公室。

　　你的任务很重,秋初,北京也不凉快,望多保重。

　　克家同志今年未外出,前一阵子,酷暑逼人,夜不能眠,对他的身体稍有影响,常头晕。近日来,来访者多,实在够呛,部分来客,由我和女儿接待,但四面八方要他题词、题字的不少,他简直成了作家中的书法家了。启功先生因索字者太多,拒客;而克家同志却有求必应,我真替他发

1987年9月30日臧克家郑曼夫妇拜望叶圣陶先生(中)

愁。你能来，谈谈你访边防及遇到大兴安岭大火的情况，他还是欢迎的，来前请来个电话。

松涛同志身体健否？念念。祝

安好！

克家同志嘱代问好！

郑曼
1987年8月21日

1987年11月10日

收到臧克家的信：

世宗同志：

昨天收到你亲笔题赠我的新诗集，你诗兴浓，写得多，可喜，可贺！

好！

克家
1987年11月7日

收到刘征的信：

世宗同志：

大著《沉马》收到，深谢。开卷掠眼，已觉诗意盎然。当细细吟味，以获教益。几时来京，盼临小斋清话。北国想已大寒，诸多珍摄。我一切均好，不日赴宁波，下月赴港及广州。勿复。

祝

　　吟安。

刘征
11月6日

1987年11月17日

与松涛去悦宾旅社，会见《散文》杂志的魏久环、贾志坚等人。

军区政委刘振华的杜秘书来电话，问我"老牛明知夕阳晚，不待扬鞭自奋蹄"两句诗的出处，他问询了几个地方，都说不准，有的还说是古人的诗句。这本来是克家的诗呀，我为了弄得更准确些，打电话问了步涛，步涛说没错，就是克家的诗。

1987年11月18日

出席上午《诗潮》杂志召开的诗歌创作座谈会，我在会上第一次见到阎月君和周宏坤。

收到臧克家的信：

世宗：

信及《沉马》均收到了。

照你指出的，我们读了《红军陵园》，写得确实很好。

我特爱第四、五节，以及第六节末二句。

我及全家均好，勿念。

松涛近好？刘征同志日前来玩，谈到你们两人见面的情况。

好!

克家
1987年11月15日

同一信封里有郑曼大姐的信:

世宗同志:

克家同志写好复信后交给我，让我也对您的诗谈几句。其实他完全知道我对诗是道道地地的外行，能谈出什么呢？

拜读了《红军陵园》，我同意克家同志的意见。这首诗给我的印象是意境清新，艺术上工整，读来意味深长，寂寞、悲怆又充满希望。写陵园，用这手法的，很新鲜，不落俗套。

《沉马》也拜读了，从一个侧面写出了长征的极端艰苦，也写出了战士们的深情，哪怕对一匹将沉没在泥沼中的战马，真是催人泪下！

我很抱歉，未能全部拜读大作。谈的也是外行话，请原谅。黄国柱同志的序言使我进一步了解了您的为人与为文，很受教益。

祝

著安！

松涛同志好吗？身体如何？念念，合影收到了，谢谢！

郑曼
1987年11月15日

1987年11月27日

应邀到铁西区文化馆为文学爱好者讲《沉马》创作。

收到阿红的信:

世宗同志:

好!

《沉马》出版,向您祝贺!我那篇文章实在不堪再用。那样不妥。待我再考虑。

"那一半写诗人"或"女儿看诗人"已有多篇来稿。我正联系出版。

《诗的诞生》系由四川出版,样书应由他们寄发。因为他们委托,我们代销许多。出版社担心亏损,所以我们销售一批。何时得便,请来一叙。

盼多联系。

握手

阿红
1987年11月23日

收到郑曼大姐的信:

世宗同志:

11月20日来信悉。克家同志也很有兴趣地读了你的信,他嘱我告你一声。这首诗在1980年前后,就普遍被引用,前一句也早被改得面目全非了,有各种各样的改法,因此克家就在1982年12月2日的《人民日报》第8版上，来了一个声明，说明他的原诗是"老牛亦解韶光贵，不待扬鞭自奋蹄"，出自《忆向阳》组诗。因为他感到上句乱改，不符合律诗的音韵，这声明的原文，你可以查一下。

我和孩子们对他的诗也很不熟悉的，通过编《文集》及这几年的检索，稍稍有点印象，各人忙工作，不是专门研究克家的诗的，就不能要求他熟悉每一首诗。你们如有关于克家的文章发表后，望寄一份。《作家生活报》明年我们就没有订了。

《忆向阳》组诗，《文集》全未收，后来考虑到这首诗中的两句，流传很广，就以克家同志的手迹，印在第3卷512页上。

克家同志嘱代问你和松涛同志好！

祝

好！

松涛同志好！

郑曼

1987年11月24日

1988年2月13日

给克家、晓雪、邵燕祥、浩然写信；给海岛战士业余作者李玉秋寄书并写信。

1988年2月24日

收到广州军区诗人孙泱的信，他写了一篇热情评论《沉马》的文章。

收到臧克家的信：

世宗同志：

　　得信，知道你的诗集影响颇大，甚喜，甚喜！

　　昨天，刘征来，还谈到你，夸奖你！我，工作太多、太重、太累！气喘不过来。节日几天，客人太多，头晕不已，匆匆问你好！祝你继续努力，取得更大的成绩。

　　文坛情况，万分复杂。我决不随风，不渝初志！匆匆

　　好！

　　见到松涛问个好！

克家
1988年2月21日

郑曼、苏伊附笔。

收到武汉张永健约诗打印函。

1988年3月19日

大会发言半天。

下午仍到各团参加讨论。

晚上看电影《意大利人在俄罗斯的奇遇》，电影前放映了"世界美术名作"幻灯片，大家都说很开眼。

收到刘征的信：

世宗同志：

　　文稿，我仔细看了两遍。改，主要是订正一些事实。你

文笔的优美，情感的真诚，深深感动了我，多次看，总是越看越不平静，要感谢你。朋友的充分理解，是作者的最大欣慰，这欣慰，比之获得某某大奖要珍贵得多。你也是诗人，是同道，定有同感。文稿奉还，我在上面写下的铅笔字，只供参考。目前能容纳如此大篇幅的文章的诗刊似不多，不知东北的《当代诗歌》如何？我今年仍大忙，只能业余写些东西，诗和杂文并举。目前已写出访美诗二十首，月内或可定稿。接着写点寓言诗。勤人草草，只能马上衔杯，如此而已。足下年内将有何壮举？骑自行车访边防令人神往。诗亦必日新日多也。

京门尚寒，东北当甚。然春风已至，草萌新芽矣。几时南游盼来萧斋小叙。

握手。

刘征

3月15日

与克家时有书信往还，他甚好。勿念。

1988年3月21日

收到臧克家的信：

世宗同志：

前天收到你的信，今日收到了《解放军报》，拜读了魏巍你们二位谈诗的文章，一字不漏，读得甚为认真。认为你二位对诗的看法，完全对，发自真知。我是你们的诗友，也是战友。人格，性格，诗格，息息相通。

我年纪越大，事情越多，朋友们的赠书甚多，实在无力拜读了。诗评奖送来十几本，还放在枕边待读。

纪宇同志昨天来访，长谈了诗坛情况，感慨甚多。他的近作，得到读者（特别是青年）热烈欢迎，几个月来收到从全国各地发来的信一万多封，捆在一起一个人拿不动！可是有些同志却认为"不深刻"！现在不少同志，对所谓"深刻"，似乎理解得有点不够正确。认为，字句一眼看不透为深；认为，意思凝练是深。后者有道理，但也不全面。其中还有题材问题，个人感受问题……前者的看法，似是而非。潮流所趋，也似是受到"现代派"的一点影响；诗坛情况大致如此。

我觉得，深浅不能只看外表，现在有些新诗，令人看懂的少而看不懂、似懂非懂的多，读新诗比读古诗更难，因此，遭到非议，为群众所不喜爱。可是，有的诗人，有的诗论家，却以此为是。这么说，古代"诗圣"杜甫、"诗仙"李白，诗句老妪能懂的白居易……这些大诗人的作品，不是太浅易了吗？想到这些，我心里就不好过。多少年来，我写过不少文章，谈这些问题，一片好心，但引起一些同志的不快。因为，说了白费力，近来我多谈古不谈今了。纪宇同志的"浅"，"浅"得近时代、近人民、近读者，那些"深"的诗，真正受到群众欣赏未必多。

我太忙，就不多谈了。

好。

克家
1988年3月15日下午

收到张长弓的信:

世宗兄:

您好!问候阖府平安吉庆!我的病大体好了,勿念。

沈阳我很想去一趟,会会朋友,参观一番,有利于养病也。您如见到祝乃杰兄跟他说说,让他给我来封信,就说有个小中篇需修改,让去一趟。一切旅费我机关可报销,但无刊物或出版社信,就出不来。

我手里倒也真有个小中篇需改。

当然,他们相中了就要,相不中拉倒。这只是借口出来一趟而已。

随信寄上两幅字,请正之。

此请

撰安!

长弓

匆匆3月12日

收到《人民日报》文艺部刘梦岚的信,约我写张光年短文。

中午,以国内特快专递寄《关于诗的书简》书稿给解放军出版社的马成翼。

收到流沙河一信。

1988年9月25日

收到李松涛寄赠的《萤灯》和《坠果》两本书及信:

世宗兄:

小破书不好意思当面给你,故请邮差转上。

什么也没写,心情出奇地坏。这一段最乐的事,是我们雨夜打扑克。昨日赵进来,他今日去北京,我约他归来后专程来玩一天扑克,到时候找你,我们再来乐一乐,我还和你一伙,因为你是"最安全"的。

握手。

松涛
21日

收到邵燕祥的信:

世宗同志:

信悉。寄上黑白照片一张供用。

舍下地址是(略)不易记忆,如蒙赐函,寄虎坊路《诗刊》社转即可。盖《诗刊》虽已迁,在此仍保留了一个收发室也。

《华夏诗报》野曼同志甚周到,样报必已寄出,如作为印刷品寄,有时从广州到北京尚需一个多月,沈阳也许邮程更长了,容我向野曼同志一询。匆此不尽。握手。

燕祥
9月18日

收到臧克家的信:

世宗：

　　好久没见面，也没通信了，但心中是在怀念着的！

　　我，太忙，终天劳累不堪。今天见报，你荣获上校军衔，极为高兴，写信向你祝贺！

　　这几年，你跑路远，写作多，我甚感欣慰！

　　我及全家均甚好，勿念。

　　松涛情况如何？甚念！

　　他没有军衔？见了面，代我问个好。

　　好！

克家
1988年9月18日

郑曼问好！

同时收到郑曼大姐的信：

世宗同志：

　　首先祝贺你荣获上校军衔，这是你为军事文学做出贡献的结晶，值得珍惜。听说授衔后要改为文职干部，这也是国家军队体制改革的需要吧，当然，在部队多年，离开部队正规建制有点恋恋不舍，望多从大局考虑。

　　你来信中提及《新华文摘》转载你和魏巍同志通信一文，我没有出上一点力。《新华文摘》和我原单位是两个编辑室，他们的选载情况，我从不过问，更何况我早已离休，每月只到社里开一次支部会，和他们已很少联系了。

松涛同志身体如何？很挂念，这次授衔没有找到他的名字，很觉怅然。可能你们有各种规定吧，像李瑛同志好像也没有授衔，也没有得到功勋章之类。其实作家、诗人是最高的称誉，是一项极不易得到的桂冠，你说是吗？
　　祝
笔健！

郑曼
1988年9月18日

　　我在《新华文摘》上看到转载《解放军报》发表的我和魏巍关于诗的通信，我想起以前曾听克家说过郑曼大姐在《新华文摘》工作过，就想是不是郑曼大姐把这通信转发了呢？写信一问才知不是。

1989年1月27日

　　收到刘征的信：

世宗同志：

　　克家同志送来《青年文学家》一册，其中刊载你的大文。克翁很高兴，评价很高，认为"全面而有情"。我快读一遍，除对奖誉之处感到惭怍之外，也感到全面而准确，而且流露着挚友的深情，十分感谢。寄给我的，也许日内可收到。如尚未寄出，请即赐寄一册，以留美念。
　　天寒岁暮，北国冰天雪地，于电视中时见其瑰丽。都门曾小雪，目前已大部分融化了。在新的一年里，祝你写作丰收,一切顺适。

刘征
1989年1月16日

今年我将有几本书问世,届时当一一奉寄。

又及

1989年2月16日

收到臧克家的信:

世宗同志:

久违,得信特别高兴!你,对所从事的文学事业,努力攀登;对朋友,热情真实;文艺观点与我相同,所以成为忘年之交。你"论刘征"的长文,写得真实而富于感情,刘征同志来谈时,也在信中一再赞扬。我年来身体特好,事情极多。春节过得十分热闹而又紧张,但精神能支得住。最近又发出两本书稿:1.《臧克家古典诗文欣赏集》;2.《臧克家序跋选》。年底或可见书。松涛来过信,我太忙,许多朋友的信,如无大事,往往不复,只好请谅了。

握手。

克家
1989年2月12日

同时收到郑曼大姐的信:

世宗同志：

　　你好！不时看到有关你的动态，知一切均好，很高兴。部队作家授衔的名单，也看到了，没有及时向你祝贺，就此补贺吧！这是你努力创作的成果，虽然这不能代表你的全部，有些同志创作成果不少，但因各种因素，没有授衔，这都是机遇，如李瑛同志等。我总是抱这样一个宗旨，尽自己的最大力量为人民、为国家工作，至于给不给什么名，就不管了；等到一旦自己去见马克思时，心安理得，就是最大的安慰。天下事没有很公平的，你说是吗？

　　读你写刘征同志印象记，是一大享受。刘征同志不但文好，人也好，家庭也美满，值得我们艳羡！

　　这几个月，由于小平动手术，生活都乱了，我不习惯又忙又乱的生活，因此，很多信都未回。见到松涛同志，请代问好，他身体好吗？念念……

　　祝
　　新春好！

郑曼
1989年2月12日

1989年6月2日

收到臧克家的信：

世宗同志：

　　信及短文已阅读。你活动力强，笔不停挥，使我感到高兴！我及全家，一切甚好，最近写了几篇散文和旧体短诗。

久不见了,甚为怀念,再到京时望到舍下一叙。

好!

克家
1989年5月28日

我和苏伊向你问好!

郑曼
5月28日

1989年10月2日

收到臧克家的信:

松涛、世宗同志:

你二位(外地文友,另外还不少)来时,我正在病中,未能见到,心中不安。

高烧又退,但身体受到影响,三五日内可完全复原。

世宗的诗选,我已放在案头,精力能胜时翻翻,写千字小文,表示我们的感情,不是评论,何日写成,不敢说,事情颇杂,精力有限也。

好!

克家
1989年9月29日

郑曼问好!

1989年10月28日

早起想看日出,茶几和席梦思床太近,碰了一下,茶几上的

我与臧克家

1989年5月3日"诗坛三友"程光锐（左）、臧克家（中）、刘征（右）合影于景山公园牡丹园

1989年10月5日臧克家郑曼夫妇祝贺冰心大姐（中）九十寿辰

暖壶晃倒，打碎了。服务员说没关系的，没关系的。但我坚持找其领导，赔了两元五角钱。

根本看不了日出，外面下着小雨。

早饭后，穿雨衣上山，一个一个景点看。我和宏伟走得很快。宏伟背行囊，里面有杨顺的毛裤、衬裤、皮包和承友的皮包、毛裤及大桶饮料、面包等。宏伟有助人的公益心。

我们走错了路，严格地说，在黄山没有走错路一说，我们比别人多走了约二十里路，随处看到的都是美景。在百步云梯处，见到海波。我们上了莲花峰。在玉屏楼吃了盒饭，大家爬的天都峰，笔陡、路窄、险峻。我第一个上了山，等来胡宏伟，山上石栏杆的锁链上，锁满了各式铁锁，还有白的、红的布条子，字迹不清了，更增加人们的想象。据说，来此殉身者每年都有。

黄山上没有庙，没有路标，这是黄山一绝。

与宏伟一起下山，凡景点都爬上去看看。下了天都峰，见到没上山的颜廷瑞，还有占恒、承友，他们坐在半山屏。

我没有休息，一人独自前行，没人唠嗑，可以静思，特别惬意。在山脚见到徐志耕，他在接我们。我第一个下山，时间是3点15分。等来第二批下山的杨顺和宏伟，时间是4点12分。第三批是中才、中凤，时间是5点02分。我和志耕、中才坐小面包先到桃源宾馆，张脉贤副市长在等我们吃晚餐。张副市长给我们唱了今天唐诃给他的词谱写的歌曲。大队伍归来已近6时，有丰盛的晚宴洗尽一天的疲劳。

收到郑曼大姐的信：

我与臧克家

世宗同志：

你好！衷心感谢你对克家同志八十五生辰的祝福！他这次承各方友人、同志的关怀，深受感动。前些天虽很紧张，但也顶下来了。为答谢朋友们，他写了一首诗："同志众朋友，鞭我向前走。愿作老黄牛，拉车到尽头。"《文艺报》给全诗登出来了。这虽是大白话，但却是他心声的映照。他本应亲笔致谢，无奈过累，至今尚未恢复，由我致信感谢！对不起，我确实把你看作小弟弟，把你的年龄也讲小了，由此可以看出，在你身上，保持了青年时代的蓬勃向上、活泼的青春朝气。蓝海文先生，我们并不认识，只是他寄来了，就代为转发出几份，你和他熟悉，那就更好了。有同志以为我们介绍的一定可以信赖，他不知道我们原来不认识，是否应邀，一切由你考虑定夺。

惠赠的《神秘之旅》大作，已收到了，谢谢！你能不怕辛劳艰苦，到深山中去采访鲜为人知的二炮部队，写出他们的艰苦创业精神和高昂的士气，在那种大家都追名逐利，大写诱惑人、腐蚀人的所谓"畅销书"的氛围里，更显出你的高洁，更令我钦佩。等我忙完这一阵，一定好好拜读。

克家同志总是为杂务所包围，使他无法脱身写他要写的东西，也是很苦恼的。今年内，他还得完成一件艰巨的工程，可至今他还没有做任何准备，我真替他担忧。祝

笔健！问候你全家！克家同志嘱代问候。

郑曼
1989年10月23日

1990年1月18日

上午去拜望了臧克家、张志民、李景峰。

下午,步涛、尚方和《新闻出版报》的李晓燕来,我请他们一块儿到步涛推荐的泰国风味饭店吃饭,这里环境幽雅,宜于交谈,各种菜都有独特风味,不是中国菜的样子和味道。

1990年1月21日

创作室的裴永镇要求复员,被批准。今天创作室全体人员聚会欢送他。秉刚酒喝多了,与人吵、打,看来酒真的不能多喝,适可而止就妙。

晚与中夙、兆林谈一解说词事。

收到臧克家的信:

世宗同志:

你到京,匆匆一面,但甚感亲切。

文章,就请你就《鸟儿问答》一题写一篇吧,请郑曼抄上有关材料,写好后挂号寄我即可。3月初到即可。

匆匆

握手!

克家

元月18日

郑曼问好!

想到在北京时,克家说到他为河北人民出版社主编一本经典的《毛泽东诗词鉴赏》,约了文坛许多名家写阐释文章,让我也写一篇。

1990年1月25日

臧克家主编的《毛泽东诗词鉴赏》一书，约我写一篇关于《鸟儿问答》的鉴赏文章，我已查了大量资料，写出了草稿，今天到辽宁大学中文系主任王向峰教授家请教，他给我讲得很清楚也很明白，我写这篇文章有了底。

给高玉宝打电话，他和姜宝娥嫂子对修改书稿和出书合成一本，有点想不通。

1990年2月1日

写出了阐述解释毛主席《念奴娇·鸟儿问答》一词的文章《大与小的比衬，庄与谐的统一》草稿，打电话征求王向峰、邓荫柯的意见。

晚上给克家打电话，苏伊接听的，说父亲住院了，一直低烧不退，吃东西卡住，引起肺炎，二十四小时病床前要有人。现在母亲在那儿照顾着。我就没有说鉴赏文章的事。

1990年2月13日

收到郑曼大姐的信：

世宗同志：

你好！谢谢你对克家同志的深切关怀，更高兴这么快你就寄来了稿子，而且写得不错，从宏观上来鉴赏毛主席这首词，把他老人家的高瞻远瞩、站得高看得远的宽阔胸怀、伟大气概都写出来了。背景写得很清楚,给读者理解这首词有很大帮助。这是我拜读大作后的印象。我不参加这个工作。稿子,克家同志近期无力细读,交由北师蔡清富老师、中央文献研究室李捷同志先行处理,请他们先读。我把打印稿中两个明显的错字改过来了,一是第1页倒第3行的"对此",应为"对比";一是第4页第8行的"既将"、末页第4行的"既使",是否应改为"即将""即使"?

克家同志的低烧,自前日起退了,咳嗽还有,比前好多了,现还在输液治疗。如不再有反复,想不久可出院。请勿念。在这里陪住,条件还不错,就是热得难受,与我家的温度,一个天上,一个地下,我不习惯于冬天过28℃的室温,而喜欢13℃～15℃的低温。

松涛同志如何?我们惦念他的身体,便中代候。

祝

全家好!

克家嘱笔问好!

郑曼
1990年2月6日于协和

电话与省社科院历史所的刘国图研究员联系,想去他那儿请教中俄边界的历史状态。

请黄国柱、海波到家吃饭,中才等作陪。

1990年2月16日

连续两天打针休息。

收到二炮画家杨奕寄赠的他设计的水仙花首日封一枚,签名日期是"1990年2月10日"。

郑曼大姐来信说到我所写毛主席诗词鉴赏文章,她已看到,克家也读了,他们认为我写得很好。

1990年3月26日

昨天从黑河回到沈阳。

下午去军区话剧团观看学员汇报下连当兵锻炼成果,与齐明、杨忠宽、魏宝贵同去,见到王庆生。我对学员们到著名的"神枪手四连"当兵锻炼的成果很感兴趣,想深入了解一下,写一篇报告文学。

收到谢冕的信:

世宗:

信收到,诗人剪影亦收到,你要的"评论选"一定会有的,放心好了,我不喜邮寄,因为太啰唆,若到了不能不邮寄的地步,当然也会寄的。我和素琰如旧,这些日子深居简出,除了和一些穷朋友们来往,则什么活动都谢绝了。文章亦不写——除非为小人物写些不能不写的文字。想念你们,这些真正的朋友,想起往昔的繁华,面对今日的寂寥,真有沧桑隔世之感。

好了,打住。

谢冕
1990年3月4日

收到田华寄来的彩照,还有一封信:

世宗:

  你好!

  感谢您来自"黑河"的祝贺!

  "活动"中的材料又增加一方,谢谢。

  得知你将要匆匆离去,草草写上几个字留念。

  遥祝

  写作顺利。

田华
1990年3月14日

收到刘征的信:

世宗同志:

  函悉。"剪影"也早拜读,深深感谢。近日多写些清空的小文"四壁"之类。今后该怎么写,我正在想。《寓林折枝》一直未再版,嚷了一阵子,无消息了。出版不景气,也难怪。一有转机,当即奉赠。

  我的十年集四卷,今年可出齐,届时当赠君一部,以求指正。真羡慕你,年轻(比我)体健,有机会远走。这次到边陲,定有新作。抓住根本的东西,不怕时局变化也。敝人的"剪影",剪得甚好,剪影贵像,自觉十分像我,文字也很充分。精神气质都现出来了。我3月25日至4月10日将做江南之游。也许能写点什么。几时来京,来寒斋小叙。

握手。

刘征

3月15日

收到郑曼大姐的信：

世宗同志：

3月10日来函及早寄的赠书，我收到了。与赠书同时寄出的信，我未读到，可能是克家同志看到了，太忙，未曾给我看。谢谢你的赠书及对克家同志的深切关怀。他于2月12日出院后，仅休息四五天就投入紧张的工作，2月中下旬，接连写了三篇文章，一为纪念"左联"六十周年，一为《人民日报》文艺部召开座谈会发言，一为《〈毛泽东诗词鉴赏〉前言》，均已发表。现在他又有好几篇文章等着写，而且找他的人越来越多，信也成数倍增加（都是读了他在《诗刊》第一期的文章后，表示同意他的观点，写诗来要他介绍发表），由于工作量成倍增加，病后未得休息，以致疲劳不堪，政协常委会大会都请假了。他是很想为人民多做点事，但年已八十五，心有余而力不足哇！

《鉴赏》前言登出后，反响不错，所以赶着在《人民日报》发表《前言》，是因为见闻江苏某出版社要抢编，抢出同样书名的书，因此出版社和他们商定4月初发稿，《前言》先发，等于做了广告，书也做急件处理，三两个月印出。你的大作，副主编看了，认为写得巧，写得不错，颇欣赏。克家同志都是先请他们看了编定后，他再看，因为催稿工作弄得他很忙累。现在稿子基本上已差不多齐了。这本书出来后，可能会有较大反响的。听蔡清富老师说，每篇文章都要有个题目，记得你的文章已有题目了，是吗？

克家同志忙，我和苏伊也跟着忙，加上我要参加党员重新登记，自学文件，还得开好多次会，显得更忙乱些。等4月份忙过后，当拜读大著。

在中苏边境深入生活，一定有很多收获，期待你的佳作问世。克家同志嘱代候好！

苏伊问你好！顺祝

笔健！保重身体！

郑曼
1990年3月16日

1990年11月13日

收到臧克家的信：

世宗同志：

信及前稿均收到了，你对朋友的热情，十分感人！

来信、来电打听《毛泽东诗词鉴赏》出版消息的极多，我收到样书是9月初，因为错字不少，有一个题目也漏了一个字，正在补救之中，印了两万册，即将再印。

我与周振甫同志合作的《毛泽东诗词讲解》又印了一版，已到样书，印数三万八千本。我仍甚忙，杂事甚多，安了暖气，便利极了，天寒，但我心暖。

好！

郑曼问好！

克家
1990年11月9日

1991年6月18日

上午，沈阳电视台王君来家谈专题片事。

收到臧克家题字和郑曼大姐写的信。

开封翰园碑林来函约诗。

市图书馆征本市作家的书，给发了证书。

1992年3月30日

收到克家寄赠的《放歌新岁月》。

下午，到话剧团重看改过的话剧《雷锋》。

1992年4月7日

下午去速滑队，向军区撰写叶乔波事迹材料的班子成员介绍我所知的乔波，因我整理过乔波的日记，我写过乔波的报告文学，写过乔波电视专题片脚本，还有大量素材没有用上。

今收到河北人民出版社责任编辑李良元寄来的臧克家主编的《毛泽东诗词鉴赏》，这是16开的精装本，银灰色封面，有多幅毛泽东照片。我的文章《大与小的比衬，庄与谐的统一》收入其中。我翻看一下，颇感荣耀，因为此书有太多的名家为其撰稿，如王季思、唐弢、向明、碧野、莫文征、杨金亭、丁国成、魏巍、郭风、丁芒、刘征、杨子敏、邹荻帆、张志民、杨光治、赵朴初、姚雪垠、李瑛、张爱萍、周振甫、丁力、刘白羽、端木蕻良、冯牧、尹一之、朱子奇、钟敬文、吴奔星、王希坚、古远清、吕进、魏传统、李元洛、西彤、施议对、石英、阮章竞、郑伯农、纪鹏、葛洛、萧涤非、程光锐、吴嘉、郭沫若、冰心、叶君健……

1992年7月9日

收到郑曼大姐的信：

世宗同志：

　　两信均收悉，迟复了，请原谅。你看到《现代诗报》上照片中我们的样子蛮健康，这只是表面现象，实际上自春节以后，我们行年不利，一直不太好，尤其是我。几个月来，我室性早搏厉害，三联律，有时间以一联律，心区不好受，工作都停顿了。月来，克家同志头晕，卧床休息时间多，精力大不如前了。老了，我们不服老也不行了。

　　来信晚了两天，有关叶乔波的电视片已放映过去了。克家同志向来不看电视。我自病后，也只看电视新闻了。接信后，拜读了你发表在《人民文学》五月号的大作，写得很好，叶乔波不愧是体育界的标兵，她的坚强意志与毅力，实在值得我学习，更是年轻人的榜样。你真勤奋，写了不少文章，也出了不少作品集，上次你问有无寄给我们两本书？当时就写信告知，我们没有收到过。由于病初犯，不适应，一直未复信。

　　今年气温南北方倒着来，北京比南京还热，真是稀罕事，北京变成火炉了。年纪大了，我们不太能适应，可克家同志是不服老，中午12时，下午4时，气温高达35℃，还出门到胡同去散步，实在奈何他不得。劝他不要外出，就生

气。你来信也不必提。祝

　　暑安！笔健！

　　　　克家同志嘱代候。

郑曼
1992年7月5日

下午到离休的白文仲副主任家看望。王庆生、王默两口子在。白副主任请我们一起喝了他的茅台酒，谈至晚9时才起身告辞。

1994年2月10日

接到高玉宝的拜年电话。

1992年8月6日全家欢聚为臧克家夫妇庆金婚。前排左起臧克家、罗文雯、郑曼、臧菁菁，中排左起罗连陛、郑苏伊、乔植英、臧乐源、臧乐安、汪本静、臧小平，后排左起臧田、王小彬、臧耕、臧小龙、石兰

收到臧克家的信：

世宗同志：

久违，甚念。

我，年已八十有九，身心尚健，百事萦怀，精力大差，所以很少给朋友们写信，但心里是很想念的。

松涛处，也好久没给他写信了，想给他写个信。

我，工作、生活情况，一切均好，勿念！春节到了，倍思故人！

好！

克家

1994年2月5日

在大年初一收到克家老人的信，让我欣喜无比。

兼写诗、歌词和散文的邢德铭来访。

1994年2月20日

骑刘成华的自行车去看望克家老人，看望张志民。

志民和雅文大姐留我在他家吃午饭。我离开他家时已是下午4点钟了。急赴花府酒家，刘成华请客。又同去刘梦岚新居，至晚9点归。

步涛又来畅谈，到深夜11点。

分别给高洪波、张光年、李发模打了电话。

1994年5月16日

参加郎恩才作品讨论会。除辽沈地面上的诗友们外，还从北京请来几位诗人和编辑到会。

收到臧克家的信：

世宗同志：

信收到了，你生活丰富，年富力强，成绩显著，我心甚喜！

我近九十，身心尚"健"，两个月之内，十四位友人先后去世，对我触动颇大。

无力写长文，短篇一二千字还有时写一点。苏伊去山东为我的《文集》后三卷奔忙，9月份可出书。

你的书名，我以为用《书简》亲切有吸引力，《探幽》虽具理论性，但涉一般。你再酌之。

好！

克家

1994年5月1日

郑曼问你好！

1994年5月26日

收到克家及郑曼大姐的信，还有《文艺报》陈明燕的信。

克家的信：

世宗同志：

好。读来函及文章极为亲切，字少而意深情。我一切甚好，杂事不少。

好!

克家
1994年5月25日

郑曼大姐的信:

世宗同志:

两信都收到,近来杂务太多,致迟复,请谅。

《臧克家的手劲》,写得颇家常,亲切感人,且短而精,不知此文发表在何报、何时?便时望告。

《文集》后三卷出版问题,已初步落实,请人赞助了数万元,但刚发稿,要按时出版,还得催促再三才行。送前两卷的我这里有名单,待出版后,原则上都送,但这三卷精装本不足数,以后要斟酌处理了。出书难,难于上青天,这是克家同志初次尝到的滋味。

文中谈到纪念毛主席百岁诞辰的活动,如此文以后采用,拟请你改为二十项左右,这其中包括担任《毛泽东诗词鉴赏辞典》等书的顾问,为诗碑题词,开小型座谈会,主要是五六家拍摄电视片等等,大会他不能久坐,没有参加。

关于称呼,文里叫我大姐,太不敢当,还是与克家一样称呼或直呼其名。

松涛近况如何?久不见信,我们挂念他的身体。祝
笔健!

郑曼
1994年5月23日

读几个人的稿子，分别找他们谈了意见。

晚上看电影《天龙八部》之后，大家散步于松花江边。

1994年10月3日

10月8日是克家的八十九周岁、九十虚岁生日，我选一生日贺卡，并在上面写一小诗贺之："人生七十古来稀，克家寿超一百一。而今九十正年壮，朗身引吭唱太虚。烙印渔翁当炉女，老马凯旋自奋蹄。佳句传世如火种，百代千秋永不熄。"到邮局发走，生日前不知能否收到。

1994年11月2日

《羊城晚报》的芮灿庭来组稿。

收到魏巍寄赠的两本书。

收到臧克家的信：

世宗同志：

热情的信及散文，读了之后，备感亲切。

多年来，多次为文鼓励我，给我打气，极为感动。

近期参加九十岁的三次活动，高兴又极为疲累。

你，年轻有为，能跑能写，前程万里！

握手！

克家

1994年10月29日

我日记中的臧克家

1994年10月11日，臧克家（左四）与谷牧（右三）、马文瑞（左三）、魏传统（右二）、季羡林（左二）、邓广铭（右一）、裴丽生（左一）在"臧克家文学创作生涯65周年展览"开幕式上

1994年10月18日在"臧克家文学创作研讨会"开幕式上。左起杨子敏、李瑛、季羡林、刘白羽、贺敬之、邓力群、臧克家、高占祥、林默涵、陈荒煤、公木

郑曼大姐写了一段话：

> 我半年来太累，前一阵更紧张，一歇下来，就十分疲劳，这两天病了，恕我就此打住，问你全家好！
>
> 郑曼
> 1994年10月29日

1995年3月27日

松涛电话约我去他家，说臧克家老人让他给我捎来了《文集》后三卷。在他家唠到吃中午饭，一块吃饭的还有作曲的李贺。

去辽宁教育出版社刘顺德处取《丝绸之路》一书的印数稿酬一千五百六十八元。

晚上，捧读克家文集，喜不自禁，至深夜也无睡意。

1995年3月28日

今天终于与柯岩大姐通上话了，她说没有什么要紧事，就是说说话，我们拿着电话唠了二十分钟。她说到最近一段时间身体状况还好，有写不完的东西。我真佩服她精力充沛，佩服她病那么重仍乐观向上。

蔡斌来访。

给《延吉晚报》写一篇《臧克家的赞誉》。

惠娟买回了一只能动的玩具熊猫，非常好玩。

1996年4月7日

海泉上午来，我们一起出去。

给苏伊打电话,说克家和郑曼大姐在协和医院高干病房6楼17床,约我下午3点半后去协和。

我和海泉按时到协和。我们到了6楼17床的门口,门是关着的,我们以为克家没起床,想等候一会儿。一抬头,见走廊一端有两位老人互相搀扶着走来,老者瘦削,头戴防风白布帽。细一看,正是克家和郑曼大姐。这令我出乎意料地高兴,我向克家和郑曼大姐敬礼,和他们握手,我和海泉搀扶着克家,郑曼大姐快走几步,去开病房的门。

病房几乎成了一个工作间,到处是书、报、稿纸、信封。病房里有一张大床,几把椅子,椅子全无边沿。郑曼大姐护理克家的九个月里就睡在两椅一沙发上。郑曼大姐的腰不好,本人也有病,但在克家这个老病号面前,就不言自己的病了,全身心照护克家,真是不易。

见我来,克家脸色红润,喜气满脸,很好看。郑曼大姐从床上拿过来一个枕头垫在克家后背上。郑曼大姐递给我一张今天的《中国青年报》,头版上报道的是《两个世纪老人——臧克家和王洛宾》。几乎是整版的文章,配有克家和王洛宾牵手走台阶的大幅照片。这张《中国青年报》是同住医院邻室的一位新疆女士给送来的。她崇拜臧克家,听说今天报上有这篇文章,到街上去买没有买到,便开车到《中国青年报》社要来一张。这位新疆女士把报纸送来就走,克家起身向她致谢,同她握手,说了句:谢谢!克家说,她很开朗、大方。和我照了几张相片。克家说,记者写的底稿我看了。《北京日报》一位记者写的,写得很好。这张报纸上还发表了王洛宾为克家的诗《反抗的手》谱曲的歌曲。郑曼大姐听说海泉是搞音乐的,便把报纸交给海泉,说:你是搞音乐的,你把这首歌唱一下。《反抗的手》是克家1942年的作品,最初发表时题为《手》,收入《泥土的歌》时改为现在这个标题。海泉接过报纸,哼了一下,便唱了出来:

> 上帝
> 给了享受的人
> 一张口;
> 给了奴才
> 一个软的膝头;
> 给了拿破仑
> 一柄剑;
> 同时,
> 也给了奴隶们
> 一双反抗的手。

郑曼大姐说,4月22日入院,到现在讲话还不行。克家一见朋友情绪紧张,所以不怎么见人。我说,听说他下不了地,看现在比我想象得好多了。郑曼大姐说,是呀,下不了地,差一点都不行了。拉肚子,一天二十多次。有人喜欢签个字,到这儿来找,还说到冰心那儿去,简直是开玩笑。

克家说,迟浩田,山东人,要我的书,我的文集,过去不熟,一见面就很亲切,文艺观点一样,还有张爱萍,完全一样。

我问大姐,您还行吧?

郑曼大姐说,行吧。开个折叠床,借了个钢丝的。我的腰不行,椅子和沙发接起来,不平,用褥子铺平,还可以,睡觉不太

我日记中的臧克家

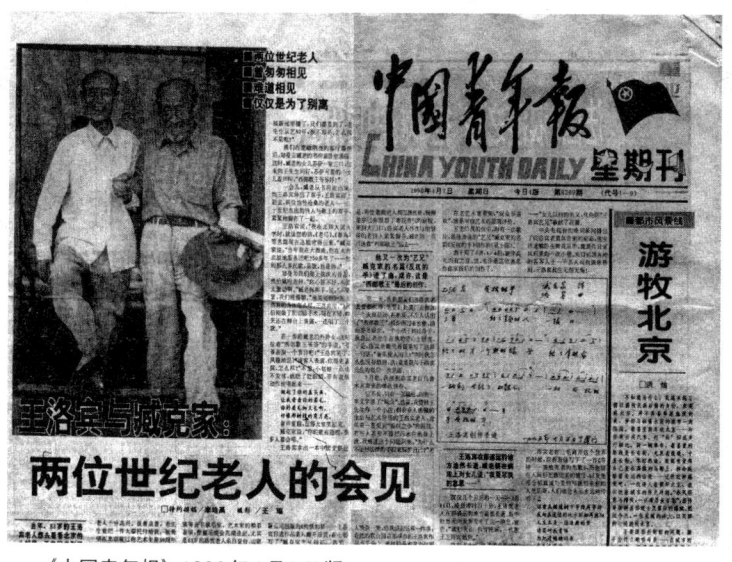

《中国青年报》1996年4月7日版

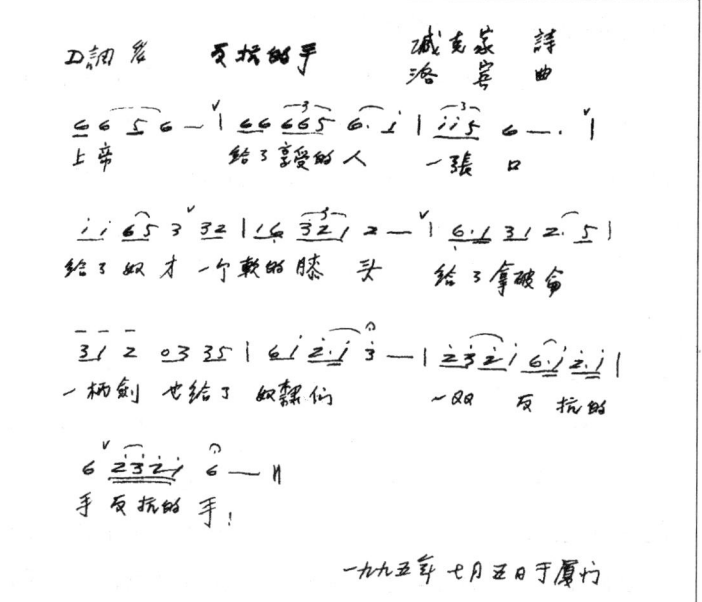

王洛宾创作手迹

翻动。

克家说：见熟人我就激动，脸热。我说：您别说话，听我们说。

郑曼大姐问我：前一段北京开了你个研讨会吧？

我说：是，你看到消息了？是那篇报告文学《最后十九小时》研讨会。

郑曼大姐说，写两个通信兵风雪巡线牺牲的，死在长白山。我说，对。两个新兵，都十九岁，山东一个，辽宁一个，冻死了。

郑曼大姐显然是读了这一篇，她说写这个是很感人的，在这儿开的吧？我说是。

我问：您的腰病看了没有？是腰肌劳损吧？郑曼大姐说，没看。不是腰肌劳损，是腰椎什么病变。

说到克家的病。郑曼大姐说，去年7月10日住进来的，到12月21日出院。第二天马上就高烧，急诊，血象高，一万六，当时没收住院。到第二天，高烧39℃，又拉肚，就又进来了。等于出院第三天又入院。到29日就不拉了。躺了一个半月，天天打营养液，不能吃东西。克家说：她每天扶我走一走，走一刻钟。

我们正说着话，戈宝权夫人梁培兰来看望，带来一张小报，送给克家。她把报纸放下就要走。克家站起来，说记得她，说你做会计工作。她这才又坐下说了一会儿话。克家回忆了与戈宝权在一起的时光。郑曼向梁培兰介绍我，说刚开了我作品一个研讨会。克家补充说，他还走了长征路。他指着海泉说，这是他的儿子。梁培兰说，戈宝权现在书也能看，报也能看，主要看外文的，八十三岁了。

郑曼切柚子给我们吃。

克家和我们说，他一天散步运动四次，一次十五到二十分钟，走到走廊头的平台上站一会儿，再往回走。

郑曼大姐说，今年春节打到家里一百多个电话，拜年，问候，祝福。

克家说，上帝保佑，九十岁生日时开了个讨论会。平时睡得就不好，有点事更睡不好了。可是开会前一天的晚上，睡得好极了，第二天到会场上，极精神。

梁培兰告别，克家说，告诉宝权，拜年去不了啦。梁培兰说，宝权20日左右回南京那个家了，并对克家说，千万别起来送我！克家还是起来了。

克家问海泉：今年多大了？

海泉说：二十一。我说：他是老二，他还有个姐姐，在法院工作。

我给在椅子上坐着的克家照了一张相片。克家说，我站着，照一张好不好？我当然高兴照。可是克家站了一会儿了，我的相机充电还没充好，灯光不闪，只好等了一会儿。我们走时，克家把我们送到病房门口。

1996年4月29日

一早送佘开国返北京，送他到桃仙机场。

收到《诗刊》丁国成的信，约我给《诗刊》写短小的诗话。

收到郑曼大姐的信：

我与臧克家

世宗同志：

谢谢你寄赠照片，这是值得纪念的镜头。

克家同志想月底出院，在这里住了快十个月了，这是他生平第一次住那么长的医院。1959—1960年他患胸膜炎，也只住六个多月医院。年纪大了，病一次，就衰弱一次。这次出院，就不如去岁12月那次，现在走路都得人扶，血压还常波动，最近几天，胃还有些不适。不过住得太久，心境不好。

你的大作《最后十九小时》受到好评。《文艺报》这篇，一定是了解你比较深的同志写的，希望你沿着正确的道路走下去，创作出更多的好作品来。

克家同志与王洛宾同志的见面文章，《作家文摘》已摘发，想《沈阳日报》不会再转载了。

祝

笔体两健！

克家同志嘱问你好！

郑曼

1996年4月26日

1996年6月28日

去看望克家，克家的大女儿小平也在。

去看望张志民夫妇。

1996年12月29日

给朋友们寄贺年卡，其中有给尊师刘白羽、臧克家的，也有给李麟昭等朋友的。凡是给我寄了贺卡的，我无一例外地给回了一张。

1997年8月9日

昨天焦凡洪告诉我今天孙义良请客，请文斌、牛世良等，还有我。不一会儿义良又来电话，让我和惠娟一起去。他家大关也去，还有文斌的夫人。文斌在武警文化部当部长，难得回沈阳一次，大家聚聚，叙叙旧，友情长在。

收到郑曼大姐的信：

世宗同志：

你这封贺年信搁在我的手边，半年多了，至今才复，实在对不起！可我们心里老惦记着你！知道你因公来过北京，

1996年7月23日与季羡林在北京红霞公寓寓所中亲切交谈

可克家同志住院六个月，出院后还是不能见朋友。医生千叮咛、万嘱咐，千万不能让他激动。他的房颤现在是服一种药控制着，如果再犯，就不好办。现在他血压还不稳定，年高，病后恢复难，生活不能完全自理了！

读你发表在《人民日报》上的文章，就想到你千里跋涉，常常深入第一线的情景。你始终遵循党的教导，不走捷径，不赶时髦，扎扎实实地前进着。克家同志在病中，还常谈起你。今年作代会前，征求意见，充实作协领导班子，他还想提你。我们说，你是部队系统，才没提，可见你在他心目中的地位。

我全家托福都还可以。小平身体日渐好转，只是还不能上班；苏伊体弱，常有小病，不过还能支持。我和克家同志住在晨光街10号305室，在白羽同志楼下。克家同志病后怕闹，借住养病。我的生活全随着克家同志转。他两年来，住院一年半多，四进四出，一次比一次病得厉害，我一直陪在他身边，幸亏我体质还好，没病倒。

祝你

全家好！

克家同志嘱代问候好！

郑曼

1997年8月7日

1997年12月18日

收到臧克家的信：

世宗同志：

　　真是久病故人疏。

　　得来函，知将编诗，在落潮时听潮声。

　　书名，三个之中，我考虑了一下，《新诗绝句》较好。因为《名句》，无限制词，太泛了。如"绝句"在前，令人认为所选全是短小似旧诗的"绝句"。

　　《新诗绝句》入选条件是精品绝句，可以从长些的诗中摘其精华，顶好的，已为读者熟悉，并在卷头语中说明此意。

　　病中无力多写。书名我写。

　　松涛久无消息，他近况可好？

　　握手！

克家

1997年12月14日

同时收到郑曼大姐的信：

世宗同志：

　　你好！谢谢你精致的贺年片！我和全家在此祝福你在新的一年里身体健康！万事如意！阖家安康！

　　克家同志亲复一信，他希望你同意后回封信，马上就挥毫题书名。最近天气稍转暖，他血压稍平，只是十分疲劳，老头晕。前一阵，血压高，心率过速，幸未犯房颤，得免去住院。

　　我一切如前，每天以照顾他为主要任务，其他事都无法进行，有时也发急。

祝

　笔健！

郑曼 上
1997年12月14日

松涛同志在前些时候曾给赵堂子去过电话，说有事来京，马上要返沈，不来看克家老师了，告诉他，他忘了。

1997年12月27日

海英告知中兴商品庆新年全打折，说VCD机能便宜不少。我和惠娟一早去了，在一楼找了熟悉的冯艳芬，她领着买了一台先科VCD，优惠后的价格是一千四百五十元；惠娟在化妆品柜台买了一套润肤膏，优惠后是一百〇六元。

刘文玉来家做客，和他谈了许多，他介绍了他去任职的沈阳文史馆的情况，有多少馆员，馆员的资格，有多少研究员，怎样聘。我和他还谈到新诗学会及要编的《辽宁诗歌大典》。他给我带来他出的几本书：《狂雪·笛声》《黑土地的恋情》《文玉诗世界》，中短篇小说《神丑》和他主编的《华夏天地》。在我家坐着聊天后，我领他去看了他熟悉的靳洪同志。

昨天敖薇舒托卢平把电视节目做嘉宾的那个脚本捎来，这是辽宁卫视周末休闲娱乐版的节目。

收到郑曼大姐的信：

世宗同志：

你给克家同志的信及赠书，均已收悉。他今上午就给你题了书名,横竖各一,现寄上。

克家同志眼患白内障,不能看书、刊,报纸也只能看看大标题了。

这本报告文学,能入围鲁迅文学奖,很不错。希望继续努力,不久的将来,一定能荣获这国家级的最高文学奖。

祝

阖家新年快乐!

克家同志嘱我代问候好!

郑曼 上
1997年12月24日

1998年2月11日

读选并打印了公刘先生的一些名句,想请他本人过目。因为他来信说本人选句为难。我原说凡健在的诗人都由本人来选,但对于这样一位德高望重的老诗人,我理应破例。

惠娟主动帮我剪贴我打印好的"绝句"。

今天是正月十五,晚上去中街老边饺子馆,军区话剧团为八一厂王程帆副厂长一行送行。洪茂从北京带回一个喜讯:《炮震》被总政评为优秀剧目的一等奖。

街上看灯人多,车绕行,许多主要的街道都禁行。

送站归来已近10点。看苏伊的信和张同吾的信,翻《臧克家诗选》,为其选句。

1998年2月13日

选出臧克家的绝句几十则。

去春风文艺出版社，找王烨谈编选出版事。

晚上看中央电视台五套《五环夜话》节目《大双和小双的故事》，看见海泉在第一排做现场嘉宾，这是小双邀他去的。

1998年3月17日

一早给李犁打电话，他今天下午来沈，我告诉了王健，我们不用去抚顺了。后来他又来电话，因为重感冒，发烧，来不了了。他说让《体育天地》一同志把书样子捎过来。

苏伊来信，把我打印的克家的选句审了一遍，有的嫌思想性艰涩或把一首完整的诗支离破碎了，就拿掉了。有的有错别字，打字有误，也改了。

徐光荣打电话来说，他在《中国作家》杂志上看到鲁迅文学奖报告文学奖提名奖的篇目里有我的《最后十九小时》，我手上没有这本杂志，所以不知道。

收到于利华为总政新作品奖寄来的参评作品复印件三份。

把几本诗集中的选句打印出来。

1998年10月7日

上午把为蔡斌的诗集所写的序交给他。

为几个业余作者写抗洪题材英模人物和单位请采访假，并和被采访人所在单位打招呼。

找办公室管理处马助理谈给创作室新配司机的事。

下午，齐振平部长与文化部的成员和创作室的同志们"见面"。宣文正式合并。宣传部和文化部真是合久必分，分久必合呀。

请李之熙的儿子来给看我电脑的毛病。

考虑给《沈阳日报》撰写克家的"写真"长文。

1998年10月8日

上午打完了写克家的长文，约五千字。

下午作为被邀请的"贵宾"参加部里文化处体育组搞的一个活动，在军人俱乐部的体育馆。这个活动请来了许多首长和来宾，还有全国全军新闻单位的同志。

1998年10月9日

辽宁省军区不同意军区派出的业余作者去写他们的典型，说如果是专业作家去采写，可以，如果是业余作者，他们单位自己也有人。

去《沈阳日报》文艺部，给王辉送写克家稿，和占喜聊了半天。去辽台找小寇，取回了朗诵诗的录音带。

陪惠娟去政治部门诊部补牙，给她做了一个心电图，一切正常。

晚上，王健做东，以我的名义，请张丹、张毅、张晓红、莽珊珊、任丽蔚等吃饭，互相认识一下。市文联两位领导也到了。人多热闹，至晚10点才散。

1998年11月6日

和赵副秘书长说创作室配车的事，车队队长说星期一解决。

收到郑曼大姐的信：

世宗同志：

　　10月22日信和《统战月刊》上的大作及《大诗翁臧克家》两份，拜收，十分感谢！小平花了很大精力写了这篇文章，现在血压高，不能再写东西了，她的颈椎病弄得她太苦了。她能写点小文，但由于生活圈子不大，又无法深入生活，可写的题材只能是囿于家庭生活，渐渐就将枯竭了。我没有做多少事，只是尽自己的一点责任，谈不上什么，小平把我写得太好了。平心而论，这几年，我没有半点自由，身心疲惫，得不到半点调剂，确也有点苦，但又有什么办法！他二十四小时都离不开人。

　　你的大作《大诗翁臧克家》，克家也读了，他感谢你对他的关怀，同时也指出，你没有写他与你的交往，是一个缺憾。

　　你写"大胡子师长"，一定会写得很动人。他的事迹，我听到过一些。希望你写的文章、编的文集都得到成功！

　　祝

笔体两健！问你全家好！

克家和小平、苏伊问你好！

郑曼
1998年11月3日

后勤部把王伏焱的稿子审过送来了。

于利华从公主岭打来电话，她两天内就能把写一连的稿子传过来。

1998年11月16日

与邓荫柯约好去春风文艺出版社，在王烨处集合。他把《新诗绝句》的书稿带到办公室，我把目录和克家的题字带去了。王烨让我和李勤学商量，李又把安波舜找来一起商量，我才知道安已是春风社的总编辑，李是社长。安提出几个设想十分让人振奋，他总是很大气，不是小鼻子小眼干事情。他提出搞"百位诗人的呼声"的活动，然后搞《新诗绝句》拉练式朗诵签售会，从北京开始，一个地方一个地方走，走到哪儿由哪儿的诗人们签名售书，由当地的演员和朗诵爱好者同时举行现场新诗绝句朗诵会。这个创意真是很棒的。

下午应白山出版社之邀到周凤鸣处研究"共和国名连"丛书的选题。我提出，每本书选用一百五十幅照片不合适，用不了那么多照片；另外每本写十五万字也有点多，十万字足矣。几个意见他都听从。

得知周义军来宣传部当主管文化工作的副部长，明天上任。

和惠娟去太原南街买棉皮鞋一双，回来在"老福记"准备吃涮羊肉，逢线云强、侯立军、宗喜好及线的妻子小戴，还有他儿子的家教老师，热情地相邀让我们并桌，与几位摄影师在一起过得很愉快。

1998年12月3日

创作室开会，庞连杰副主任要给大家讲话。

按野曼要求，把写光未然和臧克家的两篇稿子均压在五千五百字以内，给了《华夏诗报》。

1998年12月4日

今天沈阳下了入冬以来最大的一场雪,雪花不大,但持续的时间长。走到机关,路上摔了很重的一跤,把右胳膊肘摔得很疼,似肿了。

与焦凡洪商量军区这部书稿的事。

与松涛约去他家聊天。下午1点钟,我打的去沈空,在门卫那里打电话,松涛的岳母接的,她说松涛出去了,去哪儿她不知道。我问了宿聚生,他告诉我老李电话,老李出来带我到松涛刷油的屋子,把他找回了家。

我们在一起有谈不完的话题。他讲了北京的一些事情,讲他出《李松涛自选诗》约韩作荣、徐刚、叶文福写文章的事。给我看了克家的信,信里面问候我。

我要走,他和向荣一意挽留,说难得遇上雪,这么好的雪。他弄几样小菜,煮了羊肉馅饺子,我和他两个人喝了两瓶啤酒,向荣喝了点药酒,是浸了药材的白酒。

他们送我出大门,恰好有一个的士停在沈空大门前,我坐进去,里面的人还没付款。

晚上,看了天气预报后,和惠娟踏雪散步,好有情趣。我们去了市府广场,见有一些人在雪覆的草坪上走来走去,无人管。我见广场上停一台小面包车,就敲这个车的车窗,有人开门问什么事?我说,那边有人踏草坪,你们不管吗?他们不知我是何人,有八九个穿制服的,连说管管管,一下子下来三四个,跑向草坪。不一会儿,我们转一圈儿,见有人围堆,一个持相机的小伙子,鼻子流着血,控诉执勤人员,他说:"我们很少来这个地方,就到里面去照相,他们来管,我没说啥,老娘儿们骂几句就骂几句呗,他们就不让,就动了手(也许这个小伙子先动了手)。"他们报了警,不知结果如何。

回家的路上,遇兆林和他的惠娟走在去广场的路上。他们大约是看完了《新闻联播》出来的。我和他开玩笑说,中国的官员每天看《新闻联播》,而中国的老百姓每天必看天气预报。《新闻联播》是政治预报吧?

1998年12月10日

上午9点半到10点半到李瑛家拜访。

说到我写的一些前辈名人的文章,李瑛说,文章写得好,很有价值,既是史料保留,又有现实阅读价值。李瑛说到克家,九十四岁生日时去看他,他在床上躺着,对这位老诗人充满敬意。

1998年12月22日

铁岩来我家送来了《诗潮》明年第一期的全部稿子,让我协助他把把关。我看头一篇程步涛的诗就有问题,整整丢了一页,我立即打电话给步涛,他在电话里把丢的那一页补了,我记下来并打出来贴在后面,若不就出大错了!

上午打出邓荫柯写的《新诗绝句》的前言,可是没"保存",一停电全没了。

给克家、白羽、魏巍、敬之、柯岩、李瑛、光年及一些老友寄了贺卡。

1999年1月2日

线云强来家,送来他已搞出的抗洪摄影作品集的样子,让我补写一些文字。我打出了十三段六行诗和一个跋。

收到野曼的信：

世宗同志：

您好！

又是年终又是新年！祝新年创作丰收！

寄来克家、未然修改稿，当争取推出。"绝句"选句，最好在该书出版时推出，并加上按语宣传一番，作用较大。

有一事，恳请协助，我主编的《国际华人诗人名家手稿集》刊登了一百多个诗人，如冰心、艾青、臧克家的彩色照片、手稿和简历，全铜版纸精印，精装，有很大的收藏价值。由于拖欠印刷费，至今未清，急需推出，定价为60元，决定以45元推出（成本为47元）。兄处部队爱诗的较多，望为我推一批，如何？望来信告知。匆匆致意，祝新年大吉！

野曼
1998年12月28日

1999年1月26日

去市劳动局找宋海盛，他去政府开会，想请他帮忙把海泉的档案放在人才库。

收到克家、郑曼的信。

臧克家的信如下：

世宗：

  忘年成好友，

  隔地不隔心！

  握手！

克家
1999年1月19日

郑曼大姐的信如下：

世宗同志：

  谢谢您对我们的新年祝福！我代表全家向您全家祝贺新春幸福！万事如意！祝您文思泉涌，精品迭出！

  上次您来京，未能邀您来看望克家同志，很觉不安，下次您来，再见见他吧！我为了躲避"流感"，一直把住这道关，家人也不让常来，总算给平安度过了。今冬因"流感"去世的老人不少，中年人也有。

  我忙得厉害，身体也已大不如前了。

  祝

  笔体两健！

郑曼
1999年1月19日

看了九旬老人克家的亲笔信，我非常激动，他的关怀永铭在心。收到袁鹰的信：

世宗同志：

　　大作已寄上海《文学报》郦国文同志（主编），请释念。他们可能会同你直接联系。

　　春节前后可能奉寄一本小书请你指正。

　　祝

　　全家好！

钟洛

1999年1月20日

今天同东宇书店孙可中同志通话，她同意届时在她东宇大厦的九层综合活动厅搞《新诗绝句》的首发式。

收到《妇女杂志》的稿酬二百元。

收到易洪斌寄来的他的画集，这部大著我太喜欢了，这是洪斌灵性和才气的体现，也是他多年研磨的结晶。

1999年4月25日

又是一个好天气。惠娟和海英要带小治先去公园，我当然也想去，她们等我把写贺敬之和柯岩的稿子弄利索并发出来之后，一起打车去了北陵公园。

公园里人山人海，我们坐龙车到陵里，又买票上了大鹅船，用脚蹬就走，后面有舵可以掌握方向。我在船上吹泡泡，海英和惠娟在对面蹬，她们中间坐着小治先。一个小时我们上岸后在一片树荫下的绿草地上坐着，小治先尽情地玩，我们出公园大门时小治先还不想出去呢！

用特快专递邮走了给野曼的两篇稿子。

给臧克家和刘白羽各邮一本《关于诗的书简》，克家给我题写了书名，书中有一封书简是写给白羽的。

约定今晚有个聚会，参加者有省纪委的丁玉学、张莉，省电视台的张丹、张毅，还有我和铁源，要在一起谈《我们的党旗美》一歌的音乐电视的拍摄构想。铁源给我打几个电话，说他在抚顺，参加一个歌手大赛当评委，可能回来晚点，后来又说我们这个聚会他参加不上了，歌手大赛六十个歌手，下午1点半才开始，会搞得很晚的。张毅来电话，他说原定下午4点半的聚会，因等铁源改了时间，可是铁源还是参加不上。

张丹说她把这首歌给中央电视台有关人士看了，他们对"我们勇敢地抖落党旗上的灰尘"一句拿不准，想让张莉问一下中纪委的有关同志，免得到时不能用。

1999年5月14日

王辉来电话，写柯岩的稿子，上面审完了，需要编辑打出字来。他为了省事，让我把软盘给他，他从别处上网调到他的微机里。我把该改的地方改出来了。

下午去话剧团讨论中凤的本子。参加剧本讨论的有话剧团李洪茂、李瑞秋、李新华，部里周义军和焦凡洪，创作室王中才和我，还有编剧中凤。我谈了我对这个本子的四点评价、六点建议。

收到克家亲笔信，很受感动。

世宗诗友：

  收到你的诗论，甚为高兴。

你有多年创作经验，有自己对诗的看法，人各有志，不标榜，不随波逐流，走康强的道路，令我高兴。

我，身体情况平稳。

松涛前些天曾打来长途电话，关心我的健康。你们是志同道合的好朋友，做出成绩，自然我欣慰。

握手！

克家

郑曼问好！

她为我忙。

1999年5月9日

1999年5月31日

上午在解放军出版社，同李杰谈抗洪精神书稿的一些事情。

在军事书店买到两本特大开本的《毛泽东诗词鉴赏》，这是河北人民出版社出版，臧克家主编的，书中选了我写的一篇文章。

我和海泉去附近超市和百货店买了一些生活物品，如洗衣板、挂钩、小盆、三脚架等。

下午惠娟也要去超市看看，三口人又一起去一次，买了把伞，正好回来遇雨用上了。

海泉与朋友有约，满文军、黄征、李天华等，我们让他吃了饭再去。惠娟烧了一条鱼，很香。海泉走后，我们看了会儿电视，到9点钟，不下雨了，我们去了北京站，在中央检票厅军人口通过，回程是两张中铺票，也挺好的。

1999年6月24日

一早买到今天的《沈阳日报》,《为时代而歌的贺敬之》在第12版上,占很大一块。王辉说,原来还大些,因为广告占得大了,把文章砍了一些文字,有的合节了,有的把引诗拿掉了。

去《沈阳日报》社,取回了放在王辉那里做书封面版的贺敬之的几本书,与占喜、中惠唠得很愉快。

给克家、柯岩与敬之分别寄了《放歌新世纪》。

1999年7月5日

中兴说早上6点来安空调,后又说8点前来,全没来,10点钟又在电话里说下午来,我们都表示不信任,决定退掉。退掉的原因还有他们的货比别人家的多要了一千一百元。承钧的朋友有一位是卖空调的,说他们给安,同样的货,只要五千四百元。

去办公室,办理"长途行车报告单",由周义军、赵所斌签字后,申相峰副主任批,办完了。

干部部刘念光副部长召集开会,关于技术职称晋级的事。我交给创作室值班员李占恒,他让我找直工处问,我找了直工处于宏方,于说创作室没有编了,今年一个也晋不了。

收到郑曼大姐的长信,说了关于写臧克家文章的差错多处,她一条一条给指出来了。

世宗同志:

你寄来的《盘锦文学》《沈阳日报》都收到了,谢谢!我拜读了你写的几篇大作,最受感动的,是写柯岩的那篇,你饱含激情,把柯岩写活了。你写李瑛这篇也不错,把他的人品和诗品，恰如其分地表达出来了。可能是因为我对柯、李二位的过去不太熟悉，读起来格外新鲜。

　　谢谢《盘锦文学》又重登了你写克家同志的那篇文章。如果以后你若收进集子的话，有些是校对上的错误：如第5页右栏第4行"1949年3月"，误植为"1945年3月"；同页同栏13行"中央军事政治学校"误植为"中央军事政治学院"；第6页左栏倒11至8行，应为"由王统照资助了二十元，还做了发行人；闻一多也凑了（可否改一下？）二十元，写了序言；之琳等诗友还帮助跑印刷所，筹划纸张；茅盾、老舍、韩侍桁等先生撰写了评介文章"（《烙印》是克家自己编的，由闻先生、统照先生审定的；之琳等诗友促成，并具体帮忙印制的；当时写评介文章的还有梁实秋、韩侍桁等，韩提出克家等五人是"1933年文坛上的新人"）。第6页右栏老舍的评介文章请查《臧克家文集》第4卷199页或《时代风雨铸诗魂》第18至19页。你引的是克家回忆的几句，后来都改过来了。第7页左栏倒4行"年愈"应为"年逾"；同页右栏第1行"给了妈奴才"应为"给了奴才"；同页右栏第14行"备感"，是否应为"倍感"？同页右栏倒16至14行关于捐款中国少年儿童活动中心一段，是小平写错了。克家拿出两本书的稿酬一万元捐给他们，是在该中心落成开放以后的事。7至8页关于常清玉的事，情节基本上是对的，但这个女孩高中毕业后没有考上大学，自己外出打工，给我们来封信，没有谈具体工作，而且信也是由别人转的，回她信后，至今已两年，毫无音信。据说她和家中搞不好，父亲希望她在家乡做工，她不告而别。我只怕她被坏人拐卖了,至今成为我的一块心病。

过去在作协,每次捐款,克家同志都是领先的。去年抗洪救灾,他落后了。好几位捐了两万元,他只捐了两千元。这一点,以后不要提为好。

以上几点,供你参考,不妥处,请谅。

我对李、柯二位也很崇敬。这次李瑛同志长诗《我的中国》出版座谈会,邀我参加,我既不会写诗,也不是诗评家,只是就自己读后有感,写了几句。本来要亲去的,因克家同志头晕厉害,未能前往,由张同吾同志在会上念了一下。李瑛同志还很客气,来函感谢。我看这本诗集可能会获国家图书奖。

致同志的敬礼!

克家问好!(注:这几个字是克家亲笔)

郑曼 上

1999年6月29日

1999年10月5日

凌晨两点钟起来打字,写作家汪曾祺亲兄弟医学高手汪曾炜的报告文学,打了近四千字。

为纪念克家的生日,我打出一首诗《克家的手》,贴到了要赠给克家的大本子上。

到文玉家,他写了一首诗《高山·长河》,我也给打印出来了。

省军区一业余作者小于打电话,要把他的诗稿寄来请我给看看,我告诉他我要出差,他说晚些时候没关系,不着急。

1999年10月6日

赵熙春给弄到了票，让我到老北站去取。我顺便到王健家，他写了一首给克家的诗。

牟心海让司机取走了我的大本子，他答应把自己的祝词和阿红、刘镇的贺诗贴上。

惠娟从北京来电话，说海泉仍发高烧，打着滴流。

去北京前，终于把写汪曾炜的报告文学给写出来了，一万三千字。张光年月前曾来信，说他6月查体，7月动了胸部外科手术，切除了一个肉芽肿（良性），我一直想去看他，未去成，就在今天回了一封信。

松涛的舅父来沈阳看病，原定我们俩一同去北京看望克家的，如今他去不成了，今晚只我一人独行。好在北京那里有惠娟和海泉。

松涛专门送来以他和我的名义送给克家的一个巴基斯坦瓶，这个礼物预示的是平平安安，还有一张1979年全国诗歌座谈会的合影。他给克家写了四句话，我给打印出来了。

牟心海把他和阿红的赠诗送来了，刘镇的没有送到。

金东平和陈枫约今晚聚餐为我送行。96次快车，下铺。

1999年10月7日

上午10点，我与峭岩约好在红霞公寓门前会合。会合后，我给郑曼大姐打了电话，她请我们上楼来。客厅里有几位客人，是毛泽东诗词研究会的同志。郑曼大姐就领我们进了克家卧室。

克家正躺在床上仰脸看一张《文汇报》，见我们来了，要起身，我紧走几步，赶到他的床边，握住他的手，不让他起来。峭岩随后到了床前。我向克家说我和峭岩看您来了。我说：我和松涛从8月中旬就开始筹划您过生日时我们到北京来看望您。松涛也买了车票，他舅舅患心脏病昨天中午突然从昌图赶到沈阳，要他帮助看病。这样他就临时退了票。松涛让我把这个意思带到。克家说，他来电话了。我说，对，您还跟他说了两句话，他说千万别累着老师。

我拿出了一个外面包裹着非常精致的彩纸和花朵的铜瓶。克家满脸笑意，不知里面包的是什么，他说，这是个宝物哇！我说，这个吧，是我和松涛两个人送给您的一个生日礼物，这是一个铜瓶，是松涛挑选买的，很有意义，是巴基斯坦的瓶子。瓶啊，就是平平安安这个意思，很有讲究。我请他家的小保姆取一把剪子来，小保姆去找剪子了，克家很熟悉地从一个抽屉里取出一把剪子。我用这把剪子剪开了包装的几层花纸，我说，这是个瓶子，平平安安！郑曼大姐看到了花纸里面包着的瓶子，她"哎哟"一声，说，这个呀，你们太有心了！

克家还在端详着铜瓶，我拿出那个也经过精美包装的诗册，也用剪刀剪开，这是带玻璃纸的原来装照片的大影集，我们用来作为贺寿的诗册了。我说，这就不是我一个人，也不是和松涛两个人的了，是我们辽宁您熟悉的诗人们共同敬献的一个纪念册，很有意义的，我们想这么表达我们的心意。我在克家和郑曼大姐的中间，打开了这个纪念册。我念封面上的字："款款情意。"克家笑着"啊"了一声，郑曼大姐也"哎呀"了一声。我翻到扉页，读："敬祝克家老师健康长寿！辽宁部分诗人。"

下面每一页诗人的贺诗有手写的，有打印的，但都附有作者的彩照。

1999年10月7日，胡世宗（左）与臧克家合影

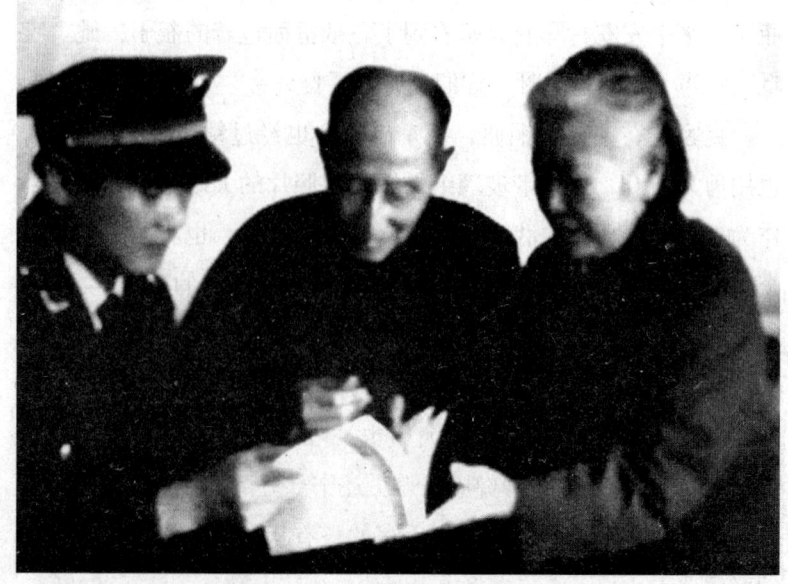

1999年10月7日，胡世宗（左）与臧克家、郑曼合影

第一页是刘文玉的，我读了刘文玉的贺诗。郑曼说，作协主席！我说，这是老诗人的一首诗。

接着，我读了牟心海的一首诗，我说，牟心海是省文联主席，他还给写了一副联儿呢，他是诗人，也是书法家。

说到阿红，克家和郑曼大姐都特别熟悉。我读阿红写的诗《恭贺臧老万寿》：

中国诗歌的史书，
永远沁着您精神的芬芳；
中国人民的心上，
永远刻着您沉实的诗意。
何止是已经过去的一个世纪，
将和天上的日月同样久长！
遥遥举着茅台向您祝寿，
祝愿您，我们的诗歌泰斗，万寿无疆！

又一页是我和松涛两个人的："我们特别祝福您、想念您：克家恩师！"

下面一页，是松涛写的以"臧翁"为题的释题联：

生拒长"草"，
赤心从不相藏；
"公"字当头，
把笔临风诗文勇为众事！

我与臧克家

再下面这页是我的诗:《克家的手——贺臧克家尊师九十四诞辰》,我和克家并着肩,我的左手握着他的右手,感受到他手的温热,我朗诵道:

我多次紧握克家的手
这双瘦弱的手
这双温热的手
这双有力的手

克家的手
在旧中国
执笔如执号角
如执匕首
镌刻时代的烙印
抒写人民的恩仇
预告旧世界的灭亡
发出大众的怒吼

克家的手
在新社会
挥笔如挥绣球
如挥彩绸
为有的人画像
铭刻在亿万人心头
脱下身上心上的负载

向一个新世纪畅游

克家的手
曾握过许多伟人、名人的手
那是思想的碰撞
那是情感的交流
在新中国的史册上
应该是绝无仅有

克家的手
把爱洒满神州
尽其所能
倾其所有
资助失学的孩子
酿造新诗的美酒

克家的手
给我写过条幅挂在墙头:
"能诗能文热情高
知面知心友谊厚"
我永远难忘这双手
我无比感激这双手
它为我指路
它扶我向前大步走

我与臧克家

> 握克家的手不松手
> 望着他那慈祥的面孔
> 我心上涌过一股热流
> 四十年前凯旋的老人
> 总是那么善良、淳厚
> 总是那么健康、长寿

我解释说,四十年前,就是1959年嘛,写《凯旋》短诗的时候。说到长寿,我说,善良就长寿!

听了我的朗诵,克家欣慰地笑出声音:"哎呀!"郑曼大姐说:"这个太有意思了!"我说这是我们大家的心意!接着我说,我们省的文联主席带来一幅字,我拿出牟心海的大条幅,克家欲起身下地,我说您别动,您别动!我展开条幅说,这幅字写的是:"人民之歌者,中华民族之骄子。贺著名诗人臧克家九十四岁寿辰。牟心海。"我说这是他给您写的,昨天晚上送到我家的。郑曼重复地说"牟心海同志"。接着我说,峭岩还给您写了一个东西呢。峭岩说,写了幅字——"行如瘦竹闲如鹤",形容您像竹子一样高洁,像鹤一样安闲,长命百岁!郑曼大姐笑出了声音。克家表扬道:"写得不错,好!"峭岩说,我还给您带来一本我写的新书,我写的新时代的雷锋式的战士李向群,1998年抗洪救灾时牺牲了,我写了个叙事长诗。郑曼大姐问:你写的?峭岩答:我写的。我说,这本书写部队新的英雄。克家说,我在报纸上看到了消息。峭岩说,这都是您培养教育的结果。我说,真是,我们永远难忘。峭岩说,我们都是您的小学生。克家谦虚地忙说:哎呀,不敢当!我说,前些天,贺敬之到沈阳,说起克家老人的生日，大家都在祝贺。克家笑着说，他是大官！峭岩说，您是我们诗坛的大官哪！克家对峭岩竖起大拇指，兴奋地说，大校，再晋一下，将军了！大家都笑了。克家问：我记得清楚吗？峭岩连说，清楚，清楚。九十四岁高龄，记得这么清楚，难得。克家说，九十五了！我说，虚岁九十五。峭岩也说，虚岁九十五，周岁九十四。郑曼大姐说，他自己喜欢多说。峭岩说，长命百岁！

接下来，我说，刘文玉给您和郑曼大姐带一本书来，他的新书《黑土地上的足迹》，这是纪念他从事文学工作五十周年的一个册子。这里有和您老的合影呢！我翻到书里与克家合影的那一页，克家细细地看着。

翻到王健写的贺词那页，我说，这是一个年轻人王健，来之前让我带给您的。他说："唯有您辉煌的诱惑，我不能抵御。"他用年轻人的诗句祝福您。克家又"哎呀"一声。我说，特想念，大家都想念，都想来。阿红同志身体也不大好。峭岩说，他们在东北，远一点。我说，但是我们经常打电话。郑曼大姐指着我说，他也常来。

克家说什么也要下地，我们劝阻不成。克家穿了布鞋，下了地，拄起拐杖，坐到藤椅上。我对郑曼大姐说，他太累了，让他躺着吧！郑曼大姐说，躺着行。可是克家不听，非要下地走。郑曼大姐不满他下地走，说你何必呢！峭岩说：你休息会儿。郑曼大姐说：你太累了！克家又坚持要坐到椅子上。郑曼大姐只有听从，说好好，扶着克家坐下来。郑曼大姐也招呼我们坐到沙发上，端了两盘刚切开的生日蛋糕，叫我们吃。

克家这时站起来说，我的身体不错，我领你看看我的院子。

郑曼大姐劝阻着：行了。接着对我说，他腰疼还没好，一动就疼，不动还行。我问，苏伊没过来？郑曼大姐说，她小孩儿有病，发烧，小孩儿上小学三年级了。克家对我说：那一年你"四渡赤水"。这是说到1986年我重走长征路的事，我说：我走长征路，行前和回来都曾向您报告、汇报。峭岩悄悄对我说，老人记忆力真好。克家听见了他的话，说，我记忆力还可以。又说，"四渡赤水"都是走的呀？我说，是，都是走的。克家感慨深深地说，多年不见的朋友，我这个病不能活动，但是我们这老朋友一百年也不会变！我这个人重友情啊！峭岩说，本来您搬家到这儿来，我要来看望，郑曼同志说您怕打扰，所以来得晚了些。

我把松涛让我带来的1979年全国诗歌创作座谈会的合影复印件拿出来，交给郑曼大姐，我说，这个是您让松涛复印的。郑曼大姐说，啊，很要紧。上次松涛同志寄来一张，夹在《鸭绿江》杂志里，折了，冯至同志的脸都折了。说着，郑曼大姐对克家说，1979年诗歌座谈会，耀邦同志也出席了。我说，在新侨饭店。郑曼大姐重复地说一句，新侨饭店。她指着我说，有你，有李松涛。克家问郑曼大姐：我们家没有吗？他指这个合影照片。郑曼大姐说，我们家没有哇！我让松涛复印的。我指着加塑料封的照片说，这个复印得相当好。郑曼大姐说，上次那个寄坏了，很可惜。

郑曼大姐给我们倒水，我说，别倒了，我们告辞了！峭岩也说，告辞了！郑曼大姐让我们再坐一会儿，她说，他自己总是说九十五，写东西，落款九十有五。作家协会送花篮，总是写实岁，去年写九十三，今年还未来，不知写九十几，今年都推掉了。峭岩说，老年人太累不行。郑曼大姐说，机关党委和工会要来,我说克家同志太累了,就别来了。我说,这次敬之同志去的时候,大家在一起议就议到克家同志生日。郑曼大姐说,敬之同志到沈阳?他不是到朝阳吗?我说,朝阳也去了,葫芦岛也去了,沈阳也去了。敬之同志说,克家同志对他和柯岩倍加爱护。郑曼大姐说,柯岩同志的身体我们也非常关心,她不是去掉一肾了吗?要换肾,但她精神很好。我说,敬之同志说她性格是那样,稍好一点就很精神。我对郑曼大姐说,李瑛同志《我的中国》研讨会,您去了?郑曼大姐说,我本来要去的,那天他晕得厉害,就没去,我写了一封信,张同吾代念的。

克家问峭岩多大?峭岩说,1941年底生的,他指着我说,我比他大。

我说到克家的一篇文章,克家问,什么文章?郑曼大姐说,在《人民日报》上,回忆开国大典和第一次文代会的,翟泰丰引用了那句话。我知道那句话,就说"如遇甘霖"。峭岩接着说"如坐春风"。我们说,好好休息吧,时间不早了!我说,多保重!

克家拉着我的手说:非常高兴啊,人情啊!回去后,替我问候松涛同志,还有各位同志。郑曼大姐说,应该请胡世宗同志带信给辽宁文联、作协的一些同志。克家站起来拉我到他家的阳台上,坚持地,你们看看我的院子。郑曼说,他常下去散步。克家说,这里有运动器械。郑曼说,单杠、乒乓球桌子。克家补充道,还有花!这是国家部长们住的公寓。克家说,有的部长说从少年时代就读我的诗。我说,都是读你的诗长大的。克家说,有一个部长陈敏章,还有一个雷洁琼。我说,过去这个房子是钱正英的吗?郑曼大姐纠正说,吴文英。克家说,我每天下去一趟,小朋友推着轮椅。他说的小朋友就是小保姆。郑曼说,小朋友在后面照顾着，克家累了就坐到轮椅上。克家说，我常活动，转一圈儿。郑曼大姐指着院子里的四围说，可以走这么个大圈儿。我惊异地说，不得了！郑曼大姐说，我扶着他走。

克家和郑曼大姐一再说让我回去给大家问好，说感激他们。

我和峭岩还去看望了刘白羽。白羽的身体明显不如以前，但思维仍很清醒，说到东北之行，说现在就去不了啦。

1999年10月18日

早上王晓棠来电话，说去军区的事，组委会还是坚持让她去。军区接待的人说，别人可以不来，王晓棠一定要来。她决定去参加在北陵军人俱乐部举办的有部队官兵参加的一个电影节的活动。

收到郑曼大姐和克家同志的亲笔信。

收到吴桂凤同志寄来的我给张光年同志的八封信的复印件，她认为这八封信很重要，要收入到张光年同志与作家的通信集中。

收到袁鹰同志寄来的照片和两本资料。

收到戴砚田同志寄来的他主编的中西医杂志和信。

公务员小刘送来16日《解放军报》，上面有我的一首诗《祖国颂歌》。

1999年10月19日

一早送小治先去幼儿园，遇到王辉也送孩子，我随王辉去报社取回王晓棠的照片和三张样报。

上午10点半到和静园茶社，由徐光荣张罗，林占琢、刘宝祥等人与晓棠见面。林占琢由夫人和孩子陪同。沈阳电视台的杨松、夏吉来拍一个专题片,沈阳电视台导演汤双雁和搞人物刻印的李树彤也来了。

和惠娟去东陵铁源家,送我写他的那份稿子;又去陆军总医院,取回写汪曾炜的那个稿子,同时看看在这儿住院的王占喜。我找魏主任谈给占喜挪个单间,使家人照顾更方便些,魏主任答应尽早办成这件事。

给袁鹰、克家、郑曼、戴砚田、吴桂凤等人回信。

1999年10月29日

任永兴打电话,他主编的《华商晨报》转载了我在《沈阳日报》上的那篇《另一种美丽》,改名为《王晓棠是美丽的》。他加上了七个小标题,已印出来。我到大西过街天桥去取,他在那里等待。我到他办公室谈了好一会儿,他说起如果一笔资金到位,他可以接办《当代诗歌》,他与刘文玉商量过了。

打开电脑,打了几封信,看到《文艺报》上咸宁出"文化名人纪念封"的消息,便给克家和光年各写一信,请他们签名给我寄这个纪念封,我的这一集邮设想肯定是比较独特的。

1999年11月7日

上午同惠娟、海英、治先去家乐福,买了些用的和吃的。

牟心海来电话,问起去北京克家家的情况。我给他说了一下,同时说了康启昌约我写他的游思录评论的事。

1999年11月22日

今天才读到《人民日报》本月16日发表的峭岩写访刘白羽的文章，写到我和他一起去白羽家的情景。标题为《沉默的火山》。引起我写克家一文的愿望，打出三千字。

把《军旗》书稿寄给解放军出版社李杰编辑。

与孙汉有处长商量科技干部书的一些事，他还谈到另外想编的两本书的想法，其中有《军中名医谈百病》一书，我觉得这本书很有收藏价值和实用价值，又是科技干部处应做和能做的事，表示支持。

下午辽宁电台文艺部寇志凤来家取李瑛的资料书，送来我在辽宁电台播出的一首《祖国颂歌》的录音带。

1999年12月9日

收到克家老人的亲笔信和郑曼大姐的信，随信还寄来了咸宁出的中国向阳湖文化名人风采首日封，在克家的那个封上，克家给题写了名字还盖了章。

白山出版社把《火炬方队》会议的报告，报到宣传部。齐部长认为和澳门回归时间撞车，怕政治部首长去不了，希望推迟时间。我觉得还是按原定的时间好些。

回到家，说郎恩才来过电话，明天在医大二院参加迎接澳门回归的诗歌朗诵会。

2000年3月13日

我去南湖电子市场，把去年10月在京为克家祝寿和看望刘白羽的录像带刻制成光盘，这玩意儿很费时，直到晚5点钟才刻完。

我日记中的臧克家

2000年1月1日摄于家中

2000年，胡世宗（右）与臧克家合影

松涛打电话告诉我,《华夏诗报》上登了我的一首诗。

2000年6月27日

领工资。去《沈阳晚报》取回刘禾给的7月1日晚上八一剧场《沈阳晚报》十五周年纪念晚会的票,共五张。

又去出版社,他们把臧克家的题字搞丢了,我又给复印一份送去,同时把《古今中外哲理诗鉴赏辞典》和《中国历代诗歌通典》的封面带给他们看以做参考。王烨同意我的意见,勤学说这两本书的封面都陈旧、过时了,仍坚持他的看法。我觉得他是这方面的专家,而且一点也不守旧,他比我更明白哪个更好,就放弃了自己的意见。

2000年8月15日

收到《金秋》杂志,上面有我的一篇《我所知道的高玉宝》。是该编辑苏平在一本书上看到这稿子,一定要选用,打了几次电话。

在办公室我找到了《人民日报》8月5日第8版,头题是黄国柱评论我的《火炬方队》的文章《永远高擎理想的火炬》,很长一篇。收到洪三泰的信,说到他的"风流时代三部曲"的影响和重印情况,真为他的成绩高兴。

王新弟寄来了在《鹤城晚报》上发的我的另两篇小文,一篇是写克家的,一篇是写丁玲的。这是他们报纸约我所写"名人十日谈"的第二和第三篇。

在《人民日报》上读到白羽悼念关山月的文章《关山月更明》,情意深长,文笔凝重。

2000年12月12日

与惠娟去北方图书城买贺卡。给京城的几位文坛老人和友人克家、白羽、魏巍、李瑛、敬之与柯岩、光年、浩然等寄过去了,以表我的敬意和想念之情。

下午在《辽宁日报》大酒店,举行《沈阳晚报·政法专刊》座谈会,《政法专刊》是市公安局办的一张挂靠《沈阳晚报》的小报,李宏林是他们的顾问。他召集一些朋友与这张报纸加强联系,写稿。到场的有韶华、周兴华、董文、杨集才、刘恩铭、孙晓华和我。会后聚餐,遇一战友韩英信,在专刊当摄美部主任。

2000年12月20日

因为拐进一个小胡同,车行得很艰难,路太窄,对面来车就费了劲。一直从大栅栏那里钻出来,拐到天安门广场,从南池子进去,绕到晨光街10号。我和惠娟先拜访了白羽。郑伯农夫妇在他的客厅里闲聊,我和秘书汪新伟唠了一会儿,把书送给白羽,就告辞了。

从7层楼乘电梯下到3楼,敲开了克家家的门。小保姆把我们请到客厅坐着,郑曼大姐给我们摆了一茶几各样的水果。不一会儿,小保姆扶着克家走到客厅。克家始终面带笑容。克家在一张先摆放好了的藤椅上坐下来,我们在他旁边的沙发上坐下。我紧挨着克家,我们的两双手一直紧握着。他那老迈的手,温热温热的,时而加劲紧握我一下。我向他汇报了编印《新诗绝句》的情况,把书拿给他看。他很高兴,细心地端详着封面,说他题写的四个字中"绝句"两个字写得好一些。我说四个字都好。他又问了辽宁省和沈阳市领导变动的情况,问我长征路四渡赤水的事。他两次同我谈起四渡赤水。他讲到古人说读万卷书、走万里路好,有时间有条件多走走,开阔眼界,对写诗有益处。他又和我说起刘征,我说我读到他对刘征研讨会的祝词。他说他和刘征是多年老友,刘征人很好。我说前不久我还收到刘征给我题写的八个字:"文心不老,真理常青。"郑曼大姐说,你和刘征也认识?我说还不是您和克家向我推荐的?那一年,我写诗人剪影,您和克家建议我写一写刘征。我还向克家反映了沈阳要搞诗歌朗诵会,同他说起会上将要朗诵哪些作品。他听了十分高兴。克家提出我们合个影。我让惠娟给我和克家、郑曼大姐拍照,郑曼大姐又给我们几个拍照。这时,克家拉着我的手,要和我单独照一张。我们照完了,他又提出站着合照。我们又站着照了一张。我们告辞时,克家恋恋不舍地送我们到他家的门口。郑曼大姐把我们送到门外。我们望着她灰白的头发和慈祥的脸,不忍心让她再送了,便请她回了。

从晨光街上长安大街,一直向西,到钓鱼台对着的街,我们到了南沙沟1号楼。电铃响过,敬之来开门,把我们让进客厅。柯岩大姐在卧室里躺着呢,她脸色不大好,但她还是起来坐到沙发上同我们聊。我们说到许多事。柯岩说到去南京,去前线话剧团,写了篇长文,《解放军报》发了几千字,叫《回家》。还说一篇文章,《人民日报》发时,删了一些,能否在《沈阳日报》上重新发一下?她把几篇打印稿给了我。我进来时,敬之正接徐光荣电话,光荣要敬之和柯岩的照片,敬之说正好世宗来了,请他带给你吧。敬之找半天没找到照片,我说我给照一个吧。敬之坚持找,最后找到了两张他和柯岩的合影。我说起沈阳搞朗诵会的

2001年,胡世宗(右)与臧克家、郑曼

2001年,胡世宗(右)与妻子王惠娟探望臧克家、郑曼

事，他说知道了，说文玉来过电话。我说起刘禾，他说知道，是不是刘文玉的女儿？我说正是。我称赞了刘禾特别能干，在新闻部时，大义凛然，不惧坏人恫吓，也不被人用钱收买，坚持正义，为老百姓说话，被人称为"铁娘子"，还送来一面锦旗。我还说到刘禾张罗这次朗诵会所付出的努力。临走时，敬之送我一本贾漫写的书：《诗人贺敬之》。

告别了敬之、柯岩，我们直奔平安里。已是中午，我们在游泳馆招待所请司机小田吃了饭。饭后去解放军出版社，找到李杰，拿到那本《军旗》书的样子，还见到了刘善兴主任。

2002年1月2日

新的一年，友情仍是最重要的。中午我在政治部三盛源俱乐部请客。松涛两口儿，蔡斌两口儿，卫东两口儿都来了。王健家有日本客人，他和小康没有来；朱九勤没有找到，家里说他在机关值班，电话打到办公室，无人接听；后来他来家里拜新年，说没在他往日的办公室里，而是在部里的值班室值班。

饭后，松涛两口儿到家来做客，我们四人快乐地玩了一会儿扑克。松涛带来了克家捎给我的《世纪老人的话——臧克家卷》和李瑛托他捎给我的《倾听》。

夜读两本书，觉得与之十分亲近。

2002年1月24日

一早出去转一圈儿，买当天的报纸。

海泉8点20起来，恰海英一家也过来了。惠娟做了烧鸡块、白菜炒豆腐、大米粥。大家都吃得格外香。文化部老部长阎柏松委托我给他外孙辈的孩子拿几盘羽·泉的唱片,让海泉给签名。海泉痛快地给签了。

多毅和邓伟山都来送站,两个车去桃仙机场。在机场下车时,见一台小面包也停在旁边,从车上下来了任东、张云和羽凡等人。

小邓要求与羽·泉合个影,我特意装上一个新卷。机场值班人员也不断有来让他们签名的。

收到郑曼大姐寄来的信,克家以九十六岁高龄给我的书《胡世宗及其创作》题了字,令我非常感动。

补看昨天没看到的《黑洞》两集。这部片子,因为演员们的出色表演而倍加生辉。

佳波送来乔波当冰雪运动专题片主持人的文字消息,让我给辽沈方面的有关报社。

2002年10月11日

今天我的精装书《胡世宗及其创作》到了,令我爱不释手。

原说今天海泉的书印出来,但一直没有等到。

给刘白羽、臧克家、贺敬之、李瑛等人寄书,书中有他们的评论、书信和照片。

给海泉复印户口本上的页子,并给他传真过去了。

2002年10月22日

我和惠娟在新居接到海泉的电话,他今天上午刚从新加坡回到北京。他们领到了"第二届MTV亚洲大奖中国内地最受欢迎歌手奖",亚洲一个国家或一个地区只评一位,中国内地上一届是

我与臧克家

2002年，胡世宗与臧克家

2002年8月16日家人欢聚庆贺臧克家夫妇钻石婚。前排左起汪本静、臧乐安、郑曼、臧克家、臧乐源、乔植英。后排左起郑苏伊、罗文雯、罗连陞、臧小龙、臧小平、臧菁菁那英获得。臧永清与海泉通了话,他们在电话里说了在北京签售的事和媒体宣传的一些事。

李瑛来电话说收到了我寄去的《胡世宗及其创作》,予以称赞。昨天给白羽家打电话,他家的小保姆说刚刚收到了这本书。想来,克家师和敬之、柯岩也一定收到了这本书,他们同在北京嘛!

2002年12月20日

去邮局给克家、白羽、魏巍、李瑛、敬之和柯岩等人寄新年贺卡。

雪后第一次开车,到铁西七路杏花村酒店门前接董俊启,这位老战友最早搞家装,已有二十年历史了。我请他看看我房子的装修,他认为大体上还可以,他从美术角度谈了一些意见和改正的办法。

开车去看妈妈。

惠娟与海英去新联营消费,说是店庆最后一天打折。

我做了炸酱面,全家五口人聚餐。

收到朱晓红爸爸朱贯中转来的大连吕若曾捎来的诗集《枫韵》,我读了后觉得写得很不错,文笔不凡,只是选材窄了一些,另外诗的切入口都太大。

2003年1月12日

上午,和惠娟去国际展览中心全国书市。先到解放军文艺出版社展区看望了在那里顶班的佘开国和他的夫人卢晓渤,把带来的书给了他们,又把给米克和步涛的书交给他们,请他们代转;

接着去春风文艺出版社展区参观,见到了坚守岗位的韩忠良、臧永清、王维良、朱洪海等人,头一次见到了我和陈广生写的那本《雷锋》,这本书是他们今年的畅销书,预订得还不错。又上三楼,想去看辽宁少年儿童出版社的苏松,社里的人说他已回沈阳了。

中午回家给海泉做饭,非常简单,煮了速冻饺子。

海泉去公司,北京音乐台有采访。我们在家听收音机调了半天也没找到北京音乐台,想听听实况没听成。

下午3点多钟,海泉回来,他说晚6点前都没有事情。我们说去看看宋世琦、刘梦岚。海泉开车先到晨光街10号,把给臧克家老人的书送了过去,苏伊说臧老又住院了。我们把书放到了收发室。车到了《人民日报》社,给宋世琦、刘梦岚家打电话,家中无人,我们也只好把书放到收发室就走了。后来,老宋来电话说太遗憾,他们串亲戚去了,很快就回来了,他们很想见见海泉。

2003年7月3日

早上出去运动,并给海泉买了一个晾衣架后,我接着打我的"长征日记",惠娟做了大米饭,做了沈阳流行的一锅"乱炖"和土豆丝炒豆角丝。我们三个人一起安装了晾衣架。海泉去公司接受媒体采访,羽凡在电话里叮嘱他别忘了穿衬衫,他把白衬衫带上了。

分别打电话,郑曼大姐说了克家师的身体状况;贺敬之和我说了许多话,说到他和柯岩的近况;通州杨朴桥大嫂说了浩然兄的近况。

2003年8月12日

今天我出席《臧克家全集》首发式，一早打车到中国作家协会大楼，人家还没开门上班呢。我在外面转了一个多小时。给同吾打电话，他还在路上。不一会儿，松涛和钱振中来了，我和他们一起到七楼见高洪波，洪波尚未到。我们正疑惑间，洪波到了，还是那高大的个子。我们进了他的办公室，茶几上和桌子上堆满了各地寄来的书刊和信件。

刚过9时，我们上到十楼，我最先看到郑曼大姐，她一家人都到了，大儿及儿媳，二儿及儿媳，大女儿及女婿、外孙女菁菁，二女儿及女婿、外孙女文雯，唯克家老师在医院病床上。我在休息室意外地见到了魏巍、朱子奇、刘征和李阿龄夫妇、曹彭龄、吴泰昌、朱先树、李小雨、叶延滨等。范咏戈拿着今天的《文艺报》找我，说报上登了我的《克家的手》，给我带来了两份报纸。他们发表这首诗真是时候。吉狄马加主持会，宣读了贺敬之的贺信，陈建功代金炳华宣读了讲话，翟泰丰即席讲话，很动感情，高度评价了这十二卷大书。同吾做了学术发言。挨着同吾的是雷抒雁、韩作荣和我，这边是叶延滨、李松涛、丁国成等。刘征念了他写的一首词献给克家。苏伊就书的编辑出版做了说明。时代文艺出版社张秀枫讲了话。之后散会。

松涛约在中国作家协会对面的一个酒店吃饭，作荣、同吾、吉狄马加、祁人等人都到了。中间，刘梦岚来电话，她说她今晚和宋世琦一块去五台山。她给一本五台山的书做终审，人家请她去。

晚饭后，黄传会带车来看我。我们没去茶馆，也没去龙潭公园，就到龙潭饭店院内乘凉消夏处的凉棚下，喝着雪碧，剥水煮

2003年8月12日,《臧克家全集》首发式在中国作协举行。主席台左起吉狄马加、张锲、李瑛、魏巍、翟泰丰、朱子奇、陈建功

的五香花生和毛豆,我们唠得很投缘、很尽兴。

2003年8月13日

我和松涛约好下午3点到协和看克家老人。我和郑曼大姐电话里说好了。我两点半就到了协和。松涛一行人去了长城,没料到会在怀柔堵车,他打电话过来说赶不到,让我自己先去。我说我等着。近4点,他们到了,我打电话给郑曼大姐,大姐亲自下楼来接我们。

我们拐来拐去到了103室。里面有医生在给臧老瞧病。等医生离开后,我们走到克家床边。郑曼大姐对他大声说:"胡世宗、李松涛看你来了!"见克家没反应,又大声说:"辽宁的胡世宗、李松涛来了!"克家微睁开眼,他的眉头紧了一下,只一小下，说明他知道是我们来了。我发现他的右手在被子里拱动了一下、又一下，忙掀开被边，握住了他的手，我们都握了克家的手。我轻轻地握着，又延续到他的手臂，抚摸着。他的鼻子和嘴都插着管子，随时往里边注射食物和饮料。我们在病床边时间不长，克家闭上了眼睛。我们告辞出来，郑曼大姐领我们到会客厅，讲了几次病危的情况。我把带去的海泉的书和歌盘给郑曼大姐，请她转交给菁菁和文雯。

钱振中请松涛和我吃饭，我带他们到上次刘立云和张鹰请我吃饭的那个酒店。钱振中说今天是他的生日，我们为此多喝了不少酒。

2003年8月15日

给苏伊打电话告诉她我们回来了；同时也告诉李瑛，我回沈阳了。本来还要去看他们的。我请桑逢文给吉林省委宣传部长邓凯说一下，臧克家的家人和参加发布会的同志们都赞扬时代文艺出版社出版《臧克家全集》的功劳和贡献。

2003年8月16日

王晓棠说她和邓贤要拍张爱萍的电影，我说我写的一本书中有当年我国研制和发射原子弹的内容，张爱萍有非常感人的细节，晓棠希望我提供给她，今天我给晓棠寄去一本《神秘之旅》。

给曹彭龄寄书。这次在《臧克家全集》首发式上认识了，我们互相知名很久了。他是我国著名作家兼编辑家曹靖华之子，是我国驻外武官，诗文写得非常有特色。

聂义斌到与我同小区的田运忠家玩，顺便来看我，同来的还有话剧团的孙吕岩和李晶，田运忠两口儿请我们在会馆吃晚饭，大家欢快地谈天说地。客人们都对我们小区的环境大加称赞。

2003年8月20日

单间确实很清静，适宜看书。我带来了几卷《臧克家全集》，细心地读，感慨颇多。特别是克家的书信，写得简洁清新，有许多都是很好的散文。

2003年8月23日

继续打点滴。可以坐起来读书，读《臧克家全集》第十一卷。医生给我换药，拔去了导液管儿。

承钧送来水果小罐头，很好吃，黑米糊也很香。

2003年8月24日

承钧开车送海英来，把惠娟接回家换衣服；又把惠娟送回来，同时把郭姐捎来看我。

全天读《臧克家全集》。

2003年8月25日

又是周一，入院已一周了。

听说张云晓老部长也在这儿住院，安了心脏起搏器，我和惠娟捧了花篮到十二楼的44床看他。他与我紧紧握手，很有力量。他说收到我的信了，无奈无法写回信。他对我的信评价很高，说对他的鼓励最大，表示十分感谢。他说几次让南滨代笔给我回信，南滨也太忙。

南滨代表云晓老部长到我的病床前看望，说了吃药和积极治疗的重要性，我和惠娟听了觉得很有道理。

下午，惠娟去大馆买东西，我到肾脏科看望从新疆归来的刘永海，他说让王冠中给新疆一位参谋长打了一个电话，全线安排得非常周到。王冠中现在是军委办公厅的副主任。

今天又读了克家全集的一些文章，主要是六卷上的。

和惠娟在总院的院子里散步一个多小时，边走边谈。

2004年2月6日

在今天的报纸上惊悉克家师逝世，心情沉重，但也有思想准备。给克家家里打了电话，苏伊接听的，她说丧事家人不想办，但中国作协还是要办。他们也在等消息。

刘梦岚来电话说她和《人民日报》另一记者罗雪村去了克家家，是第一个家里以外的人到克家家的；之后，中国作协的金炳华、吉狄马加、张同吾等人都到了。刘梦岚说18日在八宝山送别克家，问我能去否，我说一定去。

文玉兄来电话，说他约松涛和我，让《诗潮》李秀珊发一慰问电给克家家人，我表示赞同。

克家师去世了，我该做点什么？我能做点什么？我给《辽宁日报》许维萍和《沈阳日报》胡中惠打了电话，小许说下周一有版，我可写两千字文章；中惠说可写一千五百字给大辉即可。

《沈阳晚报》的盖云飞为克家去世事用电话采访了我。

海泉来电话，说到克家师的事，海泉表示，如果他在北京，一定和我一块去参加克家的葬礼。他回忆起小时候我领他到克家居住的赵堂子胡同拜望和长大后在北京闯音乐世界时带他到协和医院看望克家师的情况。

2004年2月7日

《沈阳晚报》刊登了盖云飞采写的文章《回忆与臧克家交往的日子》，并发表了从书上找到的一张我与臧克家合影的照片。

上午给沈报写了一篇纪念克家的短文《记对臧克家的一次探访》，用电子邮件寄给了王辉。

下午赶写出给辽报的一篇文章《怀念臧克家老师》，用电子邮件寄给了许维萍。

应约出席朋友聚会，在座的有王健、王伟和郝丽夫妇。我们说到文涛的一些故事。

2004年2月8日

晨读《臧克家全集》十一卷，读到克家许多感人的信件。

收到戴默邮来的《前进报》，上面有她和张秀梅去北疆采写的长篇报道。在报道中得知王妍丁与她们一道去了，仿佛三位结伴而行的女侠。

2004年2月10日

与海泉通了电话，他已回到北京，嘱咐我一定要坐飞机，千万不要心疼那几个钱。他说时间就是金钱。我笑说也许对你是，而对我不是。我还是答应他坐飞机去。他说那天他若在北京，也一定和我一起去八宝山为克家师送行。

2004年2月13日

今天《沈阳日报》和《辽宁日报》分别发表了我撰写的纪念臧克家的文章。我及时地给郑曼大姐寄了去。

看到报纸上报道昨天北京开一个会，宣布中国人气排行榜，有羽·泉等人到会等等。查有关网站，羽·泉在内地人气是第一名，全国各大网站点击率最高的是他们，几千万次！内地人气前三名的是那英、羽·泉、孙楠。

2004年2月15日

沈阳人民广播电台潘毅在电话里采访我，是一个直播节目，关于纪念臧克家的。我谈了臧克家对中国诗坛、文坛的贡献和地位，谈了他的诗品和人品，谈了他对我的关怀和爱护。我的书柜上有他赠送给我的四十几种著作，我的抽屉里有他写给我的几十封信，我的墙上挂着他题赠的条幅，我所著的书中有四本是克家题写的书名。

在前几天的报纸上看到了记者采访刘文玉和晓凡的文章，题目是《眼睛向下的臧克家》。

给臧老家打电话，他大儿子臧乐源接的，问我是否接到了讣告，我说还没有。他说没收到没关系，可以到他家里去取。巧的是下午就收到了"臧克家同志治丧办公室"寄来的讣告。

2004年2月16日

晚上乘8点25分的飞机去北京，参加臧克家的治丧活动。海泉来了电话，说他去机场接我。

我出了机舱便给海泉打电话，他刚给我打手机，我手机关着；他又给家里打电话问我的情况。他和艳子到候机大厅外的11号口来接我。我给他们带来了惠娟让捎给他们的香肠和小食品。

我们谈了海泉的近况和打算，谈得很晚。

2004年2月17日

一早6点多就起来了，我打车到晨光街克家家院外面，见为时太早，就到对面的一条街的嫂子饺子馆吃了一碗豆腐脑和几个小笼蒸包，然后到克家楼下打电话，苏伊丈夫罗连陛接听的，他说家人都起来了，快请上来吧。我到了久违的克家寓所305室，见到了苏伊、连陛夫妇、臧乐源、乔植英夫妇，拜见了郑曼大姐，郑曼大姐明显有些憔悴。我被请到一个房间，那里的电视正要播出《东方之子》臧克家一期。前面是《东方时空》的其他节目，主要是吉林市中百大火的连线对话，之后是广告。主持人张羽开始说"有的人活着，他已经死了"，就是这个节目了，苏伊开始录制。里面有郑曼、苏伊、吴泰昌、屠岸、舒乙的访谈，有克家的生平介绍和对其文学成就的评价。拍得很不错，只觉得时间短了点儿。

我在乐源的陪同下，到克家灵堂默哀、鞠躬。在克家灵前，我说："克家老师，您生前对我最是关怀爱护，今天我送您来了，我真是舍不得您哪！"

告别了郑曼大姐，苏伊夫妇和乐源把我送下了楼。

我坐地铁到总后机关大院，见到王宗仁兄和高俊利，并一起到一川菜馆吃了饭。我们唠得很多，特别是说到军内作家的情况。

中午赶回海泉家，在劲松东口书店买到了一本《臧克家回忆录》，标写的是"百岁老人收笔之作，诗坛泰斗往事钩沉"，其实是已出版过的书的一本合集。但对于此次进京的我，这样一本书明显极有纪念意义。

下午和海泉在一起重看了一遍央视新闻频道重播的《东方之子》，和海泉一起重温了老人走过的道路及对我们的关怀。

2004年2月18日

我起得早，海泉也准时起来了，我们俩吃了简单的早餐，由海泉开车，我们去八宝山。海泉的车窗上有中国中央电视台的一张标识，我们又有讣告，警察让我们把车开到里面来了。

灵堂里的大横额上写着一句诗："有的人死了，他还活着。"花圈很多，更有区别于别人的是，在灵堂外面拉着绳子悬挂着几十位诗人写的悼诗和挽联，白纸飘飘，墨字如涛。诗人们的悼念是情意深长的。

同时举行追悼会的还有一位京城的高官。而克家这面的人更多些、更文些，自动悬挂起的诗的挽联，很大一片，令所有的过路者都不得不驻足浏览！

灵堂里的背景音乐始终是《黄河大合唱》中的那曲《黄河颂》。

在长长的队伍里，我见到了李瑛、魏巍、袁鹰、峭岩、韩作荣、严阵、龙汉山、张同吾等太多的熟人，李存葆等也来了。贺敬之、邓力群也来了。中央领导曾庆红、李长春、刘云山、王刚、陈至立、刘延东等都到了。在行礼告别时四人一排，我和海泉在一排上，三鞠躬后走到克家亲属面前，我拉着郑曼大姐的手，我们拥抱在一起，大姐看见了海泉，苏伊还对海泉说了声：

2004年2月18日，臧克家遗体告别仪式在八宝山革命公墓举行，图为仪式现场

"谢谢！"在臧克家病危期间和逝世后，胡锦涛、江泽民、吴邦国、温家宝、贾庆林、曾庆红、吴官正、李长春、罗干、吴仪、乔石、李瑞环、刘华清、李岚清、荣毅仁、薄一波、宋任穷、李铁映、何鲁丽、许嘉璐、顾秀莲、肖扬、巴金、迟浩田等以不同方式表示慰问和哀悼。

新华社记者和央视记者见到海泉从悼念大厅里出来，便拥上去采访。海泉说了些什么，我没有听见。这时我正与魏巍说话。

10点零5分，我们开车出了八宝山。

参加了告别克家师的这个重要的仪式，了却了我一大心愿。我买了当天返沈的飞机票。海泉凌晨才睡，早上起得太早，头疼，没休息好。我们在居所附近一家饭店吃了晚餐，海泉开车直接送我到机场。飞机晚点半个小时。

在沈阳的亲人惠娟、海英、承钧和治先都到机场接我来了。

2004年2月，胡世宗在臧克家家中灵堂前

2004年2月，胡世宗（右）与郑曼同悼臧克家先生

2004年2月,胡世宗在八宝山送别臧克家

胡世宗携胡海泉参加臧克家追悼活动

那边海泉送，这边这么多人接，我感到家庭的温馨。

2004年3月16日

打西沙行日记，回忆起许多人和事。

收听到沈阳电台侯雨含对我的专访，她分三辑播出，今天是第一辑。阎维文演唱的《我把太阳迎进祖国》，我觉得与蒋大为唱得各有千秋。我拿出徐珊给我的她采编的《椰子树像什么》——关于我的专访听了一遍。因为播出时我没有听到，这是我第一次听。听后与徐珊通电话。她说她因此获采播二等奖。我觉得她做得很到位，别的都很好，只是把臧克家为我题写的条幅"知面知心友谊厚，能诗能文热情高"里面的"厚"字，读成了"高"，两个"高"就不对劲了。

《沈阳晚报》齐媛媛来电话，要为《名人与车》采访海泉，我与海泉没联系上，家里没人，手机也没人接。

李绪明曾来电话问《时尚》杂志2002年八月号（《时尚》创刊九周年特别纪念号）里面羽·泉照片的摄影者。我查到了，又给绪明打电话，绪明说他就在这位摄影者身边。海泉曾说过他非常喜欢这张照片。

晚上散步，天降小雪，落在地上已变成了雨。

2004年11月7日

梁利人打来电话，说收到了我的书和信，感谢我对沈报的关心，说他将去香港参加报界盛会，等回来，让赵立军安排，我们在一起再聚一下。

读今天收到的《华夏诗报》，上面有关于贺敬之和胡风平反的文章,有人无中生有地说贺敬之阻止胡风平反,说这个案是翻不了的,类似的话,我记下的是一个大意。其实,贺敬之曾因给胡风写信而被审查,历次运动都提到这个事;特别巧的是,粉碎"四人帮"后,是贺敬之受命参与了有关胡风平反的工作,起草了有关文件。啊,天地良心!

收到郑曼大姐的信,她仍在病中,精神尚佳。我给她写了回信,鼓励她战胜病魔。她的病是长期照料克家积攒下来的,也是被克家病所掩盖了的。

2004年12月15日

上午9点开会,会址在中国现代文学馆,我赶到那儿还不到8点,工作人员刚刚陆续到达。"贺敬之文学生涯六十五周年暨文集出版研讨会"就在这个馆的多功能厅召开。会议十分隆重,有两百多人到会,我发现有打印我名字的牌牌放在前面一排,而没有许多我的前辈诗人,也没有文玉、光荣兄的名字,这是怎么回事呢?我为此深感不安,后来才知这是大会安排有限数量的发言人在前面。我被列为下午发言。中宣部部长刘云山发来贺信,副部长李从军到会,作协党组书记金炳华从头到尾参加了会,我熟悉的老诗人魏巍、李瑛等都到了会。我在座位上与他们打了招呼。从沈阳来的文玉、光荣兄也来了。他们是昨天坐了一白天火车于晚上到达北京的。文玉带来了以他和我的名义请李仲元先生书写的两个条幅,一开始被会议的工作人员给挂反了,后来纠正了。这就是"琢龙雕虎昆刀橡笔 既师亦友霁月春风"。上午的会由陈建功主持,下午换成了高洪波。下午洪波点我发言,我即兴地宣读了我的稿子。

我在学生时代就是贺敬之诗歌的忠实崇拜者，我最近翻出1961年的一个笔记本，上面我清晰地抄写着泰戈尔的《在我生日的水瓶里》、冰心的《繁星》、闻一多的《口供》、冯至的《蛇》、郭小川的《望星空》、保加利亚诗人保泰夫的《瓦西里·列夫斯基的绞刑》……可是抄得最多的是贺敬之的诗，有《回延安》《桂林山水歌》《三门峡歌》《欢呼红色宇宙火箭》和《我看见……》，这些诗都是我背诵过的。

我是揣着我喜爱的诗集走进军营的。还记得1963年4月中旬，我们部队在吉林省永吉的大山里进行国防施工，我从连首长订阅的一份《中国青年报》上读到贺敬之的长诗《雷锋之歌》，当时真的是欣喜欲狂，翻来覆去地念哪，背呀。连续几个早晚，我就把它全背下来了。夜里，当我持枪站在哨位上，这首诗一节一节，像一波一波的海浪在我的胸中涌起。那个时候，我觉得那平时令人觉得恐怖的夜风也成了最优美的音乐，那漆黑如墨的夜空也成了最美丽的底片，我一遍遍地怀着感激，在心中默念着这个虽然距我非常遥远但却让我感到知心和亲近的名字：贺敬之！

我第一次荣幸地见到贺敬之，是1965年11月23日。那一年，我因在连队坚持业余写诗，出席了全国青年业余文学创作积极分子大会。那天晚上，《人民日报》文学艺术和副刊部邀请出席会议的部分部队代表到《人民日报》社做客。我们乘车来到王府井《人民日报》社大楼的三楼会议室，贺敬之、傅真等六位编辑热情地接待了我们，贺敬之还讲了话。我记得他特别称赞了部队创作的小话剧《烧煤问题》和《一百个放心》，并未谈诗。那时我孤陋寡闻，对他了解甚少，只知道他是人们景仰的诗人，并不知道他在戏剧和其他方面的成就和贡献。

1972年冬，我在北京为《人民日报》赶写一篇稿子，所住总参四所就在煤渣胡同，离贺敬之的住处只几步之遥。那一年的9月，人民文学出版社再版了他的《放歌集》，书店早已售光，我很想得到一本，就给他写了封信，说明了自己的心情；没想到第二天他就派人把书送到了我住的房间，还附了一封信，信上说他在干校留守，因爱人患病，这几天才回城里照料，十分忙乱，不能面谈，表示抱歉，信的后面说："《放歌集》一册奉上，请批评指正。"他写信用的不是《人民日报》或中国作协、中国戏协的稿纸，而是1971年8月北京市电车公司印刷厂出品的在当时最常见的四百字红格稿纸。可以想象二十九岁的我，一个特别崇敬贺敬之的诗歌爱好者，获得这本由他亲赠的书时激动的心情了。二十六年后，我捧着这部诗集又请他再次题签，成为我珍贵的收藏。这是我最喜爱的一部诗集，里面的《回延安》《西去列车的窗口》《三门峡歌》《桂林山水歌》，包括《放声歌唱》《十年颂歌》和《雷锋之歌》那样的长卷，我都反复吟咏和背诵过。

1975至1976两年间，我在《人民日报》文艺部帮助工作，报到的头一天，我惊喜地发现我的办公桌左上角一个废置的装稿件和函件的铁丝编的文件筐里，全是贺敬之批阅过的稿件和信件，而此时，贺敬之正在首钢"执行"江青、张春桥、姚文元的"批示""长期下放，监督劳动"呢！

三年后的1979年1月，粉碎"四人帮"之后，中国作协委托《诗刊》社召开了全国诗歌创作座谈会，在那个会上，我又一次见到贺敬之同志。

大约是1986年我参加总政解放军文艺出版社组织的"长征笔

会"重走两万五千里长征路,行前在北京集合,我在拜访臧克家先生时,他同我谈到闻一多,谈到王统照,随后他说到他佩服的两个诗人,一个是郭沫若,一个是贺敬之。这是出自我国诗坛泰斗之口的评论,可见贺敬之在诗坛的地位。

在会议上遇到了久违了的贾漫、杨啸、桑恒昌、雁翼、雷抒雁、纪鹏、张志忠、王恩宇、贺振扬等兄长和朋友。见到了蔡诗华、王久辛、孙新等年轻的朋友。我还接受了《文艺报》记者任晶晶的采访。

2004年12月16日

打电话准备去医院看望郑曼大姐,保姆接电话说郑曼大姐在家里,可以去看望。保姆说郑曼大姐正接待客人,说苏伊病倒在床上。我和惠娟直去晨光街红霞公寓,在附近给郑曼大姐买了一箱鲜奶。苏伊的二哥二嫂也在这儿。我们在有克家大幅照片的客厅,与坐在藤椅上的郑曼大姐说了许多话,特别说到对治病的信心。我说到老红军、八十二岁的张云晓部长和柯岩大姐对癌症的坚强态度及其好的效果。她也看了柯岩以与癌症做斗争为题材的《CA俱乐部》,这部长篇小说郑曼大姐看时她还没得上癌症呢。

用电话联系到臧永清、步涛和王鹏,准备明天去看望。

2005年3月26日

下午我应邀去翰文书城三楼作为嘉宾参加该书城书友评选辽版图书优秀书目揭晓仪式,有十余家出版社的十余种图书获奖,我和电台一个总监为其发奖。仪式上还为三十名读者发了奖。我在书城买了两本不同封面的《毛泽东诗词鉴赏》,这是臧克家主编的，其中收入我写的《大与小的比衬，庄与谐的统一》一文。

2005年4月9日

一早5点多一点，就开灯读焦凡洪的两篇文章，一篇是发在《人民日报》文艺评论版《文论天地》栏里的较长的文章《军事文学的期许与张扬》，另一篇是发在《解放军报》副刊版头题位置的《听剑鸣虎啸，砺战斗精神》，前者是对当前军事文学现状的诊脉，有许多新鲜的见地；后者是评论军事学者评点古典军事文学名著的丛书（诗歌卷）。这两篇文章，令我对凡洪刮目相看，他比以前写此类文章更加老到，更加成熟，特别是有了自己的语言风格，用词用语很是讲究，不仅是把要讲的意旨表达清楚，而且有相当的文采，又不华丽，有隽永之感。

收到郑苏伊的信，她在编《臧克家纪念集》一书，作家出版社出版，选入我的一文，征求意见问是否同意被选入；另收到解放军文艺出版社寄来的《新中国军事文艺大系》(1949—1999) 光盘若干张，其中有诗歌卷、散文卷、戏剧卷，前两卷都选了我的作品，诗歌卷选五首短诗、一首长诗，散文卷选了四篇作品。粗读一下，感觉这资料很珍贵，有许多以前不知道的或难以查找的作品从中都可查阅到。

2005年5月17日

夜雨至晨未停。我坚持与惠娟举伞散步，到农贸市场后，又转了回来。

临近中午，抚顺诗友钱振中打来电话，他来沈阳看眼睛，想到家来坐坐，我表示热烈欢迎。他和税务部门的同行张正军带车到家。我先请他们在会馆共进午餐，之后到家说话。钱振中重提前年到北京看望臧克家的情景。他还说到去拜访李瑛和贺敬之的难忘感受。钱振中等人冒雨离别时，我打伞送他们到车边，并赠给他们每人一本书。

海泉确认了明天回家的航班，早9时从北京起飞。

2005年5月22日

收到山东大学"臧克家先生百年诞辰纪念大会暨学术思想研讨会"筹备组的征文通知，信中说："2005年10月8日是山东大学著名校友、中国现当代杰出诗人、著名作家、编辑家、忠诚的爱国主义者臧克家先生百年诞辰纪念日。为了缅怀这位文坛巨匠，山东大学届时将举办'臧克家先生百年诞辰纪念大会暨学术思想研讨会'。为了会议的顺利进行，并且编辑出版《臧克家先生百年诞辰纪念文集》，我们特向您征稿。纪念文章或学术论文，于6月30日前寄交会议筹备组。"我想写一篇文章或把发表的纪念文章寄过去。

收到王玮寄来的他任常务主编的杂志《她乡》。

海英见治先身体状况好一些，决定今天按正常返校把他送回学校。

接到海泉电话，说他昨天回到北京，晚上参加央视的《开心辞典》节目。

与惠娟狠狠打了一通乒乓球，之后没回家，直接又去散步了一圈。

2005年5月23日

　　给"臧克家先生百年诞辰纪念大会暨学术思想研讨会"筹备组发去了我的应征文章,并通过电子邮件发了一次,很快得到那里的回复,说收到了。

2005年6月26日

　　全省昨夜12点出高考成绩。今早打电话打到焦凡洪家,问焦梓考得如何。焦梓的妈妈告诉我,她考了个623分!这真是太好的消息了,回想起焦梓平时很少参加没有很必要参加的活动,不张扬,总是默默读书,我写了一首贺诗给她:

　　　　埋头攻书不皱眉,
　　　　经起百炼与千锤。
　　　　有钢用在刀刃上,
　　　　于无声处响惊雷。

　　　　耐得寂寞成大业,
　　　　焦梓出类又拔萃。
　　　　喜报权当新战表,
　　　　再梳羽翼朝前飞!

　　焦梓是我所见的以读书为快乐、为最佳生活方式的孩子之一。她报考了山东大学,那里是臧克家的母校,当年的第一任中文系主任是闻一多先生。

　　昨天,广州军区联勤部某分部副政委卓名信来电话说他准备出第三部书，想让我找一位名气大些的作家或诗人为他作序。我想来想去，给魏巍打了电话，他女儿魏欣接的，转达之后，很快就同意了这件事。

应邀赴辽宁大剧院观看《沈阳晚报》二十周年报庆文艺晚会"激情飞扬"。

2005年9月28日

连续几天早上在做操前踢毽子，这样运动量大些，周身是汗，接着做操，非常舒坦。

在《文艺报》上看到《吟诵佳作忆克家》的报道，在克家百年诞辰将到之际，北京举办了"诗魂永存"的诗会，有十几位艺术家朗诵了克家的经典诗作。报道中说贺敬之、魏巍、李瑛等人出席了诗会，特别令我高兴的是郑曼大姐也出席了，还有她接受采访的照片。我给苏伊打了电话，她说她母亲身体和精神都好，她说那天在会上朗诵了十几首她爸爸的作品，还有演唱京剧的，还有舞蹈的，形式很活泼。主持人是总政话剧团的演员，主持过"巴金之夜"等晚会。苏伊还说到文雯上了初三，正是考高中之前的紧张学习阶段。苏伊还说到海泉第五张专辑的宣传在北京的影响。我请苏伊向郑曼大姐，向文雯和她的爸爸问好。

在同一张《文艺报》上读到王眉的文章《最后的告别》，在文中看到刘白羽亲笔写的《心灵的自白》这最后的遗嘱，这遗嘱写于2003年1月11日。读后令人感慨万千。这样一个革命作家，到了生命的最后日子——其实还有两年多呢，早早就把后事安排了，明确说：遗体交给医院解剖，如尚有有用的器官能给人一点生命力，是最好的事，不举行遗体告别仪式，不发讣告，不登报，遗体火化，骨灰与妻子汪琦同志的骨灰一道投入大海的汹涌波涛……

2005年12月20日

上午到晨光街看望郑曼大姐。我们在布置有克家彩色大照片的客厅里说话。大姐虽面容仍有憔悴，但精神状态较前有明显好转。据她说是服药数月，病情得到控制，没有再发展，自我感觉也好多了。她拿出作家出版社出版的臧克家纪念集《他还活着》，很厚的一本大书，书中不仅收入了我和松涛的文章，在前面为数不多的照片中，还选用了克家与松涛和我合影的那一幅。郑曼大姐说到山东大学编的那本纪念文集中写胡锦涛、江泽民等人与臧克家遗体告别了，这是乌有之事，纯系误写，好像是家人提供的，影响非常不好。大姐写信给山东有关人员，仍不起作用，也无人理会，连信也不回一封，为此大姐极为气恼、焦虑。这件事，苏伊也在电话里和我说过了。大姐说不便给山大校长写信，可是至今这个问题没有解决。

到同一门洞的刘白羽家。白羽女儿刘丹让留在家里的保姆交给我几本书，书装在一个中国作家协会的大提兜里。其中有《风风雨雨太平洋》上下册、《凝思集》《腊叶集》《天籁集》，还有写朱德的那本《大海》。刘丹在电话里说，《大海》仅存一本了，但仍决定送给我。

2006年2月21日

从车库翻找出许多珍贵的信件，有臧克家、张光年、李瑛、张志民、浩然等几百封，从中挑选出可以影印到书中的信件原件。

今天接到了海泉和艳子从法国寄来的两张明信片。

照常到会馆打乒乓球,打了一个半小时。

2006年2月23日

一早翻找出许多珍贵的资料,包括1963年沈阳市铁西区文化馆编印的《胡世宗的诗》,包括臧克家、刘征、邵燕祥等人为我题写的小条幅,包括载有我最初作品的1958年8月17日的《辽宁日报》和1965年《光明日报》上的那首发在头题上的散文诗《春雷滚动》。

读2月21日《文艺报》二版头题发表的刘章的文章《柯岩、胡笳主编新诗选〈与史同在〉三百人组成灿烂星河》,其中有一段写道:"书里有多篇对伟人的缅怀,情深意浓,沁人心脾;书里有对英雄的赞美,让人肃然起敬,心潮激荡;书里有对伟大祖国的礼赞,如春花秋月,馨香,光彩,让人灵魂提升;书里有《理想》(流沙河),有《探求》,有《希望》(鲁藜、高瑛),有长城、黄河,有《乡音》(李学鳌)、《乡愁》(余光中)。清明时节,请读胡世宗的《陵园》;亲人生日,可读邵燕祥的《生日祝福》,书里有《月亮》《小溪》(申身),书里有《鱼化石》《盆景》(艾青),一言以概之,爱国,怀乡,战士情,工人志,山色,水韵,社会,自然,七情,八音……中华儿女,不分老幼,都可以到这部诗选里找到黄钟大吕,或小桥流水,引发心弦共振。这是一部有史实价值的诗选,这是一部有实用价值的诗选,还有那二百多幅版画,锦上添花,让人赏心悦目。"

2006年7月9日

凌晨3时准时起床看世界杯德国和葡萄牙争夺第三名的比赛。德国以三比一获胜。三个球中有一个球是对方球员踢进的乌龙球，自己把球踢进了自己家的大门！球赛结束，德国总统和总理都到场为球队颁奖。

程步涛说我发给他的邮件里没有写铁源的那篇文章，我立即用附件方式重发一次。

铁源的照片没有邮到，他早上打电话说又找到一张，今天送到歌舞团收发室，我有时间去取回来，免得邮丢。

下午，夏子章来家做客，他写了一本诗，希望我为之写一篇序。我不可能拒绝，我认识他已有二十多年了，但知道他写诗是最近的事，我看到他在《解放军报》和《前进报》上发表了一些抒情诗。他的诗情是通过手机最早传递出来的。他在手机上敲出了最初的诗。但他爱好诗并不只是一年的时间，他在学校读书时就喜欢诗，这是许多年轻人共同的爱好。他曾迷恋和背诵郭小川、贺敬之、臧克家等人的诗。这少年时代用的功，并没有白费，今天的诗集就是一个果实。

2006年11月5日

仍有师友打电话祝贺日记座谈会的圆满成功。我想这与周兴华的建议，邢德铭的协助，特别是焦凡洪和李军的全力支持是无法分开的。

与宗皓通话，他带儿子在看电影《帝企鹅日记》，听到这个信息，一个好爸爸的形象立即呈现出来。他说让许维萍写了一消

息同时给《辽宁日报》和《辽沈晚报》

郑曼大姐打来电话，说看到了我寄去的日记书，说了很多鼓励的话，她说先翻看，已翻看到第三卷了，凡有关克家的内容她都夹一个纸条，有时间再好好"拜读"。我说大姐你可别说拜读，请您提出宝贵意见。她说哪里哪里，我得好好看看，她说看到我写克家的地方，引起很多回忆。她说看到了熟悉的浩然和张志民的许多内容。我说您把电话搁下，她说为什么，我说我给您打过去，她说不用，不用，就这样说说，很好。我说听到大姐的爽朗笑声，我特别高兴。她说，你的书给我精神带来了欣慰和快乐。她问我，你书中有别人给你的信，你给别人的信也应该面世，会有价值。我说我的信都寄出了，没有留底稿，再说我的信本身并没有什么价值。她又说，哪里哪里，是有价值的。

2006年11月8日

到傅刚处办理给北京托运书的手续。

到家乐福给妈妈买了一个软褥子。

与野曼通电话，他收到了我寄去的日记书，而我却没有收到他寄来的《华夏诗报》，原因是他把我的地址写错了，写原来住的那个老地址了。他说马上重新邮。他再三说我的日记书太不容易了，太了不起了。他说他若早见到书，会在发消息时用套红大标题的。

下午与惠娟打乒乓球，觉得恢复到以前的熟练程度了。

今天非常高兴地看到中国女排激战美国女排并以三比一获胜的实况，心情激动难平。在现场，看到戴一副眼镜的美国女排教练郎平，她在女排事业上拼搏奋斗了多少年哪！美国女排队员背后有自己的号码和自己的英文名字，郎平背后只有"USA"美国标志字母。看到了郎平，我忽然想起十六年前即1990年的夏天，我带海泉在臧克家老人家巧遇郎平的往事。那是海泉读高中，因一首诗获奖同时获得了参加全国少年文学夏令营活动的机会。我带他在北京玩了两天，在7月的最后一天，我带他拜访了著名的老诗人臧克家先生。我们正在谈着，门铃响了，进来的就是从美国归来的郎平，她和她爸爸郎家骅一块来看望臧老。臧老是郎平回国看望的第一个朋友。臧老曾写过赞颂女排和郎平的诗文。我问郎平认识臧老几年了，郎平告诉我，十年了。每次有郎平的球赛，臧老必看无疑。有一次看球赛因激动差点犯了心脏病。郎平则劝他不要看实况，过后看比赛结果就行了。臧老说当名人很苦，每天不得歇息，郎平说我就躲到国外去了。她在美国读书深造，这次回国是参加世界排球锦标赛。郎平问臧老打不打太极拳，臧老说我只做云手，说着离开座位做了几个动作，他自己先孩子似的笑了起来，郎平和在座的主人、客人也都开心地笑了。郎平拉着臧老的手要合影，就在臧老花红树绿的院子里，我和海泉也和臧老及郎平合照了一张相，海泉梳着学生头，戴着一副近视眼镜，穿着短裤。臧老和郎平还高兴地为海泉在本子上题了祝福的词语。看中美女排大赛，看到了郎平，她很敬业也很累。人问对中国女排印象深的队员是谁？俄罗斯教练说还是郎平啊！我们祝福在异国他乡的郎平，祝福她平安健康！

晚上照例打了一会儿太极剑。

2007年1月1日

新的一年又开始了。时间过得快不快，少年感觉就慢，而在年纪大一些的人的感觉里就很快了。这就像富商和穷人对于金钱的感觉。

收到臧克家老伴郑曼大姐的贺卡和信。贺卡写着：

> 谨祝
> 世宗同志
> 新年愉快！
> 健康幸福！
> 吉祥如意！
> 阖府安泰！
>
> 郑曼
2006年岁尾于北京

信如下：

世宗同志：

谢谢你们对我的关心！我12月6日复查，大夫看CT片后告我与前无明显变化，只因我10月底感冒后，11、12月初咳嗽不止，肺部有点炎症，大夫嘱我服抗生素消炎，想很快可痊愈，勿念。

松涛开完作代会，身体如何？我因病未与他联系，上次他来京，即来看我，我很感谢。望便中代为问好。

天寒，请多多保重，问候你全家好！

祝

安康！

我与臧克家

　　小平、苏伊问候你全家好！

郑曼 上

2007年1月18日

　　接到范咏戈的电话，让我把几个作者的身份介绍通过电子邮件邮给《文艺报》王雪刚，并要我书中一些照片。咏戈说，为了多放一些文字，把各位的小标题拿掉了，只写名字，在后面注明什么身份，这样可以省出许多篇幅来，再放几张照片，书的封面、臧克家的信手迹、与袁鹰重走长征路的合影、我走在长征路上讨水喝的照片、与海泉的合影。我请王妍公司的李辉帮助我把照片传了过去。

　　陈先义告诉我，原定今天《解放军报》见报的日记座谈会消息和评论，改在下周一了。

　　应戴墨之约，为《前进报》写一首迎春短诗，有三十六行，标题为《春，在战士心中》。

　　给许多朋友回信，寄贺卡。

2007年2月11日

　　昨夜因过小年，整个广场里都是鞭炮的碎屑，打太极的人们来得早，有七八个人找来几把大扫把扫这些碎屑，扫出一块不影响做操的地方，以便大家活动方便，刘秀娟、包华、孙晶丽，还有我和惠娟都参加到其中来。这是一个有凝聚力的集体，大家都是有公益心的。

　　我打印出阅读另一个雷锋本子的感想和意见。

　　今天中午到的昨天《文艺报》在第六版整版发表了评论我的

日记书的文章，标题为《一部"文字的长征"——笔谈〈胡世宗日记〉》，发表了臧克家1989年给我信的影印件和1975年与袁鹰同走长征路的合影。先后有高洪波、朱亚南、范咏戈、王必胜、张同吾、李炳银、彭定安、王向峰、白长青、陈先义、雷从俊、俞进军、丁宗皓等十三位同志的文章。

中午看央视三套"同一首歌·走进樟树"晚会，看到海泉和羽凡演唱一首歌。这是同院的一位吴丽娟老师打电话告诉我们的。

海泉从长沙来电话，他是昨天一早从哈尔滨飞到长沙的。他们到哈尔滨是参加大学生冬运会演出的。昨天到长沙后，下午签售新专辑，接受湖南卫视的专访。今晚湖南卫视春晚，他们将演唱《翅膀》，有舞蹈和伴唱。

晚上看湖南卫视的春晚，非常大气、喜庆，何炅、曹颖等人主持，随意、灵动。《太阳花》这首歌的词曲和演唱都是一流的，非常动人；一位蒙古族歌手何力满，给人印象极深。羽·泉所唱《翅膀》配之以飞上飞下的带雪白翅膀的舞蹈，感觉很好。只是新的编曲我认为不如原来的，我认为他们今天演唱得也不够真挚和响亮。不过海泉和羽凡的服装挺打人的。他们和周迅、杨坤、黄征、李慧珍等华谊团体演唱的歌很不错。

2007年8月14日

我到克勤办公的地方取到他修改的稿子。另与吴琼副部长联系上，他对书稿十分赞赏，只对几处具体提法提出异议，可以修改得更好。

海泉打来电话，惠娟接的，说他收到了我们寄出的两本书的生日礼物，他很喜欢，一定随身携带，天天读。他说他们公司同事,还有媒体朋友,为庆祝他的生日,举行了足球比赛,他也上场了,很高兴。

与公为正电话联系,我说了书稿进展情况,他说他是这本书的策划,他在北京运作书的发行。他们公司与大百科签了合作的协议,可以作为其分社有出版权了。

中午,承钧回来接治先下午去医大二院看伤臂,惠娟也跟着去了。我在家打印出两份书稿,准备明天给赵会丹和董志新,请他们协助审阅。

今天默默地阅读了一部诗稿,很有滋味。作者在短信里与我说起徐志摩的一首诗《偶然》,我这号称"诗人"的人竟然不知道这首诗,我知道徐志摩的《沙扬娜拉一首》《再别康桥》以及《生活》《残春》《我不知道风是在哪一个方向吹》等作品,竟然不知道《偶然》这样一首诗。我查遍了臧克家编选的《中国新诗选》和上海教育出版社出版的三卷本《新诗选》都没有找到这首诗。后来在浙江文艺出版社出版的顾永棣编的《徐志摩诗全编》中找到了,这是徐志摩和陆小曼合写的剧本中由剧中人物老瞎子弹三弦唱出的歌词:

> 我是天空里的一片云,
> 偶尔投影在你的波心——
> 你不必讶异,
> 更无须欢喜——
> 在转瞬间消灭了踪影。
>
> 你我相逢在黑夜的海上,

你有你的，我有我的方向；
你记得也好，
最好你忘掉，
在这交会时互放的光亮！

每个人的内心都是一个无边的宇宙，不可小视。对任何人的漠视都是天大的错误。人间处处藏龙卧虎。自己往往是非常渺小的，自己的知识永远是知识大海的一角中的一勺。

2008年1月17日　星期四

怀着崇敬的心情，读彭老的书，最先看了武斌的序《"枯""荣"之间的梦想与追求》，这篇序，对我了解这部书的创作过程及主题思想很有帮助。我开始读这部大著。书中洋溢着文气、书卷气、学者气。这与一般的长篇小说有明显的不同。

给王坤赶写一篇散文《洗脚》。

收到克家夫人郑曼大姐的贺卡：

世宗同志：
　　新春佳日，祝福你和全家
　　身体健康，幸福如意！
　　和谐安宁，万事顺遂！

郑曼率小平苏伊同贺
2008年1月12日

另有一信：

我与臧克家

世宗同志：

　　同一时刻，收到你和松涛的贺年卡，带给我无限的暖意和欣慰！你们，在我心中是很有分量的朋友，可惜我水平差，不能对你们的作品做出评介，也无精力细细阅读，特别生病后，但你们寄我的大作，我珍存着，传之后代。

　　我全家尚可，苏伊忙于工作，早出晚归，我的病就只好由大女儿小平来照顾，陪看病，代取药，去报销，累得本是满身病痛的小平，近日也躺倒了。我的病，2007年有缓慢发展，胸腔积液，憋气，咳喘，有时呕吐，现中西医合治，不久，再去做B超，看胸水有无吸收。我也看开了，年已八十九，算是高龄了，我不可能像我老伴一样活到九十九，如能让我挺到年终，看到奥运会，也就心满意足了。

　　你们尚年轻，要多多保重！祝

年安！

　　小平、苏伊嘱代候好！

郑曼 上
2008年1月12日

今天还收到袁鹰及其老伴寄来的带他们二位彩照的贺卡，那贺卡上的彩照是他们俩去年7月摄于北京大观园的很美的图景，身后是墨绿的大荷叶和粉粉的荷花。文字是：

敬祝世宗好友：

　　2008年幸福吉祥！

如水韶光去，匆匆又一春。
相看都康健，告慰故人情。
长有丹心在，何愁白发增。
明年花更好，珍重待芳辰。

田钟洛
　　　同贺
吴芸红
2007年岁暮

我还收到四十六师师长高潮以及于利华、周燕红等人的贺卡。

四十六师政委宋宝华派他的司机小杨取走他送给陆军总院两位副院长于中和康洪生的《胡世宗日记》。

我请孙炳悉为我写一对联"凌空羽毛原无力　坠地金石自有声"。这是我在臧克家大门两侧看到的克家自己写的对联。我喜欢炳悉的书法，他说他也快退了，他夫人耿丽早退了。他今年过春节要回庄河老家陪陪八十四岁的老妈。他羡慕我老母亲离我这样近，天天可以看到。

2008年2月3日　星期日

昨晚孙炳悉电话说，对联应有横批，写什么？我后来想好告诉他写"何论高下"，他赞同。我请他在两联的上和下写"臧克家句""孙炳悉题"，他准备上午让司机再取回去，填写一下。

上午，院子里进来四个大校，带两个司机，端抱多种水果箱上楼来慰问我，四个大校全是军区文工团的：杨志军政委，高剑伟副团长、姚大权副团长、杨明生副团长兼军区电视艺术中心主任。他们第一次到我家来，好好地参观一把。他们代表文工团对我为他们团写的节目、做出的贡献表示感谢。

2008年4月2日　星期二

全天读《臧克家文集》第十一卷，这是书信卷，让我了解了克家诗和散文之外的另一个世界。

2008年4月17日　星期四

昨夜因雾气太重，船无法正常行进，只好停泊下来。这样就误了几个小时的行程。

早上，船上广播告诉大家，昨夜，因雾大，长江海事局通知，从凌晨2时到5时禁行。

今天5时船才开拔。船上各方协商的结果是放弃原定的荆州博物馆的参观，以确保能在白天通过三峡。

《辽宁日报》张大威发短信告诉我，她约我的专栏四篇稿子，分别写臧克家、刘白羽、丁玲、贺敬之的都收到了，都很好。这是来之前赶写出来的。

2008年7月11日　星期五

接到郑曼大姐的电话，她收到了我寄去的写《灼人的克家》的《辽宁日报》，她说文章写得很好，她还说到她的身体近期不妙，正在治疗。

2008年7月12日　星期六

下午看中国女排与美国女排决赛，起先美国队先胜两局，中国追上两局，在决胜局十五分中，中国时而在前时而在后，最后竟让美国获胜。这是因为中国队队员在场上不如美国队活跃，主动性差。这是没有办法的事情。看到美国队主教练是郎平，戴一副眼镜，文质彬彬，沉稳老练的样子，再也看不到在排球场上铁榔头的样子了。二十几年前，我带海泉拜见臧克家，恰好郎平也在臧老家做客，我们一起谈了很多，还合影留念呢！

2008年9月5日　星期五

邮局有中秋节寄月饼寄思念的业务。

月饼圆圆，月饼甜甜。

中秋节转眼就到了。想起小时候，家里生活困难，过中秋节时，家里一个人分不到一块月饼，常常是两个孩子分一块，而父母却连半块都吃不到。如今，像不必过年才吃饺子一样，月饼也不必中秋才吃，平时月饼和饺子想吃就吃，一点也没有问题。

中秋来了，我想念着居住京城的几位熟悉的老人：一是臧克家老师的夫人郑曼，二是魏巍老师的夫人刘秋华，三是老诗人贺敬之和柯岩两口儿，四是诗人、散文家、编辑家袁鹰，五是老诗人李瑛。臧克家和魏巍生前对我十分爱护，他们的老伴对我也是关怀备至。贺敬之、柯岩、袁鹰、李瑛，都是我从小就仰慕的诗人，他们的诗作伴着我在文学路上的成长进步，我庆幸自己长大后与我景仰的他们有很长时间的亲密接触，让我感到终生荣耀。我第一次见到李瑛是四十三年前，在全国青年业余文学创作积极分子大会中间的一次部队诗歌创作座谈会上；在三十多年前，我到《解放军文艺》编辑部帮助工作,每天就与李瑛对面桌坐着,他给我言传身教,令我获益匪浅。他还为我上老山前线写的诗集《战争与和平的咏叹调》作序,几十年来从未间断过联系。1975年袁鹰曾与我同走红军长征路,我在《人民日报》学习和帮助工作的两年间,得到他很多的帮助,2006年我整理出版了四十六年的四百零八万字的《胡世宗日记》,就是袁鹰为我写的序。这部日记,是贺敬之亲笔题写的书名,我在读书时和在连队当兵时就背诵了贺敬之和柯岩的大量诗作。这几位老人都八十多岁了,我对这些老人的崇敬是终生的。

在中秋节到来前夕,我寄了五份月饼到北京,我希望这些可敬的老人能品尝到我的敬意和谢意!

另外,我给我在沈阳第二师范学校中文班读书时的班主任刘文忠老师也寄了一盒月饼,恰好在中秋节和教师节的前夕。表达我对老师的一片感激之情。

月饼圆圆,月饼甜甜,它带去的是我深深的情意和衷心的祝愿!

文文静静地读《读者》第十八期,用五分钟时间匆匆读了王开林的卷首语《总有一条道路抵达心灵》和路易丝·德里斯科尔的诗《握紧你的梦想》。

2008年11月6日　星期四

昨夜大雾,今天清晨仍未散,从楼上窗子望不见楼下的广场!早操是不能做了,因为在雾气中运动,会呼吸到肺里不洁的气体。

各报都报道美国大选的结果,黑人奥巴马当选,而且只有四十六岁，比四十八岁俄国总统还要年轻！

今天仍到军区图书馆查资料，我送给图书馆一套《胡世宗日记》，并在扉页上题了字、签了名，馆长唐华很感动。

在军区图书馆阅览室见到今年第十一期《人民文学》，我喜欢它的特稿《岁月如春，风物长新——〈人民文学〉与新时期文学》，十一位作者写了改革开放以来杂志发表的有代表性的作品，其中有刘心武的小说《班主任》、徐迟的报告文学《哥德巴赫猜想》、艾青长诗《光的赞歌》、蒋子龙的小说《乔厂长上任记》、高晓声的小说《陈奂生上城》、王蒙的小说《春之声》、刘索拉的小说《你别无选择》、韩少功的小说《爸爸爸》、莫言的《红高粱》、谈歌的小说《大厂》、毕飞宇的小说《玉米》。这是对改革开放三十年的最有力量的纪念方式，这十一篇作品真的可以勾勒出三十年来中国文学前进的脚步。我若有时间一定要重读一下，它们是怎么样一次次突破了以往的禁锢，给文学的发展开辟出一片片新的天地！

我在这期杂志上读到了袁鹰的散文《秋夜怀人三章》，第一篇《遥望金陵寄心香一瓣》是怀念陈白尘的，第二篇《烟云袅袅晴空》是怀念何为的，第三篇《记得三十年前初识时》是怀念晓雪的。在这篇文章中，袁鹰先生提到了我。袁鹰写在1974年第一次在北京见到晓雪，晓雪是到北京《人民日报》改稿的。接着袁鹰先生写道："第二年秋天，邓小平同志复出主持工作期间，决定隆重纪念工农红军长征四十周年，我得到一个机会，同当时正在报社实习的沈阳军区年轻诗人胡世宗一起去云南采访红军长征旧地。到昆明后住在军区大院，由军区政治部接待，门禁森严，而且时间仓促，任务紧迫，只能在从遵义、赤水采访完毕回到昆明之后，才同晓雪见了几次面，得以稍稍开怀畅谈。他陪我们登西山龙门，游览被围湖造田弄得日渐消瘦的滇池，议论大观楼上那副长联，品尝过桥米线。我还和世宗应邀拜访他的家，认识了他那擅长歌舞又善持家的夫人，无拘无束地喝酒聊天，用彼此都能意会的模糊语言谈时局，用打哑谜式的隐喻交换当时对江青一伙的种种传闻。但他最关心的还是北京许多处于厄境逆境的诗人们的命运，逐一提名问起艾青、臧克家、田间、郭小川、李季、贺敬之、严辰、闻捷、李瑛、张志民，还有从云南出去的冯牧、公刘、白桦的近况。我很抱歉，无法详细回答他的问询。动乱年月，消息沉沉，'十年生死两茫茫'。除了极少数几位以外，大多数人究竟是在监狱还是在'五七干校'，是在京城陋巷还是在穷乡僻壤，甚至是死是活，都不清楚。只有闻捷几年前被迫在家开煤气管自杀的事是确切无误的，我详细说了以后，顿时谈笑声歇，酒杯停在桌上，一切回忆、忧思、愤慨，尽在不言中……"

下面还有一些对话，我读到这一切，回想起当时的情景，尽被袁鹰描述，如此清晰，如此含情。我惭愧，我当时的日记里没有这种详细的记述。

回来时，我专门到太原街报刊门市部买了一本——这是这家门市部剩下的唯一一本《人民文学》，我要留为纪念。

2008年12月25日 星期四

天气变得奇冷，早上还出去运动不？俗话说："冬天动一动，少得一场病；冬天懒一懒，多喝药一碗。"还是要坚持运动才行。

收到许多圣诞贺节的短信，如张毅的："让平安搭上冬天的快车道，让快乐与你轻轻拥抱，让困难见你乖乖让道，让烦恼低头悄悄走掉，让吉祥对你格外关照，让幸福对你永远微笑！"马兰的："圣诞节五条禁令：禁止假装工作忙不理我，禁止发财忘了我，禁止我有难不帮我，禁止吃巧克力不叫我，禁止闲时不想我！望认真贯彻！"

给袁鹰、李瑛、克家老伴郑曼大姐及一些朋友寄我自制的贺卡。

全天在为张忠和的纪念会联系各方人士。今天主要联系媒体，主要是《沈阳日报》的齐世明、蓝恩发，《沈阳晚报》的盖云飞，《辽宁日报》丁宗皓、许维萍，由王传章联系《辽沈晚报》。与杨占林、张凤鸣联系，做会标，买纪念品，如何接送阿红、解明，给与会者打电话通知。

2009年2月7日　星期六

接到刘梦岚电话，我们说到两家各自的春节过得如何，说到房子的事，说到我熟悉的《人民日报》文艺部老同志马克、英韬、李淑芳、袁鹰等人的现状，说版画家马克与漫画家英韬都去世了！最后，她说有一个不好的消息，不知我知道不知道。她告诉我，郑曼去世了！这是我没有想到的。她说她也是在《北京青年报》上看到的消息，然后打电话给克家家里，是小平告诉她的，就是这个月的5日，郑曼去世了！梦岚说，她今年只发了四张贺卡，给我一张，给郑曼大姐一张，给刘征一张，给刘绍棠夫人一张。给郑曼的，是苏伊回的。我说我也给郑曼大姐发了贺卡，也是苏伊替郑曼大姐回的。我们说到郑曼大姐的好，我说我要写一篇文章纪念她。梦岚说可以给必胜,必胜现在管副刊。

放下梦岚电话,我立即给克家先生家打了电话,接电话的正是苏伊,她说到母亲在医院最后时日的情况,4日开始昏迷,5日去世。恰好是父亲五年前去世的日子!两位老人都是2月5日去世,怎么这么巧!她说母亲在医院与病魔斗争,熬过了新年,也挺过了春节,只是没活到九十岁的生日那天!家人不准备兴师动众追悼,只准备11日在医院举行小型的告别仪式。

我在网上查到一则记者朱玲所写的消息:

> 写下"有的人死了/他还活着"的诗人臧克家2004年撒手人寰,与他相濡以沫半个多世纪的妻子、资深出版人郑曼,于昨天(2月5日)上午9时32分在解放军305医院去世,因肺癌晚期导致多器官功能衰竭,享年九十岁。女儿郑苏伊告诉记者,"母亲与病魔抗争已有四年多时间,我们已经有心理准备了"。郑曼1919年10月14日出生于浙江台州,曾任职于华北大学文艺学院、出版总署编审局,1950年12月到人民出版社工作,这位资深出版人于1983年10月从该社离休。两人相知于抗战烽火,1942年8月在重庆结婚。此后不论新中国成立前的"白色恐怖",还是新中国成立后的"反右斗争",夫妇俩始终不离不弃。1969年11月,臧克家与郑曼带着十三岁的小女儿郑苏伊下放到湖北。这三名"五七"战士分别在三处劳动,但过节总要聚到一块。1983年离休在家的郑曼,更是"全职协助"臧克家的创作和工作。晚年儿孙满堂的臧克家,曾对儿子感言:"没有妈妈,就没有你们的今天。"据郑苏伊介绍,父亲臧克家早在1994年就交

代家人，去世后，自己的部分骨灰撒到四位家乡故人的坟头，另一部分则留待郑曼百年后与之合葬。"老两口将如愿合葬万佛园"。

二十年前，臧克家的儿子、只比郑曼小十余岁的臧乐源和臧乐安曾为亲爱的继母的七十大寿写了这样的书信：

妈妈：

　　四十多年来，您对我们关怀备至，从学习生活，到为人处世，使我们沿着人生正确的道路向前奔驰。亲爱的妈妈，谢谢您！

　　您对党对人民忠心耿耿，一片赤诚；您艰苦朴素，严于律己，勤勤恳恳，一丝不苟。

　　妈妈，您是我们后辈们学习的榜样。

　　妈妈，在您七十大寿之时，我们表示衷心的祝贺！祝您健康长寿，青春永驻！

我在博客上发表了郑曼大姐逝世的消息，发表了我拍摄的郑曼大姐与克家的合影，选发了我两则有记述郑曼大姐音容笑貌的日记。

2009年2月26日　星期四

　　一早出去买《沈阳日报》，见到我的《怀念郑曼大姐》的文章发于《万泉》副刊头题，还配发了一张我与克家夫妇的合影。

　　逢育葵等许多朋友打电话说到这篇文章，其中《沈阳日报》

刘妮在短信上说：“在您平静的叙述下面能感觉到一种克制的情感。喜欢阅读这样有灵性的文字。其实我也是此道中人，只是因为太喜欢，断然不敢以此为生。幸好认识了您，获得了与那个美丽世界的桥梁。”

大哥大嫂来看妈，惠君来给妈剪头、洗头。我和惠娟送大哥大嫂回家，路上请他们吃了一顿饺子，顺便给妈带回一兜。

2009年3月4日　星期三

收到克家女儿苏伊2月25日写给我的信，说："来信及大作收悉，非常感谢您对家母的情义！家母生前对您十分赞赏，尤其是您的日记，厚厚几大本，家母都认真仔细地看过，凡提到家父的地方都夹了小纸条。她老人家此次驾鹤西归，对她也是一种解脱，癌症后期真是太折磨人了。我们陪在她身边，才真正体会到什么叫'心如刀绞'，如今她和家父在天堂相聚，我们只能祈祷二老在那里过得美满安康！"

于勤约我写一篇关于写日记的文章，我把保定寇广生的文章推荐给她了。寇文标题是《日记大师胡世宗》，我不喜欢"大师"这个提法，岂止是不喜欢，简直是厌恶。我把标题改为《点点滴滴汇成河》。我把改动稿发给了寇广生，请他斟酌确定。

在与《日记》杂志主编萧滋云问询寇广生联系方式时，萧滋云说他的眼睛好多了，可以短时间上网看稿子了。他还说，新一期《日记》杂志因经费问题又被暂时卡住了。我给于勤发去了寇广生的稿子后，她即回复了邮件："胡老师好！这篇文章的确不错，综合了各家评价，又有自己的角度和见解。真正具有大师品行的人往往拒称大师，如此，也益发令人敬佩。"

我在于勤的鼓励和催促下，根据自己日记书的后记，改写出一篇小文《水滴石穿》，认真地琢磨和修改后，发给了于勤。

2009年3月10日　星期二

上午到铁西区党校参加2009年区关工委全委（扩大）会议。副区长刘文主持会议，原区委副书记、新一届关工委常务副主任赵凤杰做了工作报告。区委常委、组织部长、关工委主任王泽胜及原常务副主任、现顾问纪绳先，组织部副部长姜玉田到会。有社区、学校、家长三方代表讲话。我见到了熟人崔宜华、高东昶、陈四海、郄长富、吴野平等人。从会场往外走时，赵凤杰说要找机会到我家拜访。下楼时，意外地遇到曾一道去江苏五市旅游的邹彤。

全国未成年人有三点六七亿，铁西区未成年人有六点一万人。

关工委是关心下一代工作委员会的简称。全国关工委主任是顾秀莲。她说要想党政领导之想，急未成年人之需，尽关工委之力。胡锦涛同志对未成年人提出"勤奋学习，快乐生活，全面发展"的十二个字要求。

今又收到臧克家女儿苏伊的一封信，信上说："大作收悉。文章写得情真意切，十分感人。我们全家都看了，大家委托我代表他们向您表示由衷的谢意！家母一生，只求奉献，不求索取，为家父付出了许多，是我们学习的楷模。她老人家走后，许多人都怀念她，她老人家地下有知，也会十分欣慰。您自己要多保重！祝您佳作迭出！心想事成！"

收到栾人学短信："本周三（11日），也就是明天19点35分，我编剧的数字电影《在那茫茫的草原上》在央视六套电影频道播出,以为中央两会献礼优秀新片推出,特此通告,栾人学于京。"

晚看电视连续剧《暖春》。

2009年5月7日　星期四

今天的《辽沈晚报》上登了昨天的歌咏活动,还写到三隆社区春光合唱团唱的是我作词作曲的歌。记者误把"春光"写成"阳光"了,心不够细。

上午,区档案局育葵局长、王健副局长和李波科长来家验收在档案馆展出的我的个人家庭档案资料,他们把我许多的"宝贝"全拿走了,包括臧克家、刘白羽、李瑛、魏巍、张光年、王晓棠、田华等多位名人的信和贺卡,还有我的长征日记本六本,以及许多重要得不能再重要的资料。我非常担心他们弄坏了、弄丢了,可是,缘于对他们的友谊和信任,我还是放了心。

下午,区文化馆的王敏副馆长和闫淑芝代表张文伟馆长来家让填写个人家庭藏书状元的推荐表格,她们还在我家拍照了一些大书橱的资料,并请我下周去图书馆做一次关于读书的报告。

收到高玉宝寄来的新书《人生》,还有关于《半夜鸡不叫》一书的许多资料。玉宝在电话里都说了,他希望我看看他这本曾在报纸上连载的书,写一篇序。

2009年5月11日　星期一

收到《乡土诗人》杂志,有我写郑曼大姐的文章,封二还发了一张我与克家及郑曼大姐的照片。

沈阳市图书馆韩波打电话通知我,我们家被沈阳市全民读书活动评为"十大藏书家庭"。14日下午开颁奖会,让我代表获奖家庭讲话。

与盖云飞短信联系,问田永元《海路》研讨会消息事,他告诉我已发在周六报纸上了,忙得忘记告诉我了。一件事有了着落我心也放下了。

2009年5月14日　星期四

天气非常好。上午在社区讲课,翁艳书记特别邀请,陈宗琦自费特意为我讲课做了一个讲课的会标。

打车到市图书馆,韩波说正式开始是两点半,我到三楼查抗美援朝资料,王薇值班,她帮我找到了一本特别有用的书。

见到了《前进报》社老社长冯荆育,沈阳音乐学院的张红星等熟悉的书香家庭的获奖者。我熟悉的市图书馆李馆长、沈阳电台新闻总监小画与我打招呼。《沈阳日报》的蓝恩发、《沈阳晚报》的盖云飞、《辽沈晚报》的徐月姣等记者,还有电视台的记者都来了。

让我代表获奖者发言。

要讲的话很多,挑最紧要的说。

我总是认为,藏书不是目的,读书和用书才是根本。

"书到用时方恨少。"这是一句人人皆知的老话,但确是我此时此刻最想说的,这也是我几十年来藏书、读书、用书的最大体会和感受。

远的不说,就说最近的,我刚刚应出版社之约选编了两本书,现在已经在工厂开印了,一本叫《爱的甘泉》,是中外爱情诗精选;一本叫《爱的月光》,是军旅爱情诗精选。我原以为我家的藏书很多，不说各种爱情诗的选本，仅就全国诗人们臧克家、艾青、李瑛、光未然、贺敬之、柯岩、魏巍、张志民、雷抒雁、高洪波等等赠送给我的签了名的诗集就有七百多本，编一本爱情诗选不会有什么问题。其实问题大去了，翻阅起来才觉得我的藏书远远不够，我想找的诗其实很难找。最后还是在沈阳市图书馆，特别是在我们军区的八一图书馆里查阅后才得以完成的。最近几天，我接受一家报纸的约稿，写一篇有关抗美援朝后方支援的八千字稿子，我查了家里的很多书。其中有一本1954年出版的一千三百多页的大开本的《伟大的抗美援朝运动》。这本书曾借给两位作家朋友，他们合写的一本抗美援朝的书曾当作重要参考。现在到了该发挥这本书作用的时候了，可是这本书我怎么也找不到了。一下子我就蒙了！真的是"书到用时方恨少"哇！

2009年6月27日　星期六

天太热，除早上出去打太极外，全天闷在家里。

我翻找出几百封友人的信件，一封封展读，引起了太多的回忆！

我想编一本友人书信选，这是非常有价值的。

与高艳用电子邮件互相交流，她有许多精彩的语言和类似经典的话，如："能做自己喜欢做的事，是种幸运，即使累也是快乐的。"如："我觉得文字中的真诚是最重要的，能够做到让读者投入地读，感受文字中的真情，这才是成功的。"如："文字，生活中的另一种温度。"我在邮件里说了些自己的状况和想法，如："浩然的儿女在收集他们父亲给友人的书信要整理出版，我翻找出四十多封，打出字来有二万六千八百字之多。内容极为丰富,说到太多的事情了!非常宝贵。""我接着把尊师好友的信都翻找了一下,竟有千余封。全是珍贵的信件哪!我突然萌生了一个想法,把这些信件单独出版一本书,许多封信背后都有一段故事。如臧克家的就几十封,刘白羽的,张光年的,李瑛的,柯岩的,张志民的,谢冕的,高洪波的,周涛的,雷抒雁的,李松涛的……太多了!还不是全部。黑龙江满锐的,苗欣的,孙俊然的,刘畅园的,梁南的,贾宏图的,吕中山的,李兰颂的……"

"我翻找信件时,找到了一封抚远东方第一哨哨长的信,他要结婚,决定用《我把太阳迎进祖国》做婚礼进行曲,请求我把这首歌的录带寄给或捎给他,我收到信的当时立即找辽宁电视台的朋友找到这首歌的音乐电视带,复制了一盘,给他邮去了。他真的就用了做婚礼进行曲,而且他并不是文化阅历浅薄的那种人,他信上写到世界上流行的婚礼进行曲是什么人作的,怎么用到了婚礼上。多么有意义!"这个哨长名叫孙远征。信是1996年9月22日写的。

2009年7月5日　星期日

全天整理友人书信。有数百封不止。又找到李瑛六封信,按理加上上次的一百〇二封,应是一百〇八封了,可是发现有些是空信封,最后确认是九十八封。臧克家和刘白羽的信也是不少,克家的信达四十几封。肯定还有存信的地方没有翻到,因为我抄记的浩然的信有四十七封,而找到的原件却只有二十多封。而且贺敬之明显有些信件的,却一封也未见。

整理友人的书信是一件快乐的事,回忆起许多难忘的往事,情意深深。

2009年7月16日　星期四

　　读梁衡长文《百年明镜季羡老》，写到季羡林老人许多令人感佩和难忘的往事，写季老的学问之深之渊博。季老留德十年，回国后，与胡适、傅斯年共事，朋友中有朱光潜、冯友兰、吴晗、任继愈、臧克家，还有胡乔木、乔冠华等。"文革"前他创办并主持北大东语系二十年。他研究佛教、研究佛经翻译、研究古代印度和西域的各种方言，又和英、德、法、俄等语比较……要去研究分辨对比这些经文是梵文的还是那些已经消失的西域古国文字，又研究法显、玄奘如何到西天取经，这经到汉地以后如何翻译，只一个"佛"就有二十多种译法。不只是佛经、佛教，他还研究古代文学，翻译剧本。他从梵文的"糖"字考证中竟如茧抽丝，写出一本八十万字的《糖史》。作者曾问季老，您研究佛教，您不信佛？他很干脆地说：不信。他说：我是无神论。假如是研究一个宗教，结果又信这个教，说明他不是真研究，或者没有研究通。

2009年8月14日　星期五

　　继续查找有关人民万岁的资料。我翻找到臧克家的《人民是什么》和郭小川的《人民万岁》一诗。还有我发表过的旧作。

　　和惠娟请治先吃招牌酱骨，并送他到他妈妈的单位。

　　到铁百给岳父买一块雷迈表，他那块表坏得不能戴了。

　　起草写邓友梅的文章。

　　于晓明发短信告诉我，他直接从鞍山回北京了，有急事，下月初来沈阳再见。

看到了载有我《赶路的袁鹰》的今天的《辽宁日报》，处理得极为大方，重读一遍自己写的小文，也有亲切之感。我写时是下了功夫的。

2009年9月30日　星期三

辽宁人民广播电台韩冰副台长告诉我，我撰稿的那个大节目，他们录制完了，效果很好。他让王虎翼送我光盘听一下。辽宁六个台将同时播出。文艺台要在节目里播出多次。虎翼派人送来了光盘，还有辽宁人民广播电台编辑出版的《声报》，《声报》介绍了这个节目，将近五十分钟。我听了一遍，觉得大体可以，有几个部分很感人，人民在战争年代做出的贡献，抗震救灾，还有辽宁面向大海，等等。不满足的地方是不该把郭小川和臧克家的诗随意打乱改写，这是不郑重的。我在引用他们的诗句时，是满怀尊敬的，前面都说到作者的名字，这样用名家的诗，不够庄重和礼貌。另外，落款署名时，应该把朗诵者的名字即辽台和辽艺的演员、主播的名字念一下，尽管多些，有二十人、三十人也要念一下，这才表现出对演员和主播的尊重。另外我的"撰稿"，应该加上后来参与修改文本的人的名字。

胡宏伟打电话来，他昨天开会遇到了李默然，李默然请他转告我，他去北京开会见到了柯岩，柯岩请他给我捎来一套书，在辽艺大院，让我有空儿时去取一下。胡宏伟把李默然儿媳谢芳的手机号码告诉了我，让我联系。

在今天的《人民日报》上读到张未民的《中国之读》和梁衡的《红石峡记》，写得真好哇！金近的《献给祖国》两首短诗也很清新。

我与臧克家

外孙治先今天放假了，海英买了肯德基带他回来与我们共进晚餐。

晚上，同院的我的同学王克勤给我送来药酒和棉签，让我擦腿脚伤处，说可以缓解疼痛并治疗。

2009年11月22日　星期日

收到峭岩寄来的他的一部16开本的精装大书《他们感动了中国——不可不读的诗篇》，这是国际炎黄文化出版社出的。以革命先烈和英模们为献诗对象，其中写到八女投江、小叶丹、方志敏、毛泽覃、王尔琢、王若飞、韦拔群、史沫特莱、左权、白求恩、刘志丹、刘胡兰、向警予、李大钊、杨开慧、杨靖宇、赵一曼、闻一多、斯诺、张学良、瞿秋白、鲁迅、叶挺、董存瑞、巴金、王进喜、刘英俊、向秀丽、华罗庚、苏宁、邱少云、杨利伟、雷锋、张海迪、黄继光、李向群、焦裕禄、梅兰芳，还有张艺谋、邰丽华等，这是一部特殊的英雄和历史人物的赞歌，特别难得的是每一首诗后面"诗歌背景墙"有被写者的照片或画像，有准确、稍详细的文字介绍。封面的书名题字，好像是从毛泽东手书中摘出来的。

峭岩附信写道：

胡世宗同志：

您好！您编选的《爱的月光》我已收到，今天才从邮局取回来，当即翻读，您选了我的六首诗，是我所感动的。老友情深，再次感谢！

以上是我学打字时的一篇日记，还很不熟练，这些天我正熟悉，每天二三千字，慢慢会好的。与您每天万字相比，我落后不及。

今寄上我的新作《他们感动了中国》，是向建国六十年献礼的，有的报刊选发了，也发了消息，请您指正。

祝笔健、体健！

峭岩

2009年11月9日

峭岩寄来的他的日记如下：

2009年10月15日与胡世宗通电话，他于前日寄来《鸭绿江》杂志，上有他在北戴河见到王蒙的文章，王蒙在翻阅他刚刚出版的《精短军旅爱情诗选》时看到我的诗，王蒙说他认识我，我在军艺文学系任主任时曾请他讲课，留下的印象深刻。世宗与我年龄相仿，前后脚入伍，1965年一同参加全国青年创作业余文学积极分子大会，又一同参加全军诗歌创作座谈会，我到解放军出版社后，又约他写过几本书。我们同是诗人，有着灵犀的感应，习性相投，我俩走得较近。其间一同访问过臧克家、刘白羽、贺敬之、柯岩。难忘的是1986年我们曾作为军队作家代表团成员访问江西老区，我是团长，历时一个月，走遍了瑞金、井冈山等地。他出版了《胡世宗日记》，我以为他会记上一笔，但不知何因遗漏了。他也曾为了我写过一篇小传《热心肠的诗人——峭岩》有万字之多，收在他的专著《当代诗人剪影》里，使我感恩萦怀，今天回忆起来心中热乎乎的，战友之情深过大海。电话

我与臧克家

里他恭维12日《人民日报》发我的那首诗《祖国,请您检阅》,他说很有激情,很有诗味,称我宝刀不老。我们彼此彼此,他的诗文遍地,比我发得多,影响大。我很佩服他培养了一个歌星儿子——胡海泉,羽·泉组合风靡全国,几乎占据了所有乐坛舞台,这是世人公认的,作为战友我很骄傲。几次公开场合人们谈到羽·泉组合时,我都情不自禁地站出来说上几句,以我们是战友、是知己而自豪。世宗是很要强、很刻苦、很有创新精神的人,他说今后他要"挂锄"了,写他愿意写的东西。我想,他又有新点子了,不知是放什么"原子弹"了,我满怀期望他的惊天大作问世。

峭岩兄的信和他的日记,让我非常感动。他对我的认可,对我的赞许,对我的期待,都让我在前行时,感到身边有亲切的目光在注视,是那样的温暖……

读今天的《人民日报》,副刊的头题是很大篇幅的陈先义评论丛书《星火燎原》的文章《留给后世的红色基因》,我当即打电话向他表示了祝贺之意。在这篇文章边上是国务委员陈至立为记述谢晋导演的书《为电影而生》的序。在《读书管见》栏里有一篇鲁先圣的文章《读书是风雅乐事》,文中把读书说成是"隐身的串门儿",是"拜师访友;而且这种拜访,不必事先打招呼,也不怕惊扰主人,翻开书就进了门儿,可以常去,时刻去,如果不得要领,还可以不辞而别或另请高明。只有剔除了读书的某种功利色彩,剔除那种为了黄金屋和颜如玉甚至为了换取官位等去读书的目的,才可能获得读书的境界,才可能取得读书的快乐"。这文章写得真好!

王立宁和小那给惠娟捎来了一件"创能"安琪儿按摩腰靠，吃过晚饭，我们把它给惠娟套上，把唐玉峰送来的头疗机也安上，再用海豚红外按摩棒按摩她的背部，治先用手机来录像，我学着谍战片里的拷打被捕人员时的口吻："你是延安的、重庆的，还是南京的？"惠娟答："我是东京的！"我说："你投降不投降？"惠娟问："投降怎样，不投降又怎样？"我说："投降就继续给你弄这些；不投降就撤掉这些待遇。"把海英他们逗得直乐。治先把这条彩信发给了他舅。晚上海泉来电话说看到了这条彩信，很逗！他说他在昆山呢。在上海附近，明天回北京。他说昆山也很冷，前几天在广东一个偏僻的县，也冷，都得穿羽绒服。

陈冠旭发短信告诉我，我给他寄的羽·泉新专辑光盘收到了，我请他代转王玉祥一张，他说照办。

2010年1月3日

今天，开始打臧克家的信，还有郑曼大姐的信。

全天没有出门。在央视5套看全国女排联赛广东恒大对福建喜梦宝女排，广东恒大是"老郎"即郎平执教的一支新组建的队伍，有许多熟悉的面孔，如2号冯坤，3号杨昊，7号周苏红，还有挺厉害的老队员12号和新手10号，我叫不上名儿，10号是现任国手李萌？这5名队员都是国手，还有4号和15号两位外援队员，其中着黄衣的15号小个子是自由人。广东队着红色队服，十分抢眼，更抢眼的，是她们打球竟那么自如，完全是艺术化的，给人太深的印象。也许是观众对她们太熟悉的关系，有信任度在其中。着粉衣的福建队输是肯定的，她们也有一两个国手，如特会发球的高个儿徐云丽等，可是阵容相差太悬殊了。正因为这样,粉队没有负担,没有包袱,根本没想到赢的事,只是放松地打。她们战到二比二已很不错了,最后三比二红队胜出。解说说广东队已连胜了八场。看红队打球,真是一种享受。这让我想到1990年夏天,我带将到北戴河参加全国少年文学夏令营的海泉在北京拜访臧克家,恰巧那天郎平和她父亲来拜访臧老。我们在一起说了好多的话呢。这是二十年前的事情了。当时我还写了篇散文《在臧老家巧遇郎平》,发表在1990年8月13日《人民日报》副刊头条上。臧老和郎平都在海泉的本子上题写了勉励的话。我们与臧老,还有郎平,在臧老家的院子里留下了珍贵的合影,成为永久的纪念。

2010年1月9日　星期六

整天没有出门。天上飘着细碎的小雪花。地面、房顶、树木,又添铺了一小层白雪。

把臧克家老师、郑曼大姐及他们家的苏伊、臧小平的信打完了,两万多字。

看到《人民日报》上苏小卫对电视连续剧《生死线》的评论,我颇有同感。这部电视剧经过编剧、导演、演员的努力,各方面都让人感到真实可信,中国社会各方面的力量,除了邪恶力量——侵入中国的日本鬼子和卖国的行帮势力——之外,都自觉不自觉地集合到抗日的大旗之下。每个人物都给我留下了深刻的难以忘记的印象,那个长得不算帅的中共地下党员欧阳山川,与他装扮夫妻的他的顶头上司老唐,那个国民党军队的上尉军官龙文章,那个黑不溜秋的眼睛明亮、说话做事特男子汉、武艺高强的、让高家小姐爱慕、出身帮会的四道风,那个喜欢高家小姐可高家小姐并不喜欢他的、国际上敌我双方——与日本同伙的德国及反法西斯同盟的美国——都要把他弄到手的研究原子弹的年轻学者何莫修,还有那个忠诚可敬的六品,那个抱着机枪的要报仇的女学生唐真,后来在《三枪拍案惊奇》中饰演酒店丑老板的深明大义的高会长及其女儿……这是一群由各方面力量集合起来对付来亡灭我们国家、民族的豺狼日寇的抗日群体。每个人都有血有肉,每个人的思想感情脉络都不是凭空想出来的,都有根有据。看过这么多天了,这部电视剧中的人物和情节仍活在我的脑子里。这很不容易。这部电视连续剧,让人震撼,在民族危亡的关键时刻,我们民族的生死线,就掌握在我们全体民众的手上,全民族齐心合力,就没有打不垮的敌人,就没有战胜不了的困难。

上午10点多,接受辽宁电台文艺台《红诗会》栏目的电话采访。记者薄海英和谢卿在播放《人民万岁》之后与我进行了问答。

2010年1月11日 星期一

接到焦凡洪的电话,他告诉我,《人民日报》发表了我的散文《风雪绥芬河》,在副刊二条。我在路上买《人民日报》,只买到一份。便想请沈河区委宣传部和铁西区委宣传部的同志帮我找几份。

回家看到袁鹰的信:

世宗:

又到岁尾年头,祝你新的一年里百事如意,文思泉涌,阖府安康。虽然不如意事很多,令人忧虑愤慨的事也不少,但是我总想起夏衍老人生前常说的："我是个乐观主义者。"总应该相信将来总要比现在好。

你说到长征路，总令人神往不已。我一生经历过许多路，最难忘的就是井冈山和皎平渡的两段红军路，也是后半生里为人处世的支柱。

祝

俪安！

钟洛

元月4日

袁鹰随信附了一张有他和老伴儿吴芸红"八年前在江南周庄留影"，是彩色的。上面写道："世宗老友：敬祝新春万福愉快安康。"还附一诗："六十春秋感慨深/老来留得好心情/昨宵梦向江南去/碧水青山依旧亲。"

收到克家女儿苏伊的贺卡。这是臧克家和郑曼大姐都不在世后的第一个春节。我们永远怀念两位老人。

2010年1月14日 星期四

一早接到高玉宝的电话，他到沈阳查病来了，女儿燕平陪他来的，老伴儿宝娥姐患老年痴呆症，认不得人，记不住事，把水坐灶上，就全忘了，直到烧干锅，有时连玉宝都不认识了。能这样吗？早上，我把惠娟送到家乐福之后，便直接去了陆军总院。满院的车没有车位，还全是计时收费的。昨天得消息说，全沈阳有70余万辆汽车，而停车位只有20余万，还有50万辆的车没有地方停呢！市人大会把这个事当成大事提上了议事日程。

高玉宝有心脏病，上次让我打听韩雅玲电话，他与韩联系上了。韩副院长给他安排了床位。因为没有高间儿，暂时在三人室住下了。我去看他时，他正打点滴，与我紧紧握手，一劲儿要起身。我没有让他起身。我把与惠娟商量的带去的1000元，给了他女儿。玉宝从大连给我们捎来辽参胶囊四盒。

护士来赶陪护的人员，说韩院长要来查房，我说我与韩院长并不陌生，我写过韩雅玲的朗诵诗，那时是总院政治部主任张永前约我写的，上级在总院开现场会，有一个晚会，表彰总院先进人物，就有韩雅玲，我写了一首诗，其中写韩拒红包的事，韩不同意这样写，最后把写这件事的几句诗拿掉了，标题也改了。我往外走时，遇见了韩雅玲率七八个人查房走在走廊里。我没有言声儿。燕平送我到电梯口。我想，韩是为了来看高玉宝才提出到心外科查房的吧？韩和高都是军区党代会代表，也都是省人大代表。

我到宝岛眼镜店取眼镜，因丢失了小票，只好用我的证件，我的证件要复印存根，附近没有复印的地方，只好到王妍、王璐、李辉的制版公司，她们扫描后，印了出来。好久没来她们这儿了，还是2006年印日记书的时候，她们全力以赴帮助我。她们说正有一套省作协的书，好像几本里都有我的作品，诗、报告文学、儿童文学……她们正在做。

又收到赵秀忠的邮件：

> 如我期待的那样，打开邮箱，看到了您的两封信，再次于欣喜中品读，再次沉浸在精神享受中。老师视我为知音，并对我的文字加以夸奖，学生喜出望外，虽较之老师难以望

其项背,但也是对我的激励和鞭策,我将更加努力,力求做个称职的知音。

《灼人的克家》一文也赏读,为老师能与这样的名家有这么深的过从和情谊而骄傲,也为克家老平易谦和中透出的灼人情感而肃然起敬,读老师这样的文章真是一种心灵的净化和思想境界提升的美学享受!您所存的其他名家的文章若不忙时发给我是我所期盼的,一方面可让杂志陆续选用,更重要的是我愿意继续在这些文章中感受大家的人格魅力,也更进一步走近胡老师,感受胡老师的心灵、情怀、人格和语言魅力。

昨晚我把六则素描、关于您日记的评论和您的几篇博文(《没有母亲的日子》、评范咏戈和李瑛的评论、《我把太阳迎进祖国》《风雪绥芬河》、羽·泉为奥巴马演唱的那篇)送给了艾主编。他和我读着、谈着、兴奋着,共同陶醉在您给我们提供的精神盛宴中。这位老先生,虽是研究西域史的,但对文学的热爱不亚于专事文学的,而且也很有文学才情,他的不少西域史的研究都是从唐诗引发思路,有的还从唐诗中寻找研究的佐证呢。所以我们也是过从甚密的知己。他准备以上下的形式,分两期把六则素描刊发出来。还说尽他所能给开最高的稿酬呢,我对他致谢的同时,告他说胡老师看重的不是稿费,而是让更多的人感受这些名家。老师,我对老师的理解对吧?

我知道老师很忙,所以请老师不必每封都给我回信。

与省电台的薄海英联系好,她把给我录好的一张采访我的光盘交给了我。

2010年1月27日　星期三

上午，正兴宾馆隋广友派办公室主任黄永涛来家答谢。因我为他们撰写给首长的敬酒词，尽管因为那天有文工团演出，宾馆的服务员没能有机会表演，为首长敬上酒，但隋总还是要向我表示感谢。我再三推辞，他们还是来了。

我向隋总和黄主任赠送了图书和光盘。

收到《光明日报》韩小蕙寄来的四本书："如影如痕"《快乐的理由》、"生命如歌"《我与名家交往》、"似水年华"《为你祝福》、"岁月留香"《灯红酒不绿》。这是华文出版社2005年出版的，属于"校园文学"丛书。我翻看了《我与名家交往》的那一本，读到景仰和熟悉的作家们的音容笑貌和寻常生活逸事，令我十分感动，尤其是写到臧克家、郑曼大姐、苏伊和小平等，感到特别的亲切。

收到萧滋云寄来的《日记》杂志，看到滋云眼睛有疾在兰州治疗时的日记，他是多么不容易，他是多么刚强，他又是多么孱弱！这个从未谋面的身居偏远一隅的文友，我想念你呀！

找出我日记里漏掉的1987年10月江西行的日记，开始补打。

中国作家协会1987年组织部队作家访问团赴江西访问，这是一次令人难忘的文学活动。2006年，春风文艺出版社出版时间跨度45年、累计字数408万字的《胡世宗日记》时，竟然阴错阳差地漏掉了这个十分重要的部分。是诗人峭岩在仔细阅读《胡世宗日记》后指出了这一缺憾。今天，我找到了当时的日记本，整理出来，补上这一重要的缺欠，把这一活动的日记就插在这里吧！

2010年3月6日　星期六

一早收到昨天海泉发来的短信："老爸，我们已经安全抵达新西兰，展开两周旅行，一切很顺利，请领导放心！！！"我今回复："得达新信息，非常高兴！祝愿你们玩得愉快，解数月劳累疲乏，亦可有诗文之灵感，万勿弃掷！"

上午，诗歌作者裴志强来送刚出版的他的诗集《彩桥》，并让我在诗集扉页上写几句话，我写了：

> 彩桥连着你和我，
> 彩桥连着作者和读者，
> 彩桥连着今天和明天，
> 彩桥连着汗水和成果。

他与我说起诗集宣传的事，他已与《诗刊》和《中国诗人》两杂志联系过了，我说还可以与《诗潮》杂志联系。

翻看作家出版社出版的臧克家纪念文集《他还活着》，这本2005年得到的书，因其厚达800多页，没有细看过。今天细看，有太多的文章写得十分精彩和感人。许多的诗人作家从各个侧面写到克家老人生平的一个个场景、一个个细节，加到一起就是一个几近完整的克家形象。在除了克家本人及家人的照片之外，仅有的十几张照片，还选了克家与松涛和我的合影，特别难得和珍贵。我在凤翔发表于2004年2月11日《北京晚报》的文章中读到这样的一节《我佩服两个人》："1990年8月2日下午，我陪北京武警部队诗人殷德江，一起来到臧老的家中，殷德江同志和臧老同是山东诸城人，老乡见老乡，聊得格外亲切热乎。聊着聊着，话题转到了文学创作的源泉问题上。臧老非常称赞'文革'后著名作家浩然同志在京东三河县深入生活，写出有影响的描写农村改革的长篇小说《苍生》的做法，认为作家就应该深入生活。他说：'我佩服两个人，一个是浩然，另一个是柳青。柳青同志深入农村，完全像一个老农民。'他谈到自己时说：'我现在不写现代诗了，只写散文。现在上了年纪，不出门，没有生活，怎么写诗？'他认为，作家就应该像浩然、柳青那样，要不断地深入生活。"（见作家出版社《他还活着》118页）

至今晚，央视8套播出的电视连续剧《利剑》全部播完了。已是很不错了，但比起《潜伏》仍有很大差距，差在编剧上，差在演员功夫上。

2010年5月20日　星期四

一早爬起来，琢磨今天铁西大跨越诗歌朗诵会选诗要谈的一些事情。

与中武通话，请他尽快把改诗发给我。他家里被盗，电脑文件全丢了，这是孩子考大学用的。在二中附近租房丢的。

高东昶说好，早7点30分发给我邮件，可是7点40分了，他也没发来。我打他手机，还关机。宅电无人接听。我等到8点，邮件未到，我只好走了。在山东堡堵车，我掉转车头从西站走，西站也堵车，到区委时，晚了十来分钟，很不好意思。

今天，传章、薄海英、商国华都到了，还有文化馆等单位的同志。

讨论作品和朗诵会的结构。午餐时，接到董伯杰电话，立即去区委，结果是多数人去看文化馆小剧场，等了一个多小时的时间。我今天没有时间去理疗了！

晚上回到家，接到晓凡电话，说他新写的诗发到我邮箱了，我打开看，很棒。另外，收到王中武改过的《臭水沟》一诗和他转来的裴锡贵的诗，都很好，还有高东昶发来的两首诗，原来的《劳动万岁》现在看不行了，但他新写的一首漫步铁西的抒情诗，很有激情，可改用。晓凡告诉我，选的那首《车间风雷》可换成另一首《谈心》，原名也是《车间风雷》，是臧克家给改的标题。他建议用这首。我立即看了，觉得这首写人与机器的对话，挺好的，立即发到区委史江宁的邮箱了。

主要的诗作都到了，也很理想，我与汪诚部长通话，与董伯杰部长通话，与薄海英通话，兴奋之情溢于言表。

打电话给牟心海、解明、刘秋群，分别与他们确定明天采访要写的题材，分别是铁西名片、北二路和铸造博物馆。

2010年6月14日　星期一

铁西区委宣传部司机把《铁西神话》书送来一包，32本。顺便把"铁西颂"诗歌大赛征集作品打印本送来，让我审看。

张云晓老部长打来电话，说军区让他出席一个会，他要准备发言，问我说些什么好，希望我有空儿时去总院与他谈谈。他现在在总院，换心脏支架。

军区政治部组织部来电话，说徐洪刚来到沈阳了，军区政治部主任王洪尧是"铁军"老部队的首长，首长老部队来人了，首长在大连，要求机关接待好，下午徐洪刚要来拜访我，我说下午2点可以。

我准备了三本书：《新诗绝句》《胡世宗诗选》《烛光》送给徐洪刚。

找出了写铁军电视专题片时的手稿几十张，徐洪刚就是要收集这个手稿准备办师史馆用的，他专程来此，从锦州过来。

铁军宣传科干事康保平从北京打来电话，请我替他好好接待徐洪刚，他说徐洪刚不仅是他的领导，更是他的好朋友。我说没有问题，放心好了。惠娟专门去市场买了西瓜和樱桃。

下午3时多，徐洪刚在军区组织部干事崔汉振和铁军师组织科蒋中雷的陪同下，来到我家。徐洪刚与照片上的那个英雄徐洪刚相比，略显胖了一点，但仍显得很年轻。他是中校军衔，胸前佩戴着许多立功的小横牌牌。

落座后，徐洪刚首先向我赠送了一块包装特讲究的铁军师纪念表，他说早就知道我，因为他喜欢文学，特别是诗歌，在军内外报刊上读到我很多的作品。我说你也写了不少的诗和散文，还出了诗集和散文集呀！他笑笑说：我写的东西很粗浅哪！

惠娟在倒水的时候笑着说，你一点不像我想象中的英雄啊！

徐洪刚笑笑说，我没有长三头六臂是吧？说得大家都乐了。

徐洪刚勇斗歹徒的英雄事迹家喻户晓，收入到小学课本里，成为全国人民学习的榜样。

徐洪刚问我到他们师去过没有，我说写《铁军》时因为太匆忙，任务太紧急，我只在中央电视台的制作间里看资料，看片子，然后由央视给我找到北京军区一个宾馆住下，每天用笔记本电脑敲字，不熟悉的事情要问，打军线问铁军，问济南军区，问央视。电视专题片播出之后，我有机会去洛阳，参加二炮某工程技术总队的纪念活动，我写过《神秘之旅》，他们就请我出席这个纪念活动。铁军师师政委周和平听说我在洛阳。邀请我到师里做客,参观了一些连队,还请我吃饭。

洪刚说还曾看到我的一沓诗画贺年卡。我写的诗,聂义斌作画。是辽宁美术出版社出版的。哦?这个他也知道?也看到过?

我们还说到洪刚的家乡彝良,我曾两次重走长征路,一次上老山前线,都到过那里,洪刚说再去,与他打个招呼,他在家乡有很多好朋友,可以接待我的。

徐洪刚问起当时是济南军区还是军、师请我去写的,我说都不是,是中央电视台,是陆海宁导演,她刚在一年前做了我一期纪念红军长征胜利七十周年的"电视诗歌散文"专题《不可忘却的长征》,由瞿弦和等朗诵了我的《沉马》等几首长征诗,反响很好,她坚持请我来写这部专题片的稿子。

接着就说到主题,铁军师要办师史馆,在征集资料,我曾在2007年为七集电视专题片《铁军》撰稿,他们希望得到我的手稿。我说恰好我找到了这些手稿,原来以为全是用电脑写作,不会有手稿的,可是当我找到那一大摞铁军资料时,竟然有我写的手稿50多篇!

我把手稿拿出来,徐洪刚认真地兴奋地翻阅着,他在一页我的手稿上发现了有关徐洪刚的文字,指着说:"这里写到了我。"我说:"是的,这是第几集呢?"

徐洪刚说,原来也考虑到可能电脑写作不会有手稿,那就让我抄几页打印稿,也是可以的,也算没白来。

第一集是《和平使命》,第二集是《铁流滚滚》,第三集和第四集是《铁骨柔情》上、下,第五集是《铁血丹心》,第六集是《铁军雄风》,后面第七集《铁军印象》,是八方人士谈看了《铁军》片子后的反应,里面还采访了我写这部片子的感想。徐洪刚真没有想到会有这么多的手稿原件哪!他说这是个意外的惊喜!

心诚则灵啊!

片子里插的几首诗的原稿,也都是手写的。

许多打印稿子的纸边上,还有我的一些修改的文字。

我找出了中国国际电视总公司出版发行的中央电视台2007年作为中国人民解放军建军八十周年特别节目的《铁军》系列光盘,徐洪刚和随行的蒋干事都说没见到过,特别是封面,很特别,我把这个光盘送给了他们。徐洪刚嘱咐蒋干事给我填写一张收藏证书,蒋干事写好后给了我,可是徐洪刚看了后,觉得写得太抽象,不具体,在他的指示下,蒋干事重写了一张,上面写:"胡世宗首长:您的七集电视专题片《铁军》的撰稿手稿被济南军区红军师师史馆永久珍藏,特发此证。"下面是落款和年月日。大红的收藏证书封面上有八一军旗、长城和"振铁军雄风,创英雄业绩"的字样,徐洪刚特指了封面上的编号"00502"号。他说,我们从500号开始征集,您实际上是第2号。我说,这对我是一种莫大的荣幸!

洪刚提议我手持这个大红证书与他合影,我们在一起看手稿时,崔干事和蒋干事也拍了一些照片。

我们还唠到写诗的一些事情,唠到抗洪救灾的一些事情。我知道他和他夫人的电梯缘的美好佳话,问他孩子多大了,他说13岁了,叫徐泽林,他补充说,这个好记,反过来就是林泽徐(林则徐)。真逗!

洪刚参观了我的住房,我说是儿子孝敬给买的,他还到我家大平台上看养的花、种的蔬菜,他说这是他见过的非常适合居住的好房子。

徐洪刚给我留下一张名片，上面有铁军臂章，头衔是"全国第五届十大杰出青年""中国作家协会会员""孙膑书画院名誉院长""洛阳书画院副院长""71282部队政治部副主任"……名片背面，有出版作品《徐洪刚赵小竹书画集》《生命礼赞》（诗集）、《徐洪刚散文集》《我在铁军》（励志传记）。我说你的邮箱可以用吗？是不是军网的？他说不是。我说这样发邮件就方便些，不涉及保密的事。

他们是从锦州过来的。今天上午去了法库，刚回到沈阳，就到我家来了。去法库也是为师史馆的事跑很多地方。

我请徐洪刚在我的本子上题词，他写道：

世宗老首长：诗人的情怀，忘年交的友谊。

徐洪刚

2010年6月14日

洪刚在我家墙壁上臧克家、刘白羽、艾青、丁玲、贺敬之、魏巍的字画前，站了许久。

洪刚还看了我的36平方米露天大阳台，看了上面的花和蔬菜。

洪刚听说我曾四次自己驾车往返北京和沈阳之间，称赞我的身体真的很健康，精神真好。

2010年7月14日　星期三

中午饭后就返回沈阳了。连胜带了车来。松涛预约了坐他的车,这样可以直接送他回乡下那个家。萨仁图娅说也要坐这个车回去。我本来想搭这个车的,见已有两个人了,再多一个就要挤了。连胜说不会挤的,他愿意并欢迎我坐他的车。他的中华车后面可以坐三个人的。松涛也说你和我一块走吧。这样我临时决定搭这个车回沈。扔下的只有心海、永元和《鸭绿江》的会计小田了。他们买了下午2点的大客车票。原来李秀文说找车送到沈阳,因李秀文没有来,也就作罢。

在回返的高速公路上,在疾驶的小车里,我们听了连胜与电台播音员共同配乐朗诵诗作的光盘。我背诵了我崇拜的抗战时期的诗人陈辉的《为祖国而歌》。车上三个诗人听众听得十分投入,他们非常赞赏,都为陈辉的诗所感动。他们说在当今诗坛上能写出这样好诗来的人不多。我说,陈辉二十四岁英勇牺牲,那么年轻,在战争的环境里,写出这样的诗太不简单了。松涛说,舒婷的诗也受了这诗的影响吧!他还建议在18号的朗诵会上,让我朗诵这首诗。连胜说,应该叫它"历史上的红诗",在刊物上好好推荐一下,写你的感受。连胜让把这首诗发到他的邮箱里,他要好好学习。我开玩笑说我事先说了,我朗诵是收费的,一个人5元。他们也开玩笑说,可以给5元5角哇。

收到白帆寄来他主编的《星光诗刊》和他的一封亲笔信:

胡世宗先生:

您好!

久闻大名,知您是沈阳军区的一位军旅诗人,但您的诗和您的大名早已越过"沈阳军区",飞向全军,飞向全国,甚至飞越国界。只是遗憾时空的隔阂,使我们至今未曾谋面。但是,当我收到您寄来的二十多年前的大著《当代诗人剪影》,感动得几乎一夜未眠。因为这本在当今书店里无法再买到的书,记录和描写了当代诗坛响彻云霄的二十位诗人的名字、才艺和业绩。原来,他们在我心目中是灿烂的星斗,璀璨却遥不可及;今天,读了这本书,他们便成了我眼前的灯火,亮丽又可亲可敬,尤其是臧克家、李瑛、杨星火、公木、雷抒雁几位诗人,曾在1994年"三星杯"全国诗歌大赛中出任评委,那次大赛臧老是评委会顾问,贺敬之是评委会主任,魏巍、杨子敏(时任《诗刊》主编)是副主任,林默涵是组委会主任,许多诗坛大家是评委。所幸那次我的诗《读毛泽东书法》荣获三等奖第一名,应邀进京参加颁奖大会,见到了本次大赛的全体评委并合影留念,而且在一起就中国诗歌现状和走向进行了座谈,亲身感到了这些前辈诗人的谦和、大气的风采,特别是老诗人公木、杨星火、柯原、周良沛等和我们在一个讨论组,谈得非常融洽。杨星火对我的观点和诗歌很推崇,很赞赏,后来我们成了忘年交,一直保持通信,直到2000年她不幸病逝,1996年,她还帮我出版第二本诗集《白帆诗选》并亲自作序,对我鼓舞很大,她是一个善良、崇高、无私的人,她收养藏族孤儿的事迹很感人。她走了,留下几部诗集和一首被臧克家记住的歌《太阳和月亮》。

  读了您这本书,使我又回到了十六年前,大师们的音容笑貌仿佛就在眼前。如今,他们虽然相继在岁月的风中凋谢,但他们的精神却永远鼓舞着我们写下去,直到生命终点。这就是我将十六年前的一幅老照片放在这期《星光诗刊》封二上的用意，也许，与您二十六年前出版《当代诗人剪影》的想法不谋而合。

胡老师，您书中的大诗人是我的楷模，我会认真保留珍藏这部书，闲暇时翻阅，以励心志，增强写好诗的自觉性。还希望将您自己的大著寄来两册学习，望支持！

《星光诗刊》是我们新诗学会创办、集资出版的一本诗刊，已出版四期。今寄赠您两册，望多加指点、批评、宣传。

因我们文联还有个刊物叫《星光文学》是综合性的纯文学刊物，近期正在审稿，望能惠赠大作，以示鼓励与支持。

前段工作太忙了，迟复为歉。望于百忙中回复。

祝

体健笔丰！

白帆
2010年7月1日

晚上在院里走圈儿时，带上了1986年魏巍赠我的《魏巍诗选》，主要想复习背诵过的《登雅典卫城》，那时诗人带着满腔的热情写诗，也带着政治色彩的眼镜看世界，因而他看到的是所谓"资本主义"的贫穷和没落，其实未必是真实地本质地反映了社会本来的面貌。但诗人的那颗诗心和写诗的技巧，诗的语言，仍是可以学习的。"我多么想歌唱你海水的碧蓝，它多情地轻托着渔人的风帆……"简直是太美了！我入伍前在念书时听铁西区文化馆牟崇民朗诵过这首诗，记忆深刻。

惠娟说海泉今天来过电话，说在南非一切顺利，没有发生什么不测的事。回来很忙。可能17号回沈阳有一场小型商演,可以回家,这真是太好的消息了。

2010年8月1日　星期日

明天是惠娟的生日,今天是军人的节日。儿女的生日是母亲的苦日。为了报答父母,今天上午,我和惠娟把岳父母接到我们院儿来,惠娟的老弟碰上了,也拉了来。还约了在市里带孩子的崇达和双娟过来。

中午,在会馆餐厅要了六个菜、两瓶啤酒,共聚了一下。饭后,把老人送了回去。

收到许多人的贺八一短信。

尹伟达的:"小时候,八一是电影中的英雄;长大了,八一是心中的向往;参军了,八一是肩上的责任;今天,八一是我们不忘的情怀。"

朱秀才的:"今天是八一,今天我要送你八个一:一个凉爽的心情,一份拼搏的勇气,一份财气,一个好脾气,一个好身体,一个好习惯,一个好机会,一个好运气。收好八个一,万事都如意。"

徐洪刚的:"八一歌:八一军旗映日红,八一战友军旅情,八一节日壮军威,八一祝福美愿成。"

李丹的:"恭祝您军旅路上,一马当先,一帆风顺,一呼百应,一致拥戴,一鼓作气,一气呵成,一路高歌,一发不可收!"

收到赵秀忠的邮件:

胡老师：

我已于昨晚回到石家庄。昨天下午石家庄下大雨，由于市政工程不行，到处积水，出租车打不上，偶尔拦住一辆，漫天要价，平时20元的车程竟要50元到100元，幸好坐上了公交车，但走走停停，到家竟走了两个多小时，回家已是10点多，本想到家后给你发个短信的，看时间晚了，怕打扰你，没有发。

今天早上，收拾行李，我和妻子、女儿围在一起，抚摸、翻看着你的日记书，一起欣赏有关海泉的唱片和图书，给她们讲述着我见到老师的情景，全家人一起沉浸在美好中。后来，打开你的博客，看到你写的《接待赵秀忠来访》，我给她们娘儿俩读了起来，她们有如临其境之感，我妻子也感叹，相识近三十年了，今日才见面，不容易呀！而我则好像又回到了老师身边，两个多小时相聚的情景历历在目，再次感受着美好，回味着美好！

是呀！相交三十年、神交三十年，竟是第一次相见，这相见来得太晚，来得多么珍贵呀！这次大连沈阳之行，对我来说真正的目的就是见到老师，因为大连、沈阳我都去过，一路上的游览大多觉得平平淡淡，只有到了沈阳的29日晚和你通话后，我的辽宁之行才掀起了波澜，与老师在一起的时刻才是这次出行的高峰！本来你嘱咐我坐公交车的，但我还是难以控制住急于见到老师的迫切心情！在进入三隆世纪城等你时，心跳都有些加速了！在进入你的家里时，激动得都有些不知所措。师母端上来的西瓜是那样的甘甜！老师的赠书令我如获至宝！老师带着我观赏那特制的书架、新奇、美慕、目不暇接,感受到老师每天坐拥书城、仰望书墙的高雅、充实和愉悦!观看海泉用过的钢琴,内心感叹一位著名歌手的天分与禀赋!走进书房,欣赏着臧克家、贺敬之、刘白羽等文坛大家给老师写的书法,似乎我也走近了大师!看着老师的写字台与电脑,自然想象到老师就在这儿整理出了日记书,在这儿写出了一篇篇作品,在这儿通过网络与外面的亲朋好友以及相识、不相识的文友们展示真诚的心灵、舒放诗人的情愫、拉近与每个人的情感距离,其中也包括与我的一次次交流!师母给我们照相,我与老师手拉在一起、肩并在一起,与老师第一次靠得这么近,真是零距离接触,拉近的岂止是身体,我觉得我们的心也都融合在了一起!

　　老师对我的真情让我感动!我注意到你的客厅门口的小黑板上写着近期的活动内容,其中有一项就是30日秀忠来,我感受到老师对我来访的重视程度,也感觉到老师的细心,也知道老师的繁忙。我本想坐一会儿就走的,但老师的盛情难却,也给我们相对深谈创造了机会。酒店里边饮边谈,谈得从容而深入。当我举起杯来的时候,说出感谢你与浩然老师的时候,我的泪水差点流了出来,你的补充"还有王栋",让我心中生出一种感慨:于我一生有重大影响的三位老师,只有王栋老师不曾谋面,此为一大遗憾;三位老师中与浩然师见面是在十五年前,而与老师见面却是神交三十年后的今天,真是相见恨晚;三位老师中两位已经作古,让我对他们生无限怀念的同时,也默默祝愿老师健康快乐!

　　那天时间过得太快了!不愿离别的时刻还是到来了。当我坐上出租车，与你挥手告别后，泪水不由得溢满眼眶。一路上都在回味着这短暂的相见。回到社院房间给你发短信说我已到后，你的回信"后会有期"，也让我心中再生波澜。是呀，后会有期！我们会有机会再见的，我会再找机会去看望老师的！我期待着这一天！

　　上午我把照片整了整，发现照片大多有些虚，只有两三张还清楚，我给你发过去吧，你相机上的那两张清楚吗？若清楚发给我吧。这些都是珍贵的瞬间！

　　原来我没有博客，看了你刚写的关于我的博文，这么快就有那么多的回响，还有人说与我联系，我也生出了设博客的想法，就让女儿给我设了一个，我的博客是（略）。祝老师一切好！代向师母致谢！

秀忠

我回复：

秀忠：

　　读了你的邮件，一股暖流涌入我的心房！是呀，我们神交这样久，短暂的相见让我们倾吐衷肠，真的是感慨多端！你的到来让我更加怀念浩然兄和王栋兄。他们都是太好的人了。他们给我留下的印象，才应该用"不可磨灭"四个字呢！我刚整理了我们的合影，有的还可以。发给你，请留念。邢台的刘国震也是因浩然与我有诸多联系，他有一本书专门写浩然的，让我写了序，序文发在《邢台日报》上了，书尚未见到。他急着要你的地址，手机号，要与你取得联系，他对你很敬仰。他在公安局工作。你可与他联系一下。你的到来让我十分高兴。真的把这个日子早早地空出来了，担心错过了与你的见面！代问你全家好！今天是八一，请接受我一个老军人朋友敬的军礼！

胡世宗
8月1日

惠娟与双娟商量如何照顾老人的问题，三弟双林有意照顾老人，做饭，收拾屋子，这应该是首选。老人的儿女照顾老人，会比保姆更为方便和亲近一些。

2010年9月2日　星期四

转眼就进入9月了，一年的大半就过去了，太快了！早晨快5点了，怎么天还黑黝黝的呢！嗬，原来天短了。老百姓的话多么生动：天短了！天是有长有短的呀！天短，早起一点，不就延长了天的长度了吗？这样一想，我又把一句老话翻过来说了：成事在天，谋事在人哪！

中秋节快到了，邮局在办理邮寄月饼的业务。我给袁鹰、李瑛、贺敬之和柯岩邮寄了月饼，就在杨士邮局办理的。他们说下月找个离节日近的日期再邮，让节前邮到就行了。前几年可以给臧克家、刘白羽、魏巍等邮寄，现在他们都不在了。

收到山东沂水魏然森寄给我的一部新小说《错位》。这是今年8月群众出版社出版的一部新时政长篇小说。书的腰封上写道："一部融合了官场、情爱、复仇、悬疑等时尚元素的畅销小说，也许是本年度最好看的一部新时政小说。"书的扉页上写着

"请胡世宗老师教正。然森2010年8月25日"。我接到书当天就读了很多页，确是非常好看，读者是会喜欢看的。我在光明网上，看到该网记者与然森的对话，谈的就是小说要好看，这很重要。随着，我到然森的博客上去看，他写了那么多好的博文，观点鲜明，文字犀利，也是很好看的博文。

2010年11月22日　星期一

昨晚写出三首海东的诗，今晨又写一首，共四首，发到《鸭绿江》杂志的邮箱里了。

看到《沈阳晚报》记者魏雯发来她采写的报道稿，觉得写得非常精到简要，我没有任何意见。她写道：

和著名军旅作家胡世宗聊收藏是一种享受，访者如此，受访者亦如此。只见他随意拿起一页发黄的信笺，只要有个开头，就会天南海北天文地理地滔滔不绝下去。在他精彩的讲述下，信札，这种人们随心所欲创作的"小品"，便展示出其"尽精微"而"致广大"的特点，更让人得以从尺素之间窥视历史风云、人情世态……对收藏信札已半个世纪的胡世宗来说，这项收藏还让他有了感受历史、保护文化的新领悟。

时至今日，胡世宗收藏的信札大概有几千封了，退休后，他最大的爱好就是翻看这些老信件。虽说是最最普通的信件，但它的价值却不仅是一纸文字那么简单，每封信，都蕴藏着一个故事在里面。胡世宗有封藏了三十八年的信，薄薄的信纸，承载了他与诗人贺敬之的一段友情：1972年冬，在北京总参四所为《人民日报》赶稿的胡世宗，距贺敬之的住处只几步之遥。当时,他很想得到一本贺敬之的《放歌集》,可书店已经售光了。

"我求书心切,就给贺敬之写了一封信,说明了自己的心情。没想到第二天,贺敬之就派人把书送来了,还附了一封信。"胡世宗说,"信上写,他在干校留守,因爱人患病,这几天才回城里照料,十分忙乱,不能面谈,表示抱歉。"因为这封信,两人由此结缘。

类似的名人信札胡世宗还收藏了许多,有刘白羽、臧克家、魏巍等作家和诗人,还有王晓棠、田华、叶乔波等演艺界和体育界的名人。对他来说,写信人名气大小不重要,而信中字里行间流露出的真感情,才是最宝贵的。像臧克家给他的信中谈诗的所谓"深"与"浅";刘白羽谈王国维的意境说;张光年谈中西文化比较;魏巍谈下岗工人的写作……都极具智慧和独到见解。"西方人把信札称为最温柔的艺术。这些信件出自名家手笔,不仅有历史的文物性和学术资料性,也有艺术的代表性,是写信人个性张扬的产物,见信如面的感觉就是如此了。而且,电子邮件异常发达的今天,这些手书信札尤显可贵。"他说。

2008年,《艳阳天》的作者、著名作家浩然去世,孩子们要整理他的书信集出版,这可不是件容易事。胡世宗接到浩然女儿的电话,回家翻找,竟找到了45封,近3万字,他赶紧打印出来,给浩然的孩子们邮去,这令他们喜出望外。这些信,有浩然创作鼎盛时期写的,有"文革"后徘徊、苦闷时期写的,也有立志奋起,在历史新时期长篇力作《苍生》问世时写的。研究作家浩然和中国当代文学史,这些信都是十分宝贵的资料,从中可以看出时代的变迁,写信人的苦乐悲欢和人生际遇及其感慨,很多都是历史长河中充满人生意味的文化瑰宝。

"无论名人还是普通人,给我的信札我都一律收藏。其实,普通人的信札并不一定普通。"胡世宗说,他还收藏着军内外大量文学爱好者的来信,他们信中谈及对文学的酷爱,对时代的解析,对成功的渴望,内容十分感人。"有的最早给我写信时还是默默无闻的业余作者,如今得了国家级文学大奖;有的最初给我写信时还在当战士,现在已是国家级文学期刊的常务副主编。"1972年,一个朋友在给他的信中说:"北京也不行了,也要肉票了,北京市民每人一月发二斤猪肉票,不过,他们家两口人四斤肉可以供给我买来熬油带回东北……"这样的信虽普通,却是时代的见证。

2011年2月19日　星期六

读《人民日报》文艺评论版徐兆寿文章《文学批评应有的气质》,说到"感性""精读""优美""真诚""深刻""胸怀",同版有一篇文章《拯救心灵,守护童年》,是评论儿童电影《守护童年》的,从评论文章得知,这部电影的编剧是我四十多年前就熟悉的战友赵葆华。读《文艺报》"经典作家专刊",其中克家大女儿臧小平的文章《不能遗忘的精神能力》,李建平、孙其林论臧克家的诗的文章《泥土之子,诗界标杆》,松涛写的《难忘提携之恩》,刘屏的《文学馆里的臧克家文物》……数篇文章,都十分感人。

2011年8月10日　星期三

风雨过后，今天是一个好天儿！

与高玉宝兄通电话，他说大连经历了一场凶险，但没有成什么灾，只是庄河和金州新区遭遇了台风的侵害。大连市内风不大，雨大。他的平台小仓房进了水，许多箱子都泡了，还有些书都被水浸了，而我的日记书因有塑料袋包装，没有进去水，他为此非常高兴。他问我们沈阳这边怎么样，十分关切。

与李光祥等人通话，互致问候。

我们乘坐的是南方航空公司的CZ635航班，是319空中客车。我们在换登机牌时，与那位工作人员说了，我们年纪大，希望能有一个靠窗的。结果给了我们两张最靠前的，确也是临窗，而且与头等舱只隔了一块板儿，非常的称心如意！

机上，我用这四个小时从头到尾重读了臧克家的《烙印》，这是新中国成立六十周年时，几家单位发起评出百年百种优秀文学图书其中的一种。这本书是胡玉萍编辑给我寄来的，同时寄来的还有她作为责任编辑的古华的《芙蓉镇》。克家的这本书，包括了两本诗集：一是《烙印》，一是《罪恶的黑手》。

像《忧患》："应该感谢我们的仇敌。/他可怜你的灵魂快锈成了泥，/用炮火叫醒你，/冲锋号鼓舞你，……"像《希望》："你把人类脸前安上个明天，他们现在苦死了也不抱怨，你老是发着美丽的大言，从来不知道什么叫红脸。人类追着你的背影乞怜，你从不给他们一次圆满，他们掩住口老不说厌倦，你挟着他们的心永远向前。"像我最喜欢的那首《生活》："这可不是混着好玩，这是生活，一万支暗箭埋伏在你周边，伺候你一千回小心里一回的不检点。"像克家的代表作《烙印》里的句子："我从不把悲痛向人诉说，我知道那是一个罪过，混沌地活着什么也不觉，既然是谜，就不该把底点破。""我嚼着苦汁营生，像一条吃巴豆的虫，把个心提在半空，连呼吸都觉得沉重。"还有《天火》《不久有那么一天》《炭鬼》里发出的预言："宇宙扪一下脸，来一个奇怪的变！""暗夜的长翼底下，伏着一个光亮的晨曦。"《炭鬼》里说的："别看现在他们比猪还蠢，有那一天，心上迸出个突然的勇敢，捣碎这黑暗的囚牢，头顶落下一个光天。"又是朦胧的，又是清醒的，二十六岁的克家发出伟大的预言。还有名篇《老马》《老哥哥》《洋车夫》《贩鱼郎》，表达对劳动人民的同情。《老哥哥》里主人家的天真的孩子与年老的用人之间的对话，显示了人间情薄！

两本书加到一起不到四十首诗，有许多是克家十七岁、十八岁时写的，写得很棒的，还有二十七岁时写的。海泉有些比较好的诗是1991年前后写的，那时他十六岁左右。我希望海泉好好读读这本书，我在书上做了读书感想的批注。

一路上看到窗外很多美丽的景色，特别是变化多端的云。有时惠娟说看那高耸的山峰！我一看却仍是造型好看的云。在接近终点的时候，飞机低飞，我看到像舞台上打干冰一样的一团团的白雾、白云，掩映着海湾和群山一样的高楼大厦，异样的壮观与美丽。海湾里的船由小到大，从模糊到清晰……

2011年11月29日　星期二

收到南通王美春寄赠的他的诗歌评论集《笔落惊风雨》，有两个部分：一是写诗原理ABC，另一部分是对现当代著名诗人的代表作，或非代表作却是颇值得一读的佳作，进行有关成功的探讨，共对现当代三十九位著名诗人的诗作进行了细致的评论。这三十九位诗人是臧克家、艾青、卞之琳、贺敬之、丁芒、沙白、李瑛、忆明珠、柯岩、王辽生、流沙河、黄东成、孙友田、赵恺、刘章、雷抒雁、胡笳、华万里、胡世宗、杨德祥、陈咏华、韩作荣、黄亚洲、李发模、徐明德、高洪波、李小雨、舒婷、梁平、汪国真、赵贵辰、吉狄马加、王明韵、潘松波、洪烛、高昌、黄葵、邱华栋、申林。其中评论了我的一首诗《陵园》，所用标题是《独特的视角 深刻的主旨》。

中午，邮递员送来了贺敬之从中宣部邮出的"柯岩创作六十周年座谈会文集"——《蓦然回首》。这是一本厚重的书，在柯岩大姐处于生命的危急之时捧起它，分外感到沉重！

抽空看了中国男排与伊朗男排的比赛。中国男排以三比零获胜。只是觉得男排缺少女排的那种热气儿、那种斗志和团结向上的精神。

至晚9时，把需要给《沈阳晚报》连载的日记卷二选择出的文字整理完毕。

杨春燕晚9点来电话，说明天聚会，《沈阳日报》副总编辑佟丽霞和她与我共进午餐，在美国领事馆南边一点的一个日本料理东京餐厅，想谈谈报纸副刊如何办得更好的话题，她们想听我的意见和建议。

2013年4月26日　星期五

接到《沈阳晚报》万玉萍的电话，说谢学芳主任看到我博客上发的1990年与上初中的海泉去北京拜访臧克家巧遇郎平的照片和文字，让我立即给他们发过去，而且说，这样好的图文应该发博客的同时就给他们一份。我说我不想占报纸版面太多,一个人老在报纸上发东西,并不好,应把发表的机会让给更多的人,特别是初学写作的人。万编辑说,我们希望名家多给我们写稿哇,你想的问题并不存在。名家写出好稿子,读者很欢迎。这样,我就抛开博客文章,认真地重写了篇小文,从日记里查对具体时间,因为资料都在档案馆,我只好打电话给档案局的张耿城副处长,请他到我的那个剪报本查一查。这时都到了晚上下班的时间了,他认真去查了,是1990年8月13日我发表在《人民日报》上的散文《在臧老家巧遇郎平》,而我自己记得的是8月2日,这就与事实有差距了。留存档案还是重要的呀!万编辑说明天见报。

2013年5月31日　星期五

今天出席在军区司令部直属通信团礼堂举行的一个有关孩子的活动:关爱明天,放飞梦想——庆"六一"我的中国梦诗歌朗诵会及春蕾慈善助学捐助仪式,区关工委及教育局、民政局、慈善总会等各方面的人士,如关工委常务副主任赵凤杰、顾问纪绳先、副区级巡视员崔宜华、民政局副局长李洪宾、教育关工委王朝辉等人到会。通信团政治处主任刘志存也出席了。团副政委陈齐贵专来看我,我把给他的书带来了。前年这个团一部分干部战士在本溪野外训练,我曾去给他们讲课,参加那次活动,就是齐贵邀请的,那次活动中与刘主任相识。葛江洋也去了。刘志存来这个团两年了,他的孩子在铁西应昌小学念书,离家近。

刘梦岚来电话,说了32分钟,说到海泉在《我是歌手》中的表现,他们家三口人看到下半夜两点,兴奋,为之自豪。说到体检查病,说到报社文艺部的情况,说到刘玉琴担任主任了。刘梦岚对刘玉琴印象非常好,为人低调,有能力,贡献大,关心同事,好事让给别人,包括去外地旅游等事,都让给别人,不像有的领导,自己包了。说到臧克家、郑曼,说到孙犁,说到袁鹰,说到苗地,说到方成。我突然想到方成在1976年10月给我画一幅"四人帮"的漫画,彩色的,在《人民日报》总编室,那天我和方成值夜班,他当场给我画的,现在怎么也找不到了,不知夹在什么地方了,这次出《厚爱》竟没有收入进来,非常之遗憾。

我告诉刘梦岚,今天上午给她和宋世琦寄去一本书,即《厚爱》,印刷品,请注意查收。

2014年4月20日　星期日

上午,辽宁电视台都市频道的记者刘晶和摄像邹亚昀来访。他们为"书香中国"的题材来拍摄和采访。他们提出几个问题,让我回答,还拍摄了家里的摆设、书橱、钢琴、电脑……他们提出的问题和我的回答大体如下:

刘晶问:作为一个文学氛围十分浓郁的家庭,海泉的成长有没有受到文学的感染?

我答:海泉的成长当然会受到文学的熏陶和感染。他小时候就住在我家的书房里,他的小床就紧挨着我的书柜,伸手就能够得着书柜里的书。而我的藏书诗歌的书占了很大的比重,他自己看诗就比较多。书房里,还挂着诗人臧克家给我写的一个条幅"诗言志",这三个字,在海泉幼小的心灵中一定会产生有益的影响的。

刘晶问：您是一位著名军旅诗人，海泉喜欢写诗吗？海泉小时候有没有想过成为一名诗人？

我答：海泉小的时候就开始写诗，这不是我要求他写的，也不是老师要求的，是他自己自觉自愿写的。但他小时候想没想过成为一个诗人，我真的不知道。这得问他才行。

刘晶问：2012年人民文学出版社出版了您为儿子写的书《泉·最美》，其中写道"海泉原是一个痴迷的文学爱好者"，您为什么会用"痴迷"这两个字？

我答：痴迷就是非常的投入，就是极度迷恋不能自拔。用这两个字来形容海泉当年对文学的爱好，我认为是恰当的。文学爱好者，除了读文学书，还尝试着创作。海泉从12岁开始就在《沈阳日报》《辽宁日报》《诗潮》等报纸杂志上发表自己写的诗歌作品，他还在学校创办油印的校刊《雨萌》。当年对文学的喜爱超过对美术和音乐的爱好。

刘晶问：《海泉的诗》收入了海泉从学生时代至今创作的300余首从未发表的现代诗，作为一位诗人，您怎样评价儿子写的诗？

我答：我当然盼望海泉能子承父业，我是从事文学创作的人，盼着自己的孩子也爱上这一行。在海泉到北京创业之后，我在整理海泉在小学、中学和大学写的习作集的时候，有20多个本子，写满了诗和散文，还有科幻小说，我惊喜地发现他竟然写了1000多首诗。我觉得海泉的诗与我写的诗有各自不同的时代烙印。他的诗可能更为年轻人所理解和喜欢。海泉的诗，就像雷抒雁在书的序中说的，是他的心灵史，是他的情感日记，是他的人生宣言。

我与臧克家

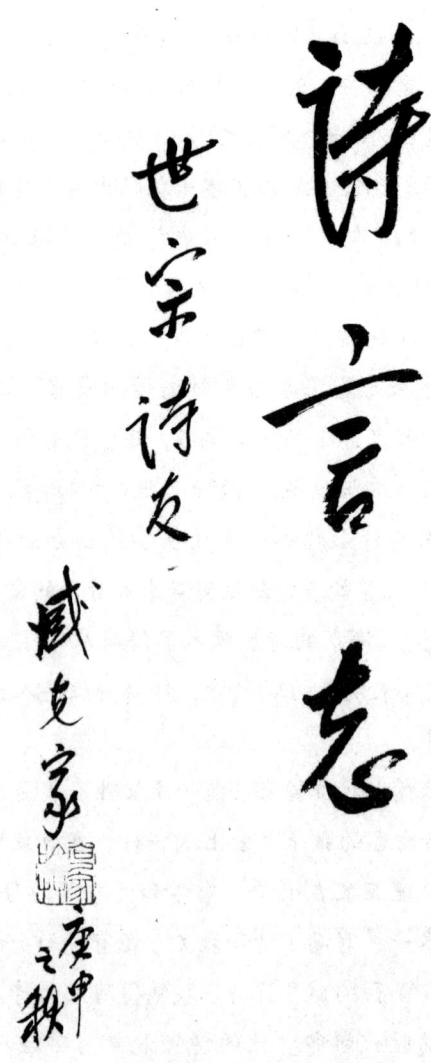

克家手书

刘晶问：您觉得文学创作对海泉的音乐创作有何影响？

我答：我一直认为，文学是一切艺术的母体。无论从事哪种艺术创作，包括绘画，包括舞蹈，文学功底都是非常重要的，音乐创作当然也不例外。尤其是歌曲创作中的歌词创作，诗写得好，会让歌词充满诗意，更能空灵地飞翔起来。

刘晶问：您家有没有读书的传统？能否跟大家分享一下？

我答：我的家人都喜爱读书，觉得人生和读书应该是如影随形。无论是少年、青年、壮年还是老年，就像吃饭、就像呼吸一样，人不能离开读书。最重要的是养成习惯，一个人养成读书的习惯，将会受益终生。

我老伴年轻时特别爱读书，她读的文学名著比我多，记忆也比我扎实。小时她家在农村，很少有钱买书，她就到书店去看书，一本书，今天看到多少页了，记下来，明天接着看。她在工厂工作后，利用工余时间一本一本地看，不敢把书带回家，她说带回家，家里什么活儿也不能干了。

我女儿也是个书迷，她在高中和大学时，以至工作后，总是喜欢读文学作品，一本一本地读，各种有名的长篇小说，她都非常投入地读。腹有诗书气自华。

海泉到现在仍读书入迷，在机场候机室，在舞台化妆间，在飞机和火车上，他都会拿一本书看，每次他回沈阳在家待的短暂的时间里，我们都会聊到读书的事情，在读什么书，有什么收获和感想。我和他经常交流读书的体会，有好的书我们会互相推荐。

我也是，床头必放书，睡前和醒来之后，都要点亮床头灯看看书。我到国内外旅游，在各种准备之中，很重要的准备是挑选旅途中要看的书，比如去年去西藏，路上火车要走30多个小时，我特意去新华购书中心挑选了两本书，一本是余秋雨的，一本是尼采的。这样觉得旅途才踏实，才更有意义。

2014年8月2日　星期六

谢学芳担任一本刊物的主编，她约我写十二期（每月一期）的专栏文章，我答应了。第一期将写臧克家。我想与克家的女儿苏伊聊聊，可是她去驻会了，鲁迅文学奖评选工作开始了，她是那里的工作人员，管评奖纪律方面的工作，要求住在宾馆里，不能回家。

晚上打电话给臧克家女儿苏伊，是她丈夫老罗接的，我问了问臧克家晚年是如何健身的，是如何养生的，他说从不吃补品，只是粗茶淡饭，饮食很清淡。到95岁，顿顿都有大葱大蒜，都有花生米，晚期就不吃了。臧老每天早6点必早起，出门遛弯儿，散步。与附近的邻居的孩子最亲，兜里有糖果，悄悄送给孩子们。臧老不会打太极，只会云手。腰椎伤着后，静养，偶尔扶他走，散步。饮食极有规律，早饭7点，午饭11点，晚饭5点，差不了多少。如果开饭错过这个时间，他就不高兴。从不在外面吃饭。在人民大会堂开会，到了开饭时候，就回家来吃。来了重要客人，也不请在外吃饭，就在家里做。客人请客，他也不出去，由家人代表出席。他很好客，很少大鱼大肉，觉得营养够，运动量不大。喜欢养花，喜欢植物。

2014年9月13日　星期六

到上午，把2012年日记整理完毕。

接到王文良电话，告知我今天《人民日报》发表了我写的散文，是那篇"力所能及"的小文。可我看邮局小崔给我送的报纸，《人民日报》只有前八版，后四版没有。恰恰没有副刊。我发短信又打电话给小崔，他说明天给找到，送来。

给老同学单会生寄书，单会生曾打电话说看到我在报纸上发表的作品，很高兴，希望得到我签名的书。单会生是我们第二师范学校学生会的干部，比我高一年级。

给李瑛和郑苏伊寄《辽沈晚报》，因为我有一篇小文提及李瑛和臧克家的大名。

《人民日报》公布了全国"五个一工程"奖获奖名单，我见有黄传会的《国家的儿子》，我曾在《辽宁日报》《沈阳日报》《辽沈晚报》《沈阳晚报》和国家新闻出版方面的报纸等多家媒体发表评论这部作品的文章。今天我给传会发了祝贺短信，他回复我："谢谢老哥长期关爱！传会。"接着他发短信说："拙作《中国新生代农民工》一书还获得鲁迅文学奖，感谢老天恩赐，更感谢老兄关爱！传会。"

2014年9月17日　星期三

谢学芳说她主编的那本刊物《乐活老年》等待上面批下的刊号，要出试刊，希望我给写一篇稿子，就是原来我答应的一个专栏。我写了《我忆臧克家》，约2000字。

中午赶回家，要给谢学芳发写臧克家的文字和图片。

午餐是惠娟做的肉片炖豆角、土豆和大米饭。

2014年10月29日　星期三

凌晨两点睡不着了，起来看《老山记忆》。重温了在前线的生活情景，十分感动。

去做超短波回来，与惠娟在车库把酸菜渍到缸里了。

谢学芳说她编的《乐活老年》，试刊号发表了我写臧克家的文章，还让我接着写，开一专栏。我今天完成了一篇《老有童心的李瑛》，并配发了几张照片。

《沈阳日报》记者王秒采访我关于学习习近平在文艺工作座谈会上讲话的内容。我打出1600字给了她。她也是要照片。

2014年11月27日　星期四

为了修脚，去机关浴池。凡洪听说我要来，就张罗中午聚会一下，约了杜守林、韩光在正兴宾馆二楼本溪厅吃饭、说话。韩光把张春启给我保存的几个邮件给了我。

戴墨把发表了我写的《力争做到"无愧"》的11月21日的《前进报》送到白山出版社制版室，我取了来。

到《沈阳日报》社，谢学芳把她主编的《乐活老年》杂志试刊号给我五本，这上面有我写的《忆99岁臧克家二三事》，带两张图片。她说创刊第一期上有我写李瑛的稿子，我说我新写铁源的文章马上给她。刘妮把她给我保存的几张有我文章的《沈阳日报》给了我。

到《诗潮》杂志社，王蕊把《风雅沈阳·惠民专刊》给我几本，这上面有我两首诗。

午饭后，在正兴浴池泡澡，见到同创作室画家关琦明，他的头发也都白了，身体还硬朗。他说现在最重要的事情是保证健康，其他的都不重要了。我请师傅给我搓澡、修脚。

接到林声夫人李云大姐给我连续打来的两个电话，第一个电话聊了20多分钟，她说这么快就收到了她想要的书《我把太阳迎进祖国》，太高兴了，她全文读了杜守林写我的那个代跋的文章，对我有了深入的了解，特别是对我助人的事看了很感动；另外就是对我写的诗《沉马》，她读后流了泪，她想背下这首诗，只是年纪大了，90岁了，诗也不短，不知能不能背下来。

2014年11月30日　星期日

早操照样出，但今天天气不好，上午就开始阴雨，然后就飘起雪花来了。

准备给刘勇和臧雷各寄一本《厚爱》，给郑苏伊寄一本《乐活老年》试刊号，这里面有我写克家的一篇文章。

2014年12月24日　星期三

从沈阳到北京，D4动车，8号车厢，一等座，舒适、宽敞。海英给我的水瓶沏好了茶，我拿出小桌板，开始工作，校对《梦绕南疆》，一直工作近5个小时。

车上接到谢学芳的电话，约我继续给她主编的《乐活老年》撰稿，她要把试刊号和第一期的稿酬给我，我说兑换成你的刊物给我就行，我把刊物送给亲友们看。她约我在1月5日前再赶写一篇。前三篇已写臧克家、李瑛、铁源。

戴墨电话向我约写元旦的诗稿，她说吴溪到《前进报》社当社长了，他主张把原来《白桦林》副刊换成《黑土地》，更为辽阔、壮观。戴墨对我说,请写一组诗。

有李松涛、刘文艳、王微、何乃航、虹儿、张瑞、魏建萍、孙大梅、韩佑宁、钟惠玲、晏勤、杨莉丽、刘梅、甄兵、陈淑波、佟丽、任丽蔚……多位朋友发来短信或微信祝贺圣诞节快乐。

接到抚顺电视台张秀丽的电话,她看到我参与撰文的《漫画雷锋》,他们开设的雷锋频道,想用这个书的图画做节目,让我与现代出版社联系,想要电子版。我答应帮助联系。

车过三河,惠娟大声说过三河了!她知道,浩然曾在这儿居住很长时间,我们还一起到三河看望浩然夫妇。那是一个乡村别墅,清静,简朴,温馨。

在车上不断接到海泉短信,问我们到哪儿了,中午会在车上还是下车后吃饭?问了又问,我回复说,这样的事你就别操心了,我们五个人,其中四个大人,一个孩子也是大学生了,吃饭的事你就别管了!海泉心太细,关切深挚,亲情与孝心可鉴!

到达北京站时间是下午1点许。我们与海泉的朋友唐玉峰、邢春雨联系上,他们在过街天桥那面等我们。顺利到金湖茶餐厅共进午餐,之后入住上东商务酒店,分别住在1004和1005两个房间。

2015年6月13日 星期六

早8点,我和惠娟自己开车到张士地铁站,把车存好后,乘坐地铁到滂江街龙之梦的古玩店,出席10点开幕的"中国梦·中国印荆鸿篆刻艺术全国巡回展(沈阳)"。

今天到来的各路文学艺术界的朋友真的不少,艾廷隽前副市长也来了。我还见到了毕来德、陈洪远、陈学良等许多多年没有见到的老朋友。毕来德也有几十年没见了。他的篆刻成就也颇大。陈洪远曾是军区司令部的参谋，后转业到地方，做出了一番事业，现也喜爱书法，在古玩城有一席之地。陈学良更是熟悉的好友，他曾在沈阳地面创办一张《美报》，即《辽沈晚报》前身，他在报纸上给我开辟一块园地，即连载《红军走过的地方》，是我重走长征路的一些见闻和感受，并配以图片。后来他参与创办了《辽沈晚报》，孟庆伟给我介绍他的哥哥孟庆东，庆东与我同年生，一辈子从事教育事业，喜欢画佛，他送给我一幅他的小幅作品《悟道》。我当然特别高兴。荆鸿的艺术成就真的非常之大。早年在辽宁工作，后落户广东番禺，早年曾拿着自己幼稚的篆刻作品向郭沫若、臧克家等文化大家求教，曾为郭沫若、巴金、欧阳山、关山月及日本前首相大平正芳等多位名人篆刻印章，他曾经应邀在福建漳州的云洞崖篆刻了《道德经》全文，在番禺莲花山篆刻甲骨文。他这个展览已先后在吉林省吉林市、辽宁省大连市、山东省青岛市和广东省汕头市、江苏省无锡市、镇江市、江西省宜春市等地举办过了，这次是第八站，展出的篆刻作品有两万多件。活动开始时，侯剑华介绍了情况，葛江洋主持了开幕仪式，冯连旗等作为嘉宾讲了话。

　　主办方让我与艾廷隽等一排嘉宾参与了开展仪式的剪彩活动。

　　因为我到达的时间早，除了在小商品市场买了一块告示白板和一些笔之外，就是细看了荆鸿展出的篆刻作品，并与新老朋友交流，忆旧。

　　与惠娟随陈洪远到位于三楼的"中西美术"陈洪远管辖地看

了一看，他现在迷上书法，也经营着自己的作品。还有一位辽宁省扑克委员会的王先生让我到他那儿观赏多种扑克，还送我两副仿制的老旧扑克。

乘坐地铁回来，用时近一个小时。

2015年7月20日　星期一

在《文艺报》上得知臧克家的《高唱战歌赴疆场》一书出版，我给苏伊发信息，说我希望早日看到。她回复说明天就给我寄来，并希望为之写点文字。我说尽力。

2015年7月23日　星期四

从外面回家路上，遇雨。这是沈阳人盼望很久的事了！今天终于下雨了！但不很大。

收到苏伊给寄来的《高唱战歌赴疆场——臧克家抗战诗文选》，这是克家的孩子臧乐源、臧乐安、臧小平、郑苏伊选编的、山东大学出版社2015年5月出版的。全书49万字，定价76元。

2015年7月26日　星期日

今天把苏伊寄来的臧克家抗战诗文选《高唱战歌赴疆场》读了一部分，感触很深。这是一本充满了抗战爱国情怀的作品集，有许多作品我们以前并未读到。臧克家是我敬重的诗人，今年是中国人民抗日战争和世界反法西斯战争胜利七十周年，也是克家诞辰一百一十周年，在这样的日子里，编辑出版这样一本诗文集，意义非凡。在克家的青年时代，正赶上日寇入侵，全面抗战爆发，他满怀抗战激情奔赴前线，正如他诗中所写："我要去从军，到铜山，因为那里最接近敌人。"他多少次不畏牺牲，冒死奔赴战争前沿，亲身参加了徐州会战、武汉会战、随枣会战和枣宜会战等著名的战役，在枪林弹雨和炮火之下进行战地采访和抗日宣传。他曾历尽千难万苦，远征万里，赴鄂豫皖和大别山进行敌后抗日救亡宣传和采访，播撒抗日火种，他的好多作品都是在战斗间隙，在行军路上，在自己的膝盖上，在电筒光下写出来的。他写诗，写散文，写战地通讯，写小说……在中华人民共和国成立前，克家共出版28本作品集，除两本为重版本外，有16本是抗战期间创作、出版的。可以说，抗战题材的创作，成为他整个创作活动的重要组成部分。

克家的抗战作品，写到从国民党抗战高级将领李宗仁到普通士兵和老百姓，歌颂了范筑先、张自忠等抗日民族英雄。他从1938年至1942年，在战区生活和工作了五个年头，与抗战前线官兵结下了深厚的友谊，创作了大量的文学作品。

为给从北疆驾车归来的道军和惠萍接风，在玉龙食府201房间请客。请段大哥和郭姐作陪，也请海英和承钧过来陪一下。我们从下午5点直到7点半，一直边说边吃边喝，兴致高高。惠萍和道军讲他们这一趟长途旅途对6岁小孙子的培养和教育。这孩子一生不会忘记这一趟旅行。他们还去了东方第一哨，在"我把太阳迎进祖国"的标语前敬礼拍照。他们代我问一下曲道成政委，哨兵说政委在团部用不用电话接通一下？他们说不必了，他们不想打搅部队的同志。他们在路上有太多奇特的经历了。道军是性情中人，路上救人生命，不要感谢。包括在台湾旅行中，同团一老者为避法轮功的宣传，走路没走好，摔倒后休克，他为之掐人中,把人救下。75岁的老者要给他跪下,他坚决劝止了。相似的救人还有一次,为一位女士做心脏起搏20分钟,终于把人救活了。

2015年10月27日　星期二

今天收到了公安分局特快寄来的补办的身份证。

读《中国现代文学研究》今年第十期,在《文学史研究》一栏里,读到陈宗俊写的《人民文学出版社与"十七年"新诗集的生产》,这篇文章让我了解了当时人民文学出版社几任领导的想法、做法、成效。特别是写到冯雪峰、王任叔(巴人)和严文井的风采。我在这里看到了我非常喜欢的对我影响很大的一些诗集,李瑛的《红柳集》、严阵的《琴泉》、雁翼的《白杨颂》、张永枚的《螺号》、梁上泉的《山泉集》、傅仇的《伐木声声》、王书怀的《青纱帐》、孙友田的《石炭歌》,原来是严文井和韦君宜主持人文社期间推出的一套特别好的当时青年诗人的诗集丛书,由诗歌散文组的刘岚山提出的选题。当时社长严文井主张再请包括张光年、臧克家、田间、阮章竞等名家为每部诗集作序。这套诗丛,给当代文坛、诗坛留下了最重要的痕迹,人文社领导和编辑功德颇大,这个诗丛给爱好诗歌的人们提供了欣喜阅读的便利。我就是受益者之一。

接到市公安局王明鑫电话,他告知收到了我寄去的短诗选,包括请他代转许文有和安锦荣的书,他说已读了数首,很有感慨,他说这种诗书联袂出版方式很好,诗的内容也好,他列举《关于鸟儿的思考》,说到朴实的句子,深刻的思考,令人共鸣。

2016年2月25日　星期四

读昨天来的《人民日报》副刊版，头题是李培禹的《信的随想》，一开头就抓住了我："前些天，接到著名作家浩然先生的儿子秋川发来的电子邮件，告知他和姐姐春水正在编一本浩然书信集，知道我手里有不少他父亲的信，希望能找出来复印后提供给他们……"原来秋川和春水正在编浩然的书信集。我早早就给他们发去了，有42封之多。李培禹的这篇文章，用了一定的篇幅写浩然的为人，如何为培养业余作者尽心尽力。包括在三河任文联主席和办《苍生》文学刊物的一些事。还写到与赵丽蓉的交往……这篇文章还写到臧克家及其夫人郑曼与他的联系和友情，读来非常亲切。这篇文章也让我想到了我的很多尊师好友的书信，现在看来异常珍贵呀！

2016年6月15日　星期三

昨晚没睡实，顶多睡三四个小时。早上4点多就起床了。

不到5点，我去梅江会展中心前后左右散步，边酝酿今天讲课的事。我走了一个多小时，约走10000步。第一次在早上占据了微信运动朋友圈的封面。

早上曹金珊带车接我去天津大学。王福森开车，陈梦等随车同来。

下午不到5点钟，冯景元找到酒店我的3006房间，我们四十年没见了，还能彼此认出来，不容易呀！他给我带来两本书，一是他的随笔集《甲子人语》，另一是他主编的《天津诗年编》。

颜廷奎稍后到了，他给我拎来两盒精制的天津麻花，还有一幅字。

杨仲达从电视台赶来,带我们去他弟弟仲凯的别墅,这是一个500余米的三层小楼。后有空地很大,在那儿有现成的餐桌,餐椅,还有帐篷,临荷花池,荷花正在开放。仲达的弟弟与他是双胞胎。兄弟俩备了一桌子下酒菜,都是不动火的。新鲜的西红柿,顶花的黄瓜,毛豆,花生米,蚕豆,香肠,那边,仲达点火燎炭烤羊肉串儿。不仅有啤酒,还有大壶红茶,十分周到。

景元谈起当年他在海军办演出队的往事,那时海政文工团都停业了,他们的演出队走遍了全国海军单位,他负责抓队伍,还要创作节目。他讲到蒋子龙与他都在海军,子龙是绘图员,是非常优秀的绘图员,子龙如何被迫复员,家庭出身报的是中农,一查是富农,立即办退。他自己不想这样回乡,就去了南方,结果丢了衣物,找当地的退伍兵办,人家了解确有这个人,就送回来了,景元在北京,他们在北京见面,景元把大衣披给了子龙。

景元与子龙关系非比寻常。景元转业不想再动笔,到大工业,进了金属行业,由于人事关系,他要求到企业去,曾当企业领导。这一段经历对他十分重要,他觉得对他了解工人,了解社会实际很有帮助。后来是子龙到《天津文学》刊物当主编,他力主必须有一个条件,就是把景元调上来。这样景元就当起了编辑,编辑室主任,主编。干了七年,他说这段经历对他也十分重要,从来稿了解了社会,了解了作家。

景元感激臧克家对他的提携,感激臧克家为他写诗评,对他的鼓舞和让文坛诗坛引起对他的重视,包括报刊约稿。

景元说到共生现象,一个地区出一样的人才,不是孤立的,文学人才也是这样。我说是这样的,方冰早就说过"窝子金"现象,出金子的地方可以连着出金子块。

我们说到当年晓凡、刘镇的诗在全国的影响。景元让我代他问候这两位辽沈地面上出现的影响全国的工人诗人。他问到他们的近况。

我是1975年在《人民日报》实习时到天津组稿认识景元的。认识颜廷奎稍晚些。颜廷奎与颜廷瑞是本家，颜廷奎在吉林大学念书时常见到我发表在《吉林日报》和《吉林文学》刊物上的诗，那时我在16军，当然在吉林的报刊上发表作品多些。他与我说起李伦继、桑逢文等共同认识的吉林大学毕业的朋友。

景元比我们大两岁，1941年出生，我比颜廷奎大一个月。

景元说起天津文坛一些故事，包括鲁藜等人的事情。说起我认识的天津诗人和编辑张雪杉、茂欣、柴德森、李超元、周永森……

仲达的弟弟是一个律师，他喜爱文学，也写作，他们哥儿俩同样都写诗，谈起文坛上的事很熟悉。

臧克家、郑曼信函

19810526

世宗同志：

信及刊物，收到。匆匆拜读了你的鸟儿诗，觉得颇有情意。末一首，我以为差些。（未再细尝）

我写作忙，几乎天天动笔。5月份，只北京报刊即发表了十篇诗文。（一诗，九文，只有《旅游》尚未出版）

今明年将出版六本书。以此回答关心我者、爱我者以及反我者、诬蔑、打击我者。

我的情况，多蒙你关怀，甚为感谢！堪告慰者：身体好，精神好，心情好。文思潮涌，拼命地写，写，写……

好！

克家上　5.16日

胡世宗附注： 这是我的组诗《鸟儿们的歌》（《始祖鸟的歌》《萤鸟的歌》《啄木鸟的歌》《鹦鹉的歌》《笼中鸟的歌》《关于鸟的思考》共6首）经阿红、陈秀庭之手发表于1980年5月号《鸭绿江》杂

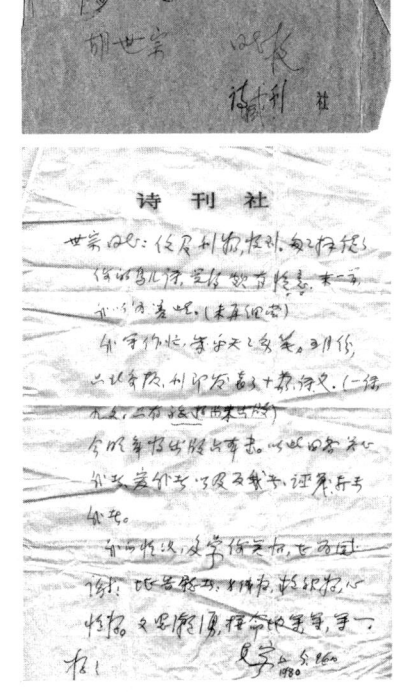

我与臧克家

志，寄给臧克家先生后，克家先生给我的信。

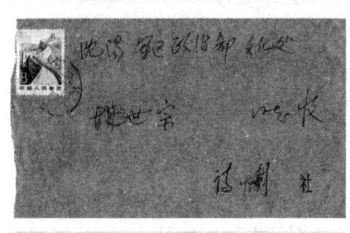

19830706

世宗同志：

信，到了。遵嘱题四字。

我的小独院，已成一统，正大修，共需两个月时间。请查阅七月三号《北京晚报》有篇关于我的访问记，写得不错。

好！

克家

7/6日

《诗刊》改由荻帆主编。

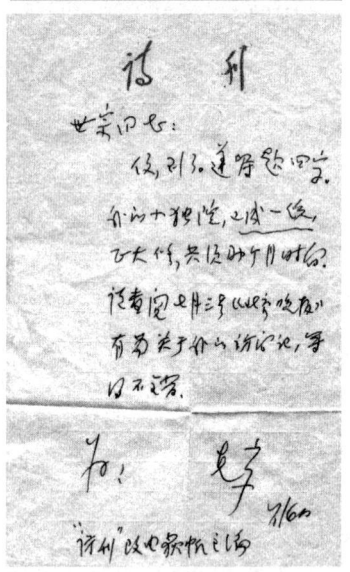

胡世宗附注：所说"题四字"，是指为我一本新书《当代诗人剪影》题写的书名，开始拟用书名为《诗人印象》，后采纳克家先生建议，改为《当代诗人剪影》。"荻帆"为诗人邹荻帆。

19851108

世宗同志：

你来访去后，晚上即为题好几句话，以表现我对为人的认识，以及我们的真实友情。现在，想差不多要到辽宁了，故将小幅寄上。

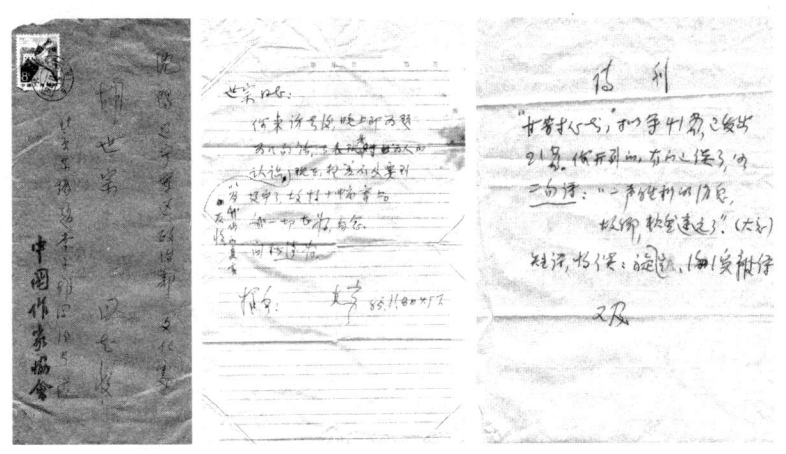

我一切甚好,勿念。

问松涛好。

握手!

克家 85.11.8日灯下

"甘苦寸心知",拟写41篇,已发出21篇。你开列的,有的已谈了,如二句诗:"一声胜利的消息,故乡,顿然遥远了。"(大意)

短诗,将谈:凯旋、海滨杂诗。

——又及

19851221

世宗:

前寄一幅,因地址多了"辽宁"二字,丢失了,再写一次寄上。我较忙,一切甚好。

好!

克家85.12.21

世宗同志：

　　昨天发一信，说请你去找找，今晨他兴致高，就再写了幅寄上。这条幅，他写了四次才写成。

　　　　　　郑曼85.12.21日

胡世宗附注：臧克家先生为我写一条幅，是："知面知心友谊厚，能诗能文热情高。世宗留念。"落款为："臧克家，乙丑之秋时年八十。"第一次写完寄来时，信封上收信人地址把"沈阳军区"写成了"沈阳辽宁省军区"，便寄到辽宁省军区去了。辽宁省军区收发室便把这信放在无人接收的柜口里了。我一直没有收到，便问询，克家就重新写了一幅给我寄到沈阳军区来了。后来经辽宁省军区的朋友帮忙查找，把那封无法投寄的信转到我手上了，这样我就幸运地得到了克家两幅稍有差异的题字。

19861015

世宗同志：

　　信及照片均收到了，你总是那样热心对我及全家，使我感到

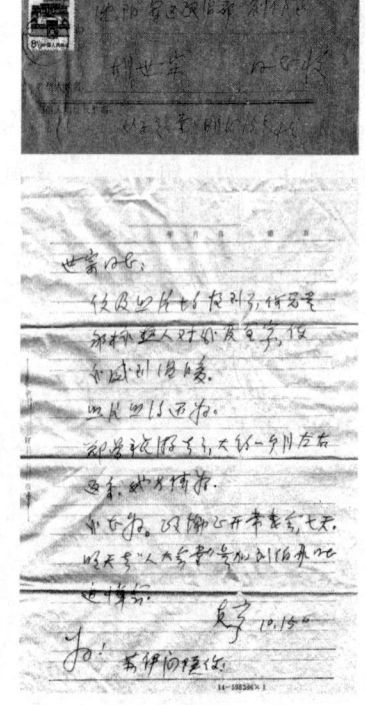

温暖。

照片照得还好。

郑曼旅游去了，大约一个月后返京。她身体好。

我甚好。政协正开常委会，七天。明天去"人民大会堂"参加刘伯承同志追悼会。

克家10.15日

好！

苏伊问候你！

胡世宗附注：所说照片，是前一次去探访克家先生，为之拍照的一些照片。

19861218

世宗同志：

好久没给你写信，但心中时时怀念。在报刊上，不时读到你的短文，甚高兴。

松涛，有时来信。我年来身体极好，写了不少散文、杂文、短诗之类的小东西。郑曼旅游归来后，甚忙。诗坛情况令人忧虑。

新年快到了，念到你，给你写封信，以寄想念之忱。

好！

克家
86.12.18日

郑曼小平苏伊问好。

胡世宗附注：所说短文，即我参加总政解放军文艺出版社组

我与臧克家

织的"长征笔会",在路上即兴写出的一些诗文,在《人民日报》《解放军报》《昆仑》《解放军文艺》等报刊接续发表出来,为此,克家先生给我鼓励。

19870528

世宗同志:

信及短文已拜读,你活动力强,笔不停挥,使我感到高兴!

我及全家,一切甚好,最近写了几篇散文和旧体短诗。

久不见了,甚为怀念,再到京时望到舍下一叙。

好!

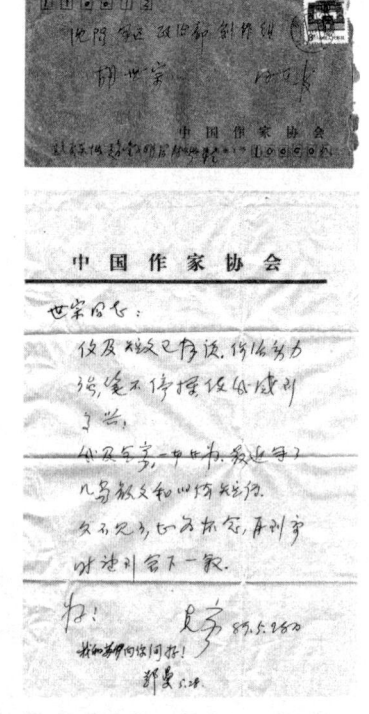

克家
87.5.28日

我和苏伊向你问好!

郑曼5.28

胡世宗附注:克家先生这封信写作和到达沈阳时,我都在参加沈阳军区创作室举办的"自行车笔会",与王中才、刘兆林、李占恒、宫魁斌、中凤巡行在黑龙江边境线上,时有小诗文在军内外报刊上发表。

19870629

世宗：

久不通消息，心中怀念。

得长信，知你远行壮举，十分高兴也极为羡慕。所见者多，将来一定写出好的诗文来。郑曼一个月前，与离休同志一道飞昆明休养十天，游览了一番，她身体甚好。

我，身心双健，反自由化以来，心情更加愉快了。从去年十月到目下，我写了诗、抒情散文、文艺随笔、序言一共约39篇。

有本《抒情散文选》，湖南文艺出版社将出版，七月份发稿，约15万字，系几十年来散文的选集。

张惠仁同志的写我的《评传》，八月份可出来。另章亚昕同志论我诗作的一个集，来年可问世。

你外出时多，希望多多查读反自由化以来的文件、文章，大有好处。这一课望你一定能补上。

松涛同志好!

握手!

克家

87.6.29日

郑曼问好。

胡世宗附注：信中所说"远行壮举"，即是1986年我第二次重走红军长征路，从江西瑞金到陕北延安，走了两万五千里。1987年解放军出版社出版了我的长征诗集《沉马》。《抒情散文选》，即是《臧克家抒情散文选》，湖南文艺出版社1988年4月出版，18.9万字，印数5100册。《评传》，即《臧克家评传》，张惠仁著，能源出版社1987年8月出版，24万字。我和诗人李松涛同在一个城市，我们是要好的朋友，克家先生和郑曼大姐常在给我的信里问到松涛，也常在给松涛的信中问到我。许多外地的文朋诗友也都是这样。

19870821

世宗同志：

接来书已几天了，一是我忙于接待来访者，二是刘征同志今天刚从北戴河回来。下午我和他通了电话，他欢迎你去，下周内均可，大约半月之内不外出，他家住"沙滩后街55号（人民教育出版社内）。他说你去前，给他打个电话，如不在家，就在办公室。

你的任务很重，秋初，北京也不凉快，望多保重。

克家同志今年未外出，前一阵子，酷暑逼人，夜不能眠，对他的身体稍有影响,常头晕。近日来,来访者多,实在够呛,部分来客,由我和女儿接待,但四面八方要他题词,题字的不少,他简直成了作家中的书法家了,启功先生因索字者太多,拒客;而克家同志却有求必应,我真替他发愁。你能来,说说你访边防及遇到大兴安岭大火的情况,他还是欢迎的,来前,请来个电话。

松涛同志身体健否?念念。祝

安好!

克家同志嘱我代问好!

郑曼

87.8.21

胡世宗附注:这是郑曼大姐代克家先生写的一信。说我任务繁重,是因为我在北京参加全军第五届文艺会演,做评委,为时两个月,每天白天和晚上都要观看各专业文艺团体演出的节目和剧目,并为之评论、评奖。我所写《当代诗人剪影》出版后,克家先生和郑曼大姐热心向我推荐诗人刘征,让我写一写他。我便按郑曼大姐提供的地址,相约顺利地采访了刘征先生。1987年春夏,东北大兴安岭发生大山火,我和军区专业作家朋友一起巡访黑龙江边防线，途经火区，进行了采访并参加了战斗。

19871107

世宗同志：

　　昨天又收到你亲笔题赠我的新诗集，你诗兴浓，写得多，可敬，可贺！

克家87.11.7

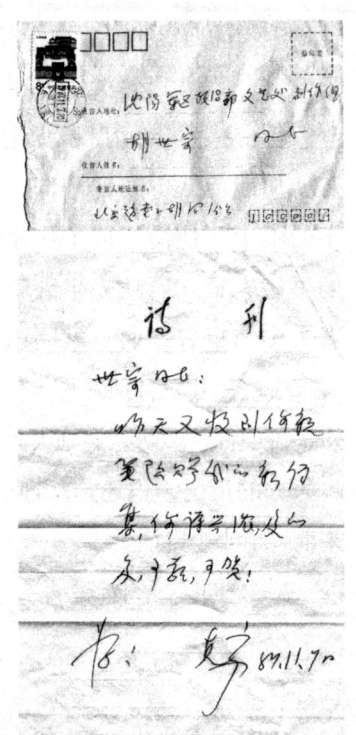

胡世宗附注：所说"新诗集"是我重走长征路的诗集《沉马》，1987年出版后寄给克家先生一册。

19871124

世宗同志：

　　11月20日来信悉，克家同志也很有兴趣地读了你的信，他嘱我告你一事。这首诗在1980年前后就普遍被引用，前一句也早被改得面目全非了，有各种各样的改法。因此克家就在1982年12月2日的《人民日报》第8版上，来了一个声明，说明他的原诗

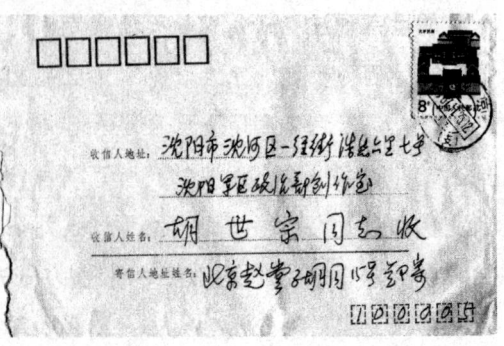

是"老牛亦解韶光贵，不待扬鞭自奋蹄"，出自《忆向阳》组诗。因为他感到上句乱改，不符合律诗的音韵。这声明的原文，你可以查看一下。

我和孩子们对他的诗也很不熟悉的，通过编《文集》及这几年的查索，稍稍有点印象，各人忙工作，不是专门研究克家的诗的，就不能要求他熟悉每一首诗。你们如有关于克家的文章发表后，望寄一份。《作家生活报》明年我们就没有订了。

《忆向阳》组诗，《文集》全未收，后来考虑到这首诗中的两句流传很广，就以克家同志的手迹，印在第3卷512页上。

克家同志嘱代问你和松涛同志好！

祝

好！松涛同志好！

郑曼
87.11.24

胡世宗附注：沈阳军区政委刘振华的秘书杜恒言给我打电话，问我"老牛明知夕阳晚，不待扬鞭自奋蹄"两句诗的出处，他问询了几个地方，都说不准，有的还说是古人的诗句。这本来是臧克家先生的诗呀，我为了弄得更准确些，打电话咨询了解放

我与臧克家

军文艺出版社的程步涛，他说没有错，就是克家的诗。但这两句诗的出处我仍弄不精准，便写信直接问克家先生，这是郑曼大姐代克家先生的回复。《作家生活报》是当时沈阳市文联主办的一张报纸，发行量很大，我为寻找这两句诗的出处曾在《作家生活报》上发表文章。

19880315

世宗同志：

　　前天收到你的信，今日收到了《解放军报》，拜读了魏巍你们二位谈诗的文章，一字不漏，读得甚为认真。认为，你二位对诗的看法，完全对，发自真心。我是你们的诗友，也是战友。人格、性格、诗格，息息相通。

　　我年纪越大，事情越多，朋友们的赠书甚多，实在无力拜读了。诗评奖，送来十几本，还放在枕边待读。

　　纪宇同志昨天来访，长谈了诗坛情况，感慨甚多。他的近作得到读者（特别是青年）热烈欢迎，几个月来，收到从全国各地来的信一万多封，捆在一起，一个人拿不动！可是有些同志却认为"不深刻"！现在不少同志，对所谓"深刻"，似乎理解得有点不够正确。认为，字句一眼看不透，为深。认为，意思凝练是深；后者有道理，但也不全面。（其中题材问题，个人感受问题！）前者的看法，似是而非，潮流所趋，也似是受到"现代派"的一点影响。诗坛情况大致如此。

　　我觉得，深浅不能只看外表，现在有些新诗，令人看懂的少，而看不懂或似懂非懂的多，读新诗，比读古诗更难。因此，遭到非议，为群众所不喜爱。可是，有的诗人，有的诗论家，都以此为是。这么说,古代"诗圣"杜甫,"诗仙"李白,诗句老妪能懂的白居易……这么大诗人的作品,不是太浅显了吗?想到这些,我心里就不好过。多少年来,我写过不少文章,谈这些问题,一片好心,但引起一些同志的不快。因为说了白费,近来我多读古不谈今了。纪宇同志的"浅","浅"得近时代,近人民,近读者,那些"深"的诗,真正受到群众欣赏的未必多。

我太忙,就不多谈了。

好!

克家88.3.15日下午

胡世宗附注:我的长征诗集《沉马》出版后,诗人魏巍曾给我写一较长的信,除鼓励我诗创作外,兼谈了当时诗坛现状,我即给魏巍先生复信,这两封谈及诗坛现状的通信,以《到底谁疏远了谁?》为题在《解放军报》1988年3月2日公开发表了,并由此在报纸上就

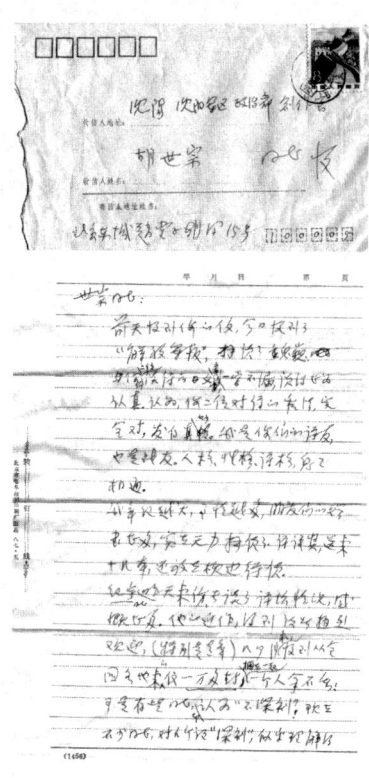

诗坛状况展开了一场讨论。这封信是克家先生读了我的信和军报上的文章后写给我的。克家先生的这封信后来也被《解放军报》编辑拿去，以评论文章发表出来了。纪宇，原名苏积玉，山东青岛人，曾写出以《风流歌》《爱》《关于美的探讨》《理想篇》《幸福歌》为代表的抒情诗作，受到读者欢迎。

19880918

世宗：

　　好久没见面，也没通信了，但心中是在怀念着的。

　　我，太忙，终天劳累不堪。

　　今天见报，你荣获上校军衔，极为高兴，写信向你祝贺！

　　这几年，你跑路远，写作多，我甚感欣慰。

　　我及全家均甚好，勿念。

　　松涛情况如何？甚念！他没有军衔？见了面，代我问个好。

　　好！

克家88.9.18日

郑曼问好！

附郑曼信

世宗同志：

　　首先祝贺你荣获上校军衔，这是你为军事文学做出贡献的结晶，值得珍惜。听说授衔后要改为文职干部，这也是国家军队体制改革的需要吧。当然，在部队多年，离开部队正规建制有点恋恋不舍，望多从大局考虑。

　　你来信中提及《新华文摘》转载你和魏巍同志通信一文，我没有出上一点力。《新华文摘》和我原单位是两个编辑室，他们的选载情况，我从不过问。更何况我早已离休，每月只到社里开一次支部会，和他们已很少联系了。

松涛同志身体如何？很挂念。这次授衔没有找到他的名字，很觉怅然。可能你们有各种规定吧。像李瑛同志好像也没有授军衔，也没有得到功勋章之类。其实作家、诗人是最高的称誉，是一顶极不易得到的桂冠，你说是吗？

祝
笔健！

郑曼
1988.9.18

胡世宗附注：1965年中国人民解放军实行了军衔制，1988年，全军在经历了"文革"后，恢复实行军衔制。这次授衔，本来军队专业文学和美术创作队伍改为文职，我因

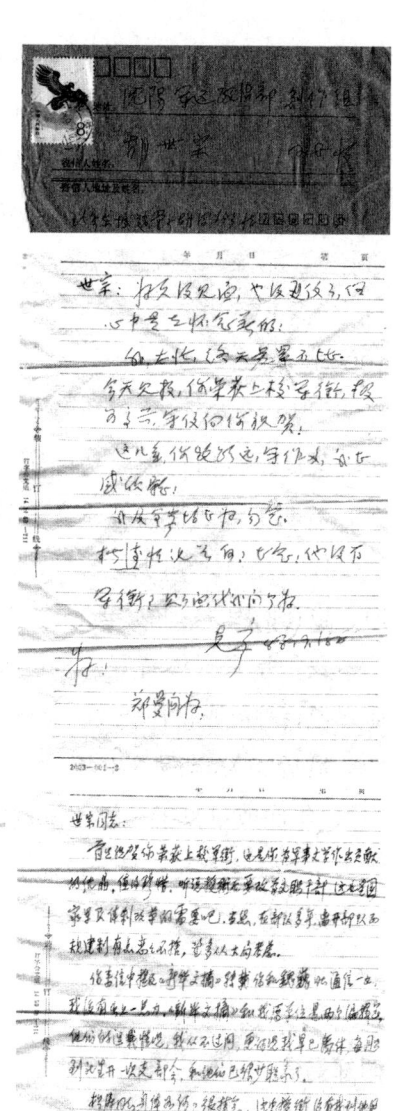

在创作室担任领导，被授予上校军衔，有限的军队作家因此被授军衔，《人民日报》、新华社、《解放军报》《文艺报》都隆重发布消息予以报道，凡当时被授衔的部队作家名字都被列入其中。克家先生和郑曼大姐正是看到报纸的报道，给我写来这信。我非常赞同郑曼大姐所说："作家、诗人是最高的称誉，是一项极不易得到的桂冠。"

19890212

世宗同志：

　　久违，得信特别高兴！你，对所从事的文学事业，努力攀登，对朋友，热情真实，文艺观点与我相同，所以成为忘年之交。你"记刘征"的长文，写得真实而富于感情，刘征同志来谈时，也在信中，一再赞扬。

　　我，年来身体特好，事情极多。春节过得十分热闹而又紧张，但精神能支得住。

　　最近又发出两本书稿：1.《古典诗文鉴赏集》，2.《序与跋》，年底或可见书。松涛来过信，我太忙，许多朋友的信，如无大事，往往不复，只好请谅了。

　　握手！

克家89.2.12日

附郑曼信

世宗同志：

　　你好！不时看到有关你的动态，知一切均好，很高兴。部队作家授衔的名单，也看到了。没有及时向你祝贺，就此补贺吧！这是你努力创作的成果，虽然这不能代表你的全部。有些同志创

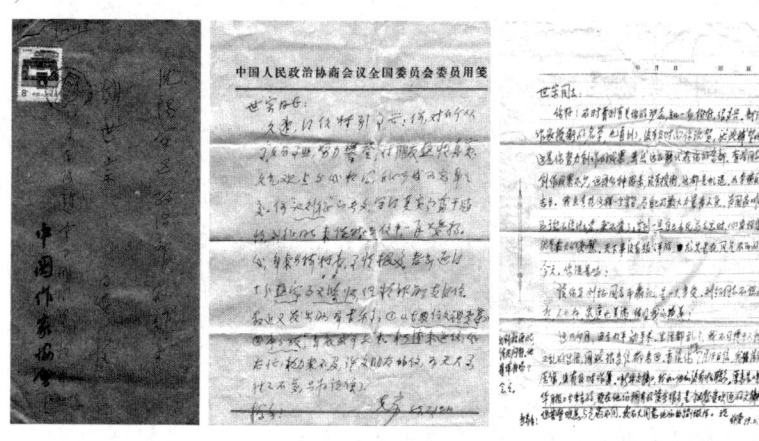

作成果不少，但因各种因素，没有授衔，这都是机遇，如李瑛同志等。我总是抱这样一个宗旨，尽自己的最大力量为人民、为国家工作，至于给不给什么名，就不管了；等到一旦自己去见马克思时，心安理得，就是最大的安慰。天下事没有很公平的，你说是吗？

读你写刘征同志印象记，是一大享受。刘征同志不但文好，人也好，家庭也美满，值得我们艳羡！

这几个月，由于小平动手术，生活都乱了，我不习惯于又忙又乱的生活，因此很多信都未回，重读你1988年7月18日信，我得请你原谅，没有及时作复。《新华文摘》，我和他们没有什么联系，原来是《新华月报》分出去的，现在他们拥有的读者很多，是一个比较受欢迎的文摘刊物，但某些观点与克家不同。我不大同意他们的个别做法。

见到松涛同志请代问好。他身体好吗？念念。

　　祝

新春好！

郑曼89.2.12

我与臧克家

胡世宗附注：克家先生对我所写刘征的剪影文章《他培育花与刺同株的玫瑰》，这是我1988年1月在大连写出的，首发于《青年文学家》杂志，收入春风文艺出版社出版的我的《当代诗人剪影·续集》。这篇剪影是遵克家先生和郑曼大姐提议而写，自然他们十分关心。这篇剪影发表后，他们给予了称赞。《古典诗文欣赏集》实为《臧克家古典诗文欣赏集》于1990年5月由北京出版社出版。《序与跋》全名为《臧克家序跋选》，刘增人编，青岛出版社1989年10月出版，25万字。

19890828

松涛、世宗同志：

你二位（外地文友，另外还不少）来时，我正在病中，未能见到，心中不安。

高烧已退，但身体受到影响，三五日内可完全复原。

世宗的诗选，我已放在案头，精力能胜时翻翻，写千字小文，表示我们的感情，不是评论。何日写成，不敢说，事情颇杂，精力有限也。

好！

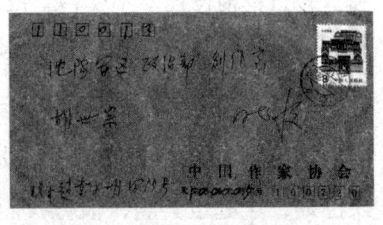

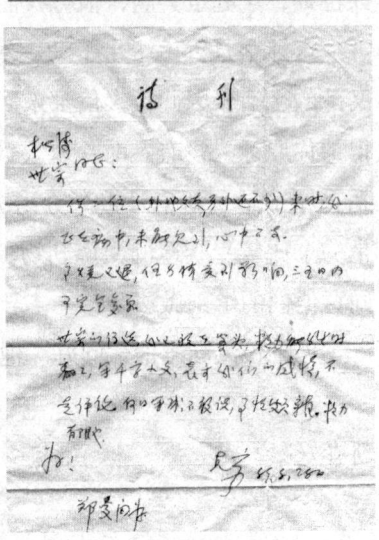

克家89.8.28日

郑曼问好。

胡世宗附注："世宗的诗选"，即《胡世宗诗选》，1989年解放军出版社出版。

19890921

世宗同志：

你好！来函收到了，克家同志身体已复原，只是近来事情又渐渐多起来了，接到"诗选"，就想给您的大作写一点，但至今尚未动笔，还是陆陆续续地在看着。待有一天兴致来了，他会写的。你这几年，勤奋写作，成绩很可观。

香港蓝海文先生，世界华文诗人协会会长，寄来《当代大陆诗萃》（1950—1989）和《留在世上的一句话》两书邀稿信，嘱代转寄熟悉的诗人、作家，并嘱后者要40岁以上的诗人、作家写稿。克家同志事多，精力不济，由我代为转寄。我知道你还不到40岁，因为份数多，就寄给你一张看看。你可以选自己的诗十首，并按他提出的各项要求，按址寄去。克家同志嘱代问好！

即祝

我与臧克家

国庆佳节好!

郑曼

89.9.21

胡世宗附注：我接到郑曼大姐代克家先生发来的《当代大陆诗萃》征稿信，不知把稿子寄到哪里，便写信询问。这是郑曼大姐的回函。后来蓝海文先生曾为诗人孙大梅的诗集座谈会来沈阳，我们在会上见到了。他也说起编这两本书的事。

19891023

世宗同志：

你好！衷心感谢你对克家同志85生辰的祝福！他这次承各方友人、同志的关怀，深受感动，前些天虽很紧张，但也顶下来了。为答谢朋友们，他写了一首诗："同志众朋友，鞭我向前走。愿作老黄牛，拉车到尽头。"《文艺报》给全诗登出来了。这虽是大话，但却是他心声的映照。他本应亲笔致谢，无奈过累，至今尚未恢复，由我致信感谢！对不起，我确实把你看作小弟弟，把你的年龄讲小了，由此也可看出，在你身上，保持了青年时代的蓬勃向上，活泼泼的青春朝气。蓝海文先生，我们并不认识，只是他寄来了，就代为转发出几份，你和他熟悉，那就更

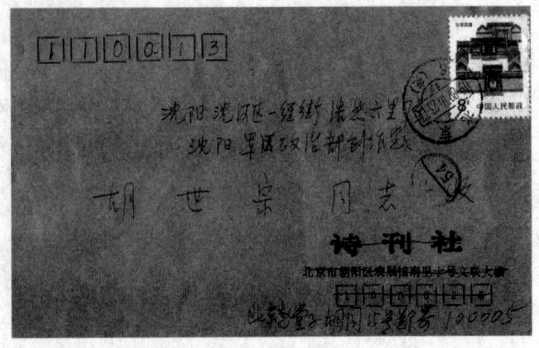

好了。有同志以为是我们介绍的，一定可以信赖，他不知道我们原来不认识。是否应邀，一切由你考虑定夺。

惠赠的《神秘之旅》大作，已收到了，谢谢！你能不怕辛劳艰苦，到深山中去采访鲜为人知的二炮部队，写出他们的艰苦创业精神和高昂的士气，在那种大家都追名逐利、大写诱惑人、腐蚀人的所谓"畅销书"的氛围里，更显出你的高洁，更令我钦佩。等我忙完了这一阵，一定好好拜读。

克家同志总是为杂务所包围，使他无法脱身写他要写的东西，也是很苦恼的。今年内，他还得完成一件艰巨的工程，可至今他还没有做任何准备。我真替他担忧。写你的那篇，恐怕又得往后推了，真对不起。祝

笔健！问候你全家！克家同志嘱代候。

郑曼
89.10.23

胡世宗附注：《神秘之旅》是在总政文化部提出部队作家"跨军兵种"深入生活的要求后，我应邀到二炮技术总队去采访所写的长篇报告文学，这是一支长期默默无闻战斗在深山里的英雄部

队，曾安装我国试验发射的第一颗原子弹。这本书1989年8月由解放军文艺出版社出版。样书到手后，我寄给克家先生一本。

19900118

世宗同志：

你到京匆匆一面，但甚感亲切。

文章，就请你就《鸟儿问答》一题写一篇吧。请郑曼抄上有关材料，写好后挂号寄我即可。三月初寄到即可。

匆匆

握手！

克家
元月18日

郑曼问好！

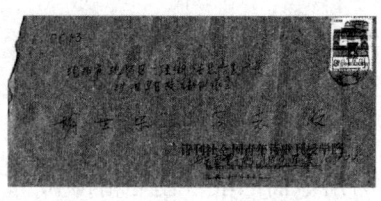

胡世宗附注：此前在北京见面时，克家先生曾邀我为他主编（副主编为蔡清富、李捷）的《毛泽东诗词鉴赏》写一篇体会文章，这篇信确定让我就《念奴娇·鸟儿问答》这首词写篇文章。我后来写出了题为《大与小的比衬，庄与谐的统一》，寄给克家先生后，由他编入了河北人民出版社1990年8月出版的《毛泽东诗词鉴赏》一书。

19900206

世宗同志:

你好!谢谢你对克家的深切关怀,更高兴这么快你就寄来了稿子,而且写得不错,从宏观上来鉴赏毛主席这首词,把他老人家的高瞻远瞩、站得高、看得远的宽阔胸怀、伟大气概都写出来了,背景写得很清楚,给读者理解这首词有很大帮助。这是我拜读大作后的印象。我不参加这个工作。稿子,克家同志近期无力细读,交由北师大蔡清富老师,中央

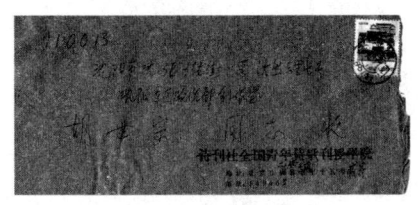

文献研究室李捷同志先行处理,请他们先读。我把打印稿中两个明显错字改过来了,一是第1页倒第3行的"对此"应为"对比";一是第4页第8行的"既将"、末页第4行的"既使",是否应改为"即将""即使"?

克家同志的低烧,自前日起退了,咳嗽还有,比前好多了,现还在输液治疗。如不再有反复,想不久可出院。请勿念。在这里陪住,条件还不错,就是热得难受,与我家的温度,一个天上,一个地下。我不习惯于冬天过28℃的室温,而喜欢过13℃~15℃的低温。

松涛同志如何?我们惦念他的身体,便中代候。

祝
全家好！
　　克家嘱笔问好！

郑曼
90.2.6 于协和

胡世宗附注：这是克家先生收到我写的《念奴娇·鸟儿问答》的体会文章后，由郑曼大姐给我的一封回信。大姐很细心，不仅在总体上给我鼓舞，而且把打印稿中的错字也挑出来了。

19900316

世宗同志：

　　3月10日来函及早寄来的赠书，我收到了。与赠书同时寄出的信，我未读到，可能是克家同志看到了，太忙，未曾给我看。谢谢你的赠书及对克家同志的深切关怀。他于2月12日出院后，仅休息四五天就投入紧张的工作，2月中下旬，接连写了三篇文章，一为纪念"左联"60周年，一为《人民日报》文艺部召开座谈会发言，一为《〈毛泽东诗词鉴赏〉前言》，均已发表。现在他又有好几篇文章等着写，而且找他的人越来越多，信也成数倍增加（都是读了他在《诗刊》第1期的文章后，表示同意他的观点，寄诗来要他介绍发表）。由于工作量成倍增加，病后未得休息，以致疲累不堪，政协常委会、大会都请假了。他是很想为人民多做点事，但年已八十五，心有余而力不足哇！

　　《鉴赏》前言登出后，反响不错。所以赶着在《人民日报》发表前言，是因为风闻江苏某出版社要抢编，抢出同样书名的书，因此出版社和他们商定4月初发稿，《前言》先发，等于做了广告。书也做急件处理，三两个月印出。你的大作，副主编看了，认为写得巧，写得不错，颇欣赏。克家同志都是先请他们看了编定后，他再看，因为催稿工作弄得他很忙累。现在稿子基本上齐了。这本书出来后，可能会有较大反响的。听蔡清富老师说，每篇文章都要有个题目，记得你的文章已有题目了，是吗？

克家同志忙，我和苏伊也跟着他忙，加上我要参加党员重新登记，自学文件，还得多开好多次会，显得更忙乱些。等4月份忙过后，当拜读大著。

在中苏边境深入生活，一定有很多收获，期待你的佳作问世。

克家同志嘱代候好！苏伊问您好！顺祝

笔健！保重身体！

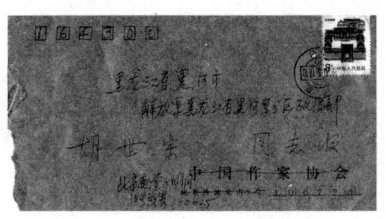

郑曼

90.3.16

胡世宗附注：这是在收到我寄去的1990年1月由春风文艺

我与臧克家

出版社出版的新书《当代诗人剪影·续集》后，给我的来信。从1989年至1991年，我在黑龙江省军区黑河军分区代职政治部主任，在那里体验生活，收集创作素材，为写中苏边界历史和现实的长篇报告文学《冷暖界江》。

19900904

世宗同志：

信及照片均收，谢谢！前些日子，忙于赶写一篇长文章，克家同志身体过累，整天头晕，我协助他搞，就无暇顾及其他了。迟复，请谅。

你问及《毛泽东诗词鉴赏》一书出版情况及购书事，日前，河北人民出版社责任编辑李良元同志送一本样书来，说不久可大量出版，全是精装本，封面设计还可以。不知文内错字情况如何。7月8日晚，副主编与我一起已核校好清样，就不知红样核得如何了。此书定价7.95元，你需要多少本，请直接函告"河北石家庄北马路45号河北人民出版社青年组李良元"（邮编050071），他可以打折扣买好，给你寄

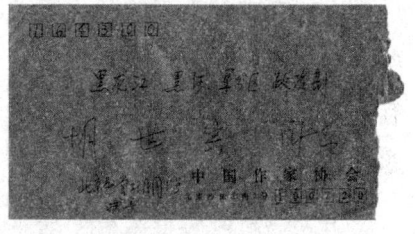

去，书款就在稿费中扣除。这本书印了两万多，还出了十六开的豪华本（尚未出版），发行面可能较广。

　　大作在《人民日报》发表，影响较大，郎平这次尽到了她的责任，只可惜决赛时误了一个发球，这对她是一个永远的遗憾，但她已问心无愧了，她已尽了最大的力量了。祝
撰安！健康！寄去书一本，收到未？是寄黑河的。

　　克家同志及小平、苏伊问你好！

郑曼 90.9.4

　　胡世宗附注：这是关于《毛泽东诗词鉴赏》一书的通信。这本书在社会上反响不小，主要是臧克家先生主编，加之有众多名家参与，如王季思、向明、碧野、魏巍、郭风、刘征、邹荻帆、张志民、赵朴初、姚雪垠、李瑛、张爱萍、周振甫、刘白羽、端木蕻良、冯牧、尹一之、朱子奇、吴奔星、吕进、魏传统、李元洛、石英、阮章竞等人。信中所说"大作在《人民日报》发表，影响较大"，说的是发表在1990年8月13日《人民日报》上我所写散文《在臧老家巧遇郎平》。

19900920

世宗同志：

　　克家同志最近太忙。石英同志又要他为"金马"征文写篇序，推都推不了。他赶了好几天，弄得很累，嘱我代他复信。

　　你上次来信后，我们有一书（《古典诗文欣赏集》）（8月29日）、一信（9月4日）寄黑河军分区了，不知你收到没有？如未收到，望你去信，请人代为转寄。上信，主要是告诉你《鉴赏》样

我与臧克家

书已见到，如果你要买此书，可直接写信给"石家庄市北马路45号河北人民出版社李良元"（邮编050071），告知他买多少本。他说，书款可以在稿费中扣，这样可打七折，此书印两万多，精装，但在装帧设计上及主编、副主编等安排上，有点问题。出版社答复在副主编的安排上似做补救。出版社对这些问题上太欠考虑了。

　　祝
好！
　　克家同志嘱代问好！
　　谢谢你寄剪报来，你的文章在《人民日报》发表后，影响较大。

郑曼
90.9.20

　　胡世宗附注：这封信又一次说到给我寄到黑河军分区政治部的书《臧克家古典诗文欣赏集》，因为回沈阳办事，我请黑河的战友给我转到沈阳了。信中告知我作者购买《毛泽东诗词鉴赏》一书可以打七折。并又一次告知我所写《在臧老家巧遇郎平》文章产生的影响。

19901109

世宗同志:

信及前稿均收到了,你对朋友的热情,十分感人!

来信,来电打听《毛泽东诗词鉴赏》出版消息的,极多,我收到样书是九月初,因为错字不少,有一个题目也漏了一个字,正在补救之中。印了两万册,即将再印。

我与周振甫同志合作的《毛泽东诗词讲解》又印了一版,已到样书,印数三万八千本。我仍甚忙,杂事甚多!安了暖气,便利多了。天寒,但我心暖。

好!

克家
90.11.9日

胡世宗附注:我在信中寄去了1990年8月13日《人民日报》剪报。

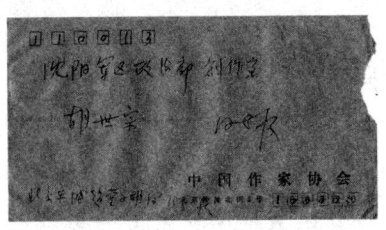

19901217

世宗同志:

首先谢谢你寄来的深情的祝愿!特别是这贺年片上有你的诗。我们在这里祝福你在新的一年里在创作上取得更大的成就!

祝福你身体健康，万事如意！

你上次寄来的《老态人生》组诗，我读了，感到很亲切，觉得你能捉摸到老人的心态，我并没有发觉有什么不妥之处。克家同志前一阵太忙，未能让他好好看看，真对不起。

不知你有无收到《鉴赏》样书（作者每人二本）？上月下旬，河北人社责编李良元来，说外埠作者都已发出样书了，可南京师大的吴奔星，连来三信都说没收到。北京作者，也是一部分没有收到样书（原是请他送的）。我们这里又没有书，搞

得一点办法都没有。克家给李良元写信，三信均不见回音。这几天，有《诗刊》《中流》等单位想在近期召开座谈会，在毛主席诞辰前发消息，可也是没有书。昨天克家发出快信，不知他们能否有反应。我们买的书，至今一本也没拿到，奈何！祝
新年好！

克家同志嘱代问好！

郑曼

90.12.17

胡世宗附注： 每年我都给尊师好友寄贺卡，并自撰贺年之句子，有的就写一首短诗。

19910609

世宗同志：

　　克家同志头晕，接长途电话后，他立即抱病挥毫写了两条，由于"写"字不规范化，又请他重写了二张，你们挑着用吧。你约他当顾问，实际上他是没法"顾"，也无力"问"，寄来稿子，他实在看不了，只当个挂名顾问吧。

　　我和苏伊对电视剧本是门外汉。家中老阿姨走了，生活狼狈不堪，前一阵子，我又小病一场，精力更差。苏伊添女后，为孩子忙，还没有挑起她父亲助手的担子，产假休息也没有搞好。

　　我只粗粗拜读一过，深为烈士的英雄诗篇所感动。这些"血写的诗篇"，如何形象地表现在荧幕上，让观众爱看，起共鸣，是一件难度较大的工程，这全凭导演及拍摄、制作的同志展开艺术的双翅，把诗句化为具体的形象。

　　我提不出什么意见，只是觉得闻一多的说明，还可加强些。闻一多从一个爱国的学者、教授，转变为一个以身许国的民主斗士，是很值得我们致敬的。《一句话》作于20年代（？）这里要否说明？现在这样，年轻观众会误以为是他牺牲前的诗作；叶挺将军是"四八"烈士之一，他写于渣滓洞的诗，从囚禁地点来说，不是"遗诗"。您看如何？这些，仅供参考。

　　顺颂

我与臧克家

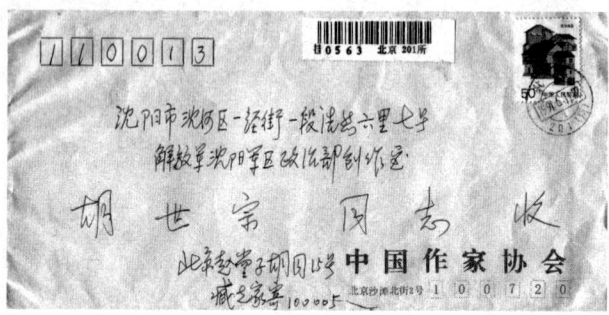

诗刊社全国青年诗歌刊授学院

世宗同志：

克家同志染疾难愈连电话后，他立即指示拜重写了两条。由于"写字不能先化"，又连他重写了二张。你抄挑看用吧。你约他专题问，实际上他是没话说，也无力问，等素子。他实在看不了，马马乎挂名解问吧。

我和笔访是门外汉。家中老病号多，出信很难不顺，病一下来，转又病一场，接力天寒，寒衣需加底，有孩子性，（还有挑克家他文秘助手的担子，克家休息也还有招呼。

我马祖年轻读过，深为烈士的英雄精神所感动。这些"血写的诗篇"，好好形象地表现在荧幕上，让观众看，起共鸣，是一件难度很大的工程。这么这是导演及拍摄制作的风展开艺术的双翅，把诗化为具体的形象。

我提不出什么意见，马上觉得问一等的透明，应当加强些问一多以一身的国的学者、教授、转专者一个以身许国的民主斗士，是很值得讴歌赞颂的。一方面作者20年代又，这里要区分开。现在这样，年轻观众会误以为是他抽想注着的凌你。"推荐军是"回心头上之"，他写于清净的闲诗，从内容地点来说，不是遗珍。该看如何？这些很供参致。

顺致

撰安！

克家但你吸收保持！小平苹果问候并！
我不能吧不行？请有这时代方致候。

郑曼
91.6.9.

撰安！

克家同志嘱代候好！小平、苏伊问您好！

松涛同志近况如何？请有便时代为致候！

郑曼 91.6.9

胡世宗附注：1991年，沈阳电视台导演王君找我，共同商量策划一个名为《血写的诗篇》的电视晚会，主要是朗诵革命烈士的诗篇，并邀我遴选烈士诗作并为晚会撰稿。这些工作都结束后，王君希望能请臧克家先生作为晚会的顾问，并请他为晚会题写会标。我便把晚会所选诗作及我为晚会所撰之文字稿寄给了克家先生。克家先生为之题写了三条"血写的诗篇"。这是郑曼大姐所写的回信，她提出的意见非常正确和重要。

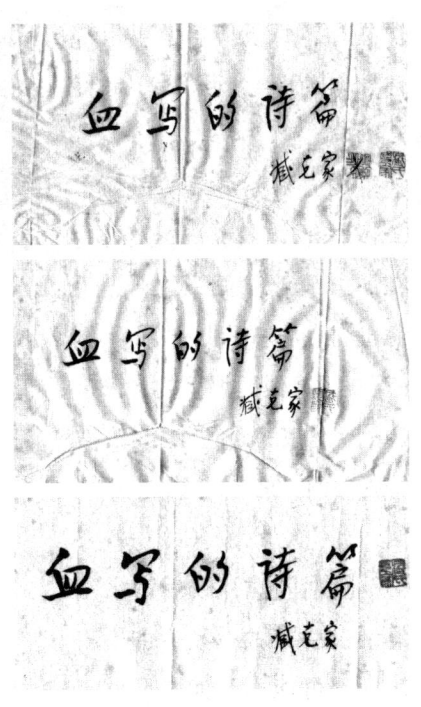

19911021

世宗同志：

10月13日你给克家同志信收到了，他嘱我代复一函，只得从命。月来，他参加的会太多。大会他不敢去，中小型的会，因对方坚邀，不好推辞，去一个多钟头早退，但接连外出也是太累。目前已少此类活动了。他身体还好，只是太疲倦，没有写成块文章,每天应付杂事也够他忙的了。今年没有出什么书。

你去中苏边境的黑河军分区代职,收获一定不少。在那边看到的"一日倒",听说北京也有不少"国际倒爷",不过他们那里的人来这边倒,北京的人也有去苏、波等国去倒。总之,这么七倒八倒,有些人就大发其财了。

白羽同志摔跤后曾来一电话,后来,他又参加了一次会,可能不是太严重。不过年纪大了,最好是不摔跤,否则,体质受影响。年龄不饶人,像克家同志那一辈人的身体,都一天不如一天了,好多事都想干,心有余而力不足了。希望寄托在你们身上!今后的文坛,应该由你们这一代来挑起重担了!看来,文坛上的事很复杂,谁也无力把它搞好,只得慢慢来。你要克家同志不管闲事,他好像还是不想搁笔,有感触就来一篇。而他的文章,总是让部分人读起来不舒服的;当然,也有叫好的。我们只有听他去,年纪大了,你劝也不听。

上次,你的作品在电视台播映了吗?反响如何?祝

全家福!

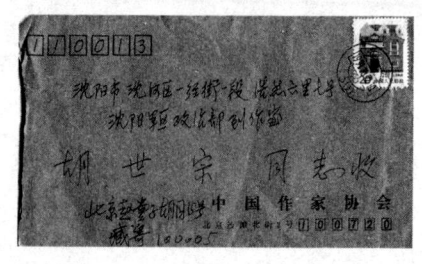

臧克家、郑曼信函

克家同志嘱代问好！

郑曼

91.10.21

胡世宗附注：刘白羽在1991年夏季曾到东北来，一是休养，二是重返当年战地，希望唤起战争年代的一些感觉。我陪他和他夫人汪琦在东三省一些地方巡走两个月，这是这同一年的秋天，郑曼大姐告知白羽先生的状况，他们两家在同一大院，同一座楼，同一门洞，信息会更准确些。信中说的"你的作品在电视台播映"事，是我撰写的《体坛尖兵叶乔波》专题片，共两集，上集为《成功从不给人许诺》，下集为《生命进程中没有句号》。由沈阳军区电视艺术中心制作，导演王诺，中央电视台播出。克家先生和郑曼大姐知晓并关心叶乔波，也关心我写的专题片播出后的反响。

19911023

世宗同志：

得信，知你远游，所得甚丰。

我已87岁了，人老而事多，休息时不多。

不时写点小文，以应友人之求。

我全家均甚好，勿念！

握手！

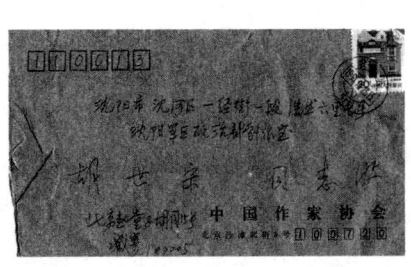

克家91.10.23日

附郑曼信

世宗同志：

接你信后，克家同志要我代回信，我昨天刚发信，他又自己写了短信，现再寄上，请收。

天开始冷了，一切又得转入冬季生活方式了，像我们住平房的，得自己烧炉子，实在麻烦。去年虽安了暖气，因为有三个炉子，七个眼，也很费工夫。想沈阳已开始供暖了，你们是住的什么房子？

祝

好！

郑曼

91.10.23

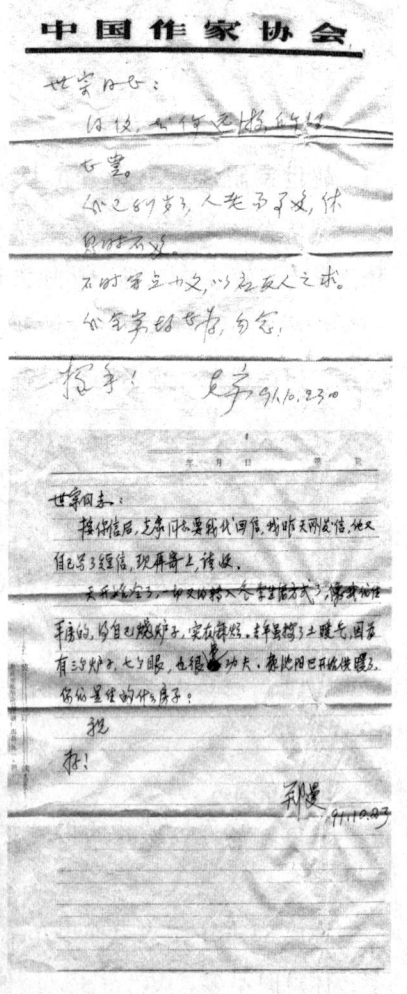

胡世宗附注：信上说我"远游"，是从沈阳到黑龙江黑河，我在那里供职军分区政治部主任，沈阳这边有工作的事情仍要回来做，平时就在黑河那里生活。

19920705

世宗同志：

两信均收悉，迟复了，请原谅。你看到《现代诗报》照片上我们的样子蛮健康，这是表面现象，实际上自春节以后，我们行年不利，一直不太好，尤其是我。几个月来，我室性早搏厉害，三联律，有时间以一联律，心区不好受，工作都停顿了。月来，克家同志头晕，卧床休息时间多，精力大不如前了。老了，我们不服老也不行了。

来信晚了两天，有关叶乔波的电视片，已放映过去了。克家同志向来不看电视，我自病后，也只看电视新闻了。接信后，拜读了你发表在《人民文学》五月号的大作，写得很好。叶乔波不愧是体育界的标兵，她的坚强意志与毅力，实在值得我学习，更是年轻人的榜样。你真勤奋，写了不少文章，也出了不少作品集。上次你问有无寄给我们两本书，当时就想写信告知，我们没有收到过，由于病初犯，不适应，一直未复信。

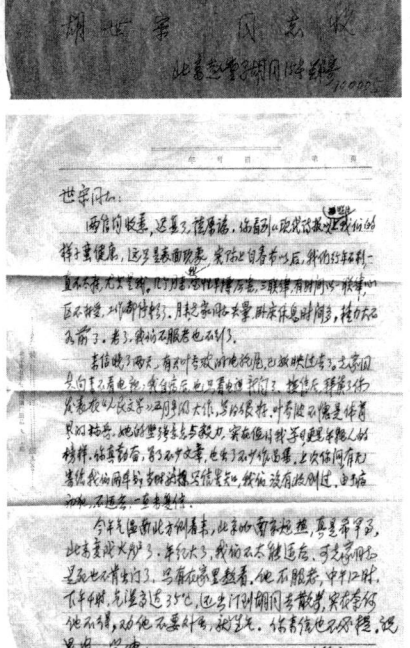

今年气温南北方倒着来，北京比南京还热。真是

稀罕事，北京变成火炉了。年纪大了，我们不太能适应，可克家同志是死也不肯出门了，只有在家里熬着。他不服老，中午12时，下午4时，气温高达35℃，还出门到胡同去散步，实在奈何他不得，劝他不要外出，就生气。你来信也不必提。祝

暑安！笔健！

　　克家同志嘱代候

郑曼 92.7.5

　　胡世宗附注："《人民文学》五月号的大作"，即我所写叶乔波的报告文学《酣梦于冰》。此文1992年8月号《新华文摘》转载。

19940205

世宗同志：

　　久违，甚念。

　　我，年已八十有九，身心尚健，百事萦怀，精力大差，所以很少给朋友们写信，但心里是很想念的。

　　松涛处，也好久没给他写信了，想给他写个信。

　　我，工作、生活情况，一切均好，勿念！春节到了，倍思故人！

好!

克家94.2.5

胡世宗附注：这是1994年春节前夕，克家先生写来的报平安的信。

19940510

世宗同志：

信收到了，你生活丰富，年富力强，成绩显著，我心甚喜！

我近九十，身心尚"健"，两个月之内，14位友人先后去世，对我触动颇大。

无力写长文，短篇一两千字还有时写一点。苏伊去山东为我的《文集》后三卷奔忙，九月份可出书。

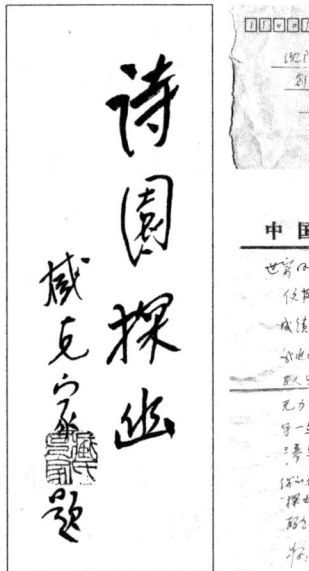

你的书名，我以为用"书简"亲切有吸引力，"探幽"虽具理论性，但涉一般。你再酌之。

好!

克家94.5.10日

郑曼问你好！

胡世宗附注：《文集》，即《臧克家文集》，山东文艺出版社，前三卷1985年出版，后三卷1994年8月出版；《书简》，即《关于诗的书简》，是我关于诗的评论集，1999年3月解放军出版社出版。关于此书书名，我曾征求克家先生意见，他建议用"书简"，而不用"探幽"，即《诗园探幽》，但这两个书名他都给题了字，让我再选。

19940525

世宗同志：

好。读来函及文章极为亲切，字少而意深情。我一切甚好，杂事不少。

好！

克家

一九九四年五月二十五日

附郑曼信

世宗同志：

两信都收到，近来杂务太多，致稽复，请谅。

《臧克家的手劲》，写得颇家常，亲切感人，且短而精，不知此文发表在何报、何时？便时望告。

《文集》后三卷出版问题，已初步落实，请人赞助了数万元，但刚发稿，要按时出版，还得催促再三才行。送前三卷的我这里有名单，待出版后，原则上都送。但这三卷精装本不足数，以后要斟酌处理了。出书难，难于上青天，这是克家同志初次尝到的滋味。

臧克家、郑曼信函

文中谈到纪念毛主席百岁诞辰的活动，如此文以后采用，拟请你改为约20项，这其中包括担任《毛泽东诗词鉴赏辞典》等书的顾问，为诗碑题词，开小型座谈会，主要是五六家拍摄电视片等等，大会他不能久坐，没有参加。

关于称呼，文里叫我大姐，太不敢当，还是与克家一样称同志或直呼其名。

松涛近况如何？久不见信，我们挂念他的身体。祝

笔健！

郑曼

1994.5.23

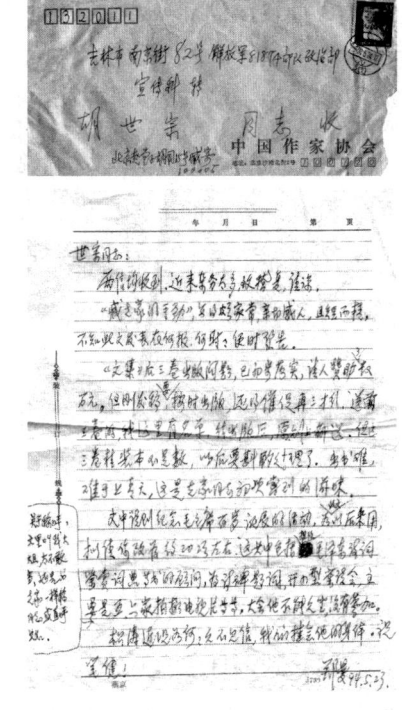

胡世宗附注： 克家先生所说"文章"，即郑曼大姐提及的《臧克家的手劲》，发表于1994年4月2日《延吉晚报》。关于对郑曼大姐的称呼，我和松涛探讨过，叫"阿姨"？叫"师母"？叫"郑曼同志"？都觉得不很妥帖。我建议就叫"大姐"，更为好些，尽管我们年龄上有较大差距，但我们称呼邓颖超、蔡畅、康克清等前辈女性，不也都称呼"大姐"吗？松涛赞成我的提议。我们后来都称呼郑曼为"大姐"了。

19940705

世宗同志：

读了你写的《生命进程中没有句号》，激动不已。这篇解说词，没有形容词的堆砌，没有口号式的呼喊，看来平平常常，却给人一种深沉的、有力的震撼，留给你永久的、对人生的思考。叶乔波的英雄事迹太动人了，由于你对她有深刻的理解，才能写出这样的文章。可惜我没有看到这电视片，也没有看到她告别体坛的晚会。

信收到多日了，月来，事情特忙，上月初，苏伊出差济南，校对《文集》后三卷清样，至今未回。这边，十月份要办的图片展览和庆祝座谈会的各项筹备工作，要我们配合，我一个人忙得不亦乐乎。大女儿和大外孙女接连生病，没法帮我的忙。而北京持续高温，来访者，拍电视的，月有数起，使得克家也得不到休息。他每日卧床休息时间多，一累，就头晕，腰痛，到底是

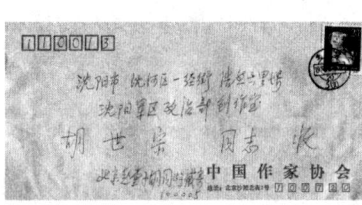

老了！

《刘白羽对汪琦的深情》拜读了。白羽同志身体不大好，我们都很担心，汪琦同志去世后，曾几次去电话慰问，后来得知，他去外地疗养了，从侧面了解，他总算还能顶得住，正如你文章中说的，他要完成他和汪琦商定的共同的目标，这，给了他力量。深沉的爱，是无穷的力量啊！

我同意你这样的称呼，那是从年龄上说的，至于从参加革命的经历来说，我是完全没有资格接受这个称呼的。虽然，解放前，我也曾和克家同志经历过艰险、困苦的日子，到底没有正式参加革命队伍，我是1949年5月才参加革命的。那年3月，党组织包租一艘外轮，把我们从香港送到北平。经历了新旧社会，才知道新社会来之不易。有了20世纪50年代的亲身实践，才深切体会到党的优良传统的可贵！

不多写了，还有不少事等着我去完成。

顺祝

暑安！

克家嘱代问好！

郑曼

94.7.5

庆祝座谈会及讨论会由作协委托《诗刊》社主办。

由于经费关系，讨论会名额可能不多，名单由他们定，听说参加讨论会的，希望每人有篇论文。庆祝座谈会名额多，但只有半天，我们提供了熟悉的朋友的地址，有你和松涛，住处可能有困难。

我与臧克家

胡世宗附注：《生命进程中没有句号》，是我为央视专题片《体坛尖兵叶乔波》撰写的下集文字，发表于1994年7月2日《文艺报》。我所写《刘白羽对汪琦的深情》发表于1994年4月7日《延吉晚报》，当时《延吉晚报》为我开辟了一个《我熟悉的名人》专栏，这是专栏中十余篇文章中的一篇。"庆祝座谈及讨论会"，即1994年10月在北京召开的"臧克家文学创作研讨会"。

19941029

世宗同志：

热情的信及散文，读了之后，备感亲切。

多年来，多次为文鼓励我，给我打气，极为感动。

近期参加90岁的三次活动，高兴又极为疲累。

你，年青有为，能跑能写，前程万里！

握手！

克家

94.10.29

我半年来太累，前一阵更紧张，一歇下来，就十分疲劳，这两天病了，恕我就此打住，问你全家好！

郑曼 94.10.29

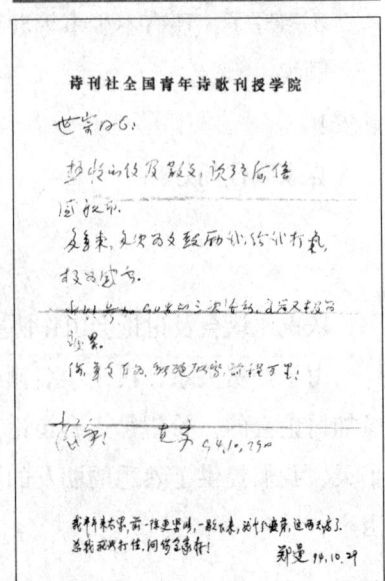

胡世宗附注：在克家先生九十岁生日前夕，我写信表示祝贺，并在1994年10月26日的《沈阳日报》上发表《老马凯旋自奋蹄》的庆祝文章。

19950403

世宗同志：

你好！每次接到你热情洋溢的来信，克家同志和我都得到很大的安慰，尤其是听到你又写了两位为执行任务而壮烈牺牲在长白山的英雄，很高兴。你永远为英雄人物歌唱，写的都是教育人民、鼓舞人民的作品，值得那些年轻的文学工作者和文学爱好者学习；克家同志也为有你这样的接班人而放心、高兴。

《文集》分两次出版，一隔九年，两次都印得不如人意。六本书放在一起，书脊也不整齐，照片印得一塌糊涂，真懊恼。

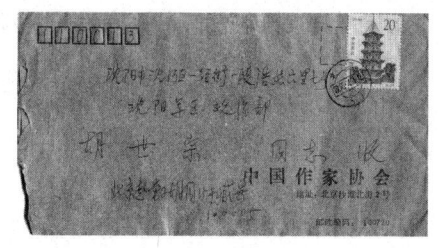

你总是关心我们。春节以后,克家同志小病不断,2月22日晚起,连犯几次房颤,身体差多了,人更瘦了。心脏病不像别的病,一犯起来真吓人,犯过后,一直恢复不过来。他还是歇不住,脑子整天在运转。协和医院心组大夫告诫我们:"臧老太累了,你们应该加意保护,这样连着发病,不好。"可他不听劝告,我们也奈何不得。现在我家有两个病人,大女儿病了几个月了,至今还不能上班;弄得我有点承受不了。你写刘白羽、贺敬之两对贤伉俪,是应该的。我其实没有什么好写的,自己既没有什么业绩,也不曾太多帮助克家写出大作品来。

　　祝
笔体两健!
　　克家同志嘱代候好!

郑曼
95.4.3

胡世宗附注:信中提到我写"牺牲在长白山的英雄",是我写的报告文学《最后十九小时》,发表于1995年5月号《解放军文艺》,作品反映的是1995年元旦前夕长白山地区两个通信兵战士在执行线路维修任务中突遇暴风雪英勇牺牲的生动事迹。信中还说到克家先生的病情和当时出版界的现实状况。

19960426

世宗同志:

　　谢谢你寄赠照片,这是值得纪念的镜头。

　　克家同志想月底出院,在这里住了快十个月了,这是他生平第一次住那么久的医院。1959—1960 年他患胸膜炎，也只住六个多月医院。年纪大了，病一次，就衰弱一次。这次出院，就不如去岁 12 月那次，现在走路都得人扶，血压还常波动，最近几天，胃还有些不适。不过住得太久，心境不好。

你的大作《最后十九小时》受到好评。《文艺报》这篇，一定是了解你比较深的同志写的。希望你沿着这条正确的道路走下去，创作出更多的好作品来。

克家同志与王洛宾同志见面文章，《作家文摘》已摘发，想《沈阳日报》不会再转载了。

祝
笔体两健！

克家同志嘱问你好！

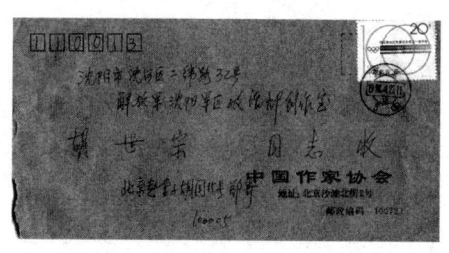

郑曼

96.4.26

胡世宗附注：1996年2月2日《文艺报》报道《最后十九小时》座谈会消息的，是著名评论家、后任《文艺报》主编的贺绍俊先生，消息标题为《呼唤英雄主义精神》。消息的后面，贺绍俊写道："胡世宗被人们称为'战士诗人'，他为战士而歌的初衷不变，在他的报告文学创作中，同样体现出他对士兵的深情。与会者认为，这也是胡世宗创作成功的一条重要原因。"

"克家同志与王洛宾同志见面文章"是指1996年4月7日《中国青年报》头版报道的《臧克家与王洛宾：两位世纪老人的会见》，这篇报道写的是作曲家王洛宾到北京在赵堂子胡同穿过，拜访了诗人臧克家，是《北京日报》一位记者所写。

19970807

世宗同志：

你这封贺年信，搁在我的手边，半年多了，至今才复，实在对不起！可我们心里老惦念着你！知道你因公来过北京，可克家同志住院六个月，出院后还是不能见朋友。医生千叮咛、万嘱咐：千万不能让他激动。他的房颤现在是服一种药控制着，如果再犯，就不好办。现在他血压还不稳定，年高，病后恢复难，生活不能完全自理了！

读你发表在《人民日报》上的文章，就想到你千里跋涉，常常深入

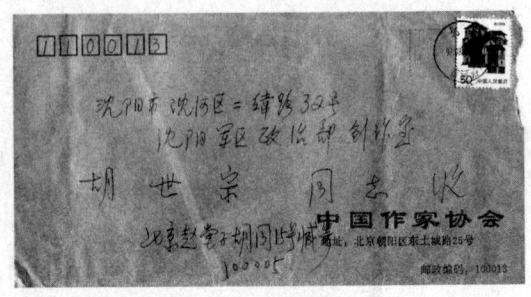

第一线的情景。你始终遵循党的教导，不走捷径，不赶时髦，扎扎实实地前进着。克家同志在病中，还常谈起你。去年作代会前，征求意见，充实作协领导班子，他还想提你。我们说，你是部队系统，才没提。可见你在他心目中的地位。

我全家托福都还可以。小平身体日渐好转，只是还不能上班；苏伊体弱，常有小病，不过还能支持。我和克家同志住在晨光街10号305室，在白羽同志楼下。克家同志病后，怕闹，借住养病。我的生活全随着克家同志转。他两年来，住院一年半多，四进四出，一次比一次病得厉害，我一直陪在他身边，幸亏我体质还好，没病倒。

祝你
全家好！

克家同志嘱代候好！

郑曼
97.8.7

我与臧克家

胡世宗附注:"发表在《人民日报》上的文章",即1997年8月2日《人民日报》发表我的散文《把太阳迎进祖国的人》,是在建军节到来之际,我写东北边防线上乌苏里"东方第一哨"官兵为祖国守大门的事迹。

19971214

世宗同志:

真是,久病故人疏。

得来信,知将编诗,在"落潮"时听潮声。

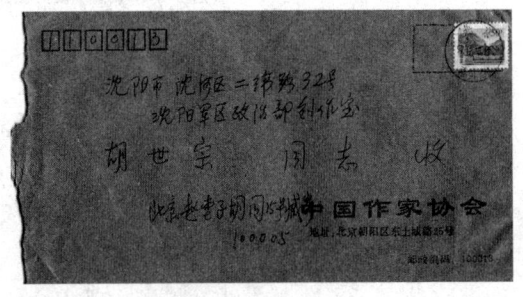

书名,三个之中,我考虑了一下,"新诗绝句"较好。因为"名句",无限制词,太泛了。

如"绝句"在前,令人认为所选全是短小似旧诗的"绝句"。

《新诗绝句》,入选条件:精品绝句,可以从长些的诗中摘其精华,顶好的,已为读者熟习,并在卷头语中说明此意。

病中无力多写。书名我写。

松涛久无消息,他近况可好?

握手!

克家

97.12.14

附郑曼信

世宗同志：

你好！谢谢您的精致的贺年片！我和全家在此祝愿您在新的一年里身体健康！万事如意！阖家安康！

克家同志亲复一信，他希望你同意后回封信，马上就挥毫题书名。最近天气稍转暖，他血压稍平，只是十分疲劳，老头晕。前一阵，血压高，心率过速，幸未犯房颤，得免去医院。

我一切如常，每天以照顾他为主要任务，其他事都无法进行，有时也发急。

　　祝

笔健！

松涛同志在前些时候曾给赵堂子去过电话，说有事来京，马

我与臧克家

上要返沈，不来看克家老师了。告诉他，他忘了。

郑曼上
97.12.14

胡世宗附注：这是我用两三年时间，选编一本中外诗人作品中的短小的诗或诗中的佳句，均在八行之内。我在考虑书的名字，请克家先生帮助斟酌确定。其中有"新诗绝句""新诗名句""新诗佳句"等，克家先生建议我用第一个，并为我题写了多条书名，寄给了我。这本收入500余位诗人的诗作或诗句的《新诗绝句》于2000年12月由春风文艺出版社出版。

19971224

世宗同志：

您给克家同志的信及赠书，均已收悉。他今上午就给您题了书名，横竖各一，现寄上。

克家同志眼患白内障，不能看书、刊、报纸也只能看看大标题了。

这本报告文学，能入围鲁迅文学奖，很不错。希望继续努力，不久的将来，一定能荣获这国家级的最高文学奖。

祝

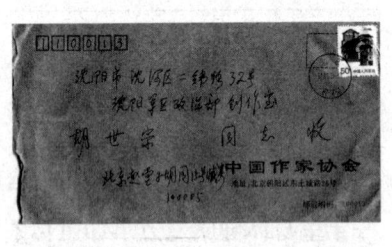

阖家新年快乐!

克家同志嘱代候好!

郑曼上

97.12.24

胡世宗附注: "赠书"和"这本报告文学",即1997年10月由解放军文艺出版社出版的《最后十九小时》,收入我创作的报告文学作品22篇,计30万字。《中国作家》杂志公布入围"鲁迅文学奖"作品,该作品名列其中。"题了书名",即为《新诗绝句》一书所题。

19980517

世宗同志:

谢谢你寄来照片,照得不错,一定珍存!

克家同志于5月4日晚摔了一跤,X光照片显示,腰椎压缩性骨折,遵医嘱,要卧床三个月。因系保守疗法,主要是护理,就未住院。这一下,他遭大罪,我也增加了很多护理工作,苏伊和她二哥每天轮流来帮助护理爸爸。现在他躺着不痛,架他起来走几步(大夫嘱:每天起来一次),也不痛,就是起床，躺下，姿势不对，就痛，咳嗽更痛。近日来，低烧已退，老年性便秘也渐渐调理好了，这就使我们放心，轻松多了。

你努力编"新诗绝（妙）句"，克家同志说，这工程浩大，题目改字，待他起床后再写，可以吗？能等三个月吗？我还能顶得住，请勿念，便中请告知松涛，不另写了。

笔健、体健！

克家同志问你好！

郑曼 上
98.5.17

胡世宗附注：我将我拍摄的克家先生及其家人的照片冲洗出来寄给了郑曼大姐。这封信说到克家先生摔跤，腰椎压缩性骨折，可想而知，克家先生遭多大罪，郑曼大姐要付出多大的努力加以护理。年纪大的人就怕摔。

19981103

世宗同志：

10月22日信和《统战月刊》上的大作，及《大诗翁臧克家》二份，均拜收，十分感谢！小平花了很大精力写了这篇文章，现在血压高，不能再写东西了。她的颈椎病弄得她太苦了。

她能写点小文，但由于生活圈子不大，又无法深入生活，可写的题材只能是囿于家庭生活，渐渐就将枯竭了。我没有做多少事，只是尽自己的一点责任，谈不上什么，小平给我写得太好了。平心而论，这几年，我没有半点自由，身心疲惫，得不到半点调剂，确也有点苦，但又有什么办法！他24小时都离不开人。

你的大作《大诗翁臧克家》，克家也读了。他感谢你对他的关怀，同时也指出，你没有写他与你的交往，是一个缺憾。

你写大胡子师长，一定会写得很动人。他的事迹，我听到过一些。希望你写的文章，编的文集都得到成功！

祝

笔体两健！问你全家好！

克家和小平、苏伊问你好！

郑曼 上
98.11.3

胡世宗附注：《统战月刊》是辽宁省委统战部创办的刊物，其副主编约我稿子，我就写了《九旬老人的深情牵挂》一文，

我与臧克家

发表在1998年10月杂志上。《大诗翁臧克家》是几近整版的长文,发表在1998年10月27日《沈阳日报》上,是当时报纸副刊负责人王占喜、胡中惠及编辑王辉为我开辟专栏,陆续撰写文坛名家,如刘白羽、光未然、贺敬之、柯岩、魏巍、李瑛等诸位。小平,即臧小平,臧克家先生的大女儿。她曾撰文称赞母亲郑曼为人善良、慈爱,如何不容易。"大胡子师长",即吴长富,我撰写他的报告文学,分别发表在1998年11月26日《解放军报》、1999年3月《作家》杂志和1999年4月23日《友报》上。

19990119

世宗:

忘年成好友,

隔地不隔心!

握手!

　　　　　克家

　　　　　99.1.19日

附郑曼信

世宗同志:

　　谢谢您对我们的新年祝福!我代表全家向您全家祝贺新春幸福!万事如意!祝您文思泉涌!精品迭出!

　　上次您来京,未能邀您

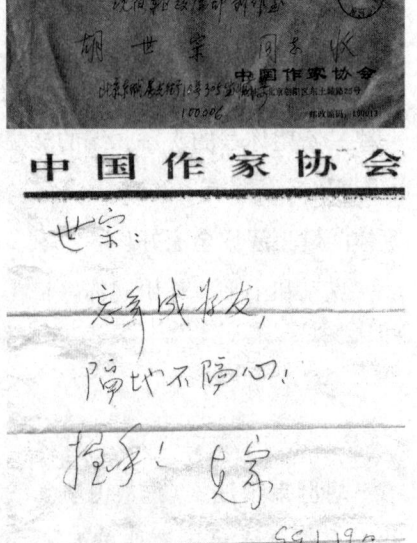

来看望克家同志，很觉不安。下次您来，再见见他吧！我为了躲避"流感"，一直把住这道关，家人也不让常来，总算给平安度过了。今冬因"流感"去世的老人不少，中年人也有。

我忙得厉害，身体也已大不如前了。

祝
笔体两健！

郑曼
99.1.19

来信请寄"北京东城晨光街10号（下略）"

邮编：100006

电话：（略）

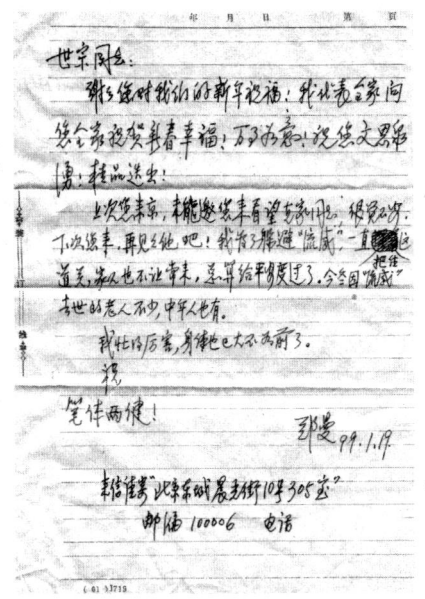

胡世宗附注：这是对我寄去的新春贺卡的回复。

19990509

世宗诗友：

收到你的诗论，甚为高兴！

你有多年创作经验，有自己对诗的看法，人各有志，不标榜，不随波逐流，走康强的道路，令我高兴。

我身体情况平稳。

松涛前些天曾来长途，关心我的健康，你们是志同情合的好朋友，做出成绩，自然我欣慰。

握手！

克家

99.5.9日

郑曼问好！

她为我忙。

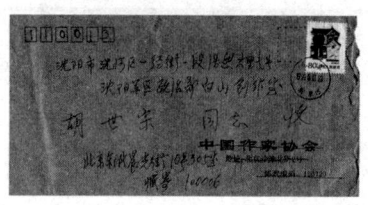

胡世宗附注："诗论"，指我在1999年1—2月号《诗潮》上的诗评《让诗张开强劲的翅膀》，和1999年3月发表于《指导员》专辑上的《诗情从生活源泉中来》。

19990629

世宗同志：

你寄来的《盘锦文学》《沈阳日报》都收到了，谢谢！我拜读了你写的几篇大作，最受感动的，是写柯岩的那篇，你饱含激情，把柯岩写活了。你写李瑛这篇也不错，把他的人品和诗品，恰如其分地表达出来了。可能是因为我对柯、李二位的过去不太熟悉，读起来格外新鲜。

谢谢《盘锦文学》又重登了你写克家同志的那篇文章。如果以后你若收进集子的话，我还是要指出某些需改正的地方（有些是小平写错了，有些是校对上的错误）：如第5页右栏第4行"1949年3月"，误植为"1945年3月"；同页同栏倒13行"中央军事政治学校"误植为"中央政治军事学院"；第6页左栏倒11~8行，应为"由王统照资助了二十元，还做了发行人；闻一多也凑了（可否改一下？）二十元，写了序言；卞之琳等诗友还帮助跑印刷所，筹划纸张；茅盾、老舍、韩侍桁等先生撰写了评介文章"。（《烙印》是克家自己编的，由闻先生、统照先生审定

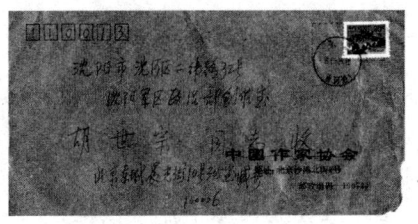

的；卞之琳等诗友促成，并具体帮助印刷的。当时写评介文章的还有梁实秋、韩侍桁等。韩提出克家等五人是"1933年文坛上的新人"）第6页右栏老舍的评介文章，请查《臧克家文集》第4卷199页或《时代风雨铸诗魂》第18~19页。你引的是克家回忆的几句，后来都改过来了。第7页左栏倒14行"年愈"应为"年逾"；同页右栏第1行"给了妈奴才"应为"给了奴才"；同页右栏第14行"备感"是否应为"倍感"？同页右栏倒16~14行关于捐款中国少年儿童活动中心一段，是小平写错了。克家拿出两本书的稿酬一万元捐给他们，是在该中心落成开放以后的事。7~8

页关于常清玉的事,情节基本上是对的。但这个女孩高中毕业后没有考上大学,自己外出打工,给我们来封信,没有谈具体工作,通信处也是由别人转的,回她信后,至今已两年,毫无音信。据说她和家中搞不好,父亲希望她在家乡做工,她不告而别。我只怕她被坏人拐卖了,至今成为我们的一块心病。

过去在作协,每次捐款,克家同志都是领先的。去年抗洪救灾,他落后了。好几位捐了二万元,他只捐了二千元。这一点,以后不要提为好。以上各点,供你参考,不妥处,请谅。

我对李、柯二位也很崇敬。这次李瑛同志长诗《我的中国》出版座谈会,邀我参加,我既不会写诗,也不是诗评家,只是就自己读后有感,写了几句。本来要亲自去的,因克家同志头晕厉害,未能前往,由张同吾同志在会上念了一下。李瑛同志还很客气,来函感谢。我看这本诗集可能会获得国家图书奖。致同志的敬礼!

克家问好!(注:这四个字为臧克家写)

郑曼　上

99.6.29

胡世宗附注：《沈阳日报》连续刊登我写的几位文坛名家之后，《盘锦文学》让我把这几篇素描文字放到一起，稍加修改重新地集中地发表出来。

19991013

我94生辰，蒙心海、文玉、阿红、世宗、松涛、王健诸诗友热情地以花瓶、诗册、文集与墨宝为赠，令我感谢而又感动！我虽上了年纪，但诗心不老，关心诗坛情况，希望经常读到诸位的佳作。我的健康情况尚好，请勿念！

让我再说一声谢谢！

克家上

99.10.13

附郑曼信

世宗、松涛同志：

首先我代表全家谢谢你们对克家同志的热情祝贺与关心！你们和辽宁诸诗友对克家同志的款款情意，对他是极大

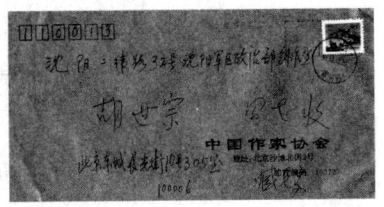

的安慰与鼓励。他为了写答谢信,从昨晚到今晨,忙了一阵子。你们知道,他的热情与目前的身体情况是一对矛盾,他胸中心潮汹涌,但表达出来,已经不容易了,有不少常用字也写不上来了。他常叹:老矣,吾衰矣!他寄希望于你们身上!

册中你们的诗,很感人,似可发表发表。

谨祝

笔体两健!

小平、苏伊问叔叔好!

松涛同志的舅父病情好些没有?念念。

郑曼

99.10.3

胡世宗附注: 在克家先生94岁生日之际,我与松涛原本约好一同赴京为之祝寿。火车票都预订了,临时松涛的舅父生病,来沈阳就医,松涛就没能与我一道成行。我们准备了一个大册子,上面请辽宁地面的部分诗友牟心海、刘文玉、阿红、刘镇、王健等分

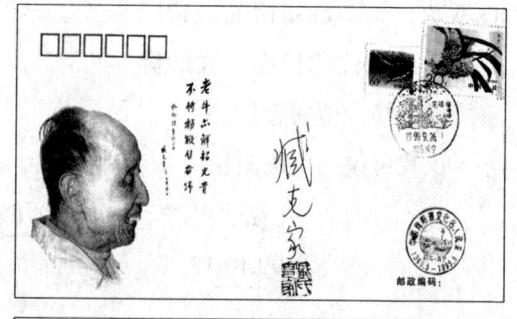

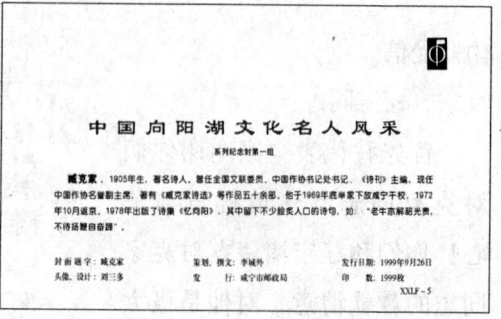

别题写了贺诗、贺句、贺联或书法作品。我到京后,邀了好友峭岩一同去看望了克家先生和郑曼大姐,表达了我们大家共同的祝贺和祝福。郑曼大姐说:"册中你们的诗,很感人,似可发表发表。"遵嘱,我把册中所题的诗《克家的手》给了《文艺报》,在北京举办《臧克家全集》首发式当天发表出来。

19991206

世宗:

　　你写我的《手》的诗,我读过了。它充满了友情,也含有对我鼓励之意。

　　你与松涛是我的知心朋友,客气话,不说了。

　　我健康情况,算平稳,勿念!

握手!

克家
99.12.6日

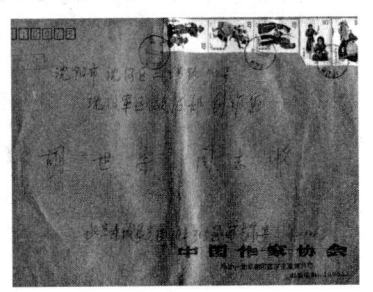

附郑曼信

世宗同志:

　　给你的信写了两次,均搁下了,一因忙,前一阵子换窗户,邻居装修,弄得心神不宁;二因最近我二姊突然病逝,心境欠佳。今天接你寄来《友报》,不能再耽搁了。

先谢谢你们对克家师的祝寿！如果刘镇、晓凡同志已准备好，可以寄来，我把它贴上，恐怕搞不精致。我想把这本纪念册送现代文学馆展出，不知你们同意否？

再，咸宁地委李城外同志已寄来一套纪念首日封，克家师也在他那张上面签了名，我代你谢谢他了，现寄上。

三是我为你最近发表的关于贺敬之、柯岩夫妇的文章（于《华夏诗报》）叫好。正当诗坛混乱之际，你的文章会起到好作用的。

克家同志日前去医院检查，内科主任对他的情况表示满意，但验血结果尚未出来；眼科大夫建议他动白内障手术（两眼只有0.1～0.2），内科大夫说不能动，一是年纪太大，二是患有房颤病，只有等待完全失明了。

我还可以。上次你来，忘了把松涛的那张原版照片托你带回去，我想年内一定把它卷好从邮局寄回。澳门即将回归，21世纪钟声就要响了，让我们同声祝贺吧！问你全家好！

克家师问你们好！

郑曼上99.12.5

胡世宗附注:"《手》的诗",即我写的诗《克家的手》。为祝贺克家先生94岁,我带去相赠的大相册上,应该有克家先生熟悉的并给予过褒奖和支持的辽宁诗人刘镇和晓凡的贺诗或贺句,因当时时间仓促没有找到他们,就缺失了。他们是辽宁重要的工人诗人,曾在全国诗坛有一定的影响,克家先生曾为他们的诗作写过推介文章。我建议将他们二位的贺意补充表达,并且已经联系到他们本人了。郑曼大姐高兴地说可以寄去贴上,这样就稍感完整了。"你最近发表的关于贺敬之、柯岩的文章",即是1999年7月5日和1999年10月21日先后发表在《华夏诗报》上写贺敬之的《在生活的激流中放声歌唱》和写柯岩的《人生苦短艺术长》。"松涛的那原版照片"是1979年1月中国作协委托《诗刊》社在北京召开的"全国诗歌创作座谈会"合影。

20000424

世宗同志:

近况可好?我们都感谢你的《跨世纪的克家剪影》,你和松涛对克家同志的深情跃然纸上,辽宁诸诗友的盛意也都写出了。克家同志这几个月来病情尚稳,前周因满口牙肿痛,发了几天高烧,现已痊愈,勿念。

克家同志出了本旧诗稿增订版,给辽宁诸诗友各寄一本，王健同志未寄。

今年要编出全集10卷，全家总动员，苏伊和她二哥是主力，我敲敲边鼓。我向刘镇、阿红二同志去信，请他们看看有无克家同志的信（"全集"有一卷是书信集），给寄来。心海、文玉二同志处没写信，不知他们处有没有？书信集编起来十分麻烦，一是须麻烦友人寄信，过去克家同志的信都未抄存下来，一是信中有需注明的人和事，我们有好多不接头，无从下手，也得友人提供材料。祝

好！

克家同志嘱代候！

郑曼　上
2000.4.24

胡世宗附注：《跨世纪的克家剪影》，系我写的散文，发表于2000年春之卷《中国诗人》杂志，由罗继仁主编邀写并编辑。《臧克家旧体诗稿》2000年2月由武汉出版社出版，程光锐、刘征作序。

20000626

世宗同志：

您好！承寄克家同志致你信50封，年份，注释，搞得这么仔细，打印得清清楚楚，真太感谢了！

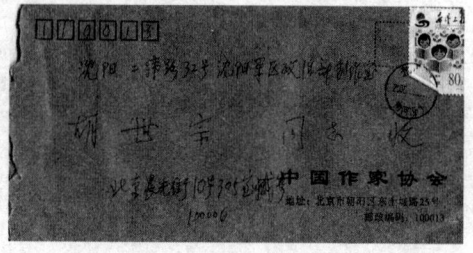

信，6月6日接到了，老想等初步选定后复信，一拖再拖，直到今天。我，年纪大了，精力不足，工作效率很差，杂事太多，静不下来看寄来的信。苏伊和她二哥全力在编诗、文部分，已编出四卷，而我至今尚未动手看征集来的书信。真急人！如果都像您似的，年份、注释都已搞好，光看就省事多了；而不少信，我要像考证专家似的，到处找旁证来确定写信年份，真费事。有些书名、文章篇名，还得写信去问对方。

松涛同志寄来信，刚取来看。有些杂事，又使我看不成了。

我们意见，信太多，得选用有保存价值的，他给你的信，能选用多少，现在很难定下。

谨祝

笔体两健！

郑曼　上
2000.6.26

克家问好！（注：这四个字是克家亲笔）

胡世宗附注：因编《臧克家全集》的书信部分，郑曼大姐和苏伊寄来约查阅选寄克家先生书信的函件，我即找出克家先生给我的50封信，打印出来，并标清年月日及相关应该说明的文字。这是郑曼大姐为此给我的回信。在2002年12月时代文艺出版社出版的共12卷《臧克家全集》第十一卷"书信"中选用了"致胡世宗（四封）"。

20010109

世宗同志：

春节将至，祝你全家身体健康！幸福愉快！

谢谢你寄来《世纪之声——百年经典诗歌朗诵会》节目单，当保存留念。这场朗诵会，内容选得好，朗诵配乐曲，更加吸引人。我已经30多年没听过了。回想20世纪60年代，诗歌朗诵会的盛况，至今还余味无穷。现在北京也很少举行了，主要是没有钱。殷之光的朗诵团，也只能到学校去搞。

《新诗绝句》发行情况如何？你为新诗事业，又写又编，自己还投下资金，精神可嘉！

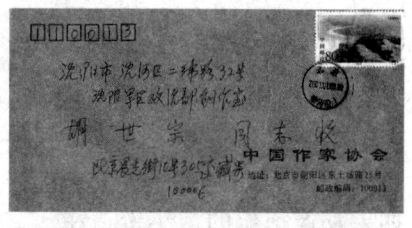

书信卷，因为我实在太忙乱，编选工作完成得很少，全赖小平和她的二哥嫂（他们已看完全集1—11卷稿子，由苏伊总其成）在编选（小平因此，又犯了颈椎病，生活都难以自理了，只

得请小阿姨帮忙,她已经无法再继续看稿了)。因此,书信卷还在编选中。其他稿子都编得差不多了。但出版社又放慢了节奏,不知今年什么时候能出版。我们已交去"全集"1—9卷,他们连一卷清样都没有交我们看。

不多写了,我全家问你好!克家同志病情尚稳定。祝节日快乐!

克家同志嘱代候好!

郑曼 上

2001.1.9

胡世宗附注:《新诗绝句》是我用一年半的时间编选的一本分"人生""爱情""友情""乡情""祖国、民族""人民""时光、岁月""事业""历史""信念""理想""自由""青春""真诚""谦虚""善良、正直""理智""苦乐、悲欢""失败""鉴别""文学艺术""人间世相""山海土地""日月风雨""树木植物""花草鱼虫""禽鸟畜兽""生态环境""桥灯水石""时代风景"等三十个门类的中外诗人的精彩诗句,每则均不超过八行,2000年由春风文艺出版社出版,共866页。

20020120

世宗同志:

接读来信,得悉一切。知你编《论胡世宗及其创作》,你老师十分高兴,我也是,希望早日顺利出版。今晨,他稍有

兴致，为你的书题签。去年以来，他就很少写字了，这是今年第一次开笔。给你写的书名，还算是好的，但比起过去，已完全失去了他的风韵。你看，能用就用，不要勉强。自然规律是不以人的意志为转移的！我站在一旁，看他写字，内心哀伤。想当初，他挥笔自如，一写好多张，不觉累。现在是由我写好字放在旁边，他一笔一画照着写。字，写斜了，间隔太松，你如用，可以剪贴一下。

信中说到要写《沉马》读后感事，想必当初曾有这个雄心，可随着克家同志身体的变化（去年就住院三次，几年来，我看报都难抽出时间），其他事都排不上日程了。每年收到不少赠书，特别是收到你们的赠书，我们一方面高兴，很想拜读，可另一方面常常感到愧疚，实在难以实现自己的心愿，只有请求原谅了。你老师几年来都执不了笔，现在更不行了。

苏伊这本书，怎么今年才由松涛带给你？书是去年6月19日寄赠的吧，7月26日就收到你接到《世纪老人的话——臧克家卷》的感谢信了。（赠书单上记6月19日）你们二位，我们寄赠书，总是一起想到，一起寄的。这本书，苏伊花了大力气，我也觉得不错，常常见到朋友，就王婆卖瓜——自卖自夸。翟泰丰、张锲同志首先写了书评，其他还有几位同志写了。苏伊现在是两件大事压在肩，身体又有病，我替她发愁，只怕把她整个撂倒。今年春天，赵堂子胡同15号旧居要拆迁，全部书籍、家什，全靠她整理，她爱人节假日能帮一下忙。元旦一小试，整理书，就把她搞得低烧，腰酸痛。而"全集"的出版社，也想今年春夏之间出版，她得全部看清样、版式。我干着急，这里老伴又离不开人。

就此打住了。祝

全家春节吉祥如意！

克家师问你全家好！问松涛全家好！

郑曼 上

2002.1.20中午

请你转告松涛，他的贺年片收到了，谢谢他的祝愿。这封信便中可给他看看，我实在太忙了。为拆迁事，今后房子如何办？不知，心乱如麻。

接到字，请来一短信，免挂念。又及

胡世宗附注：《世纪老人的话——臧克家卷》，2000年辽宁教育出版社出版，主编林祥，采访人运河，"运河"即郑苏伊。

20030514

世宗同志：

你好！全家好！

看到你们的合家欢，令我欣喜、艳羡！祝福你们阖家永远幸

福！愉快！健康！

前些天给松涛去信，希望他把你们老师的病况转告你，想你已知晓。目前你老师其他情况尚平稳，就是胸水还未解决问题。这几天做B超，说比前一段少些，约300cc左右，由于少，抽起来有风险，大夫让它自行吸收，不知能否收效。你老师去岁12月27日住院后，病危两次，现在他很难认人了，不能叫出家人的名字，写不了字，连他自己的名字也写不上来了；说话不清，全家人都听不懂他说什么，有时他很想表达自己的意思，看我们领会不了，他一发急，就不说了。他是很喜欢讲话的，可能还有不少想法要表达出来，可一切都晚了！想不到这次病，夺走了他说话和思维的能力！自然规律何等残酷哇!!

北京闹"非典"，医院也

几乎隔离起来了，家人不能随便来探视，只有固定陪护的人，可出入。就由我长期住医院。请小阿姨早上送东西，晚上回去，夜里另请一护工帮忙。其实他每次住院，都由我日夜陪护，这是1995年以来第十一次住院了。他住院，我的心情随着他的病情好坏而变化，焦急的时候多。他一病，牵动全家人的心，为了尽量减少由于他的病影响家人的工作，我宁愿把担子全挑在自己的肩上。我身体还能撑得住，望勿念。

你们正处于创作最旺盛的时候。希望多写出好作品，这是你老师和我们全家人的期望，也是整个文艺界对你们的期望！

祝

全家好！代你老师问你好！

郑曼　上
2003.5.14于协和医院

从信封地址上看，你新搬了家，是吗？开发区的房子一定很不错，祝贺你的新居！

胡世宗附注： 这封信里写到克家先生令人担忧的病况，也写到高龄的郑曼大姐陪护病人的状态，令人感动。

20030814

世宗同志：

您好！谢谢您和松涛同志不远千里，赶来参加家父全集的首发式，更感谢您亲自为我的女儿菁菁送来了海泉的礼物。菁菁非常高兴。在此，代表她向您和海泉表示深深的谢意！（看到您与他及郎平等，在我家小院的合影，格外亲切！光阴如梭，可惜小

我与臧克家

院不再了……）

赵堂子15号拆掉后，我搬回了自己的家，地址：北京东城小羊宜宾胡同5号院2号楼904室。邮编：100005，电话：略。以后有事，望多多联系。海泉如有空，欢迎来玩。

再次向您致谢，请代问松涛同志和您全家好。松涛同志的《诗人李松涛》，我也仔细拜读了，很好。菁菁问你们好。

敬祝

秋安！

臧小平

8.14

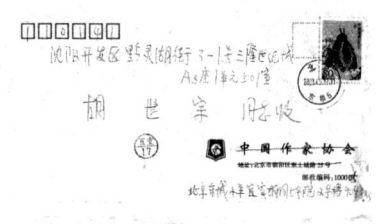

胡世宗附注：这是我把海泉的诗集《羽·泉之泉静静地流——胡海泉诗与写真》由海泉签名后寄赠给小平的女儿菁菁后，小平写来的信。

20030821

世宗同志：

承你和松涛同志特地从沈阳赶来参加中国作协举办的《臧克家全集》首发式，还到医院看望克家同志，真令我全家感动，谢谢你们了！那天，我太忙乱，没有很好地招待你们，也没有和你们在会场合个影,实在遗憾,请多多原谅!记得和你们一起前来的同志(是不是钱振中同志)在会场上拍过一些照片,如有值得留念的,可否寄我几张?

你那天说,海泉家里有人不适,不知现在好了没有?海泉歌声震四海,一定非常忙碌,希望他注意保重身体。

克家同志近日体温趋于正常,痰也少多了,神志也清醒些了。回顾他住院以来八个月的险恶历程,今天的好转,实在得来不易。他一好,就闹着

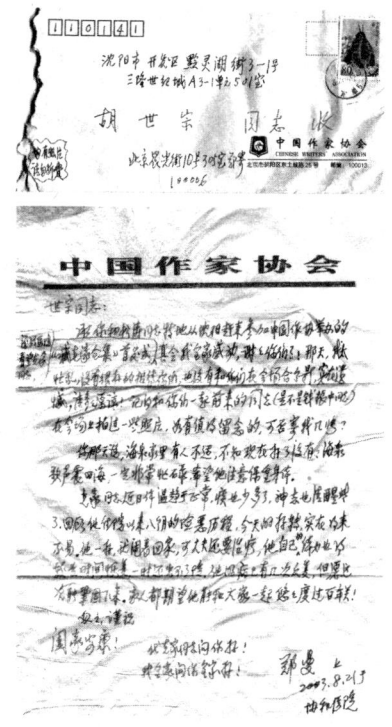

回家,可大夫还要治疗,他自己的体力也得较长时间恢复,一时还出不了院。他的病已有几次反复,但愿这次能巩固下来。家人都期望他能和大家一起悠悠度过百年关!

匆匆,谨祝

阖家安康!

代克家同志问你好!

我全家问你全家好!

郑曼　上

2003.8.21于协和医院

我与臧克家

胡世宗附注：这是郑曼大姐从协和医院寄出的信，说到克家先生病情的反复。信中写到钱振中同志，是抚顺一位诗友。

20040115

世宗同志：

新春好！祝福你全家身体健康！吉祥如意！幸福愉快！

光阴如流水，又过去一年了！这一年，对于我们是不平凡的，尤其是克家同志：他历经险恶，与死神搏斗，真是用尽了全身精力，至今仍处于危重状态：肺部严重感染，痰多，切开了气管，呼吸系统和肾功能双衰竭，全身浮肿，靠呼吸机和各种药物在维持生命。他的生命力是顽强的。有些朋友刚住院一个多月就先走了，如上海的王辛笛同志；而他病危五次，每次都被他击退了病魔，取得较好成果。当然，这一次的后果如何，很难逆料了。有大夫要我们做好思想准备，有大夫说是还可以坚持一段时间。但我知道，他年龄太大了，各项器官都衰退了，各种药物都产生了抗药力，能

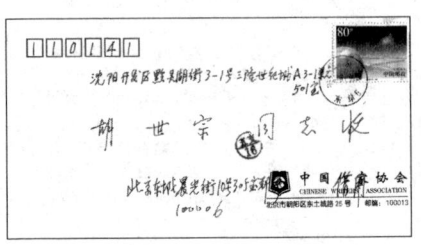

否坚持到今年10月，让他和亲朋好友共度百岁大关？我们是这样企盼着，但愿苍天能赐给他力量！！

我和孩子们还可以，只是心情太沉重了！小平、苏伊问叔叔阿姨好！

天寒，望多多珍摄！谨颂

年安！

郑曼
2004.1.15午

胡世宗附注：信中写到克家先生病危的严重状况，希望克家先生能与病魔抗争度过百岁大关。

20041104

世宗同志：

《日记》早收到，也拜读了一小部分，因为我多病齐发，老住医院，每天除了看报，就没有太多时间看书了。以后慢慢再看。信，也太久未复，请原谅。

你们正当年，是创作的好时光，真令人羡慕！

我自老伴去世后，与疾病结下了不解之缘，先是双腿有疾，特别是右膝骨关节炎，使我无法下地行走，后去骨伤医院治疗，稍好，但仍是双足发木，发紧，去协和医院，诊断是周围神经病，检查全身，最后从活检中得出结论：肺癌。现在服用我托

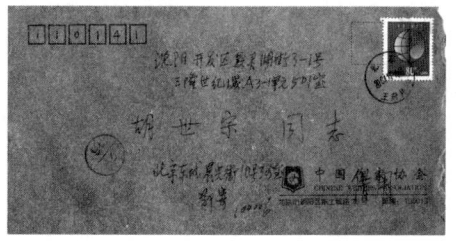

侄女从美国买来的治肺癌的新药——易瑞莎，据说此药对亚洲女性肺腺癌患者特别有效。不知对我疗效如何。上月26日，我服药一个月后去复查，大夫说，从片子上看没有发展，这就不错。本月底还得去照CT复查。现在我右膝行走仍不便，水肿未完全消失，膝盖仍不能自如活动，加上5月中旬又突发心脏病两次，现每天服药。想不到自认为比较健康的老人，一下几成残疾人！

今年是我平生最不幸的，半年多，我失去了老伴、大哥、二姐夫，悲痛迭来，令我难以消受！

我自信自己不会被击倒，正和病魔做不懈的斗争，请勿念。

小平、苏伊问叔叔好！苏伊为我病也忙得病倒了！

问候尊夫人！

敬祝

全家好！

郑曼　上
2004.11.4于床上

胡世宗附注： 郑曼大姐因积劳而成疾，病情严重，却仍与病魔做不懈斗争，令人感动。

20050401

尊敬的胡世宗先生：

首先感谢您为家父臧克家先生的逝世撰写的悼念文章。

近来我们编辑了一本《臧克家纪念集》，经与作家出版社联系，该社同意出版此纪念集。我们拟将尊作《怀念臧克家老师》收入此集中。此书出版后，会寄给您样书一本。因经费问题，稿酬之事尚待与出版社协商。如蒙应允，请在下面委托书上签名并请速寄回。如您不同意尊作入集，也请速回我们一信，以便我们进行下一步工作。谢谢。

敬颂

春祺！

郑苏伊　臧乐安

2005年4月1日

胡世宗附注：这是苏伊和乐安编克家先生纪念集，拟收入我撰写的小文，将出版社打印的作者同意收入并不要稿酬的委托书上签名。

20050407

世宗同志：

你去年11月8日信，给予我热情的鼓励，亲切的慰问，增强我战胜疾病的信心与勇气，谢谢你和惠娟同志

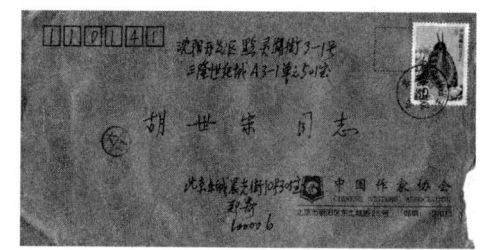

的关心！

我于今年3月下旬做第四次复查，大夫告我，病灶又有些好转，肝、肾及血液等均好。协和医院大夫只怕癌症转移，最近又做了全身骨扫描，没有什么大问题。现在看来，易瑞沙这种药，还是管用。原来我自费购买，每月要一万四千元，现在已批准我的申请，由该公司慈善供药，每月仅付500元海关税即可。这样，我就可安心长期服用下去了。我一定在亲友的关怀和家人的照顾下，战胜病魔，坚强地活下去。

只是我一病，把苏伊累坏了。她既要照顾我，还得编纪念集，写爸爸的传记。纪念集只要委托书回来，就可付印；传记由大儿媳、大女儿、苏伊分头执笔，最后还得苏伊统稿，她的责任够重的。这本书是人民出版社约写的。我现在什么都不管，只是养病。谨祝

全家福！小平、苏伊问好！

郑曼　敬上

2005.4.7

胡世宗附注：这封信写到郑曼大姐病情因服药而好转，令人高兴；也写到苏伊等家人为克家先生的纪念集和传记而辛苦忙碌的情形。

20060122

世宗同志:

首先让我代表全家向你和你全家致以衷心的祝福,祝你们健康幸福!万事如意!新春快乐!

捧读你的贺年片,你对克家师的怀念深情,跃然纸上,令我感动!你对我和孩子们的祝愿,我们一定努力去做到。健康是福,希望大家都保重身体!上次你和夫人来舍,我看你们身体都还可以,你正当年,希望能多创作出好作品。你克家师当年对你和松涛都寄以很大的希望。去年12月12日,接松涛贺年片,他在信中告我,曾有一度身体不好。我回信,请他先休息一段时期,不要太忙累。不知目前他身体情况如何?念念。

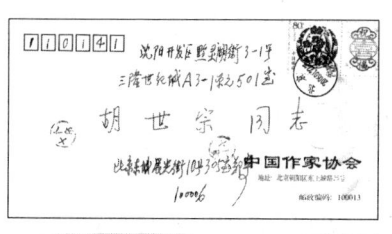

我的病,经复查,从CT片上看,与去年6月的CT片没有太多变化,可见已稳定,但愿上苍保佑我能再多活几年。

苏伊已上班,工作虽不忙,但每天早出晚归,家中只有我一人,请来一小姑娘陪伴,做家务。看病,由小平抱病陪伴。我这一病,让家人增添麻烦。敬祝

我与臧克家

阖家安康！

小平、苏伊问候您和阿姨！

郑曼 上 2006.1.22

胡世宗附注： 这是在2006年元旦前后，我寄新年贺卡后收到郑曼大姐的信。

20061026

世宗同志：

你好！全家好！

这一段时间，我都在看长征的史料，从报刊上，从电视上。接你电话后，我按时打开电视机，看到你的身影，听了名家朗诵你的诗作，我很高兴。《沉马》是一首好诗，写得很悲壮，听朗诵后，印象更深刻了。你两次重走长征路，实在难得。我看后，马上想给你拨电话，可翻了我老伴和我自己的通讯本，都没有查到你的电话号码，只得写信了。

我一切尚好，九月二十日检查结果，与三月、六月的没有什么明显变化，请勿念。孩

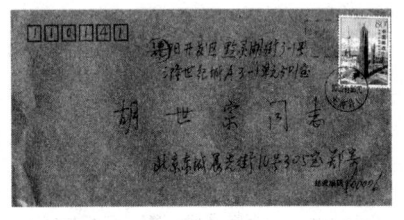

子们也都可以。苏伊已去作协上班一年了，她在创研部，搞一些杂事。我老伴的传记，因为她一上班，没有完整的时间写作，也就拖下去了。

你出版八本日记，这是十分可观的，里面一定有许多值得保留的史料，待收到后，一定拜读。

谨祝

健康！幸福！

小平、苏伊问您好！

请告我电话号码，以便联系。

郑曼　上
2006.10.26

胡世宗附注：信中说到电视里看到的，是央视播出的《不可忘却的长征》专题节目，其中有对我的采访和由瞿弦和、徐涛、晏积瑄等分别朗诵了我在长征路上所写的《沉马》《雪葬》《向着火红的小果子》等诗作。

20080112

世宗同志：

同一时刻，收到你和松涛的贺年片，带给我无限的暖意和欣慰！你们，在我心中是很有分量的朋友，可惜我水平差，不能对你们的作品做出评介，也无精力细细阅读，特别是病后。但你们寄我的大作，我珍存着，传之后代。

我全家尚可，苏伊忙于工作，早出晚归，我的病就只好由大女儿小平来照顾：陪看病，代取药，去报销，累得本是满身病痛

我与臧克家

的小平，近日也躺倒了。我的病，2007年有缓慢发展，胸腔积液，憋气、咳喘，有时呕吐。现中西医合治，不久再去做B超看胸水有无吸收。我也看开了，年已89，算是高龄了，我不可能像我老伴一样活到99，如能让我挺到年终，看到奥运会，也就心满意足了。

你们尚年轻，要多多保重！祝
年安！

小平、苏伊嘱代候好！

郑曼　上

2008.1.12

附贺卡

世宗同志：

新春佳日，祝福你和全家，

身体健康！幸福如意！
和谐安宁！万事顺遂！
郑曼率小平、苏伊同贺
　　二〇〇八.一.十二

胡世宗附注：这是在新年到来时的互通家境和心情的通信。

20080906

胡世宗老师：

您好！您用快递送来的月饼已收到。非常感谢您！家父走后，您还时常惦记着我们，令我们十分感动！

家母最近病情有所加重，每日咳喘，憋气，有时吐血，一时也离不开氧气，现已住进医院。她得肺癌已有四年，病情一直还比较稳定，就是近几个月进展很快，肺功能急剧下降。我们也无力回天，只希望她老人家能少受些痛苦。

您全家都好吧？望多多保重身体！

祝全家

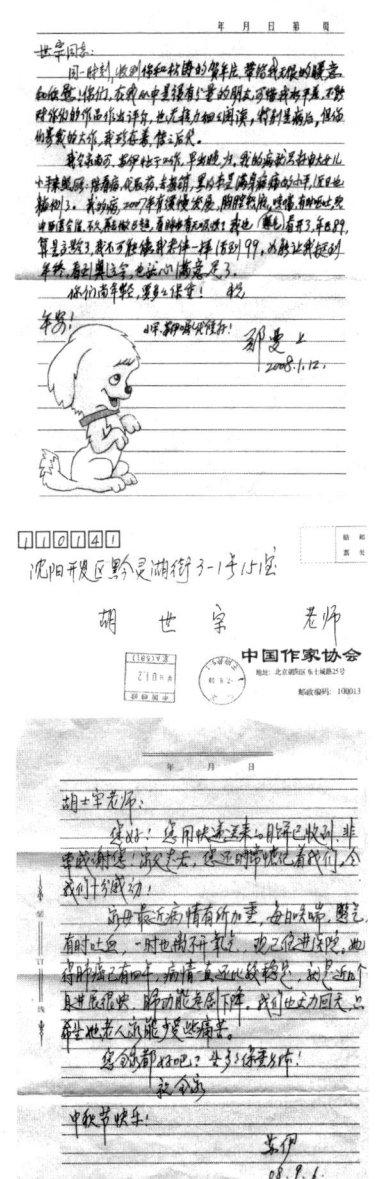

我与臧克家

中秋节快乐！

苏伊
09.9.6

胡世宗附注： 这是苏伊叙述郑曼大姐病状的信。

20090225

世宗老师：

您好！

来信及大作收悉，非常感谢您对家母的情意！家母生前对您十分赞赏，尤其是您的日记，厚厚几大本，家母都认真仔细地看过，凡提到家父的地方，都夹了小纸条。她老人家此次驾鹤西归，对她也是一种解脱。癌症后期真是太折磨人了。我们陪在她身边才真正体会到什么叫"心如刀绞"。如今她和家父在天堂相聚，我们只能祈祷二老在那里过得美满安康！

祝您全家

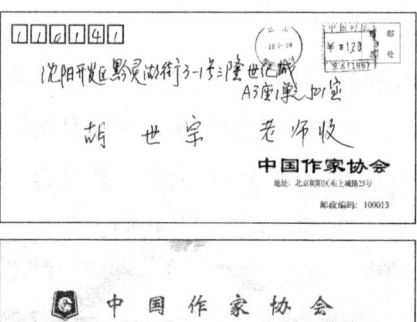

牛年吉祥！万事如意！

苏伊
2009.2.25

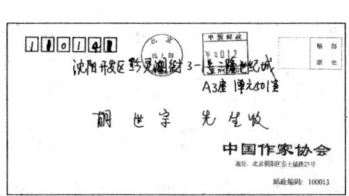

胡世宗附注：这是在郑曼大姐逝世后，接到苏伊的信。此前，曾收到人民出版社郑曼同志治丧小组的一张"郑曼同志生平"，言："中国共产党党员、中国民主同盟盟员、人民出版社司局级离休干部、资深编辑郑曼同志，因患肺癌（晚期）导致多器官功能衰竭，经医院抢救无效，不幸于2009年2月5日上午9时35分在解放军第305医院逝世，享年90岁。"言："她全力辅佐臧克家同志的文学事业、全力照料臧克家同志的日常生活，无私忘我，令人钦敬。她关心社会、热心公益事业，经常捐款捐物；自奉俭约，却长年资助贫困学生多名，并个人出资捐赠了一所希望小学……"

20090303

胡老师：

　　大作收悉。文章写得情真意切，十分感人。我们全家都看了。大家委托我代表他们向您表示由衷的谢意！

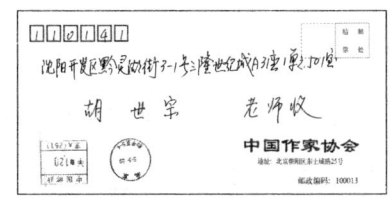

家母一生，只求奉献，不求索取，为家父付出了许多，是我们学习的楷模。她老人家走后，许多人都怀念她，她老人家地下有知，也会十分欣慰的。

您自己要多保重！

祝

佳作迭出！心想事成！

苏伊

09.3.3

胡世宗附注：郑曼大姐逝世后，我在报纸上发表了纪念文章，并把这剪报寄给苏伊。

20090726

世宗老师：

您好！惠寄的报刊均已收到。因为我出差一周，回来才见到邮件，迟复为歉！

看到您寄来的《乡土诗人》，感到十分亲切，封面是家父的题字，这刊物已出版多年，一直办得不错。您悼念家母的文章刊登在上面，值得我们珍贵存念。

您近来一切都好

吧？又写了不少诗文吧？希望多多读到您的佳作。

我女儿文雯今年高考考了581分，被首都师范大学比较文学专业录取。十二年寒窗苦读终于结出硕果，我们也放心了。

祝您

文思泉涌！

苏伊

2009.7.26

胡世宗附注：这是收到载有我写郑曼大姐文章的《乡土诗人》杂志后，苏伊的回信。这本刊物在封二刊登了克家先生和郑曼大姐的照片。

20100322

世宗老师：

您好！

先后收到您两次赠书，非常感谢！尤其是您把我的信也收到您日记的评论集中，我真是感到十分惶恐。说实话您的日记我一直没有认真通读一遍，以前是忙于照顾老人，现在是上班比较忙，下班又杂事缠身，等过一阵清闲一些，我会好好拜读的。看

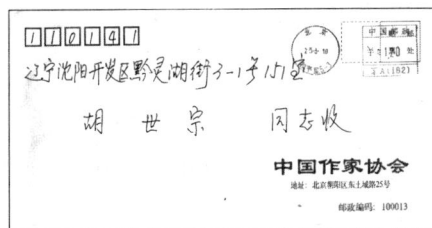

我与臧克家

到您在评论集后记中写您要一直写下去，写到写不动为止，我很受感动。希望今后能看到更多精彩的佳作。

今年春天天候异常，忽冷忽热，望您善自珍摄！

即祝

文安！

苏伊

2010.3.22

胡世宗附注：这是收到我寄出的《〈胡世宗日记〉评论集》一书后，苏伊的回信。

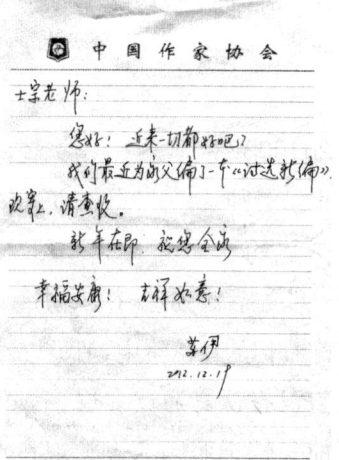

20121219

世宗老师：

您好！近来一切都好吧？

我们最近为家父编了一本《诗选新编》，现寄上，请查收。

新年在即，祝您全家幸福安康！吉祥如意！

苏伊

2012.12.19

附:胡世宗致臧克家、郑曼信函

19790608

克家同志:

您好! 辽宁省作协和我们军区文化部在招待所合办一个"青年作者读书班",我是"军方代表",在这儿做一些具体工作。今天回机关,到收发室查询,恰好收到您挂号寄来的"诗选",其欣喜之情可以想见。您一而再地给我寄"诗选",花费了那么多精力,使我深为感动。在感激的同时又有些不安,实在太打扰您了! 我一方面要永久地珍存这部书,另一方面一定要熟读全书,吸取营养,以提高自己的鉴赏和写作能力。

我粗粗看了看"诗选"的目次,许多名篇我都曾十分喜爱并背诵过。如《难民》《天火》《洋车夫》《老马》(《罪恶的黑手》和《春鸟》虽没背下来,但却熟读过)、《村夜》《民谣》《三代》

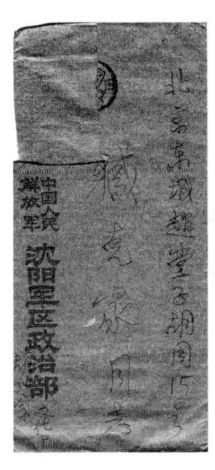

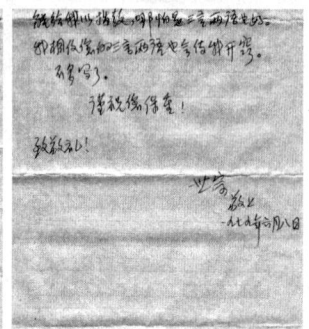

（这首诗朴素和深厚得像土一样）、《穷》《反抗的手》《星星》《胜利风》和《星点》（这两组小诗今天某些人读了也会有芒刺在背之感）、《有的人》《人民是什么》（我认为这是两篇可以超越时间和空间——不受年代和国界局限的、无比明了、无比含蓄的箴言）。我还喜欢《在毛主席那里做客》《生·死》，喜欢《凯旋》和《忆向阳》中的佳句。今朝"诗选"在手，我将可以更经常地诵读了！

五月号《鸭绿江》上发了您的两首诗，同期刊物上还有我应急约写出的一篇小文。写此文时，我翻看了您20世纪60年代初的一篇文章，援引了几句话，不知用得当否，不知会不会给人以"拉大旗作虎皮"的感觉。我把《鸭绿江》另寄给您，请查收。

克家同志，我读您的"诗选"，又联系所读其他老作家、老诗人的作品选，有一个问题百思不得其解，万望您百忙中给我以解答，哪怕是写上几句话作为提示也好，以引导我想明白这个问题。

这个问题是：为什么建国以后您所写的诗作，不如您从1932年至建国这个区期写得数量多而又深邃、警辟、耐人寻味，不知您自己是否有此感觉。客观上说，建国后，您的肩上承担了许多社会义务，更大量的时间和精力不能放在创作上，又要负责编刊物，又要培养新的人才（这从您为许多个初出茅庐的青年诗作者写了评论文章就可见其一斑，尚不说大量看稿、改稿、接待来访，谈话、辅导等）。但我看包括茅盾、巴金等作家也是如此，他们在民主革命时期写了数量极大、影响深广的作品，而在进入社会主义革命和建设时期之后，所写的东西很有限，也较比零碎。这种现象不知该如何解释才对。我恳请您能给我以指教，哪怕是三言两语也好。我相信您的三言两语也会使我开窍。

　　不多写了。

　　谨祝您保重！

致敬礼！

世宗　敬上
一九七九年六月八日

19791227

克家同志：

　　您的信及寄来的两本书都收到了，非常感激。两本书我定要好好地读。《今昔集》中许多诗，我是第一次读到，感觉很

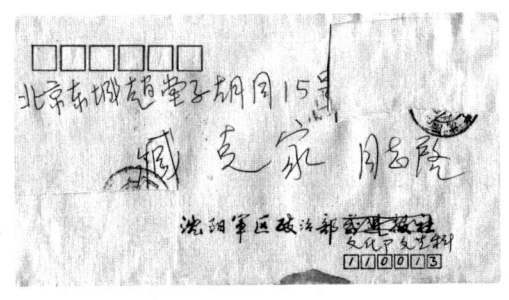

新鲜。封面上是七支笔，是不是象征七旬大寿？书名压了三支笔，是不是七十又三岁的意思？

增订的《学诗断想》，很启发人，极盼您多写，"断想"下去。

不多打扰了，祝您新年愉快！

致敬礼！

世宗　敬书
一九七九年十二月二十七日

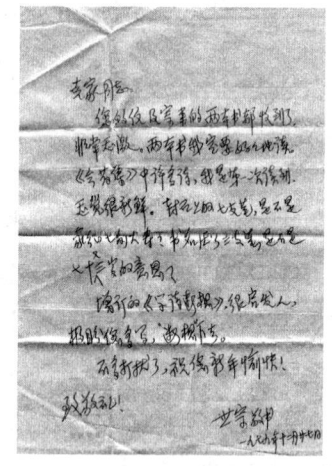

19801116

克家同志：

您好！

上次寄您的信及几张照片谅已收到。近一个时期，读到您层出不穷的"甘苦寸心知"，甚为高兴。希望不要限制在"41篇"这个数目里，希望能不断地写下去，您的"诗选"上的108首，还有许多可谈"甘苦"。像《人民是什么》《发热的只有枪筒子》《谢谢了，"国大代表们"》等，人们也都很想知道它们是怎么写出来的，也许您已写了，我没读到。

东北三省已商定合办一个诗刊，刊名定得稍费猜详：《虎》，东北虎嘛！打算从明年开始出，双月刊，辽宁、吉林、黑龙江轮着，各出两期，然后推换负责。拟出126页，大三十二开。以发表东北地区作者的诗、文为主，也转载全国好诗和好的诗评论。

《鸭绿江》"诗苑民意测验"已揭晓，将于明年一月号刊物公布。在"今年好诗"按序排列的十四首（组）中，我的《鸟儿们的歌》组诗排了第七，这也许与谢冕、阿红为之所写的评论文章有关，您曾给我回信说，这组诗读了"觉得颇有情意"，对我是很大鼓舞。

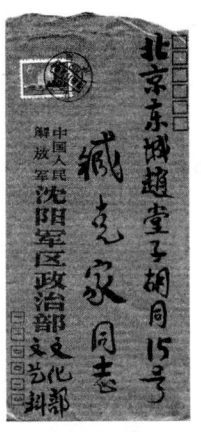
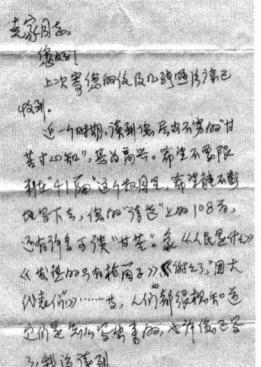

新诗评奖,一大好事!在中国诗坛,简直不亚于美国一次大选,结果将是如何,人们正拭目以待。

您身体怎样?近作都有哪些报刊将发?您过古稀,文思如潮涌,甚是难为。望珍重身体,注意有劳有逸。您太忙,不必复信了。

致

敬礼!

世宗
80.11.16

《鸭绿江》"民测"结果的两项,附纸另告。

附:
1978年好诗(按票数排列)

流沙河　太阳

熊召政　举起森林般的手臂,制止

林　晞　无名河(长诗选载)

叶文福　祖国啊,我要燃烧!

林　子　给他——爱情诗十一首

杨　牧　站起来,大伯!

胡世宗　鸟儿们的歌(组诗)

张志民　忠魂曲

白　桦　爱我吧,趁我活着的时候

才树莲　山乡风情(诗四首)

顾　城　抒情诗十首

邵燕祥　问大海

徐　刚　大海的光荣

徐敬亚　别责备我的眉头

你最喜欢的青年诗人(按票序)

顾　城

舒　婷

叶文福

雷抒雁

张学梦

才树莲
王小妮
傅天琳
李发模
杨　炼
徐　刚
曲有源
李松涛
骆耕野

19820603
克家同志：
　　您好！
　　"六一"那天，我收到了您亲手封寄的大作《诗与生活》，我小心翼翼地拆封，把这闪着亮光的新书捧在手中，兴奋之情难以抑制！当天晚上，我从"内容介绍"开始读，并且朗诵给我爱人王惠娟听，她听得津津有味，竟顾不得去给孩子辅导算术和洗衣服了。我一字一句认真地读下去，两天的业余时间全部用上，连到医院看病，在候诊时还在读，兴味极浓。这真是一部有重大价值的著作，肯定会在诗坛、在文学界、在全社会产生强烈的反响，并且不只是在今天。您的记忆怎么那么好呢？连小时候同学的诗文，长辈的吟作，都能全部记得住！有些旧体诗词并不是那么好记的呀！那位守旧的国文老师的"鹊华桥上……"多么有趣呀！简直是新体打油诗！
　　您描写了那么多令人崇拜的文坛泰斗，而且写得惟妙惟肖，

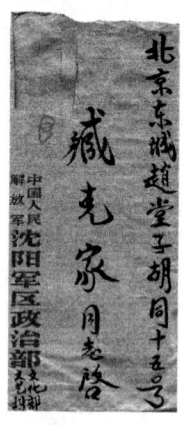

真实动人,包括写闻一多先生挤火车的情景,如在目前。您还写到不少党史、军史上重要的人物,他们的音容笑貌,当时的情状,引人入胜。您写的王尽美同志,使我想到我在长春工作时接触到的王乃征同志,他是王尽美同志的儿子,也是大耳朵。当时是(吉林)省军区参谋长,现在是副司令员。

您的这部书,使我对您的生活道路了解得更多了一些,更增加了对您的崇敬。您对贫苦农民、用人的深情,从"老哥哥"到李大爷一家,再到向阳"五七"干校接触的农民和农村生活。我想见出您的心地那么正直、善良,竟在这部留存永久的书里,在自己亲祖父和一个老农民之间，褒贬写得那么鲜明！使我想到您不是随弯就弯的人，是尊重历史、尊重群众的正直的诗人。这还表现在您客观地记述了与姚雪垠、艾青等人的交往，您是无私的。您家门上"凌霄羽毛原无力，坠地金石自有声"两句对联，恰是您对不同人的价值，不同诗的价值最好的评论，也写出了您的向往和追求，您的鄙视和唾弃。

您是我尊敬和景仰的长辈之一。我曾在给吉林编印的作家自传中写了一大段少年学诗怎样梦见您并把梦境用诗记录下来，后来怎样把梦境变成了现实，真的见到您并与您促膝相谈得您的教诲的。4月份在京开会期间有幸拜会您，您亲自送出大门，并几次说我在您的印象中，似乎没有这么年轻的话。您的关怀使我难忘。

对《诗与生活》，我还要反复看，现在能看出的毛病，写在下面，供您重印时参考。

（一）字体不合及其他技术方面的差错

"《诗与生活》话短长"的1页倒数1行"生"字，2页正数3行、9行的"生"字，应是仿宋，误捡楷体。

正文122页引诗第4行的"到"字；121页倒数1行、6行的"过"字；157页倒数3行的"过"字；195页上数1行的"纳"字；

45页正数2行漏掉一个标点。

155页倒数10行"，"居行首。

（二）提法不够准确处

"内容介绍"中说："它（指《诗与生活》这本书）是诗人对自己七十多年生活经历的自述，也是诗人对自己五十多年写作生涯的总结。

我认为,应该是四十四年(解放前)生活经历,二十多年写作生涯……因为这部书是写到建国之前,如果写"七十多年""五十多年",应一直写到今天,包括主编《诗刊》,到毛主席家里做客,"文革"等许多经历。怎么提法更为准确、科学一点呢? 供您参考。

此外,我建议您将一石的诗,选一些交给《诗刊》发表一部分,这是很有意义的。

我即兴写了一篇短文,作为《文艺新书》或《新书架》栏的稿件,寄给了《人民日报》的姜德明同志,他与我互相很了解,我附信给他,说明了我的心情。我想,定会有专门评论家来深谈这部著作的。我的小文,权作一个广告吧。我把它寄给您一份,请阅正。

我对您有所奢望,现冒昧地写在下面:

1. 我非常欣赏您在院落门上贴的那副对联。

凌霄羽毛原无力
坠地金石自有声

我曾在院门前久久伫立,端望,恨不得将这对联起走或描下。我恳望您随便用什么纸给我亲笔写这幅字,或大或小,或横或竖,或用什么笔皆可,我一定要求到您的这幅字,请您答应我,我翘盼着早一天接到它!

2. 我最近给一家出版社编印一本诗集,是我的第三本,书名是《雕像》,不可能劳您写序,只请您挥毫把这书名题了,不知能否满足我的请求。

3. 您几次在《诗与生活》一书中提及另一本书《我的诗生活》,不知何时何地出版,有余存本送我一册吗?我没见到过,极想读。

收到您的大作,写了这么多话,您一定因读这信劳累了,敬望原谅。盼回音。

致敬礼!

世宗

82.6.3 深夜 11 点 25 分

(附寄最近收到的一份"书讯"剪报)

19820616

克家同志:

您好!

收到您6月15日的信,得知您"身体基本上已好",甚为高兴!您有做不完的工作,只望您多加注意,保重才是,切不可过劳。只有此点,仍为挂念。

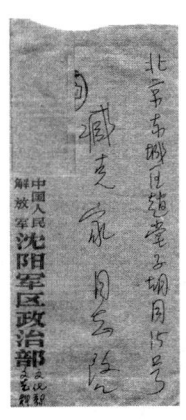

我已给何理同志去信,信上说我可以为《国风》写一篇评介《诗与生活》的文章,问他们是否已约人写,需写多少字,何时完成为宜,等等。切等之回音,我即可着手去干。

我的那支圆珠笔,匆忙间丢在贵舍,请勿挂心,笔多得是,不必再提了,送给您用吧,请千万不要再为这支小笔分神了,我有一打子、一打子的笔用。

回沈阳后,忙着汇报在京开会情况,将迎接来东北的八位作家(其中有张志民同志),他们陆续来,七、八、九月间。

这封信又打扰您了,请原谅。不必回信。您多写一些诗、文,就是崇拜您和想念您的后辈学诗者的福音了。盼读到您的新作。

向郑曼同志致以深深的敬意!

即颂

大安!

世宗　敬上
82.6.16深夜

19821226

郑曼同志:

辛苦了!

克家同志病情怎样?十分惦念,盼复一简函,以免挂念。

在《文汇》月刊上读到克家同志大作,现将剪报寄上,备编书剪贴用。(因这同一期亦有我一篇小文。)

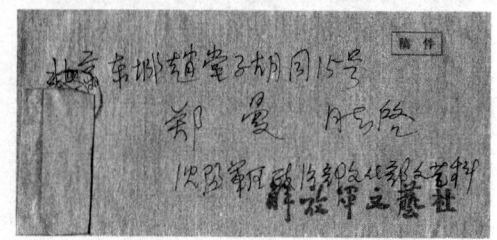

克家同志仍在医院住着吗？体温降下来没有？您也不要着急，也要注意休息，千万不要累病了。

《国风》我没见到，那小文原是给《人民日报》写的。姜德明同志告我说已组织人写了，就退给我了，我就寄给了何理同志。至今没见到他们寄刊物来。

《甘苦寸心知》等书印出来了没有？盼早读到。

祝克家同志早日恢复健康！并从此注意劳逸结合。五天搬五块砖，总不如十天搬七块砖，有劲儿悠着使，不要拼，也不是拼的年纪了。

也祝您保重！

敬礼！

世宗

82.12.26

19830702

克家同志：

您好！

很长时间没有去信，怕打扰您。读到上海《文汇月刊》上嘉俊同志写的"印象"，倍增思慕。

我在《文艺报》上看到您捐款给少年儿童，深为感动，这个

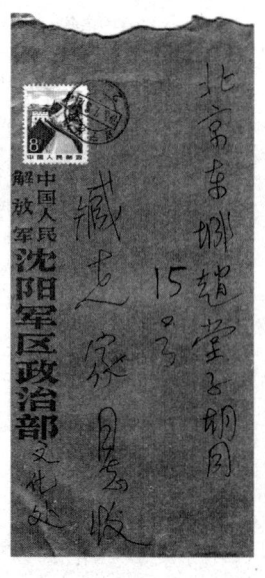

克家同志：

您好！

很长时间没有去信，心时时挂念。读到上海文汇月刊上秦修月文写您的"印象"，倍感亲切。

我最近又在报上看到您揭发宫兴悦言意，很为感动。这个行动本身就是对那些错误心灵的，把文艺"商品化"，从部队到广大群众对文艺界这股歪风的所谓"文艺工作者"

的一个有力的批评。

不知《甘苦寸心知》印出来没有？渴盼早读。像您的《学诗这》还有卖吗？邮汇您处，寄赐读。

对于今年一方就担任文化处副处长职务，工作很忙，写书的时间更加减少，最少写的很有限。我们文艺出版社那本《闻捷传》业在印刷中，待印出，奉寄您教正。

郭曼长期他们都好吧？请代

致向候他。

望山秋尽后您很忙累，望注意劳累，注意适当休息和运动。

八月份我可能出京开会，届时去看望您。

不赘。致

敬礼！

世学
83.7.2

行动本身就是对那些钱迷心窍的，把文艺"商品化"从而引起广大群众对文艺界强烈不满的所谓"文艺工作者"的一个有力的批评。

不知《甘苦寸心知》印出来没有，渴盼早读。您的《长诗选》还有余本吗？恳望您题签赐读。

我于今年二月就任文化处副处长职，工作很忙，写东西时间更加减少，最近写得很有限。花山文艺出版社那本《雕像》在印刷中。待印出，奉寄您教正。

郑曼大姐仍那么忙吗？请代我问候她。

衷心祝愿您健康长寿。望注意节劳，注意适当休息和运动。

八月份我可能赴京开会，届时去看望您。

不赘。

致

敬礼！

世宗
83.7.2

19840414

克家同志：

您好！

复信及改过的打印稿均已收到，敬希勿念。

您改过的那份稿，我已保留起来，我照改一份，遵您意，寄给《八小时以外》，不知把握如

何。其实，辽宁和东北是有刊物可以全文发的，我怕《八小时以外》给压减得不成样子。八千字，对他们来说，不知是否困难一些。

出版社编辑同志与我商量，出我这本"诗人剪影"时，书名是否可改为《当代诗人剪影》或《当代诗人印象》？您以为哪个名字妥当些？能否为我题写书名？恳求您了！

另外，《哈尔滨文艺》改为《小说林》之后，赚了大钱，现在经领导批准，正式创办一个双月诗刊——《诗林》，该刊负责同志恳望得到您这位老前辈的支持。他们有一个栏目，叫《诗人谈诗》，请全国名诗人谈自己诗作，千字左右，您如写，可长可短，随便谈您哪一首长诗、短诗都可以，或谈《李大钊》的写作经过，或谈《参天大树》短诗的写作体会……随您便，能支持一下这个诞生在东北的诗刊为最好。

您稿子如写出，可寄我转，或直寄："哈尔滨市文联《小说林》编辑部巴彦布同志。"（《诗林》牌子尚未挂出。）不赘。问候郑曼大姐。

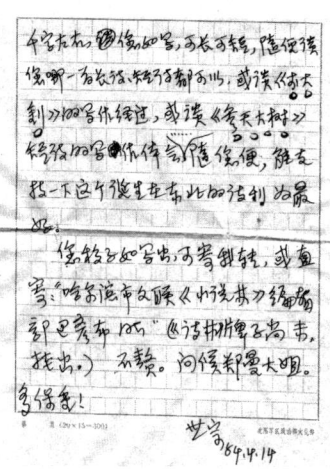

多保重！

世宗

84.4.14

19840427

克家同志：

您好！

信及所题书名均收到，有劳您的大驾，甚谢了！

《诗林》的题字已转他们，想他们也会感到如获至宝的，我代他们谢谢您的大力支持！

我写您印象记的拙文，寄《八小时以外》至今无消息，不知他们会怎样处置。我只要接到他们消息立即告您。用更好，不用，就在辽宁地面用了吧，反正要出书的。

您太忙，身体又不好，不打扰了。您多保重，不必回信。

代向郑曼大姐问好！上次请郑曼大姐代我找一张克家同志好一点的照片，何时选出，请郑曼大姐费心寄我即可，备出书用。

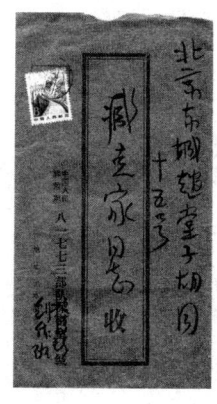

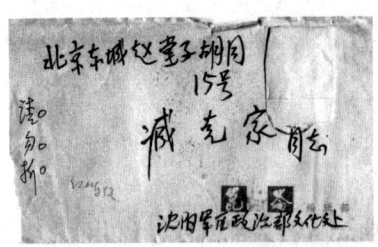

不赘了。

祝你们身体健康!

敬礼!

世宗

84.4.27 于佳木斯

(我在这里办小说学习班呢!)

19840724

克家同志:

高兴地收到您的大札,本不想打扰您,而您还是找了一帧好照片,并复信给我,这使我不安。

原来寄来的照片十分好,只是人小,不甚清楚,遵嘱寄还。

谢谢您总是这样有力地支持我。

辽宁作协方冰、阿红、晓凡同志正在筹办《当代诗歌》,省委已经同意办,大约明年一月才能正式出刊。这一两年,诗的刊物不断涌出,令人高兴,这也是您这位诗坛前辈、新中国第一个大诗刊创始人甚为欣喜之事。

敬祝您多保重！切勿过劳，不可急迫赶写东西。盼读您更多新作！

代向郑曼大姐及苏伊问候！

致

敬礼！

世宗　敬上
84.7.24

19850105

克家同志：

您好！

冬季来了，您身体可好？甚为惦念。

我去云南边防前线之前，曾路过北京，从前线回来，又在北京停留，都没敢去打扰您，尽管很惦念。只是在去之前，打了一个电话，听到了您和郑曼大姐的亲切热情的声音。

在前线，我写了一点诗，还准备写一些，《解放军画报》1月

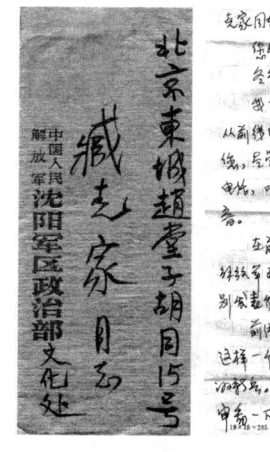
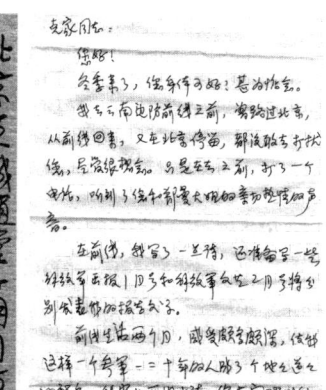
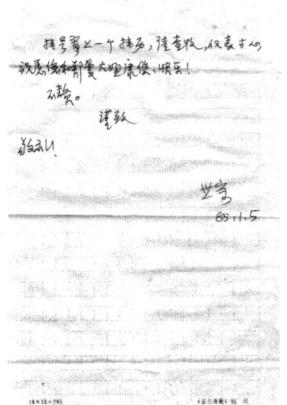

我与臧克家

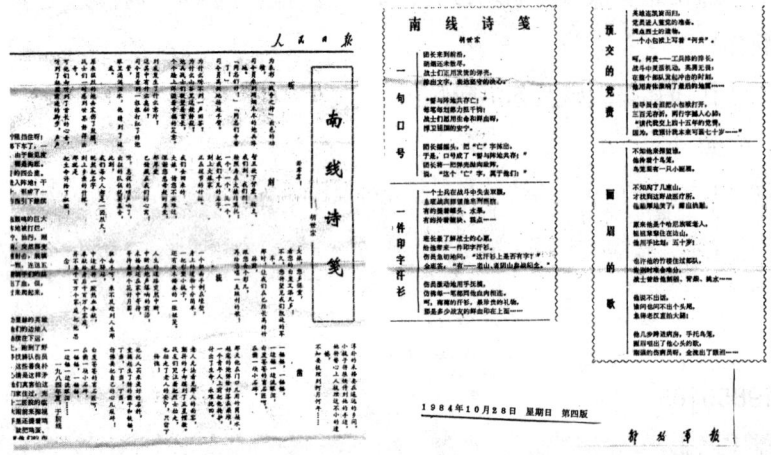

号和《解放军文艺》2月号将分别发表我的报告文学。

前线生活两个月,感受颇多颇深,使我这样一个参军一二十年的人成了地地道道的新兵。我寄上两组小诗,您在闲暇时能审看一下为盼,希望听到您的批评教导。

挂号寄上一个挂历,请查收,仅表寸心,祝愿您和郑曼大姐康健、快乐!

不赘。

谨致

敬礼!

世宗

85.1.5

附1984年9月21日《人民日报》发表的组诗《南线诗笺》(《听》《刻》《梳》《凿》)和1984年10月28日《解放军报》发表的组诗《南线诗笺》(《一句口号》《一件印字汗衫》《预交的党费》《画眉的歌》)剪报。

臧克家、郑曼信函

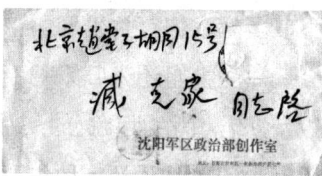

19861022

克家同志：

您好！

收到您十月十五日信，这是您写给我的第34封信。您每封信我都珍藏着，我永远记着您的教诲，您深情的期望。

"十一"前，我家新打的组合书柜和原有的组合书柜立于客厅两壁，书柜里有您题签的赠书十九本：《臧克家散文小说集》上下、《臧克家文集》三卷、《臧克家诗选》《克家论诗》《臧克家集外诗集》《今昔吟》《学诗断想》《甘苦寸心知》《怀人集》《青柯小朵集》《乡土情深》《中国新诗选》《臧克家长诗选》《诗与生活》《友声集》《落照红》。这些著作，是我学诗的营养，也是我的宝贵财富。

每当我翻读您的书或捧读您的大札，都会让我想起您，想起郑曼大姐、苏伊，您一家人是那样好，那个四合院对于我是那么亲切，每次去京都想去，每次去都犹豫，都不敢多坐，怕打扰了您，怕误了您写作的宝贵光阴。

郑曼大姐还未归来吧？祝她一路顺利，身体健康。

您若有暇翻看我的《战争与和平的咏叹调》，随时想起什么嘱咐，请随时写几句话告我。您太忙了，请注意休息，多保重！

祝健康！

致

敬礼！

世宗
86.10.22

上次信上是否忘了问，我和尚方同志选编一本《中国当代军旅诗选》（解放军出版社出版），均为短诗，想请诸位军外诗人和诗评家写500字短评（一首一评），您能否承担一首的评？如允诺，即寄去一首短诗。实在不行，也不要勉强，以您身体状况和时间精力来定。——又及

19870624

克家同志：

您好！

我从五月上旬开始与几个创作伙伴一起，骑自行车走黑龙江边防，从黑龙江源头地区洛古河，一直到黑龙江出国境的抚远乌苏镇，全程两千多公里。其间经过大兴安岭整个火区。一路十分疲劳，但长了见识，开阔了眼界，到了几十个边防连队、哨所、巡逻艇组和边民乡村，收获还是很大的。前天我回到沈阳，松涛电话里说，您信上曾问到我的情况，怕您惦记，赶紧写这封信向您和郑曼大姐汇报。

一路上十分想见您,不知近来身体状况如何?北京之夏炎热难耐,一定要多休息,特别是午睡要睡足,不可伏案过久。东北可是避暑好地方,东三省我们部队和地方都有许多朋友,您和郑曼大姐如能光顾这方,可叫我来安排,一定保您满意。

最近您有何大作问世?刚从边境回来,信息不灵,恳望早读到您新的大作。

我一路上没及写什么,想回来慢慢地整。

我关于长征路及其他的那本诗集《沉马》,一校已毕,"十一"前可印出来,届时寄您指教。这本书,人家说是我的一次"自我超越",结集了以长征路上写的诗为主的六十来首诗。本想请您写几句话为序,但几次去您那儿,都感到您年纪大,身体欠佳,写作事繁重,不敢劳您大手笔,也于

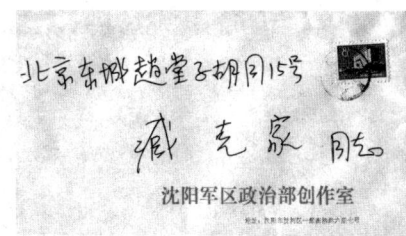

心不忍让您做这件事，后来请一位战友写的。

您和郑曼大姐对我的关切之情永远难忘，深谢了！

祝多保重！

致

敬礼！

世宗

87.6.24

19870701

克家同志：

您好！

今日收到您的大札，得知您"身心双健"，且郑曼大姐"身体甚好"，为之特别高兴！

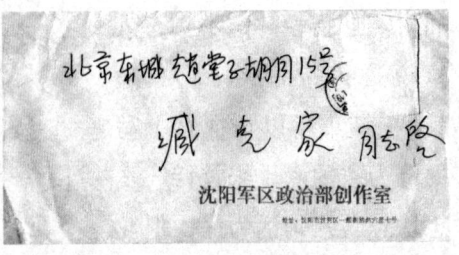

不断读到您的诗、文，获益匪浅，也为您文思如泉而欣喜。

我们这一路边防行，不仅走了三十几个居于中苏边境地区的连队、哨所，还采访了鄂伦春族、赫哲族聚居的乡村，采访了在边境地区长期生活的林业工人、农民、渔民，有许多趣闻，待以后到北京时，当面向您报告。

过一段时间，我可能整理一下素材本，写一点边防生活的诗。

您除每日伏案写作外，一定要坚持每日晨的户外活动，坚持每日必要的体育活动，必要的休息，切不要过劳。东北方面有需我做的事，请郑曼大姐随时函嘱。

收到您的信，恐您惦念，就写了这短笺，您不必回函。不赘。

问候郑曼大姐！祝保重！

敬礼！

世宗87.7.1急草

19871120

郑曼大姐：

您好！

克家同志和您写给我的信都拜读了，十分感谢，感谢您和克家同志的关怀和鼓励。

前几天，松涛来我家，恰好，我们军区刘振华政委的秘书打电话到我家，问我两句诗的出处：

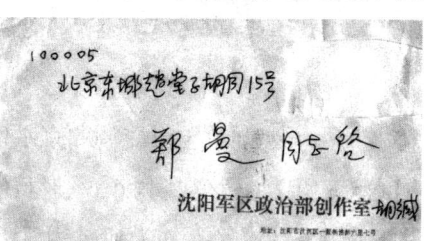

"老牛明知夕阳晚，不待扬鞭自奋蹄。"我们也熟悉这两句诗，但不知何人所作，马上翻《唐诗选》《唐宋诗举要》《古代诗词曲名句选》《唐诗选注》等，都没找到，我马上打电话问《沈阳日报》文艺部、省社科院文学研究所等单位，查找许久没找到，我又打电话到北京，请《昆仑》编辑部主任程步涛同志查，他问了几个人，也是熟知这个句子，但不知出处。后来北京打来长途电话，告我是克家同志所作。我和松涛一方面为克家同志诗句流传这么广而兴奋，说我们一辈子能写出一两句这样流传的诗句，哪怕记不住谁写的也行；另一方面又很惭愧，最不该不知道这诗句的是我们两个！可见我们尽管比较熟悉克家同志，但对他的作品的熟悉程度还是很有限的。刘振华政委七十多岁了，可能写什么文章、讲话要引用这两句诗，请秘书查一下。刘政委可能调北京军区去当政委，近有变动。克家同志诗句出自《忆向阳》中《老黄牛》一诗，原诗第一句是"老牛亦解韶光贵"，不知为何传为"老牛明知夕阳晚"了。请您在方便时候告诉克家同志有这回事就行了，不必劳烦他看这信了。谢谢您。我准备给《作家生活报》写一篇短文，就谈这两句诗查找的经过，我觉得很有意义。

别不多写，打搅了。

谨祝保重，并祝

克家同志康健！

世宗

87.11.20

19880213

克家尊长并郑曼大姐：

您好！

春节将至，向你们拜年了！并向苏伊问候！

前一段我去大连协助高玉宝同志看他写的三十万字的《高玉宝续传》，刚回来没几天。

使我特别高兴的是在九日、十日连着两天收到两封信，一封是魏巍同志的，写了近两千字，谈《沉马》的，另一封是白羽同志赴美国访问前写来的，也一千多字，也谈《沉马》。

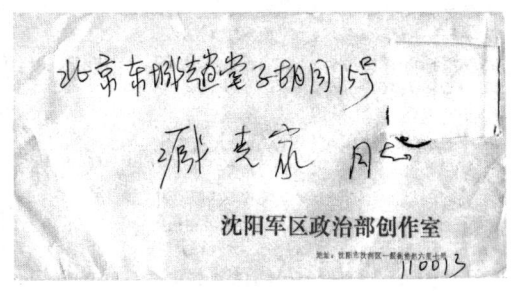

两位尊长都给我许多鼓励，而且对当前诗现状有许多独到的精辟见地，令我振奋。魏巍同志的信，军报要发表。白羽同志的信我寄给《人民日报》缪俊杰同志了，缪说已收到晓雪同志近五千字评《沉马》文章，准备编发，觉得太长了一点，要砍一些。

辽宁这里，《诗潮》开了一个《沉马》研讨会，晓凡、李松涛、刘文玉、未凡、罗继仁等同志都做了细致发言，刊物要他们几个人的发言，各两千字。这件事不是我"促成"的，是晓凡、刘文玉主动提出的。正如《诗刊》那里，我与国成同志很要好，但我寄书时只是说了一下希望《诗刊》能发一短文，人家发与不发，我都不便再说话。

在学诗的路上，前进一步是真难。有时把一首诗写得好一点，自己并不知道它是好一点的诗，也不知为什么好，有点发蒙；经人一点化，才恍然大悟。

　　我在前一段时间，写出了"刘征印象"，其中有一大段谈到刘征从您二位那里得到的帮助和启示，都是刘征同志怀着深深的感情讲出来的，我深为感动。我和刘征这位学识渊博、大智若愚的兄长结识，全凭您的热心介绍。我觉得他的旧体诗词成就颇高，目前在国内是没几个人可以赶得上他的，他的造诣颇深，读他的这些作品，常常令人惊叹不已，他是深得诗之要领的，那些绝句、律诗，既是极规范的，又是极晓畅的，非当今常在报刊上发旧体诗词的诸家所能相比。可惜并没有得到应有的社会承认。

　　今年冬天，您的身体一直很好吧？望多加注意，户外活动要"适当"，而伏案过于劳累却是无论如何不可以的。该推掉的类似王晋军序之类坚决推掉，多写点书法倒有益身体健康，既还了债，又有腰身臂腕的大活动，但也不可过劳。祝您多加保重，全家新春快乐！

　　敬礼！

世宗88.2.13

19880310

克家同志：

　　昨天寄您一张军报，因我想您那里不一定订了军报。军报上有魏巍同志和我关于诗的通信，不知我谈的

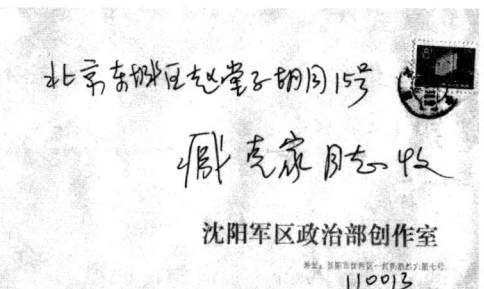

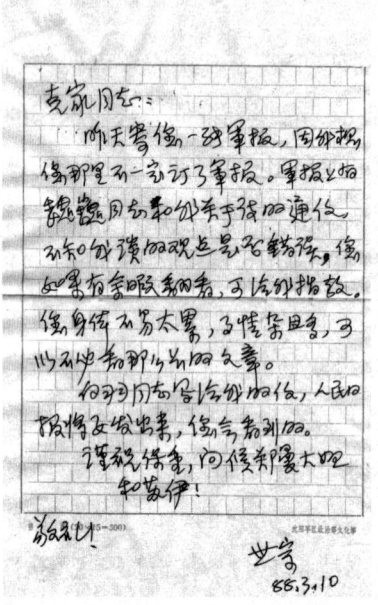

观点是否错误，您如果有余暇翻看，可给我指教。

您身体不宜太累，事情杂且多，可以不必看那么长的文章。

白羽同志写给我的信，《人民日报》将要发出来，您会看到的。

谨祝保重，问候郑曼大姐和苏伊！

敬礼！

世宗

88.3.10

19880324

克家同志：

您好！

3月15日的信收到了，勿念。

谢谢您的鼓励和支持。您信上谈的问题很重要，阐述得短而精。我打电话告诉军报编辑，他们刚发表一位基层干部的信，提出诗让人看懂的问题，报纸加

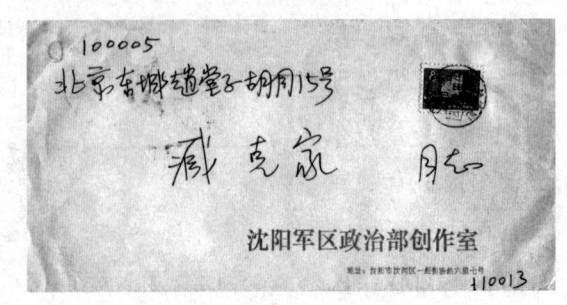

了编者按，很重视。他们希望把您的信摘成短文在《解放军报》上发表。

我遵编辑之嘱，把您的信摘抄下来，未增删什么，句子都是原来的，只是隐去了纪宇同志的名字，把名字说出去会让一些人说纪宇同志如何如何，隐去名字好。

我觉得您这篇信可以发表在《解放军报》上，因您在信上是随便写的，不知是否再看一下，再修改一下，所以摘抄出来寄您，请您把要加的话就写在空白边边上，然后寄我，我抄清后再寄给《解放军报》，或请郑曼大姐或苏伊代为审看修改一下。（包括标题也斟酌一下。）

您太忙，就不打搅了。

《解放军报》现在公开发行，国内外都发行，全解放军每个班一份。

盼复。

敬祝

健康！

世宗

88.3.24

19880718

克家同志、郑曼大姐：

您好！

寄来的《臧克家抒情散文选》今日收到，恰好我明日启程，随东北三省作家联谊会各位同志去辽南参观访问，这本尊著是我一路的"精神食粮"了。

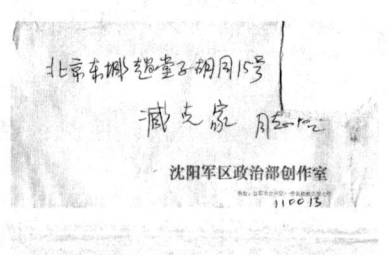

我很喜欢读您的散文，在您的散文中我读到两个大字"真诚"。如果说有文学美，我觉得真诚美为第一美。

6月中旬，我曾去了一次北京，一共待了三天，参加一个作品讨论会。北京天气酷热，我不便去您家打扰，甚至几次拿起电话想问候一下，最终都是没拨电话号就放下了，也是怕打扰您。

我曾写信向刘征同志打听您的身体情况，他回信说："克

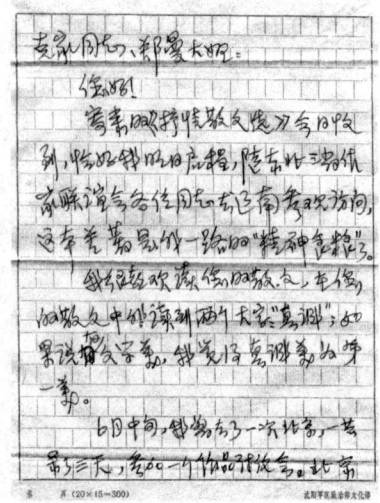

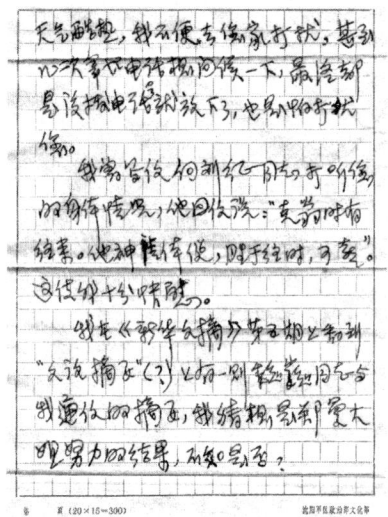
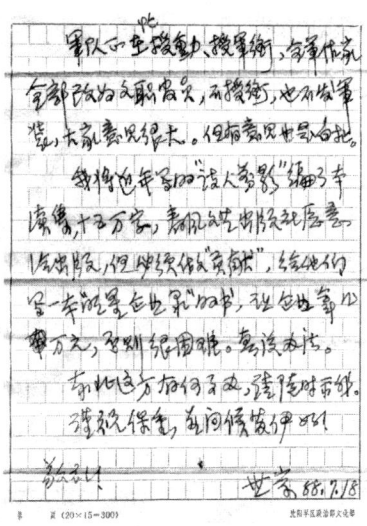

翁时有往来。他神清体健，胜于往时，可喜。"这使我十分快慰。

我在《新华文摘》第五期上看到"文论摘要"（？）上有一则魏巍同志与我通信的摘要，我猜想是郑曼大姐努力的结果，不知是否？

军队正在忙授勋、授军衔，全军作家全部改为文职官员，不授衔，也不发军装，大家意见很大。但有意见也是白扯。

我将近年写的"诗人剪影"编了本续集，十五万字，春风文艺出版社愿意给出版，但必须做"贡献"，给他们写一本"明星企业录"的书。让企业拿几万元，否则很困难。真没办法。

东北这方有何事办，请随时示我。

谨祝保重，并问候苏伊好！

敬礼！

世宗88.7.18

19880927

克家同志并郑曼大姐：

你们好！

前些天应《辽宁日报》文艺部之邀，参加了辽南"幽州重镇"——北镇举办的"闾山笔会"，闾山即医巫闾山，大诗人屈原曾在诗中叙述自己神往过，是一个未被众人认识的历史文化风景名胜，乾隆皇帝曾四次游览并写下30多首诗，有诗碑竖立在北镇庙内。他们正在开发旅游事业，欢迎名人雅士光临，有许多当代书法家包括赵朴初等为其景点题字，刻于巨石之上。臧老如有兴致，亦可题几个字，我转给他们的旅游局长，可在山上刻一巨石永存之。或我将有关资料寄去一阅，或我问一下他们需要写几个什么字。我觉得臧老的名气和书法应在这极有发展前景的新开旅游区占有一席之地。

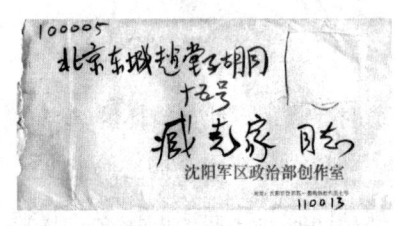

我从北镇归来，即见到您二位写给我的信。感谢二老的关心与祝愿。我昨天（9月26日）参加了授衔仪式。被授予上校军衔，命令是军委主席邓小平签署的。《文艺报》报道是提前了，全军在中国作协会员册上的作家大体只授了发表名单的那么多。有些老同志如刘白羽、魏巍等，因年纪大不授了，李瑛同志在授衔前免去了总政文化部长的职务，说是过了六十岁的"一刀切"，这样他也没被授，有些委屈，否则完全可以授一个"少将"。各大单位创作人员只授了任领导职务的，比如我，是沈阳军区政治部创作室副主任，就授了。其他一般创作人员全部改了文职，既不给授衔，也不发给军装，只发服装费，自己愿意穿什么就穿什么，不管了，部队文工团、体工队、医院、科研等部门，只授了个别领导，其他全改文职。松涛就是因此改了文职。正如郑曼大姐在信上劝慰的，作家、诗人是最高的称誉。我们当牢记这话。将来我们也将改文职，我当把大姐的话记在心上。

我一直想写信问候您二位身体状况，看到来信，非常高兴。祝你们多加保重。每年一度的十月是首都的最佳季节，望多一点室外活动，不可伏案过劳。有什么需要我帮办的，无论是在东北,也无论在其他地方,可来函嘱示,我当愉快地尽力完成。

我和尚方编的《中国当代军旅诗选》已出版,大批样书到了,我再寄您,当时因您身体欠佳未能如愿请您为序和写评点,一大遗憾!

敬祝健康、快乐!

敬军礼!

世宗88.9.27

(待我穿新军装照了彩照,再寄您看我新貌。)

19890411

克家同志并郑曼大姐:

您好!

我从二月中旬,接受解放军文艺出版社的约稿,到河南、湖南等地对我国战略导弹部队的一支工程技术总队进行采访,中间曾回沈阳短暂几日,又到洛阳来了。我将在五月底交出一部10~15万字长篇报告文学的书稿,出版社十月出书,任务很紧,不敢疏忽怠慢。

回沈阳见到您二位的亲笔信,十分感动。对于您二位尊长给予我的关怀、鼓励,我当铭记在心。我写刘征一文已收入我的

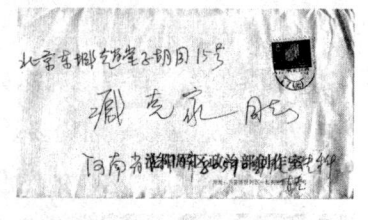

《当代诗人剪影·续集》，共有十七位诗人的印象记，共十五万字多一点，春风文艺出版社出版，5月中旬可发稿。封面重新设计，这本续集请艾青同志题写了书名。

您二位尊长对"记刘征"一文的鼓励的话，我已转告《青年文学家》杂志主编王新弟同志。

听说克家同志"身体特好"，我特高兴，祝愿二位尊长健康长寿！

我将在这里待上一个时期，五月二十日前都在这里，此其间有事，可按信皮地址写，寄我即可。

不赘。

　　祝

春天快乐！

世宗
89.4.11

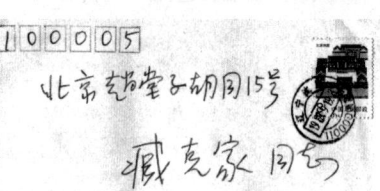

19890918

克家同志：

8月28日大札拜读，因去黑龙江黑河地区采访，故回信迟了，请谅。

听说您身体欠佳，心里十分惦记，望能多加保重，好好将息，早日复康！

我的诗选事，您千万不要挂心，不要因写此文而影响了休息！您的事情太多，千万不要累着，早上的户外活动（或院内活动）能坚持还是坚持为好。

我已收到刘征同志信，他也收到了我的"诗选"，魏巍同志也为收到我的"诗选"写来一封信。李瑛、纪鹏同志认识多年，他们在信中颇多鼓励，他们都是在我穿上军装二年和三年就认识了的，对我帮助一直很大。

不多写了。请代我向郑曼大姐问好！她的慈祥、和善和亲切,我将永不会忘记!

　　致

军礼!

世宗89.9.18

19891110

郑曼大姐:

　　您好!

　　我因于10月19日启程赴南京军区访问,11月9日才回到沈阳,至今(10日)回信给您,请原谅。

　　这次去访问了硬六连、蔡永祥生前的支队、一大会址、鲁迅故居、周恩来祖居、秋瑾故居、兰亭、陶行知故居以及黄山、西湖等未曾去过的名胜之地,大开眼界,收获不小。

　　知克家同志近来心情愉快,我非常高兴。愿他长寿,不可过劳!

　　您对我的鼓励和夸奖,使我感动,也使我不安。我将尽力不辜负您的

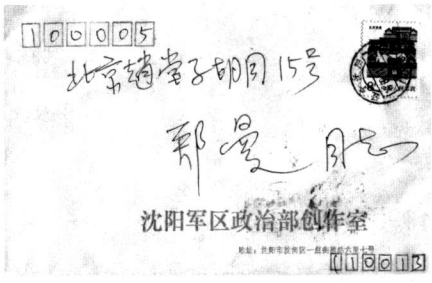

期望,争取写出更好一点的东西。

您替克家同志写信,写上两句话就可以了,写那么一大篇花多少时间和精力!您为人处世的认真负责精神是值得我很好学习的。

我的《当代诗人剪影·续集》就快印出来,大约十二月可见到。书出来,我即寄去请教。

不必与克家同志谈起这封信,别让他分太多的心。我一切尚好,请勿念。

多保重!

世宗89.11.10晚蜡烛下(停电)

19901222

克家同志:

您好!

我来北京参加全军文艺创作座谈会,15日到京,已经一周多了,会议将进行到25日,每天白天开会,晚上看戏,紧紧张张,看戏(全军业余文艺会演)是会议一部分,不得请假。而我们已预定25日晚的火车票,回沈阳。这样就不能前去看望您和郑曼大姐了,希能谅解。

李良元同志已回信给我,将寄样书给我。我来之前,书已到沈阳大书店,我闻讯立即去买了几本,准备送给友人。

附寄小小约稿信,您

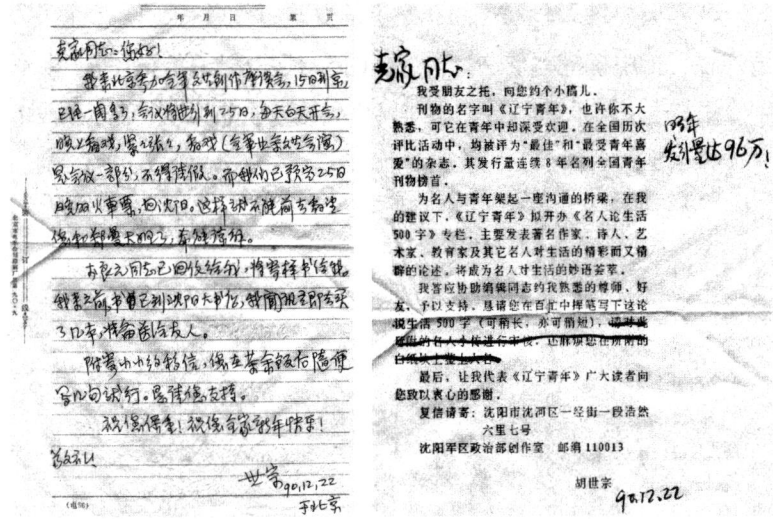

在茶余饭后随便写几句就行。恳请您支持。

祝您保重！祝您全家新年快乐！

敬礼！

世宗 90.12.22 于北京

附打印信

克家同志：

我受朋友之托，向您约个小稿儿。

刊物的名字叫《辽宁青年》，也许您不大熟悉，可它在青年中却深受欢迎。在全国历次评比活动中，均被评为"最佳"和"最受青年喜爱"的杂志，其发行量连续8年名列全国青年刊物榜首。（明年发行量达96万！）

为名人与青年架起一座沟通的桥梁，在我的建议下，《辽宁青年》拟开办《名人论生活500字》专栏。主要发表著名作家、诗人、艺术家、教育家及其他名人对生活的妙语荟萃。

我答应协助编辑同志约我熟悉的尊师、好友,予以支持。恳请您在百忙中挥笔写下这论说生活的500字(可稍长稍短)。

最后,让我代表《辽宁青年》广大读者向您致以衷心的感谢!

复信地址(略)

胡世宗 90.12.22

19920410

克家同志:

您好!

上次收到《放歌新岁月》,我曾给您写了封信,想已收到,这次有沈阳人从您处归来,捎来了您的亲切问候,我很感动,谢谢您一直想到我。

刚刚收到河北人民出版社李良元同志寄来的16开本"鉴赏"大书,我给良元同志写信称"心花怒放、爱不释手",这是我捧着这部大书的真实感觉。内容厚重,形式精美,是这部大书的特征。让我再一次深深感激您,给我这样一个机会,参加这样一项工作,我虽然力不胜

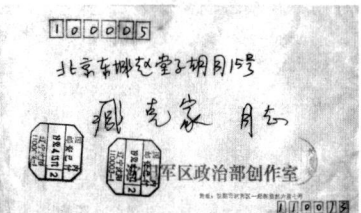

任,但一直得到您和郑曼大姐的指导和鼓励,将永远难忘。

　　北京的四月,已很暖和了吧?盼望您在力所能及的情况下,坚持每日户外活动一会儿,哪怕在院子里活动一会儿也成。祝您和郑曼大姐多保重!你们的健康,就是我的快乐!

　　敬礼!

世宗
92年4月10日

19920626

克家同志并郑曼大姐:

　　在梁锦同志寄来的《现代诗报》上看到您二位健康的模样和微笑的脸庞,还有克家同志的题字,十分高兴!

　　赵堂子胡同15号,久违了!一直想念您二位,一直没有去京机会。

　　听说北京现在天气很热,很难耐,能否出来走走呢?每天早晨在院子内外坚持活动一下吗?衷心祝二位多多保重!

　　我写了篇世界速滑冠军叶乔波的报告文学,发在《人民文学》5月号上。还写了电视专题片《叶乔波》上、下集,上

我与臧克家

集昨天中央电视台播出，15分钟。如身体状况允许，请看看。她与郎平颇多共同之处，也许更强些。需我在沈阳、东北做什么事，望函告。

祝高寿！快乐！

世宗

92.6.26

19920715

郑曼大姐：

您好！

收到您的回信，得知几个月来您和克家同志身体欠佳，十分挂念。

您患早搏，是您多年来

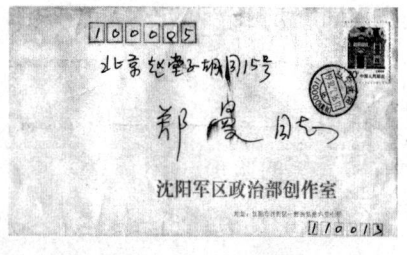

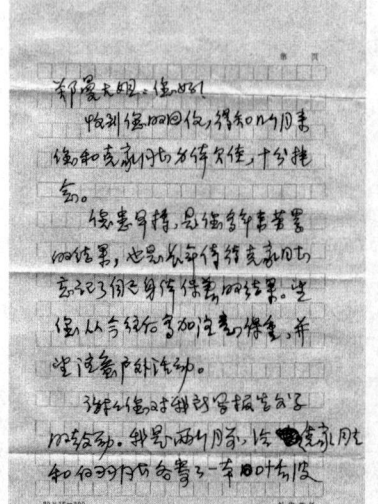

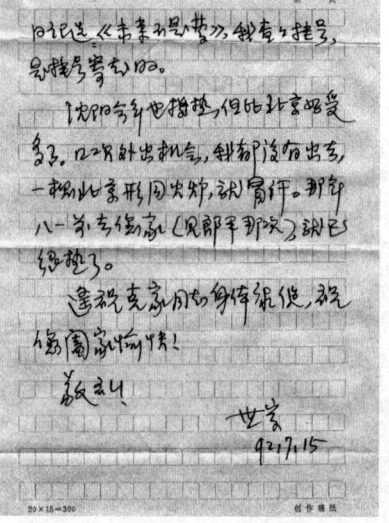

劳累的结果,也是长年侍候克家同志忘记了自己身体保养的结果。望您从今往后,多加注意保重,并望注意户外活动。

谢谢您对我所写报告文学的鼓励。我是两个月前,给克家同志和白羽同志各寄了一本叶乔波日记选《未来不是梦》,我查查挂号,是挂号寄走的。

沈阳今年也挺热,但比北京好受多了。几次外出机会,我都没有出去,一想北京形同火炉,就冒汗。那年"八一"前去您家(见郎平那次),就已很热了。

遥祝克家同志身体康健,祝您阖家愉快!

敬礼!

世宗
92.7.15

19940709

郑曼大姐：

您好!

7月5日来信收到了,请勿念。

谢谢您对叶乔波解说词的鼓励。我受命写了叶乔波专题片上下集,中央电视台拟"八一"前夕播出,在《人民子弟兵》节目里。现在尚未播出,有许多珍贵镜头,导演处理得非常好。如您在电视报预告上看到了播出时间,请注意看一下,如果您有

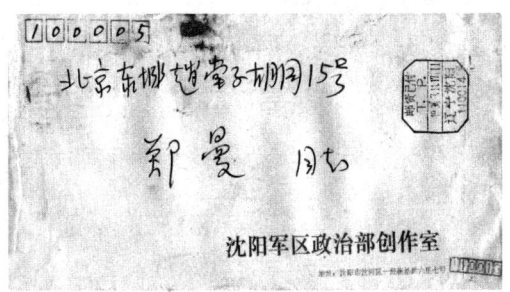

空闲时间的话。第一集叫《成功从不给我许诺》。

我和松涛能被邀请参加座谈纪念活动，是我们的荣幸，更是克家和您对我们的关怀和器重。我们等待通知就是了。

最近我写出了《冷暖界江——中俄边界风云录》一书的草稿，23万字。是解放军文艺出版社约了几年了，长篇纪实文学。另突击出十余万字一部《冰魂——记叶乔波》的书稿，是辽宁人民出版社和辽宁教育出版社联合约我写的。可能要根据叶乔波本人意见，做较大修改。

总之，还是挺忙乎的。忙乎里才有快乐，是吗？这都是向克家和大姐您学来的。

不赘。

请代我向克家尊师问好！
祝二位多多保重！
夏安！

世宗
94.7.9

19960327

克家同志：

近好！

许久未通信了，只是在消息上看到您入医院疗养的文字，很惦记。

我有很长时间没写诗了，写了一些报告文学，其中《最后十九小时》引起一定反响，在北京开了研讨会，在沈阳开了对话会。《人民日报》《解放军报》《光明日报》等都发了评论文章。此外，我还写了一些散文和评论。

今年一月，辽宁少儿出版社出版了我的一本青少年读物《漫漫红军长征路》。最近我写完了一本关于长征精神的书稿，是应解放军出版社之约而写。

我和松涛在这边都好，请勿念；有什么需要我做的事情，请尽管吩咐。

我一直想写写郑曼大姐，她是我非常尊重的人，待我有机会搞一次"专访"。

向郑曼大姐和苏伊问好！

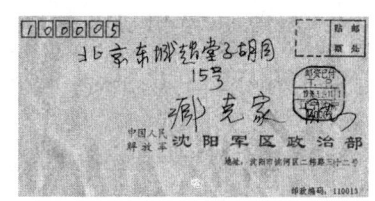

我与臧克家

祝健康、长寿!

敬礼!

世宗

96.3.27

19971209

克家师:

您好!

昨寄贺卡收到否?

我应春风文艺出版社之邀,为其主编一本《新诗绝句》的书,海纳中外新诗中的对自然、社会、人生的最佳句子,分门别类搞几辑,出版社想出三本,每本16万字左右。我想请您为之题写书名,而且帮助我选定一下书名,是叫《新诗名句》好,还是《新诗绝句》好?还是叫《诗海拾珠》好?还是叫什么好?让您费心了!

方便时给写一下,并落款盖章。万分感谢!

向敬爱的郑曼大姐问候!

敬礼!

世宗
97.12.9

(附"关于编辑出版《新诗绝句》给诗人们的一封信"。)

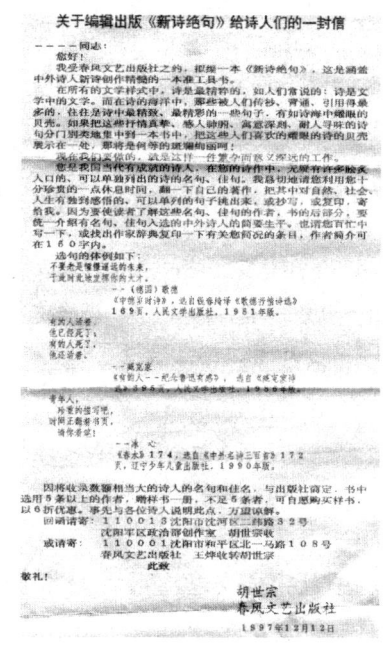

19971219

克家尊师:

您好!

非常高兴地收到您亲笔的复信及郑曼大姐的信,并感谢您为我酌定了书名,就请您题写一下"新诗绝句"四字,并落款署名、盖印。

我敬候着。

问郑曼大姐好!

我能时常见到松涛。前不久,我听到消息:我

我与臧克家

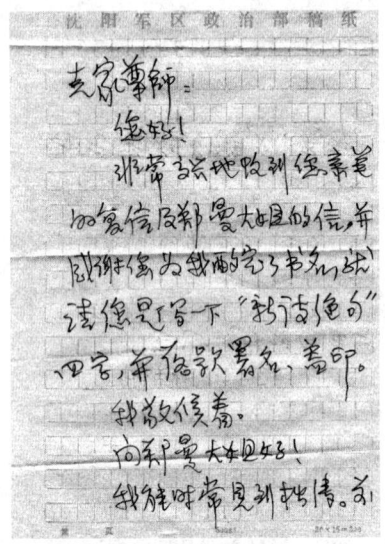

的中篇报告文学《最后十九小时》和松涛的一本诗集《拒绝末日》都入围了"鲁迅文学奖"。我那篇作品入围后,最后投票被选下了,松涛的诗集最后结果不知。

近日,我将寄去一本新书《最后十九小时》。

再叙。

敬礼!

世宗

97.12.19

19980513

郑曼大姐:

您好!

此次去京,得见您及克家,是我很大的荣幸,看到克家精神面貌那么好,思路言谈那么清晰,真让人意外的高兴。

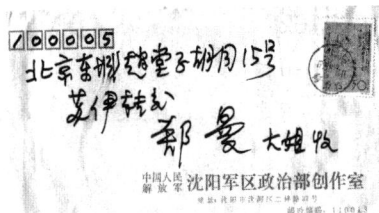

实际上我到京那天，松涛已回沈阳——我在沈阳见到松涛，他告诉我他22日就返回沈阳了，我23日晚登车去的北京。我转达了克家及您对他的关切，包括您见到《文学报》上写他的那篇文章……

照片洗出了，有两张还可以，寄上，请您给克家看一眼。

这些天，我全力（每日从晨到夜）在选编《新诗绝句》，我深觉此项工作意义深远，责任重大，不敢疏忽。克家的诗选了77则，是最多的，多数在10则以下，有些诗人，选了几十则。有人提议叫《新诗妙句》更妥，您觉得怎样？克家身体、精神状态好一些，也可请教于他。他题写的书名是《新诗绝句》，如方便，随便写一"妙"字，可做备用。别不多叙。敬祝二位健康！您大大辛苦了！问苏伊好！

世宗
98.5.13

我与臧克家

19981022

郑曼大姐：

您好！

前此寄去的一本《统战月刊》上有我写的一篇小文，不知收到否？

我刚刚交给《沈阳日报》一篇5000字的文章《大诗翁臧克家》，就欣喜和激动地说了小平所写您和克家婚姻生活的文章，这篇文章写得太好了，许多动人心魄的事情都是首次闻知，真感谢小平把它披露出来，更感激于您和克家情感的深挚，简直是人间最纯洁和宝贵的情意了！

我真希望小平往前往后续写，写出一本小册子，永存人们心头！

我参加了抗洪，前不久又去采访"大胡子师长"吴长富，他的事迹太感人了。我将写一篇报告文学，还要为军区编一本30万字的抗洪题材报告文学集。

匆匆写此，一叙读小平文的感想，遥祝克家健康、快乐，祝大姐多保重！敬礼！

世宗

98.10.22

19981107

郑曼大姐：

您好！

来信收悉，请勿念。

我写的关于克家的文章，并无新鲜之感，只是想让更多的不甚细微了解克家的读者朋友，通过我的文章多一点了解克家，实际上这个作用达到了，《沈阳日报》发行几十万份，这座城市的读者通过这篇文章进一步认识克家，只是起到这么一点作用。而我和克家交往真是可写得太多，如在这文章里多写会喧宾夺主，这几千字只能选一点我认为主要的说一说。以后我会写我和克家交往中的一些故事及我受到的教育和启迪的。

"大胡子师长"，我只写了两万两千字，已编到书中去了。我编的这本 30 万字

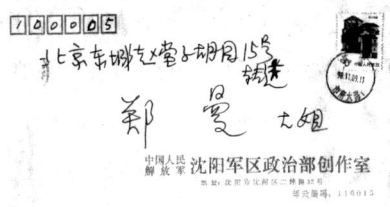

书，已近结尾，本月交付出版社。我的那本《关于诗的书简》，已二校，马上征订了，今年能印出。我还答应解放军出版社写一本12万字的抗洪精神的书，正在收集有关资料。

您为克家也是为我国诗坛、文坛做出了巨大的任劳任怨的永载史册的奉献，永远向您致以敬意！请代向克家问候！听说可以每天在室内散步，真让人高兴！保重！

世宗

98.11.7

19990126

郑曼大姐：

您好！

收到克家尊师1月19日亲笔信和您的信，我十分感动，您二位高龄师长

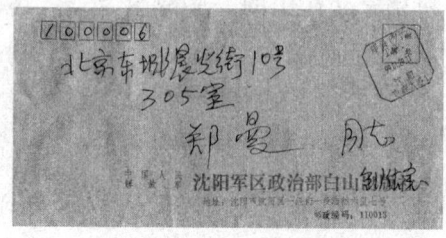

一直惦记我，你们是好人，定会有好命，会有长长之寿！

一周前，我曾去京，参加一部长篇小说研讨会，蔡葵、雷达、吴泰昌、朱亚南、王必胜、朱晖、谢真子等几位同志到了会。会间，我给苏伊打了电话，问候了一下，没有往晨光街打电话，担心打扰了你们的休息。

接来信，知您和克家平安度过"流感"期，非常高兴。沈阳"流感"也很厉害，许多人患上它，短时间难以治愈。

我一切都好，下个月将去京参加全军创作会，届时，我给您打电话。

方便时，替我问候克家同志，祝我敬仰的老师心情愉快！

您也多保重！

世宗

99.1.26

我与臧克家

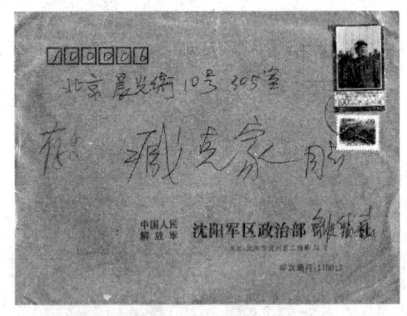

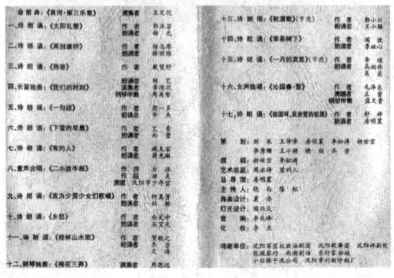

20001225

郑曼大姐：

您好！

我于22日返回沈阳，为了参加诗歌朗诵会。朗诵会极为成功，朗诵《有的人》的是一位知名表演艺术家蒋光琳，把朗诵会带入了高潮。

在京打扰了您和克家，但真为这次见面而兴奋，太难忘了。克家师握着我的手，很有力。

寄上朗诵会节目单和相关报道，请告知克家师。另外，上次送上的《新诗绝句》书，只请您把书的"后记"的最后一小段关于感谢克家师的话，适当时候读给他听一下。谢谢！

祝健康、新年快乐！

世宗 2000.12.25

（附：《沈阳晚报》社、《诗潮》杂志社、萃华金店主办的《世纪之声——百年经典诗歌朗诵会》节目单）

200200125

郑曼大姐：

您好！

收到您的信，非常感动。感动一：克家师年事那么高，身体状况又欠佳，竟为我的书题写了书名，这是何等深重的情意呀！当然写字对于老人家，已不如青壮年时了，但九十七岁高龄的老人还能握笔，而且是毛笔，还能写字，这本身就是奇迹了。我特珍惜这份情意，并在出书时好好做做。感动二：您虽在克家师身边显得年轻，但在一般家庭里，也是上了岁数的老人了，也是需要人照顾的人了，在家务万忙之中，给我写了那么长的信，那么

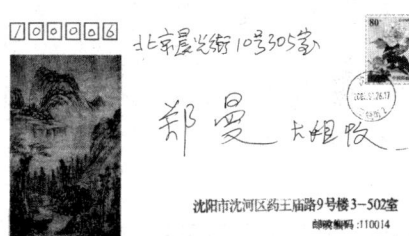

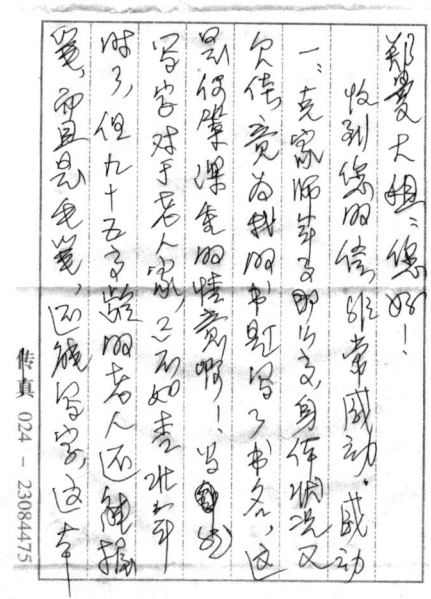

我与臧克家

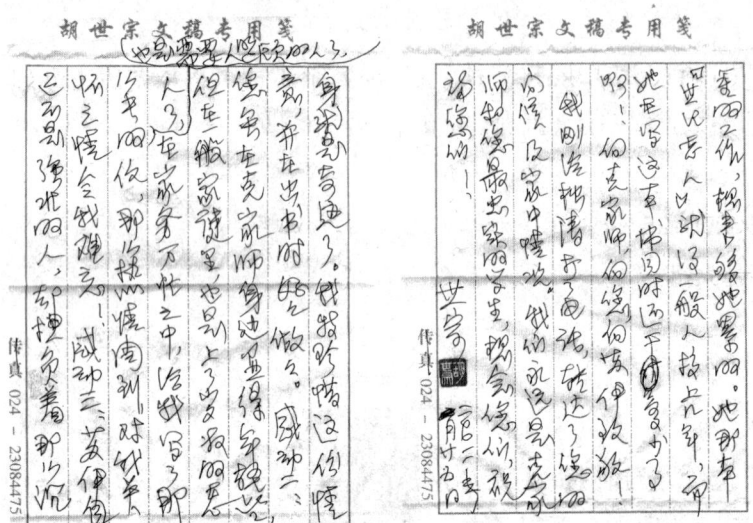

热情周到,对我的关怀之情令我难忘!感动三:苏伊自己不是强壮的人,却担负着那么沉重的工作,想来够她累的。她那本《世纪老人》就得一般人搞上几年,而她在写这本书同时还干了多少事啊!向克家师,向您,向苏伊致敬!

我刚给松涛打了电话,转达了您的问候及家中情况,我们永远是克家师和您最忠实的学生,想念你们,祝福你们!

世宗　二〇〇二年一月二十五日

20021012

郑曼大姐:

您好!

接来函,心沉重,得知克家师病危消息,尽管也有思想准备,仍不肯置信!我们都盼

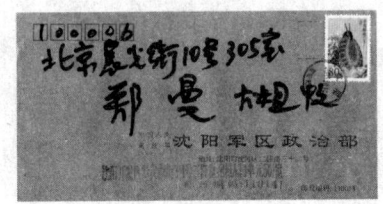

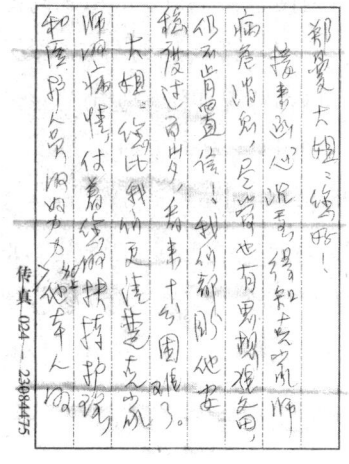
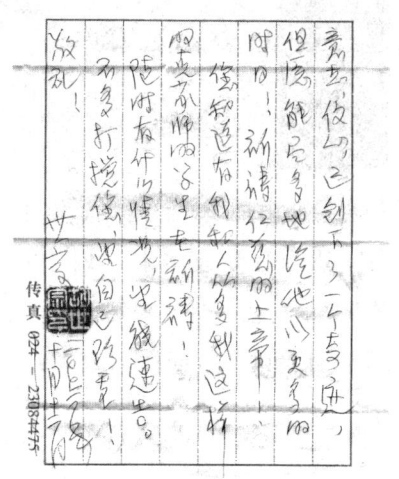

他安稳度过百岁,看来十分困难了。

大姐,您比我们更清楚克家师的病情,仗着您的扶持护理和医护人员的努力,加上他本人的意志、信心,已创下了一个奇迹,但愿能尽多地给他以更多的时日!祈祷仁慈的上帝!

您知道有我和众多我这样的克家师的学生在祈祷!

随时有什么情况,望能速告。

不多打搅您,望自己珍重!

敬礼!

世宗　二○○二年十月十二日

20030504

克家尊师、郑曼大姐:

你们好!

近来闹"非典",人心惶惶,北京尤甚,的确北京比外地严

我与臧克家

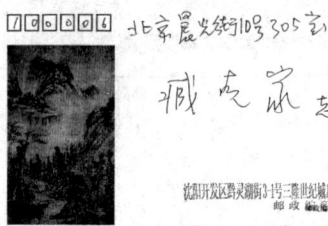

重些。您那儿的情况让我极为惦念,小平、苏伊她们都好吗?您二位的身体状况、精神状况如何?便中写一二句话来,以释悬挂。

恳望多加小心,通风,洗手,少外出。切切!

我和我爱人本来计划"五一"去北京看儿子,因为"非典",没有去。儿子从外地——昆明、上海、长沙、武汉转一圈后没回北京,直回沈阳家中,一切平安,望勿念。寄照"合家福"以留念。致

敬礼!

      世宗 二〇〇三年五月四日

臧克家赠书

臧克家赠书

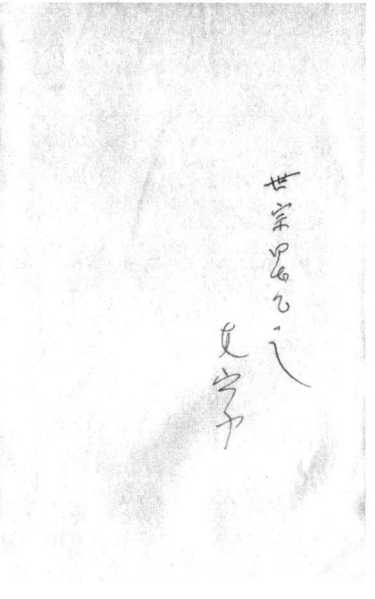

《怀人集》，上海文艺出版社，1980年8月

《甘苦寸心知》，四川人民出版社，1982年2月

《在毛主席那里作客》，河北人民出版社，1992年5月

《落照红》，花城出版社，1984年4月

臧克家赠书

《克家论诗》，文化艺术出版社，1985年5月

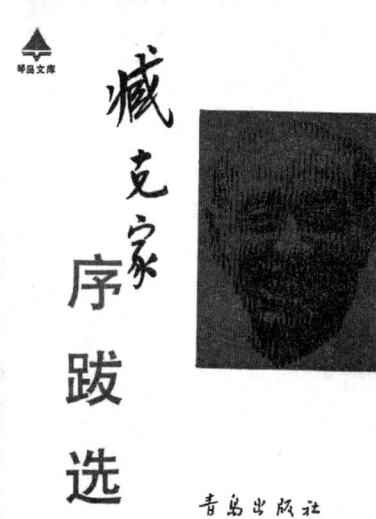 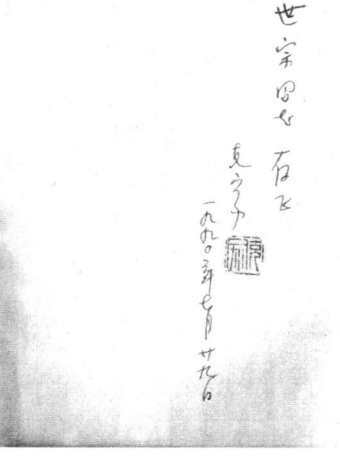

《臧克家序跋选》，青岛出版社，1989年10月

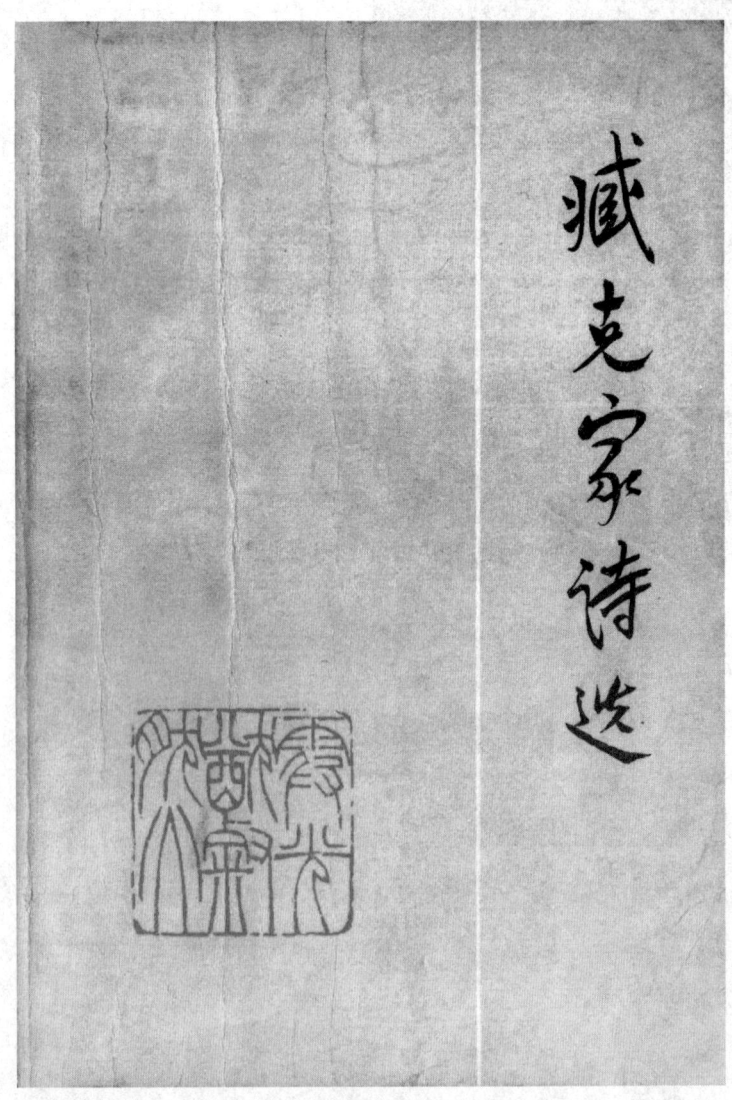

《臧克家诗选》，人民文学出版社，1956年11月

臧克家赠书

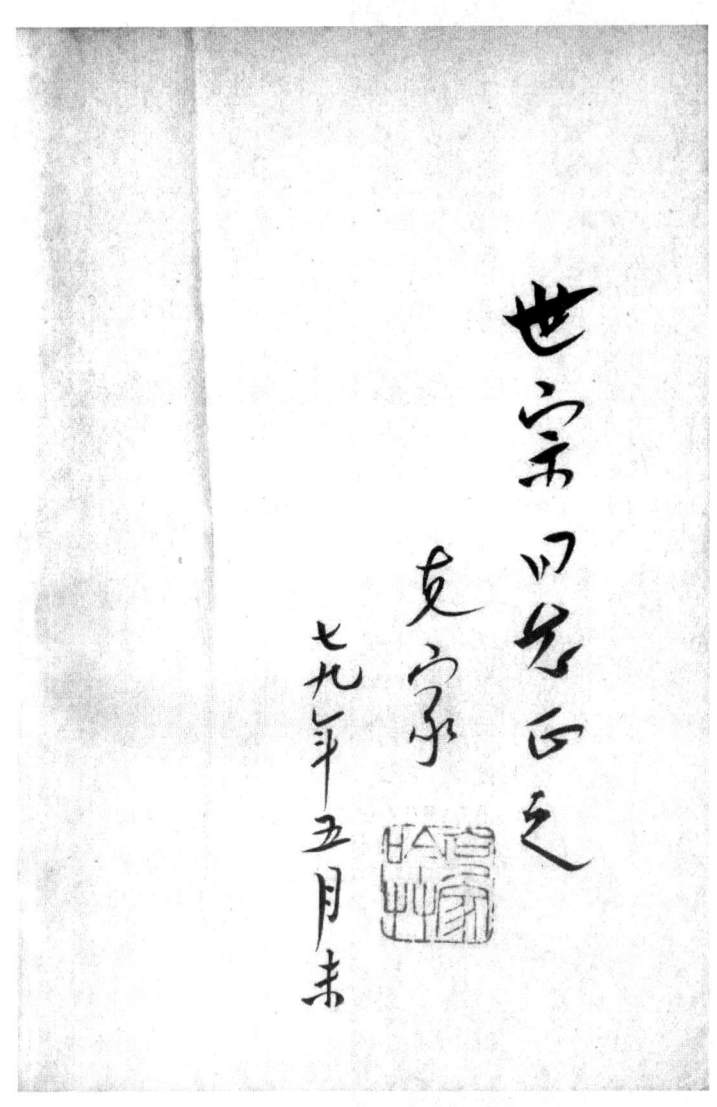

世宗四兄正之
克家
七九年五月末

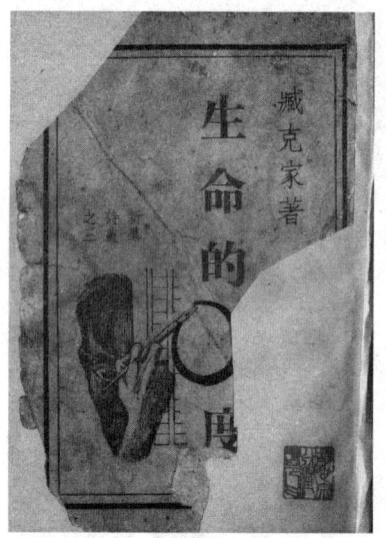 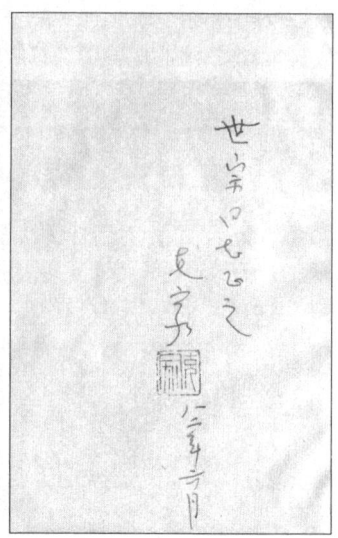

《生命的零度》，新群出版社，1947年4月

 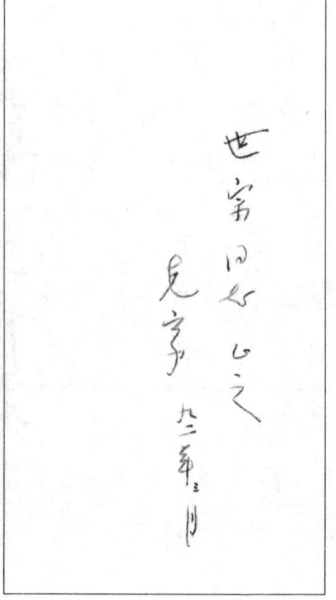

《放歌新岁月》，重庆出版社，1991年9月

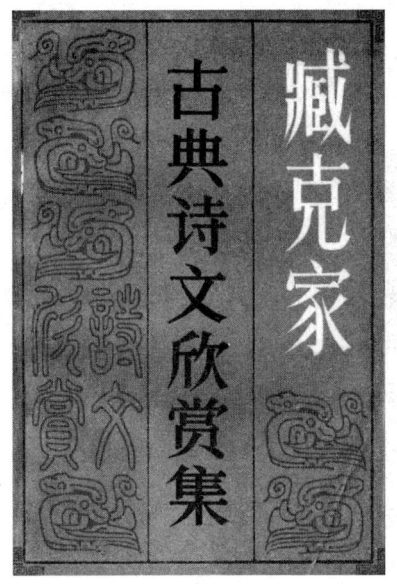
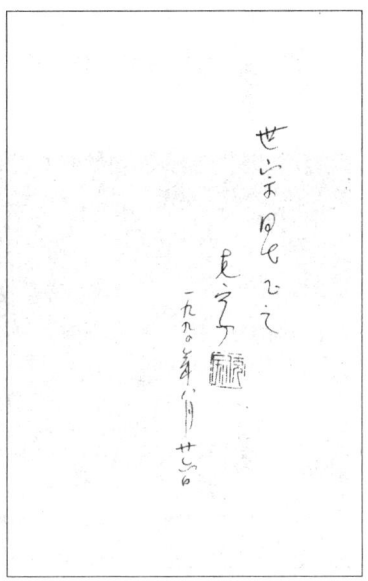

《臧克家古典诗文欣赏集》,北京出版社,1990年5月

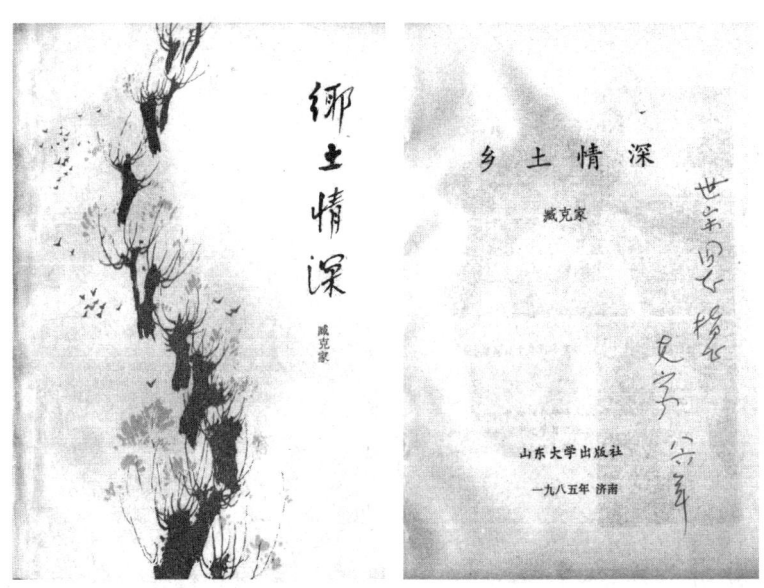

《乡土情深》,山东大学出版社,1985年10月

 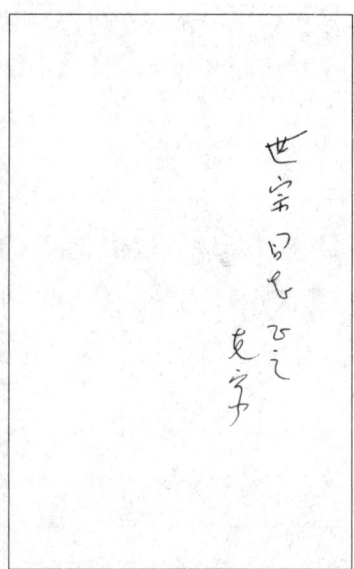

《臧克家长诗选》,山东人民出版社,1982年5月

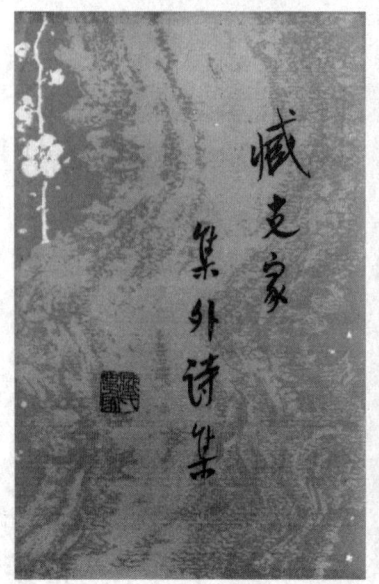 

《臧克家集外诗集》,陕西人民出版社,1984年4月

臧克家赠书

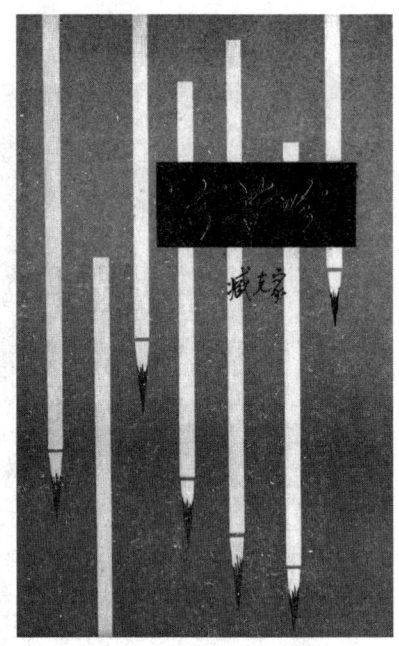

《今昔吟》,山东人民出版社,
1979年4月

庆祝中华人民共和国建国三十周年!

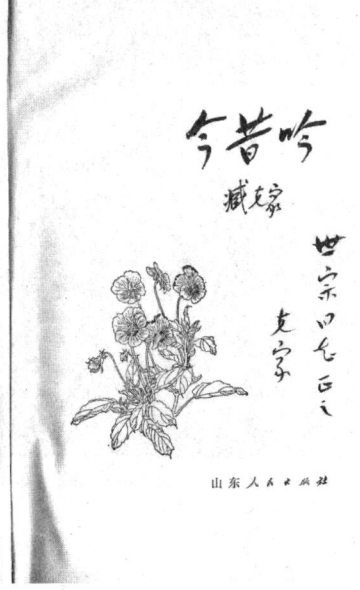

《臧克家诗选》，人民文学出版社，1986年2月北京第3版

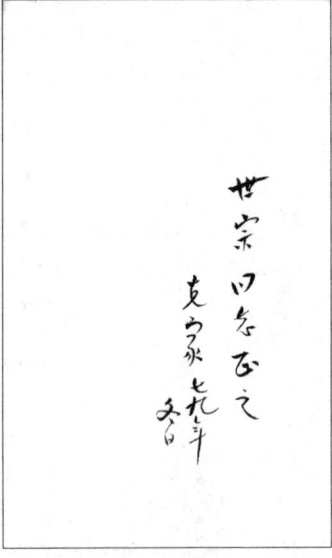

《学诗断想》,四川人民出版社,1979年8月

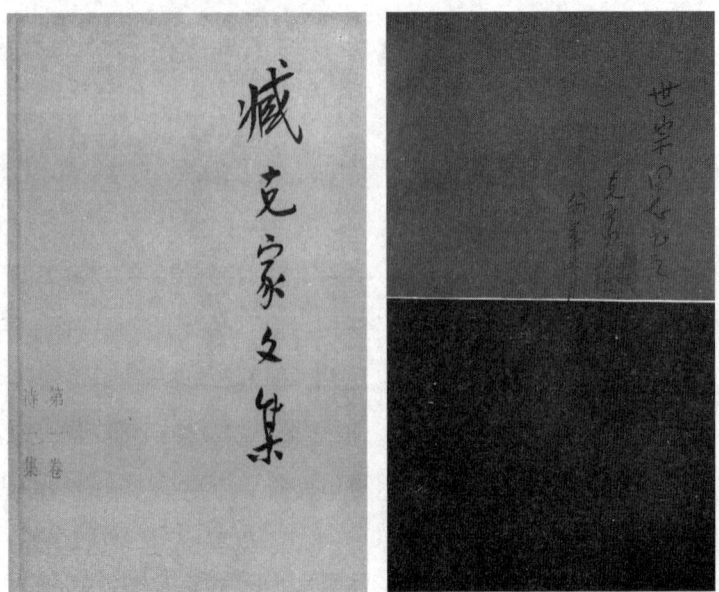

《臧克家文集》(1至6卷),山东文艺出版社,1985年2月至1994年9月

臧克家赠书

《臧克家散文小说集》(上、下两卷),长江文艺出版社,1982年12月

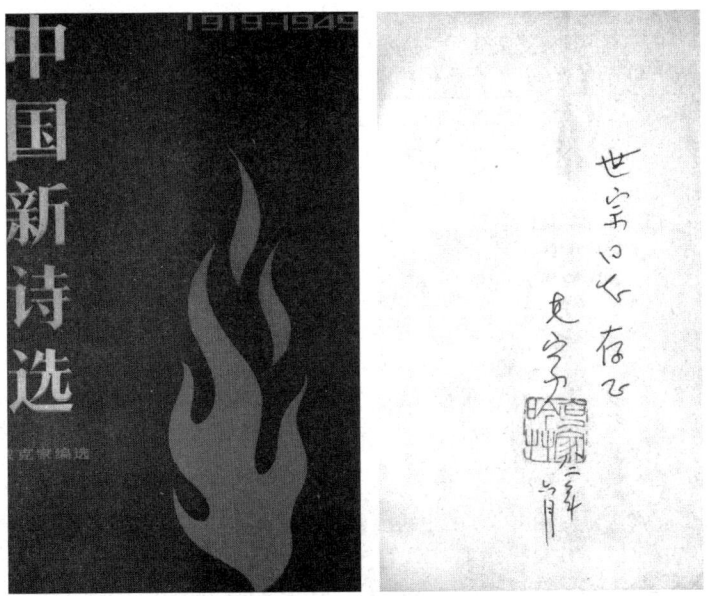

《中国新诗选》,中国青年出版社,1957年3月第二版

《臧克家旧体诗稿》，武汉出版社，2000年2月增订版

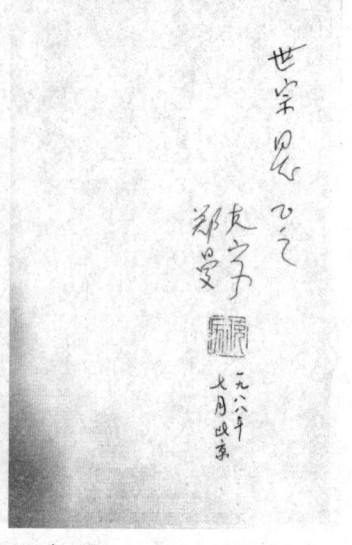

《臧克家抒情散文选》，湖南文艺出版社，1988年4月

臧克家赠书

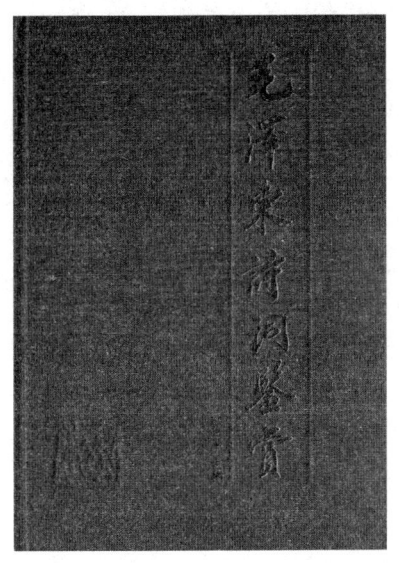

《臧克家全集》(1至12卷),时代文艺出版社,2002年12月

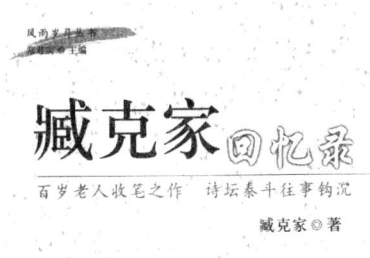

《臧克家回忆录》,中国工人出版社,2004年1月

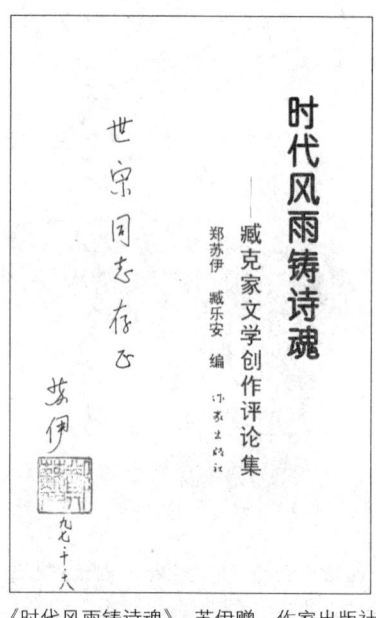

《时代风雨铸诗魂》,苏伊赠,作家出版社,1996年3月

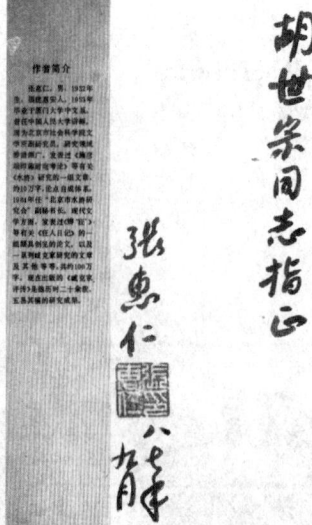

《臧克家评传》张惠仁著、赠,能源出版社,1987年8月

臧克家赠书

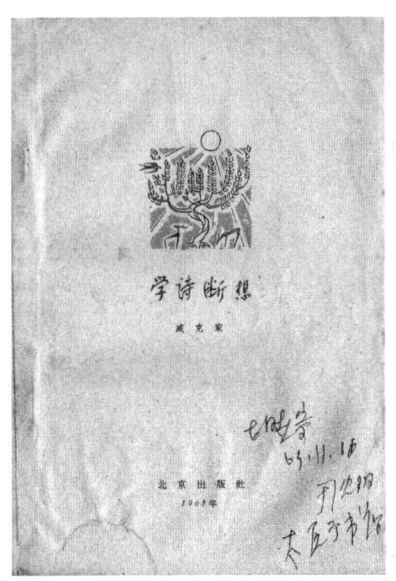

《学诗断想》,北京出版社,1962年10月

《臧克家诗选新编》,臧克家子女赠,人民文学出版社,2012年10月

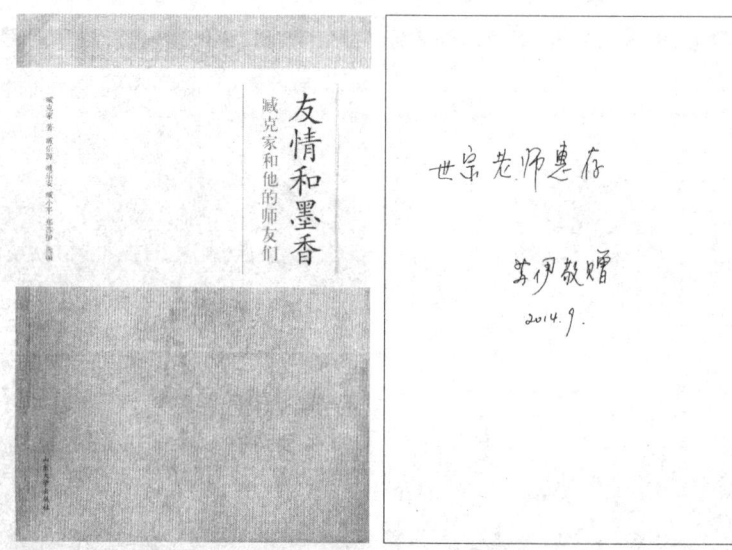

《友情和墨香》，苏伊赠，山东大学出版社，2013年12月

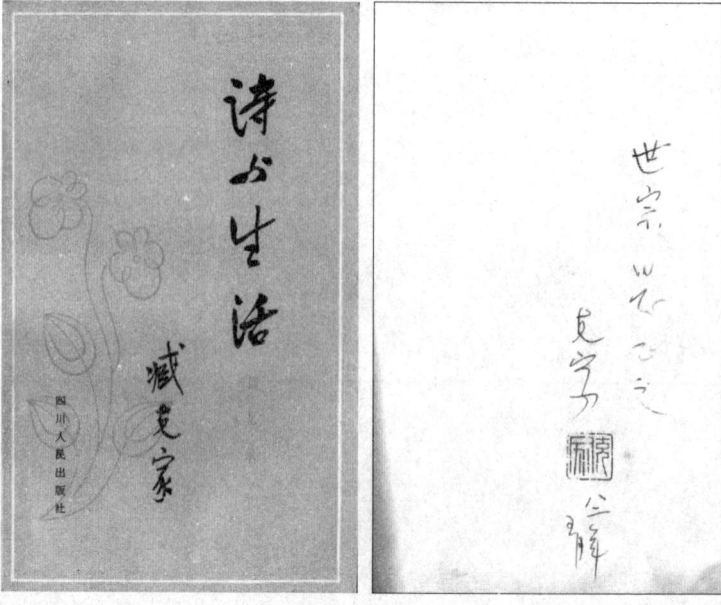

《诗与生活》，四川人民出版社，1981年10月

《他还活着》,作家出版社,2005年9月

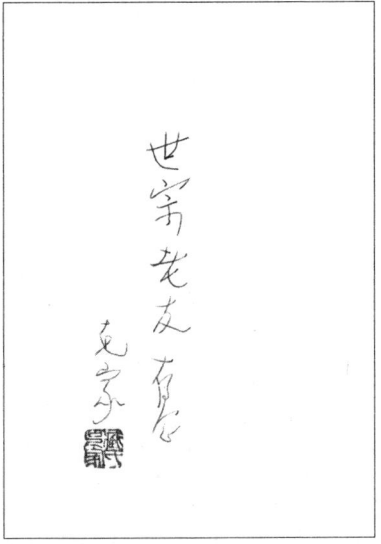

《世纪老人的话——臧克家卷》,辽宁教育出版社,2000年7月

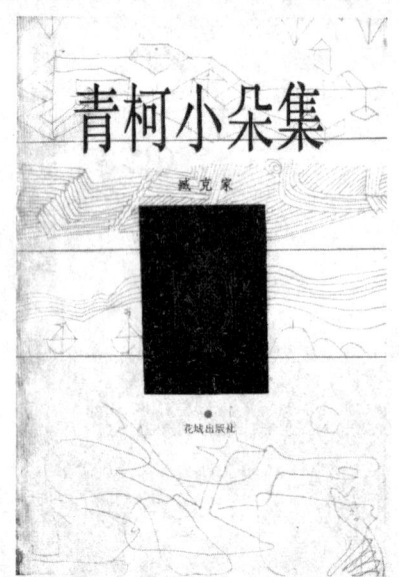

《青柯小朵集》，花城出版社，1984年2月

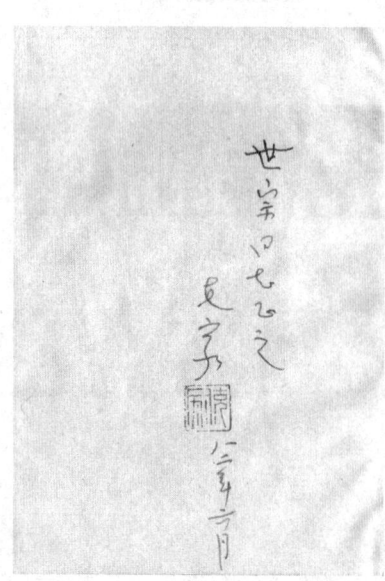
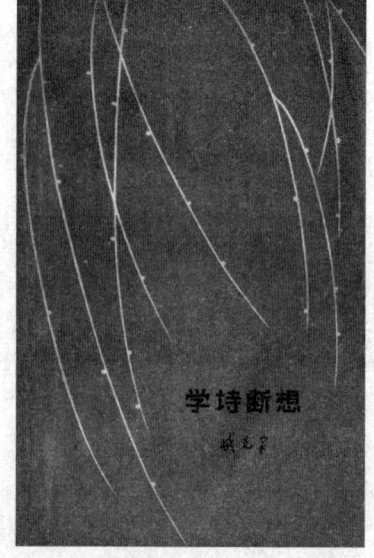

《学诗断想》，北京出版社，1963年4月

后 记

1980年克家老师签赠给我一本新书，即上海文艺出版社出版的《怀人集》，在这本书的"前言"中，克家老师说："我所怀念的这些同志，都是我所崇敬，我所热爱的，而且和我都有过或长或短的接触。时间有的长达数十年，短的只有几次会见的机会。但不管认识时间的长短，接触机会的多少，都给我以极大的教育、鼓舞和振奋的力量，都使我感受到情谊的温暖、亲切。印象越久越深，情感长而弥笃。每一念及，形象如立目前，声音如在耳中，这颗心，立即沉入了往事的汪洋中……"

我想，我在编写回忆臧克家老师的书的时候，在编写这套"文化名人系列"另外几位先生的书的时候，所怀有的心情和克家老师上面文字叙述的心情完全是一样的。

此前，我曾印过一本《我忆克家》的书，此次编写《我与臧克家》，又进行了更细致的梳理和更周到的修订，使之尽可能的准确和全面。

我要感激春风文艺出版社社长兼总编辑单瑛琪、编辑部主任张玉虹的全力支持！感谢著名画家杜凤宝为本书设计了非常雅致简朴的封面,须知,1985年和1989年,凤宝先生就曾为我的《当代诗人剪影》和《当代诗人剪影·续集》两本书做过精美的设计啊!我感谢姿兰制版公司王妍、王璐、李辉的辛勤制作!感谢沈阳博雅润来印刷有限公司杨克玲的精心印刷!

感谢郑苏伊女士专为本书撰写了令我动容的文字。

感谢范咏戈先生所写的总序,他与我相识、交往四十余载,彼此相互知心,友情深厚,他所写的总序,给了我巨大的支持和鼓励。我当向咏戈先生深深致谢!

胡世宗
2018年6月12日于中国作家协会北戴河创作之家